边界

路茜 著

作家出版社

路 茜

1966 年出生于北京，祖籍河北张家口市，毕业于解放军外国语学院，服役军队十余载，现供职于中央某外事部门。曾在南京国际关系学院、莫斯科国立语言大学学习，出任中国驻某些国家使馆外交官。长篇小说《边界》系作者处女作。

目录
contents

引子

多年以来，在那些孤寂的夜里，在那些跳动在白桦林树尖上的晨光里，在那些熙熙攘攘异国街头的午后，在那些河水击岸的黄昏中，在那些漫天飞雪的混沌里，那些青春的身影总是会从黑暗中，从林子深处，从人群里，从河对岸，从雪原上向我慢慢走来，却总也无法走近。

我们远远地对望着，我已经看不清楚他们的面庞，但是我真切地听到了他们的笑声和歌声，纯真而热烈，美好而诚挚，悠扬而铿锵。时间久了，怎么就没有了那些忧郁和悲伤了呢？

翻过千重山、走过万里路后才发现，那些无足轻重的尘埃丝毫也遮挡不住他们身上青春的光芒。

直到有一天，在万米高空中，在翻涌的云海上，我再次看到了他们，他们不是在走近，而是在走远，向着横在云海天际线尽头的那道霞光走去。

我屏住呼吸，心在下沉。很远了，在那道霞光即将消逝的时候，他们隐约回过身来向我挥手。

不！别走，不要走，那是我们共同的青春，即使那段时光中的我们跨越了某些生存法则的边界，但它仍是我们生命底色里最真实、最本质、最绚丽的一笔！我不能就这样让你们离开，我想试着逐一呼唤你们。

那么就从成文开始吧。

第一章　命运突变

那年夏天的一个早晨，当失魂落魄的成文被汹涌的旅客大潮冲出火车站狭窄出口的时候，草原青城的天空正下着小雨。

灰蒙蒙的雨幕飘浮在站前广场上那些晃动着的暗色的伞顶上。广场下面湿漉漉的街道上被偶尔驶过的汽车轱辘碾起一路水花，街道对面低矮的连成一片的青瓦屋顶上笼罩着一层水雾。

成文站在出站口，木呆呆地看着这一切。她的心情就像这座被昏暗、混沌包围着的城市，似乎正被冰冷的雨水折磨得迷茫不堪。

草原上的风，像刚从冷水里钻出来的刺猬，把她扎得瑟瑟发抖，成文感到一阵晕眩，离开人群，就近靠在了一根廊柱上。

几天来僵硬的双腿开始发软，身体顺着柱子滑下去，瘫坐在了地上。扛着大包提着小裹的旅客们从她的身边匆匆而过，奔向各自的目的地，而刚刚离开军校的成文却没有了力量，失去了方向。

毕业分配发生了什么？你是怎么离开中原那所军校的？又是怎么来到这个草原城市的？你不是要留在学校做教员吗？你坐了几天火车，中间经过了哪里？怎么倒的车？……成文希望自己失忆，永远都不要清醒过来，永远都不要想起毕业前夕所经历的丑陋和痛楚，但是她无法做到。她的牙齿因为接触到从未遇到过的冷风而打战，那种受辱的感觉又在苏醒，她又感到了无法示人的隐痛在噬虐她的心，她的双手抱紧了哆嗦着的双腿，头埋在膝盖上。

一根凶狠的木棍猝不及防地击打起一颗小球，那颗无助的小球在空中晕晕乎乎地飞了许久，便从潮热的中原滚落到了冰凉的草原上。成文又一次看见，那根凶狠的木棍变成了一张男人油腻的肥脸，嘴角撇着一抹快意的狞笑……

不，成文，你不单纯是一个女孩，更是一名受过四年军事训练的军人，你要坚强，除了死亡，任何打击都不能让你倒下。这些麻木的日子里，只有这个不时从心底发出的声音一直在支撑着她，让这个刚满二十一岁的姑娘的精神没有崩溃。

雨声不知什么时候减弱了，周围的嘈杂声小了，风似乎也不那么冰冷了，成文抬起了头。

旅客大多已经散去，站前广场变得开阔起来，残破的水泥地面上露出一摊一摊的积水。两个小商贩从躲雨的屋檐下跑出来，跑到停在广场边缘的一辆小推车前，掀开蒙在上面的塑料布，一车黄澄澄的白兰瓜露出了头，二人将头凑在一起，点上烟，开始等待顾客。几个穿着蒙古袍的男女从街对面的小饭馆里走出来，提着行李，说笑着，往一条小巷里走去。天色亮了许多，广场中央还剩下几个打着伞穿着雨衣的人仍举着接站牌子。

成文恍惚地看着这一切，这是一个完全陌生的地方，这里人们的生活都在既定的轨道上运行着，可是她的呢？她的生活将在哪里呢？

一块高高举起的接站牌子让成文游移的目光停住了，她凝神看了许久都不敢相信，那上面竟然写着她的名字。一股暖流从冰冷的身体里涌起，成文慢慢地站了起来。

草原军区干部处的善干事站在站前广场的细雨中，手里举着接站纸牌。

他看见一个高挑单薄的姑娘，独自走下台阶，走进风雨中，她身后滞留在廊檐下的那些旅客变得模糊不清。在斜飞的雨丝中，姑娘摇摇晃晃地走过来，她的白衣绿裙被风吹起，鼓在身体的一侧，像一朵任凭风吹雨打的白莲花，漂浮在昏暗的水面上。

善干事吃惊地睁大了眼睛，眼角的鱼尾纹都挣开了。

"不会吧？怎么是个女的？"善干事心里打鼓。

姑娘在善干事面前站住了。她梳着娃娃头，看上去像个中学生，一缕被雨水打湿的头发贴在额头上，像刚生过一场大病，很虚弱的样子。善干事更吃惊的是，阴雨天里，她的脸上莫名其妙地扣着一副大墨镜。姑娘似乎在看着他，可他却找不到她的眼神，即便是隔着墨镜，他也能察觉出她的目光是发散的、呆滞的、空洞的。

"你是成文儿？"他问。姑娘直愣愣地站着，没有反应。

"你真的是从外语学院分配来的成文儿？"善干事提高了嗓音，他的南方口音多年来已经被当地特有的发音习惯所改造，尾音不自觉地拖长挑高，因为强调性地怀疑，还拐了几个弯。

话音似乎从深深的水底传来，嗡嗡地冲击着成文的耳膜。成文的身体抖动了一下，咬着起了皮的下嘴唇，点了点头。

善干事又看了看牌子上的名字，再次疑惑地打量着面前这个神志恍惚、身体虚弱，似乎看不出受过任何军事训练的姑娘。他还是不想相信眼前的事实。

"你们学校没告诉你来这里干什么吗？"善干事问。

姑娘木然地摇了摇头。

善干事心底蹿出一股无名火。简直太出人意料了！我们需要的是一名男性，一名能长年扎根边防的男性翻译官，一个能爬冰卧雪风餐露宿吃苦耐劳黑塔般抗造的糙爷们儿，而不是一个、一个弱不禁风反应迟钝的女娃子！

"你们学校怎么分配学员的？怎么把你给分来了？！这不是瞎搞吗？太他妈不负责任了！"善干事忍不住骂道。

成文的面颊抽搐了一下。细细的雨水正顺着齐眉短发流淌在她的脸上，又流到她的嘴角，而她却浑然不觉。

"对不起，我不是对你有意见！"善干事把伞移到她的头顶，声音缓和下来。他把失望的目光越过姑娘的肩头投向铁栅栏围墙里面的站台，火车还停靠在那里，突突地排着蒸汽，等待着返程的旅客。

"一切计划都乱了，现在趁早把这姑娘退回去还来得及。"善干事心里气恼而沮丧地想着，但仅仅是想想而已，他还做不了主。他叹了口气，似乎看见那几个翘首盼望了几年、正撸起袖子准备抢人的边防团的领导，他们听到这个消息时的反应：表情瞬间从喜悦变成错愕，转换间没有过渡！对，都会像他现在这样，像泄了气的皮球，大脑死机，不知下一步如何是好。

细雨停了，冷风又刮了起来。成文的身体又在发抖，她试图控制住抖动，像是要控制住对未来莫名的畏怯和恐慌，但无济于事。

"唉，小姑娘，可怜见的，先跟我回军区吧！"善干事伸出手来与成文握手，他觉得像握住了一块冰。

"首长好！"姑娘的嗓子里忽然冒出像蚊子一样的声音。

"我不是首长，我姓善，善良的善。叫我善干事就行！军区干部处的善干事。你的行李呢？"善干事打量着垂在她胯部的那个鼓囊囊的大布包，问道。

"不知道。"成文低下了头，双手痉挛般地拧着斜过胸前的布包带子。一切发生得太突然，她被急匆匆地推上离校的卡车时，她的行装还没来得及收拾，蚊帐还支在空荡荡的宿舍里的床上。随身的布包里是同窗好友路小雨匆忙中为她装进去的几件夏装和行军必备品。

"唉，把包给我吧，既来之，则安之，先安顿下来再说，咱们走吧！"善干事不由分说地摘下成文身上的布包，气鼓鼓地迈开大步，在前面走了。

成文挪动着脚步，想跟上他，但双腿像灌了铅一样沉重。善干事已经穿过广场，顶着风弓着背，开始爬前面的那个土坡了，她还没有走出几步。

成文抬起头，看见善干事已经站在坡顶上，转过身来等着她。他的一只手摁着大檐军帽，另一只手提着雨伞和她的包，风把他的军装吹成了一个圆鼓鼓的绿色气球。

在他身后，一个高高的鲜艳的广告牌耸入低矮的乌云翻滚的天空中。

广告牌上，一对男女青年，身着黄色和红色蒙古族节日盛装，手捧洁白的哈达，褒衣博带，顶帽缀缨，正笑吟吟地走来。他们的脚下是碧绿的草原，身后是雪白的羊群，头顶是蔚蓝的天空，天空上飘着一行醒目的楷书："草原青城欢迎您！"楷书旁边垂着两条竖写的弯弯曲曲的蒙古文字符。那字符像两条长长的翎羽正好长在善干事的头顶上，让气球一样的善干事看上去十分怪诞可爱。

成文久久地看着这幅画面，连日来的黑白世界中第一次出现了色彩。

吉普车驶入军区招待所大门的时候，两名士兵正站在一辆铲车高高举起的车斗里，往门楣上挂两只大红灯笼。

院子里的大喇叭正唱着《十五的月亮》，女歌手温婉而高亢的歌声回荡在U字形四层灰色楼房之间。院子中央一个圆形的花坛里，黄色的花朵嵌在红色的花丛中，摆置出"八一"两个大字，像一面迎风招展的军旗。

"哈哈，登着铲车挂灯笼，真是头一回见，你们这水平可真高呀！"善干事隔着车窗冲着围在铲车下的几个军人打招呼。

"再高也高不过你善干事呀，你是坐飞机抱暖瓶，不光高高在上，还是真正的高水平咪！"其中一个人向他挥手说笑。

"哈哈哈，盖所长，这离过节还有几天呢，大红灯笼就挂起来啊！"

"不光过节，其他喜事还多着咪！"盖所长说着话，眼睛发现了车里后座上的成文。成文竭力把身子向后贴着靠背，不想让自己暴露出去。

"建军节快到了啊，你这大所长得好好慰问慰问我们一线的同志！"

"一定为首长服好务！"对方的话语和笑声已经被吉普车甩在了后面。

车子绕过花坛，在U字形楼底部一个楼门前停了下来。善干事跳下车，两步跨上台阶，一边往里走，一边喊："服务员，服务员，是彩彩克当班呀，干部处订的房间是哪一个？"

一个颧骨上印着两坨高原红的小姑娘从高高的前台后面站起身来，她冲善干事一笑，探身往门外望去。

"那就是你接来的学员?"彩彩克小声问。

"对呀。"

"女学员,女军官,真少见呀,真让人羡慕!咱这军区招待所里还从来没住过军校来的女学员呢!"彩彩克又好奇又惊喜地窥望着外面的成文。

成文刚下车,正站在门口盯着摆放在台阶上的月季花发呆。

"还是不要来女军官的好。"善干事沉闷地说。

"她长得可真好看,皮肤那么白,好像没有我岁数大吧?"

"应该比你大,你两年前没考上大学,人家四年前就考上了。"

"大阴天的,她怎么还戴个墨镜?"

善干事也从幽暗的走廊里望出去。刚淋过雨的红色月季含苞欲放,娇艳地在风中抖动,衬着花后面那个姑娘的脸愈发苍白,此时不知她在想什么,很平静的样子,她的面部表情似乎比刚才舒展了许多。

"这姑娘远道而来,心情不好,你多照顾照顾她,尽尽地主之谊。"善干事嘱咐彩彩克。

"好嘞!"彩彩克把手上正拿着的书扣在台面上,从钥匙墙上摘下一串钥匙,出了前台,往走廊里面走去。

《高考英语题集》,真刻苦呀,好好努力,今年继续考,有志者事竟成,我就不信你考不上大学!这不来了个外语高材生,你以后多向人家请教。"善干事跟在身后说。

"唉,这要看老天爷给你什么命啦,人和人生来就是有差别的!人家命好,我还没修炼成呢。"彩彩克晃动着手里的钥匙盘,哗啦啦的声音满走廊回响。

"别泄气,我看好你。咦,这边走廊里的灯怎么都不亮?"善干事边走边按墙上的电源开关。

"线路老化,坏了,需要改线,正打工程报告呢。可是管事的人要转业啦,顾不上这些事。"里面传来钥匙的开门声和彩彩克的高声回答。

"我多年前从边防上来住这儿就是这样,现在还没多大变化!除了这地面上新铺的地板革。"善干事站在房间门口,环视着起了皮的墙面，叹口气，"这招待所是该翻修了，年年拨给你们盖所长资金，年年都不够呀！唉，现在转变思想，改革开放，到处都在大干快上搞活经济，哪里都缺钱呀！"

成文默不作声地走进房间，径直走到床边，坐在雪白的床单上。她弯垂着上身，双手撑在床沿上，一副疲惫得碰一下就会倒下去的样子。

彩彩克睁着毛茸茸的眼睛看了她一会儿，拿起茶几前的暖瓶，出门打水去了。

"没吃东西吧？这会儿食堂还有早饭，我带你去吃吧。"善干事说。

成文摇头。

"吃饭不积极，思想有问题。"

"我不饿，我想好好睡一觉。"成文有气无力。

"那也好，你先休息吧，连轴坐了几天火车也累了。"凭着在部队摸爬滚打三十年的经验，善干事感到成文来边疆这件事情有些蹊跷，这背后一定发生了什么，也许是沉重的，甚至是残酷的，先让她独自安静一会儿吧。

善干事若有所思地站了一会儿，说："在你的档案到来之前，你的分配去向暂不确定，等我通知吧！"

"是！"成文例行公事地应答。刚刚离开校门的她还不能领悟善干事这句话的意味深长和分量，更不会想到这句话也许会再次改变她的命运走向。

"你在这儿有熟人吗？"善干事问，成文摇头。"一个内地女娃来了这儿，人生地不熟，没亲没故可怜见的，这是我办公室电话，有事尽管找我吧。"善干事写下一个电话号码。

善干事走到门口回头的时候，看见成文摘下了墨镜，正就着窗户的光线拿起他留下的字条。他看见了两个发青的眼窝。

善干事欲言又止，轻轻地带上门走了。

善干事四十多岁，看上去却像个六十岁的老头儿。他个子不高，黑黝黝的脸上满是皱纹，露在军帽下的两鬓已经灰白，稍有军旅经验的人一眼就能看出，他是那种长年在野战部队摸爬滚打风吹日晒摔打出来的军人。

善干事放走了公车，独自离开招待所。他决定抄近路步行走回军区大院。最近善干事摊上了件让他苦恼的事，他也像成文一样需要静静。

善干事十七岁参军到了边防，巡过边，卧过雪，爬过冰，泅过水，钻过老林，负过公伤，死里逃生过几次，由于表现优秀很快提了干，从排长、连指导员、团政治股干事、分区干部科科长的岗位上一路摸爬滚打上来，一干就是近三十个春秋。三年前，就在他感叹岁月蹉跎，准备把一生都默默奉献给边防的时候，他幸运地被下基层调研的一位首长看好，上调到了军区机关。战友们既为他高兴鼓劲，也不免羡慕嫉妒，他们说，善干事的"祖坟冒了青烟"，但善干事更爱听的是，"金子迟早都会发光的"。

从边防的深山老林一下子"鲤鱼跃龙门"到了省城，善干事虽然表面上波澜不惊，心里却暗自舒畅，跟媳妇关上门说话时也能笑到舒展开几条皱纹。但他会马上自律地警告自己，你是个农家娃儿，在部队没门子没窗子没根基，靠的就是一股拼劲儿、韧劲儿、憨劲儿和傻劲儿才有了今天，你一定要夹起尾巴，踏踏实实、小心翼翼地做好每一件事，以求对得起自己的良心，报答领导们的信任，得到上级和同志们的认可，在机关里站稳脚跟。

善干事也有点小私心，自己现在还是个团级干部，再过一两年调上个一官半职，到了副师级，那在老家乡亲们眼里就是大官了。副师级已算高级干部，按照国家政策，后半生可以留在部队，享受国家供养，无须再转业重新找工作。善干事期望自己能有这么一天，到那时安定下来，发挥余热，善始善终，一劳永逸，完成自己一生只做一名光荣军人的夙愿，这辈子也就圆满交差了。最怕的就是中途转业到地方，一切又得从头开始，家呀业呀的还得重新安置，快半百的人啦，再从小学徒做起，折腾不起了。

可是，怕什么来什么，命运似乎就是要捉弄他和他这一代军人。

军队大重组、大裁军、大改革的时代说来就来了。全军十一个大军区合并成了七个，裁军一百万的任务已经拉开序幕。

善干事调到干部处这几年最繁重最棘手的工作就是安排干部转业。在他苦口婆心做别人工作的时候，今年他也突然成了被安排的对象，这让他的心境像跌回到边境巡逻时零下四十度的冬天，拔凉拔凉的没着没落。善干事自感生不逢时，廉颇老矣，与铁瓷的老战友们一起喝闷酒时也抱怨抱怨，唉，这省军区机关的凳子，屁股还没坐热就要给撤了。但到最后大家相互劝慰的话也不过是："咱们这些文化水平不高，没有后台的老帮子都是裁减对象，不裁咱裁谁？早晚的事！"

善干事做好了急流勇退的准备。但事到临头真让他这样从军几十年、对部队感情深厚的老兵离队，比剜心还难受。

"唉，离开部队魂儿都没处放了。"他不止一次暗自叹息。

即便心如刀绞，当军区政治部的方主任找他谈话时，善干事的表态丝毫也不拖泥带水，他挺起胸膛说："军人以大局为重，服从命令是天职，在人生选择的重要关头。作为一名老党员、老军人，个人利益坚决服从国家利益，以实际行动拥护中央裁军的战略决策，我会听从组织安排，站好最后一班岗！请领导放心！"

方主任被善干事的话感动得老泪在眼眶里打转，多年的部下，他也不舍得他们离开呀！他知道善干事半生都战斗在边防，身体落下许多病，想给点特殊照顾。他私下问善干事对转业有什么要求。

"我不会给组织添任何麻烦！咱是军人，威武不能屈！没有克服不了的困难，就是死也要站着死！"善干事的话掷地有声，像他的骨头一样坚硬。他心里鄙视那些一听说被安排转业就变得赖赖叽叽，认为国家和军队亏欠了他，向组织伸手张嘴提各种要求的人。

"是呀，都八十年代末了，时代在前进，国家在改革，军队要革命化、年轻化、知识化、正规化，经过军校正规培养出来的大学生军官已经一批一批地走进部队，新陈代谢的步伐在加快，我们这些老帮子是该退出历史舞台，为新生代让路了。"善干事最近常常这样开导自己。

这几年，看着一批批受过军校正规训练的稚气未脱的小军官们来报到，善干事的心情很复杂，甜酸苦辣味道俱全，他羡慕这些有知识有文化有技术的年轻军人，年轻多好，青春就是一粒饱满的种子，无论播种在哪一片哪怕是贫瘠的土地上都会生根发芽发育绽放。

"唉，要是倒退二十年，我也考他个军校多好，做个有文化的军官，可惜没条件呀，现在这批孩子真是赶上改革开放的好时候了。考上大学不容易，都是百里挑一的天之骄子，是国家各领域急需的栋梁之材，能被军校录取的学生更是优中选优，希望他们能发挥专长，为军队发展建设贡献力量吧。"

善干事打算顺顺当当接完今年这批军校毕业生，就着手办理自己的转业事务，他要先回趟黔西南老家看看，找找接收单位。

可是成文这名女学员的到来却让他感到棘手，肯定也会让军区领导头疼。这个名额是定向到边防去的，为了要这个边防翻译，军区费了多少劲，这几年一直给总部打报告要人，都因外语学院学员供不应求而泡汤，今年好不容易才得到一个指标，竟然，竟然分配来一名女性！要知道边防部队从成立之日起，还从来没有过女性！

成文发青的眼窝又在他的眼前晃动。"怎么安置呢？能让一个娇嫩的女孩子去守边防吗？作为一个男人，一个父亲，我的回答肯定是'不'，可是，那里急需的专业人才又是无法替代的，怎么办好呢？"善干事一直皱着的眉头拧得更紧了。

善干事纠结着走进办公大楼，他要好好琢磨琢磨，怎样尽快而妥帖地向领导汇报这个意想不到的情况，并提出自己的建议。

一支黑洞洞的枪口逼在身后，成文拼命地跑呀跑，她听见了赵揩油的狞笑声，可是双腿却像灌了铅，跑不快。她跳上一截转角楼梯，艰难地转着圈向上攀爬。

终于到了楼顶，四周肃静下来，身后的那支枪和狞笑声被甩掉了，成文紧绷的心也松弛下来。

可是低头往脚下一看，愕然发现，她踩着的这截楼梯被云雾托举着，悬在半空中，楼房已不见踪影，周围都是雾。她呆立在那里，一动也不敢动。

怎么像猴子一样就攀附在了一根通天的旗杆上？成文紧紧地抱着冰凉的旗杆，只要一松手就会跌落到下面的万丈深渊。风呼呼地从耳边吹过，她害怕地闭紧双眼，哭喊着妈妈，可是使出了全身的力气也喊不出声来，她的胸口憋得厉害……

忽然风把父亲嘶哑的微弱的声音从下面吹了上来："文儿，文儿，别害怕，下来吧，爸爸接着你呢！"

成文向下一看，一阵目眩，只见渺小的父亲在地面上紧紧地抱着旗杆根部，仿佛凭他那羸弱的身体就能把这摇晃着的随时可能倒下去的通天旗杆支撑住一样。父亲仰望着旗杆顶部的她，荡来荡去的云雾在他们之间飘飘忽忽，成文竟看见了父亲痛苦扭曲的脸。爸爸的头发怎么全部变白了？在荒野的风中凌乱地飘着，妈妈瘫坐在一旁，无力地向苍天伸着双手。

成文恐惧地看着这一切，她拼命喊爸爸妈妈，可是一股强大的气流冲进她的嘴巴，把她剥离了旗杆，她以为她会下落，像自由落体一样，重重地砸在地上死去，然而她的身体却飘了起来，被风吹得越来越高，眼看着爸爸妈妈离她越来越远，越来越远，最后变成了两个小黑点……

浓重的云雾聚积在她的身边，她的身体被一股巨大的气流吸附着，失控般滚进一个黑洞，她被翻滚着，丝毫也左右不了自己……

听天由命去吧，她听见自己心里一声长叹。

急速翻滚的身体忽然变得平稳了，周围的乌云也不见了。她发现自己趴在一朵白云上，白云是一匹轻盈的骏马，驮着她在天上飞翔。

她看见阳光下一望无际的绿色草原，层峦叠嶂的青色山脉，蜿蜒曲折的银色河流，一切都是那么安静祥和。在一片开满紫色薰衣草的山坡上，一个头戴花环的姑娘正仰头望着她，向她挥舞着手中的花束。

白马落下来，化成一股轻烟飘走了。成文站在山顶上，山上只有她一个人，而怀抱一捧花、头戴一个花环的姑娘怎么是她自己？

成文闻到了花香，那不是薰衣草，而是丁香花。满山坡上都是紫莹莹开花的丁香树。

一个人顺着山路向山上跑来，那人身着绿色军装，披着霞光，身影在挂满一串串紫花的丁香树间跳跃着，闪闪烁烁，成文始终看不清楚他的脸。

远处传来锣鼓唢呐声，从另一座山后面走出来一支迎亲的队伍……

那个军官停在陡峭的山崖前。成文探身向下望去，看见他搓着手左左右右不停地踱步，似乎在寻找继续攀爬的路。成文想，好吧，这里就我们两个人，我跳下去迎接他吧，准备，一、二、三……

成文猛地坐了起来。

周围静悄悄的，她听到了自己"扑通，扑通"的心跳声。

对面的墙壁上，映着一格一格窗棂的影子，树叶的光影投射在格子中，在微微摇曳。时光安详静好，似梦似真，这里看不到丝毫恐惧和危险的影子。

床头的写字台上有一部黑色电话机，金属拨号转盘在一束光雾中闪亮，地板革上的层层木纹在游移，两张绿色帆布沙发中间挤着一个茶几，门后那个脸盆架在无声地盯着她……

这是一间干部宿舍，自己是学员呀，怎么会在这里，身上怎么还压着一条军用毯子，难道是赵揩油那个家伙又在捣鬼？

成文的脑门、手心、后背都是冷汗。她感到心悸，脑子仍在发蒙。

"不，我不要跳崖，不要钻黑洞，爸爸，妈妈，你们也不要难过，不要变老……"成文想大声地吼叫，但是她的嘴大张着，呼了几口气，无声地闭上了。她咬紧牙关，克制着自己，双手插进头发里，使劲地揩着自己的头皮。

有人在敲门，成文急忙抓起墨镜戴上。一个姑娘用身体挤开了门，双手用毛巾托着一个饭盒走了进来。

"姐，睡得还好吧？刚才我进来送水时，看见你在床上缩成了一团儿，就给你盖了条毯子。这是善干事嘱咐我在食堂帮你留的饭。我估摸着你该醒了，就从食堂的保温箱里取了回来。"姑娘银铃一样的声音在房间里回响着，她的当地口音很好听，硬中有软，平中有仄，把成文拉回了人世间。

姑娘把饭盒和筷子勺子摆放在桌子上："姐，趁热吃点东西吧！"

成文垂着头坐在毯子里。姑娘在她的床沿上坐了下来，自然而然地抓起她的一只手说："我叫彩彩克，蒙古语就是花儿的意思，你叫我彩彩克或者花儿都行。"成文抬起头，多日冰凉的身体忽然被一只陌生而真诚的小手温暖了，她下意识地脱口而出："花儿！"

"哎！"姑娘高兴地答应着，把两只手虚托在腮边，头一歪，调皮地做出一双叶子托着一朵花儿的样子，问，"像不像花儿？"成文的面部抽动了一下，像是在笑。

"姐，你的眼睛不舒服吧？一会儿我去卫生所给你要点药去哇。"彩彩克盯着成文的墨镜说。

"不用的，谢谢花儿，就是有点水肿。"成文的声音有些无力。

"我给你弄点热水敷敷。"彩彩克说着就要去倒热水，成文抓紧了她的手："不劳烦花儿，我晚上自己敷敷就好啦。"

"姐，我知道你从哪里来的，你上学的那个城市夏天特别热吧？今年可出了名了，天气预报说，气温都快接近四十度了，是五十年来最热的一个夏天。"

"噢，我没有注意到。"成文感觉今年夏天那个城市像北极一样，冷得让她无处可逃，想起来便浑身发抖。

"姐，你不太情愿来我们草原吧？内地人对我们这里都有偏见，我回河南姥姥家的时候，那些人问我，你们那里是不是雹子下得像碗一样大，我说，对呀，我们出门都是骑马戴钢盔的，哈哈哈……"她朗朗的笑声压制着房间里低落的气氛。

"我不适应你们内地的空气，总觉得不新鲜，里面有股酸臭味儿，在姥姥家待不过三天就想回草原。我们这儿天地多宽敞呀，人的心眼多瓷实呀，空气多好呀，姐，你待一段时间就会爱上这里的！"彩彩克说着站起身推开了窗户，"你闻闻，氧气多足，吸过我们这里的氧气，浑身都会充满力量！"

窗外是一片松林，松树的清香扑鼻而来。林子深处有一幢白楼，若隐若现，正静静地享受着阳光和夏风。

成文忽然被这个素昧平生的姑娘的话语打动了，被初进草原便感受到的浓浓的人情味所温暖。她细细地品味着"花儿"说的话，深深地呼吸着新鲜的空气，的确，充足的氧气在恢复她的味觉嗅觉视觉听觉和触觉，力量在一点一点地充盈她的身体。

"姐，光吸氧气也不够，还得吃点东西哇，你尝尝我们草原上的奶茶，我在给你打的奶茶里还加了炒米，保证你喝完还想喝，喝完不想家！"彩彩克打开了饭盒盖。

走廊里有人在喊她。

"姐，我先去看看，你慢慢吃，不够我再给你打去！"彩彩克说着跑出去了。

饭菜在桌子上冒着热气，奶茶上面漂浮着金黄色的炒米，散发着草原特有的浓郁的香味。成文几天来第一次有了饥饿的感觉。

如果没有那一记耳光，成文的命运又会怎样呢？

"起来！我知道你清醒着，我越想越生气，起来，咱告他去！不能就这么轻易饶了赵揩油！"

"咣"的一声，从食堂刚打回来的一盒饭菜被蹾在床头柜上，冒着热气的汤水溅洒了一桌子。路小雨双手叉腰，气愤难抑。

蚊帐四周扎得紧紧的，埋在军被里面的成文一动不动。

宿舍里的其余七张床铺都空了，床上只剩下黑乎乎的棕榈床垫。走廊里堆放着等待发往全国各地的行李纸箱，箱面上早已写好了始发站，现在大家正忙着填写箭头所指的目的地。命令未宣布之前，没人能确定自己的去向，那是部队秘密。

宿舍的门关着，嘈杂声被挡在门外。

空寂的宿舍里，只有成文床上的蚊帐孤零零地支着，她的东西没有像别的同学那样早早地收拾起来，而是四平八稳地放在原处，看上去没有丝毫要离校的样子。

人人都知道成文是不用着急"撤离"的，她被内定留校的消息几乎成了公开的秘密，大家都很羡慕她。

但是，一切都在赵揩油阴阳怪气的命令声中改变了，成文瞬间成了今年毕业分配爆出的最大冷门。

赵揩油是谁？赵揩油本名赵福根，是负责管理一百多名学员学习、训练、生活的学员队队长，营级干部。此人五大三粗，对待学员总是骂骂咧咧，最喜欢的事情是瞪着两只鼓突突的金鱼眼"发现"稽查学员们的"问题"，特别是男女学员"搞对象"的问题。他掌控着队里每个学员毕业分配的生杀大权，因此队里除了少数几个背景山高水深的同学之外，大家都很怕他。

此人喜欢从学员食堂往家顺些蛋菜肉米面油等物资，因此被学员们暗地里亲切地称为"赵揩油"。

赵揩油的权力按说应该受到与他搭班子的教导员的制约，但是，刚提拔不久的年轻的教导员哪里被赵揩油放在眼里，常常被蛮横的赵揩油挤对得像个受气的小媳妇，基本上没有话语权。

成文是系教研室看中准备留校任教的"好苗子"，系主任和教员们都暗示过她。成文很高兴，受回乡当教师的父亲的影响，成文从小的理想就是做一名光荣的教师。

毕业前的半年里，按照学院要求，赵揩油像其他毕业队的队长们一样，开始找学员谈话。"摸清毕业学员思想动态，有针对性地做工作。"

成文被赵揩油叫去谈话，一次，两次，三次，他的友好颠覆了成文对他的成见。每次赵揩油亲切地询问她毕业分配意愿，她都小心翼翼地说出自己的理想，赵揩油拍着她的肩，表示大力支持："你的表现和成绩完全可以做一名光荣的军校老师！你的理想还可以更远大一些，到北京总部去发展嘛，那里的空间更大，舞台更广阔，你回去好好想想。"

"但我还是想当一名教师。"成文怯怯地说。

"他是不是单独找你谈话的次数多了点？有的同学一次也没谈

呢!"好友路小雨提醒她。

"噢,是吗?"成文惊讶,这让她想起了赵揩油在谈话时不时露出的那些古怪的表情。

果然,在第四次谈话的时候出了事。

这次他们之间没有隔着桌子,赵揩油把椅子放在她的身边。谈话间,胖脸不时向她逼近,提示她可以挑选的"好单位"。成文感到了紧张和害怕。

"你这么漂亮,那些好位置,你想挑哪个都可以……"赵揩油嘴里的大蒜味儿已经喷到成文脸上。成文向后躲避着,她感到裸露的手臂上好像悄悄爬上一条黏糊糊的蛇,那蛇向上爬行着,钻进她的军装上衣短袖,在她的肩膀上咬噬着。成文惊恐地睁大了眼睛,身上汗毛倒竖……

"流氓!"成文"倏"地站了起来,随后就把一记响亮的耳光甩在了赵揩油的脸上……

一向谦恭温顺的成文自己都没有想到,在这种突发时刻自己会有如此反应。

这样一件严重的事情发生后,成文等待着赵揩油对她的惩罚和报复。他有太多的机会和手段可以像对待其他学员那样,伺机抓住她的某个过失,召集全队大会,让她在会上作检查,羞辱她,或者找个事由给她一个处分并塞进她的档案,让她今后去任何一个单位都带着污点……

但是,赵福根像根本没有发生过任何事情一样泰然自若,并没有对成文采取任何措施。相反,对她的态度变得和蔼可亲,还经常在大会小会上表扬她。

有一次在走廊里擦肩而过的时候,赵揩油小声地向成文道了歉,并告诉她不要担心,她的理想完全可以实现。这让成文的心放了下来,一度怀疑自己是不是有些小肚鸡肠。

单纯的成文哪里想到,为确保毕业前不出事故,不节外生枝,老谋深算的赵揩油采用了欺骗的缓兵之计。

"我打听了，赵揩油这个无赖在向院领导汇报毕业分配工作时，竟然撒谎说，成文学员觉悟很高，主动要求去边防接受锻炼！"

蚊帐被路小雨的怒气吹动着晃了晃，里面仍然死寂得没有一丝气息。

赵揩油宣布成文赴草原军区的命令刚一落地，肃静有序的队列"嗡"的一声炸了锅，所有人都把圆睁的眼睛聚焦在成文身上。

没有人会想到这个结果，成文没有留校，而是被"发配"到一个几乎没有人愿意去的地方。

成文也蒙了。她盯住赵揩油的金鱼眼睛，她看到了他此时的畅快，他正竭力掩饰着内心的狞笑，他的表情正得意地扭曲着。成文瞬间醒悟：原来他的打击报复在这里等着她。

成文双眼冒火，头脑炸裂，攥着拳头想要走上前去再给他一记耳光。

可是关键时刻，她眼前一黑，晕倒了……

成文不知道自己是怎么被同学们弄回宿舍的。她蒙在被子里，头一直晕晕沉沉，忽醒忽迷，昏天黑地，她的脑子里不断闪现的是那一记耳光和赵揩油最后的狞笑。那些蹑手蹑脚来到她的蚊帐前，又蹑手蹑脚离开的脚步声和同情的悄悄话像锋利的金属刮在水泥地板上，刺痛着她的耳膜，所有声响都让她感到恐慌心悸。

"起来，这次我陪着你，咱们到院里告他去，再狠狠地给那流氓一记耳光！"路小雨再也忍不住，她掀开蚊帐，去拉成文的被子。但是被子被成文死死地抓着，拉不动。

"你倒是说个话呀！所有人都要离校了，你要么上火车离开，要么去告那个王八蛋，光这么躺着有什么用？咱们得采取行动！"路小雨的手急促地拍在被子上，拍在下面那个木头一样的人的身上。

路小雨是成文最要好的朋友，两人同窗四年，无话不谈。小雨的父亲是北京总部首长，手握重权，赵揩油平时对她客气得近乎谄媚。毕业分配，小雨如愿地回到北京，到了让人羡慕的最高军事机关。但是她曾陪着一起做教师梦的好友成文却遭到了赵揩油的暗算。路小雨咽不下这口气，要为好友出头打抱不平。

一天后，成文的一只手从被子下面伸了出来，用力地攥紧了路小雨的手。

一接触到这只冰冷而坚硬的手，路小雨便明白了成文的决定。

成文终于掀开了被子一角，露出一张没有血色的脸，这张脸像地窖里贮藏了多日的白菜一样惨白。她发出虚弱但透着力量的声音：

"我认了！"

"你真咽得下这口气?! 这可是决定你一辈子的事呀！"路小雨对成文的软弱有些气恼。

"我，一个农民的孩子，一个人微言轻的小学员，想去告倒在部队里关系盘根错节、混得如鱼得水、仕途节节高升的赵揩油吗？退一万步说，即使告倒了赵揩油，那个艰苦的岗位还得有人去吧，换一个同学代替我去，我的良心能过得去吗？不，我将一辈子受到谴责！"成文仿佛不是在对着路小雨，而是在对着天地、对着她自己的心说话。

"如果换一种方式对付他，也许……"路小雨轻声说。

"不，假如情景重现，我的选择依然是用一记耳光还击，我决不会用我的底线和尊严去做交易，哪怕付出的代价是被放逐天涯！"

路小雨惊诧地看着成文。这个姑娘忽然间变得十分陌生，她从前轻柔的声音变得冷硬而坚定，单纯稚气的脸庞几乎一夜间就现出成熟和沧桑。

傍晚，天边燃起了火烧云。云层像滚滚的浓烟包裹着一团团火焰，火焰伸着火舌在奋力地燃烧，火势在蔓延，浓烟在消散，天空终于变成一片红彤彤的火海。

成文端着脸盆，追着天光，跑到顶楼的水房。她站在水房中间，呆呆地望着火烧云在那扇向外打开的窗玻璃上翻卷、欢腾、流动，像飞翔的大鸟一样变幻着羽毛的色彩，紫红色，橘黄色，金棕色……直到最后凤凰涅槃般化作一缕藕荷色的轻烟，缓缓地向朦胧的天际线退去……

如此壮美的天象变幻，如此强烈的视觉冲击，在成文二十一年的人生中还是第一次。她呆呆地看着，忘记了一切，心里只剩下感叹和感动。她默默地感谢草原额吉，在她落魄沮丧的时候，送给她一个如此壮丽的欢迎仪式，感谢草原额吉以这种方式告诉她，走过阴湿冷雨，就可以遇到云霞彩虹。那一瞬间她感悟到，在壮丽的大自然面前，个人的喜怒哀乐显得多么渺小。

成文走到沿墙砌就的长条水泥池子边，把脸盆放在一个水龙头下面。"滴答""滴答"的水滴声敲击着脸盆底部，附和着她的心跳声。

水房昏暗而安静，镜子闪着幽光，成文久久地看着镜子里的自己。那是一张苍白而憔悴的脸，连她自己也感到陌生。她试图冲镜子里的人笑一下，回复她的却是嘴角上的一抹苦涩。

"这人是你吗？""从前那个活蹦乱跳的你呢？""你就这样面对你的未来吗？""你能被打倒吗？"成文默默地向镜子里的人发问，那人仍然表情肃穆。

"咚咚锵，咚咚锵……"院子里忽然传来有节奏的锣鼓声。

成文跑到窗前，探出身，向外望去。

天空已经黯淡下来，像一块过火后的木炭，泛着疲惫的黑灰色。

早上挂在招待所大门上的两只大红灯笼亮了起来。大门两侧，两列士兵相向而立，一列敲锣，一列击鼓，一名军官站在队列中间，随着军官戴着白手套的两个拳头的挥舞起落，锣鼓声铿锵有力，红飘带上下翻舞。士兵们的脸被灯笼映得通红，就像刚刚落下天际的火烧云。聚在队列后面的围观群众，招待所各层窗户上伸出来的脑袋都像被喊了口令一般，齐刷刷向大门外望去。

一辆军用吉普车顶着微弱的天光，率先缓缓驶入大门，驶过欢迎的队伍。它的后面跟着一辆黑色的伏尔加，再后面是一辆大巴车，大巴的车身上挂着大红条幅——"热烈欢迎对越反击战英模报告团"，当这辆大巴车从红灯笼下驶进大门时，迎接它的锣声、鼓声，和着围观群众的掌声、欢呼声，震天动地，激越高亢。

车队驶进大门，驶过欢迎的队伍，顺着院墙内侧的柏油路向后院开去。

最后一辆车驶离人群很远了，锣鼓声仍久久停不下来。

成文跑到水房的另一侧窗前，从这里恰好能看到后院的一切。

车队已拐上通向松林间那幢三层小白楼的柏油路。那幢下午从她的房间看到的死气沉沉的白楼，此时变得神采奕奕。亮闪闪的彩灯勾勒出方方正正的轮廓，红地毯已经从楼口铺了出来，身着红色西服套裙的女服务员们立在红毯两侧，门廊上的聚光灯欢快地把光芒洒在她们身上。

一个白衬衣紧紧裹在凸起的肚子上的老头背着手站在台阶上，他身后聚着一些拘谨严肃的军人，他们都在恭恭敬敬地听他说话。显然，这位老头是在场军人中的最高首长。

首长的头发油亮地向后背去，这让成文想起他们学校的校长，校长是位军级干部，成文在校四年期间，只在一次全院大会上远远地见过一次真人，那是一个传达中央军委关于军队改革精神的大会。校长一直威严地坐在礼堂高高的主席台中央，其他几位校领导轮流读文件，校长只是在最后简短地说了几句话，说了什么，成文像许多学员一样没有听清楚。

车队驶入小楼前的停车场，车辆依次列队停好。从不同的车上跳下来的军人们都聚到那辆挂着条幅的大巴车门口守候着。

大巴车的车门打开了，胸前戴着大红花的英模们鱼贯而下。

白衬衣首长伸着双手，率领众军人走下台阶，像陕北红军迎接远道而来的红一方面军一样，与英模们胜利地会师。

一个脖子上挂着相机跑前跑后的年轻军官让成文觉得眼熟，他是从前面的吉普车上跳下来的，像是随军记者。在哪里见过这个人呢？成文的大脑在迅速地检索，难道他曾随哪个英模报告团去过他们学校？

成文对英模报告团很熟悉。在校期间，正是第二次对越自卫反击战大规模战役结束、小规模战斗不断的时期，分析战况是每堂军事政治课的主要内容。比成文高几届学越语的学长们毕业后直接从学校上了前线，其中有一些学长多次随英模团回校作过报告。那时各系热血沸腾的学员们都来为离校的勇士们送行，聆听他们归来后讲述战争亲历，没有不为他们豪迈的革命英雄主义情怀和果敢的军人行动而感动流泪的！成文也是其中之一。

与在场那些身体表情僵硬的军官们不同，那位"无冕之王"十分活跃，不停地跑位拍照，抽空跑到首长身后耳语，搂某位英模的肩膀，指点服务员干这干那。

"无冕之王"正冲着英模团里的一位女英模微笑，拍照，天哪，这个笑容怎么那么熟悉！成文心里又是一惊，这个人到底在哪里见过呢？

大队人马进驻小楼后，喧闹声消失了，白楼前变得空空荡荡。

成文倚在窗户上，目光离开空寂的白楼，越过林梢，望向远处的大青山脉。黑茫茫的山峦变得影影绰绰，顶起一片星空。

草原的夜空很低，星星繁多，闪闪烁烁的星星就在头顶，仿佛跳一跳就能抓着一颗。星河向着山的方向缓缓地流动，翻过山，就流向了深邃的远方。

成文想起南方家乡的夜晚，天空也有许多星星，但是它们却显得又高又远。爸爸有一个老式望远镜，那是爷爷从朝鲜战场上带回来的战利品。夏天的夜晚，爸爸就带着幼小的她坐在半山腰上望星星，教她认识天枢星、天璇星、天玑星、天权星、玉衡星、开阳星、瑶光星……讲紫光夫人感莲花化生北斗七星的故事……

一道闪光忽然从她脸上扫过，成文下意识地躲避了一下。她低头一看，"无冕之王"不知什么时候已经站在她的楼下，正冲她举着相机。看见她望向镜头，他又按了几下快门。他的眼睛离开了相机，冲她挥手，向她笑着。

成文慌乱地逃离窗口，躲进水房暗处。她捂着胸口镇静了一会儿，当她再偷偷地从窗缝向外望去时，那个奔跑的身影已经穿过树林，跳过小白楼门前的光芒，消失在楼门里。

这让成文想起梦中那个在丁香树间闪烁的身影，还有那张一直模糊着的面庞，难道模糊要变得清晰起来？

望着被黑魆魆的树林包围着的梦幻般发亮的小白楼，成文发呆了许久，直到有人进来打开了水房的灯。

那天晚上，成文的心情莫名地舒畅起来，这是连日来从未有过的感觉。她甚至听见自己欣喜的低语声："我竟然与英模团同一天来到青城，真是太巧了！"

成文在浑浑噩噩的睡梦中被一阵电话铃声惊醒。

"请问是成文同志吗？"电话里传来一个中年女性的声音。成文刚迷迷糊糊地回答"是"，电话那边就用毋庸置疑的口气说道："我是军区组织处的塔娜干事，请你现在速到一号楼工作组办公室报到，107房间。"

四年的军校训练，已经渗透到骨子里的军事素养让成文像听到紧急集合号令一样，立刻翻身下床，马上处于行动待命状态。

成文的脑子在加快转速：我已经被称为"同志"，而不是"同学"了，就是说我已经是军官，而不是学员了！是善干事派人召唤我吗？

她以极快的速度洗漱完毕，拿出短袖夏常服和蓝色军裙。军服在包里挤压出了褶子。成文是不允许自己这样出门的，她发扬爱美的女兵们在学校养成的"光荣传统"，果断地往茶几上那只招待所提供喝水用的大白瓷缸子里倒进开水，用缸子底部当熨斗，几个推拉便烫平了衣裙上的浮褶，就像把军被叠成豆腐块一样快速而熟练。

穿好军装后，成文望着脚上的轻便白凉鞋发起愁来。离校太匆忙，踩上这双便鞋就晕晕乎乎地跑出了大半个中国，现在她要去报到，要面对新单位的首次召唤，这样穿着是不符合军容风纪规定的，但制式皮鞋还在学校，恐怕还没有上路。怎么办呢？

塔娜干事又打来电话告诉成文怎么走。遵守纪律的成文报告了鞋不合规这件事。电话那边哈哈大笑起来："我当什么大事呢？过来吧，这里没人责备你！"

撑圈塞进帽檐，折叠军帽"砰"地展开，变成了硬邦邦的大檐帽。成文擦亮"八一"帽徽，把军帽郑重地戴在头上。

从进入军校那天起，她就记住了训练部长的那句话：穿上军装意味着什么？庄严和荣光，责任和义务，勇敢和牺牲。

这天早晨，天空蓝莹莹的，院子里的水泥地上满是明晃晃的阳光。

一出楼门，成文像刚从防空洞里爬出来一样，被光芒刺痛了眼睛。她站在楼道门口闭着眼睛适应了好一会儿才走下台阶，走进阳光地。

按照塔干事的指点，成文走过U字形楼房的一条边，转过楼角，来到后院。穿过林间小路，便看到了一号楼的标识，正是那栋她用目光早已熟悉了的小白楼。

楼前一排大大小小的汽车已经发动起来。几名整装待发的军官正聚在树荫下抽烟聊天。

一个年轻秀丽的女学员袅袅婷婷地走出树林，向小白楼走来。

军官们有意无意地站直了身子。北京总部来的年纪稍长的英模团领队游处长，拍着他身边一名年轻军官的肩膀说："哎，铁小军，你媳妇从天上掉下来啦！"那军官似乎没听见游处长在说什么，目光一直追随着姑娘的身影，直到那背影消失在楼门里。

成文一进小白楼，就被楼内的景象惊着了。

大厅是圆形的，像一个蒙古包。一串葡萄枝蔓一样的水晶吊灯从高高的石膏穹顶垂下来，与地面上黑白红三色大理石铺就的圆形莲花图案遥相呼应。四周墙壁上镶嵌着高高的棕色木板，木墙围中止在二层伸出来的半圈椭圆形平台下面，平台装着毛玻璃护栏，把二层左中右三个走廊口联结起来。橘黄色的柔光在水晶珠链上闪闪烁烁，漫射在穹顶上、木板墙上、玻璃护栏上，大堂朦胧得有些不真实。

两名军人从二层不同的出口走出来，相互打着招呼走到一起，俯身在护栏上说话。

成文完全不能想象，在物资匮乏的八十年代末，在被世俗认为贫穷落后的边疆，在省军区招待所的一个角落里，在她住的那幢昏暗简陋的楼房旁边，在一个外表看起来极其普通的三层白楼里面，竟然藏着一个她在苏联电影里才见过的豪华宫殿！

一个身着红色西装的漂亮女服务员从前厅一侧的服务台后面走出来，来到穿着绿色军装的成文面前，眼睛觑着成文盘问了一番，傲慢地伸出一只手臂，尖尖的手指指向大厅左侧的一个走廊口："嗯，你要去的房间在这条走廊里。"然后便扬着下巴走开了。成文摇摇头，实在不明白，是什么给了女服务员高人一等的优越感，难道为领导服务自己就成了领导？

成文踩着厚厚的软软的地毯，借着昏暗的灯光，一个房门一个房门地凑上去，去查找那该死的房号。

在一个房门前，成文刚伸长脖子，门突然开了，从里面疾步走出来一个人，一下子与成文撞了个满怀。成文趔趄着后退，对方伸出一只手扶住了她。

"咦，你就是成文！"一个男人标准的普通话响在成文耳边。

成文扶正被撞歪的军帽，抬头一看，一双因惊喜而发亮的眼睛正居高临下地盯着她。

"塔姐，人来了！"还没等成文反应过来，此人便转身冲房间里面兴奋地喊道。借着从半开的房门涌出来的光亮，成文看见这名军官的肩上挂着一部相机，她心里一惊。

军官又回过头来目不转睛地盯着她，高兴地说："我们昨晚在星夜里见过。"

成文的脸颊开始发热，她避开他炽烈的目光，低下了头。她已经认出，他就是昨晚在楼下偷拍她的那个"无冕之王"。

一个看上去上了些年纪的女军人闻声走了出来，军装裹在她胖胖的身上有点紧。

"哎哟，这位就是成文小同学呀！"女军人拉起成文的手，"怪不得善干事总是唉声叹气，闹得全机关都知道来了个'楚楚可怜'的姑娘，什么楚楚可怜，明明楚楚动人嘛！善干事那老粗竟然还用了这么一个文绉绉的词！"女军人一双慈爱的眼睛上下打量着成文："峰辉，你瞧这军装，这裙子穿在人家身上怎么就这么好看呢？年轻就是好呀！"女军人直言快语，话语像机关枪一样密集。

"的确名不虚传！"男军人点头，目光仍未离开成文。

"快进来，欢迎你加入我们的队伍！我是组织处的塔娜干事，这位是我们的副处长景峰辉，一颗冉冉升起的明日之星！我们一起负责英模报告团的接待工作，上面决定让你来帮忙。"塔干事热情地把成文拉进了房间。景峰辉也跟着走了进来。

"求你塔姐，别在小学员面前拿我开涮。是这样，小文，你的情况我们已经知道了一些。领导指示，你先跟着我们英模报告团活动几天再说。一会儿九点钟英模团去省医院作报告，你也去听听，开开眼界。你就跟着塔姐行动吧。"景峰辉一本正经地给成文下了指示，又对塔干事说，"我先去招呼英模们上车，塔姐，小文就交给你了！"景峰辉说着，侧身向门外跑去。

"行，行，你先去吧，这里你就放心吧！"塔干事冲着那个快要消失的背影挥了下手，似乎在赶他走。

他竟然喊她小文！长到二十一岁，除了父亲外，还没有哪个异性如此亲切地称呼过她。成文不眨眼地望着门口，听到自己"怦怦"的心跳声。

"小伙子工作上是一把好手，为人也好，可负责任了！"塔干事正说着，景峰辉又斜着身子倒退着出现在门口，不放心地嘱咐："小文，你好好跟着塔干事啊！"

成文使劲点了下头。

"好啦，好啦，夸你胖你就喘，有我呢，你放一百个心吧！"塔干事冲他挥手，又对成文说，"这是我们机关四大帅之一，不仅帅，也有才能干，二十六岁就提了副处长，现在处里没处长，他主持工作，前途无量呀！"成文听着塔干事对景峰辉的介绍，脸不觉更红了。

"好多人都认为他沾了他老爸的光，我倒觉得他自己能吃苦，有本事，这孩子是我看着成长起来的，十四岁就离开东北老家，离开父母来青城当兵，后来又保送上了军校，奋斗到今天也不容易。"塔干事看看成文，成文假装去看桌子上的报纸。塔干事眨了下眼，哈哈笑着说。

"他儿子可调皮了，也是个人见人爱的小帅哥儿！"

"他有儿子?"仿佛听到一声闷雷,成文惊诧地抬起头来。

"儿子快三岁了,又聪明又漂亮,跟他爸一个模样,他媳妇也漂亮呀,长得跟电影明星似的。老丈人是我们军区领导,两人老家儿是战友,早先定了娃娃亲,到年龄一办事就成了。他们小夫妻两那是郎才女貌,琴瑟相和,在我们军区很有名的。"

"姐姐,您的塔姓很少见呀?"成文萌动的心刚刚提起来又摔了下去,有点疼。

"哈哈哈,小成,我是蒙古族,没有姓,就叫塔娜,祖先姓兀良合,现在也不怎么用了。"

成文甩甩头发,像在甩掉无端涌起的不切实际的幻想。

塔干事问道:"小成是南方人吧?"成文点头。"我们蒙古族很少有像你们南方人这样大双眼皮、白净皮肤的,单眼皮是我们的遗传基因。你来到我们草原,以后就是我们草原上的人了,没准还会爱上我们蒙古族小伙儿呢!哎,我们蒙古族小伙可棒呢,我手头就有几个单身帅小伙,都是英武大高个儿,绝对能配得上你,过两天姐给你介绍一个,将来结了婚,生出来的娃娃绝对优质漂亮,按照国家政策,我们少数民族是可以生两个的……"

塔干事新烫过的短发,圆圆的脸,高高的颧骨,笑眯眯的双眼,听着她的一口带着青城口音的普通话,感到像邻家大姐一样心直口快,亲切可爱,这样的大姐见面自然熟,肚子里装着一堆八卦,任何场合只要有她就绝不会冷场。

"塔姐,我帮您干点什么呢?"成文其实想说:姐姐,我的生存问题还没有解决呢。

"也没什么事,你就跟着英模团听听报告、受受教育。哎哟,你看我见了你光顾着说话了,马上就到点上车了。我拿上新闻稿咱们就走!"

塔干事高高兴兴地拉着成文出了门,大厅二层联廊上有人问她:"塔干事,你们的活动还要带个小演员?""什么小演员,快别扯,人家是正儿八经刚从军校毕业的大学生,新分到咱们军区来的天之骄子,算是我们英模团的新团员！以后你们这些未婚小伙儿可要竞争啦！"

刚才对成文趾高气扬的那个女服务员正在前台忙活，塔干事喊她："图雅，你哥回来让他来我这儿报到。""哎——"那姑娘甜甜地答道，大概什么事让她高兴，顺便冲着成文也笑了一下。

"她父亲也是军区机关的，哥哥在下面分区的野战部队当连长，挺帅一小伙儿，以后姐给你们介绍介绍。"塔干事悄悄对成文说。

成文面无表情。刚才塔干事"受受教育"那句话很刺耳，无意中露出让她来"帮助工作"的真实目的，她有些抵触，她不是没有觉悟的人。

车队停在青城医院礼堂后面的空地上。

一众白衣天使早已候在那里鼓掌，站在中间的是一位身材瘦小、银发灿灿的老太太。塔干事告诉成文，那是医院的晏院长。

晏院长笑容满面，与下车后自觉排成一队的军人们依次握手，对英模们的到来表示欢迎。

礼堂的后门正在修缮，晏院长陪着领队游处长绕过台阶，走上悬挂在外墙上的一截"之"字形铁艺楼梯。

后面跟随着的英模队伍没走几步，就被围拢上来的白大褂们热情地切割成了几段，一个个绿军装被三三两两白大褂簇拥起来，搂着肩膀，拉着胳膊，不由分说地往"之"字形梯上送。

成文也被两个小护士一左一右挽着胳膊，亲热地"绑架着"攀梯上楼。走上铁架平台就要进入墙上那个小门的时候，成文扭着身子往下看了一眼，正好看见景峰辉被三位白衣天使撕扯着，两个人一左一右往前扯胳膊，一人在后面低着头推后背。

景峰辉双腿向前伸着，身子向后仰着，双手艰难地把相机举过头顶，头左转右摆，嘴里喊着："姑娘们，放开我，放开找，找不能去，我跟你们一样，也是工作人员！"

成文看他那狼狈的样子，不觉"扑哧"一下笑出了声。下面剩下的其他白大褂和绿军装也纠缠在一起，乱哄哄一片。

走廊昏暗狭窄，军民们说着笑着，向尽头的亮光处走。成文被裹挟其间，稀里糊涂跟着前面的人走着。

迈过门槛，进入那片亮光地，成文一下子蒙了！

天哪，她怎么站在了主席台上。台上的聚光灯明晃晃地照着，台下的观众黑压压地坐着。

什么情况？她这时才想起塔干事，左寻右找，不见踪影。

进来的军人都已经在主席台上落座。

成文站在那里不知所措，不会又是梦吧？冷汗已经从后背冒了出来，她刚要转身原路逃离，晏院长过来截住了她，把她请到长条主席台边上一个空位子上。旁边一位年轻英俊的军人站起身，很绅士地为她拉开了椅子。

晏院长在发表了一番热情洋溢的欢迎辞之后，开始逐一介绍台上的领导同志和英模代表。

介绍到成文的时候，她卡了壳。台上的另一位女英模林爱玲已经介绍过了，怎么还有一位女英模？她看着手里的名单，名单中没有这位英模呀，自己刚才弄错了？晏院长不知道这个年轻的女军人是谁，台上的军人们也不知道她是谁。台上台下的目光齐刷刷地聚焦到了成文身上，会场突然一片安静。

晏院长经验丰富，反应敏捷，立即临场发挥道："这位解放军女同志是英模团的随员，无名英雄！"

像往静止的水里扔下一颗石子，台下的听众纷纷交头接耳。

"随员"成文这时却出奇地冷静，她不慌不忙地站起身，举起右手，冲着台上的嘉宾和台下的观众分别行了标准的军礼。

全场静了一会儿，不明真相的听众们随即爆发出热烈的掌声。

面对这种大场面，成文大学三年级时在首都参加全国外语演讲比赛时曾经历过，但那是她的舞台，她能够气定神闲，从容把控。而现在她无意中闯上了别人的舞台，与这些在战场上出生入死的英模们同起同坐，还被冠以"无名英雄"，她感到羞愧，承担不起。

尽管她表面上看起来很镇静，但整场报告会都如芒刺在背，被人架在火上烧烤一般。

好长时间过去了，她都坐在台上一动不动，像聚光灯下的一尊半身雕塑，僵硬而冷傲。

连日来过山车一样的经历，让她的大脑一时又陷入空白，台下变成一片虚无，她什么都看不清。终极的哲学问题在她的脑子里不断地横冲直撞：

"我到底是谁？我从哪里来？往哪里去？芸芸众生中，我的位置到底在哪里？"

刚从老山前线下来的英模们个个不同凡响，每个人都有着惊天地泣鬼神的英雄事迹。

成文钦佩这些从枪林弹雨中走出来的热血青年，她的同龄人，他们在关键时刻的真正思想和表现，就像他们走上战场前写下的血书那样，只有一个信条：誓死捍卫祖国的尊严和领土，作为一名军人决不后退半步，直至生命的最后一刻！

有一位英模的演讲与众不同，他让在场的所有听众都屏住了呼吸。

成文记住了他的名字，不仅仅是因为他就坐在她的身边，曾绅士般地为她拉开了椅子，也不仅仅是因为他相貌英武，有一只刚毅笔挺的鼻子和一张凌厉的侧脸，更重要的是他没有用稿子，而是用从心底流淌出来的最平实生动的语言讲述了战争，讲述他的信仰和追求，讲述了他的心路历程。他就是被誉为"孤胆英雄"的侦察排排长铁小军。

他所在的部队调防云南前线，面对生与死近在眼前的残酷事实，许多人犹豫、惶恐，甚至动用各种关系逃离作战部队。

铁小军，一名老军人的儿子，一名受过特殊训练的侦察兵，主动请缨，要求下部队参战。

十九岁的铁小军火线入党，被任命为班长，他多次带领侦察小分队在夜间摸进越南人的驻防工事，完成为前线指挥部获取第一手情报的任务，曾几次与死神擦肩而过。

最危险的一次是他把战友们留在外面放哨掩护，孤身一人潜入敌军前沿的一个地窝子指挥所。

几个光着膀子正在喝酒的越南兵被从天而降的中国奇兵吓得目瞪口呆。铁小军的枪口指着他们，只消扣动扳机，这几个家伙就会一声不响地去上西天。越南兵举起双手哆嗦着，准备坐以待毙。但是铁小军没有开枪。他是不会向手中没有武器的人开枪的，即使是敌人。

拿到想要的东西后，铁小军退出了敌军指挥掩体。但是在外面，他遭遇了敌方流动哨，越南人在黑暗中慌乱地向他开火。这几个受到惊吓的越南倒霉蛋运气不好，遇到的是受过特种训练的神枪手。铁小军干脆利索，两枪撂倒两个敌人，成功脱险。

"我从来都不认为自己是个英雄，我只是中华民族的一名子孙，一名军人，一名国家的保卫者，是一个曾经与英雄们一起在战场上并肩战斗的普通士兵。我只是在祖国需要我的时候做了我应该做的事情，为此，我永远感到无愧和自豪！我的那些在战场上视死如归牺牲了的战友们，他们才是真正的英雄。

"我们的一名班长被越寇的炮弹击伤后落入敌手，在行刑前面对敌人的枪口，他立起身躯，誓死不跪，如果不是一名苏联记者用胶片记录下那一幕，我们永远也不会知道他面对敌人时的大义凛然和民族气节！这样的战友不在少数，他们才是真正的英雄。

"我的战友们牺牲时大多数不到二十岁，但他们为了完成国家和人民的嘱托永远也回不来了……他们化作了高耸入云的纪念碑，我相信，他们会得到人民的敬重和怀念！

"战争结束后，当我走在寂静的烈士陵园里，我常常在想，我的战友们，他们是一个个稚气未脱的生命，在这些十几岁、二十几岁就定格了的壮丽青春面前，我真正懂得了，什么叫作为了民族利益、国家利益而献身，什么叫作民族的脊梁，也深深地体会到，什么叫作青春的伤痛。我的战友中有许多是入伍才几个月的新战士，他们还没来得及享受爱情、享受人生的欢乐，就把生命永远地留在了异国他乡。

"长眠在边境烈士陵园里的多数是工农子弟，多数是普通士兵。

一个个毫不起眼的名字，在千千万万的国人当中，如沧海一粟。

"一块块小小的墓碑前多是满脸沧桑、方言浓重、衣着寒酸的战友们的亲人，他们或许一辈子都没有出过门，现在却千辛万苦、百转千回地来到这个边陲小镇，来到一块冰凉的墓碑前寄托他们的痛苦和哀思，可是，他们却永远也见不到他们至爱的儿子、孙子、哥哥、弟弟、姐姐、妹妹、未婚夫了……"

铁小军哽咽了。会场一片肃静，抽泣声窸窸窣窣，有人用手指悄悄擦拭眼角的泪滴。

"一想起这些就有一股无法抑制的锥心之痛刺进我的喉咙，扎得我透不过气来！比起他们，今天我们在座的都不是英模，他们才是真正的英模！"

铁小军长嘘了一口气，继续说道：

"我们的牺牲是为了祖国的安宁，是为了让英烈的亲人们过上更好的生活，否则我们的牺牲又有什么意义呢?！希望我们国人不要忘记那些保家卫国的烈士，更不要忘记那些经历九死一生的伤残军人，希望我们的政府能真诚地关心他们，真诚地关心他们的亲人！

"这场战争也引起了我的思考，哪个国家、哪个民族、哪个人愿意打仗? 战争是万不得已的，是不理智的，是残酷的，它带来的只会是国家间的敌视，是对一个个生命的漠视，是一个个家庭的痛苦和破碎，它是恶魔！

"军人存在的意义是什么? 不是进行战争，而是阻止战争的发生！

"但是当我们不得已要用战争来维护和平的时候，来维护祖国的尊严和领土完整的时候，请祖国和人民放心，我，一名军人，将永远是挺身而出的中华民族的一分子！"

铁小军铁骨铮铮的演讲引发全场起立，许多人流着泪报以长时间的掌声。

当他行完军礼，平静地走回座位的时候，成文真想按照西方人痛快淋漓的表达方式给这个刚毅血性的男人一个热烈的拥抱。但是她没有付诸实施，只是崇拜地望着他，眼里闪着泪光。她用比别人更响亮更长久的掌声，迎接他的凯旋。

"我就跟护士长多说了几句话，成文就上了台。唉，我没照顾好她，你看这该如何是好？你批评我吧！"塔干事凑到景峰辉旁边的座位上坐下，后悔不迭地絮叨。

景峰辉一脸严肃。他虽然是处领导，但塔娜大姐比他大那么多，她出了纰漏，他还真不好说她什么，再一看台上的领导，还有成文都从容机智地化解了尴尬局面，景峰辉干脆就不说话了。

这场报告会塔干事没听好，一直用歉疚的目光望着台上的成文。

景峰辉也没听好。他从不同的角度为每一位英模拍照，留下他们的风采，也留下历史资料。但今天，他更多的时候假公济私，偷偷地把镜头瞄准了成文，借着摄影师的便利，用躲在镜头后面的眼睛悄悄地观察她。

这个女孩与众不同，与他见过的所有姑娘都不一样。

她的皮肤很白，五官像画在凝脂上一样清秀干净，一双凹进去的大眼睛，又黑又亮，只是暂时被一层忧郁蒙蔽着，显出一副心事重重的样子。这是一个天生丽质却不自知的姑娘，清纯与成熟，温和与刚烈，活泼与内敛，这些矛盾的气质浑然天成地统一在她的身上。

景峰辉有一段时间看见她的脑门上渗出一层细密的汗珠。随着报告会的进行，她一直保持着孤傲笔挺的军姿……主席台上的人们在鼓掌，她也跟着拍手，主席台上的人们站起来迎接每一个演讲完的英模，她也跟着起身，只是她的神情有些恍惚，像个木偶一样，动作似乎总比别人慢半拍。

景峰辉放下相机，身子仰在椅背上。他的心里涌动起一种难以名状的情愫，那是一股说不出来的难受。

姑娘坐在一个不属于她的位置上，待在一个不是她本意要待的地方，她的内心是多么无奈和无助呀，但是冷硬的军装遮掩了她的柔弱，强撑起满脸的坚强。她一定有着自己的渴望和追求，但现实是冷酷的，她在挣扎，却又是徒劳的。她不同于他所生活的圈子里那些养尊处优、呼风唤雨的姑娘们，她们只要伸出手就能够得到她们想要的东西，而这个姑娘想要实现最基本的诉求，都必须付出艰辛的努力。

景峰辉长长地嘘了一口气。

"你今天听得真专注呀，我跟你说了几次话你都没听见。"塔干事用胳膊肘碰了碰目光还在成文身上的景峰辉，"小心呀，年轻人，别看进眼里拔不出来哟！"塔干事冲他开玩笑。

报告会结束了。塔干事等在后台边上。成文一出来，塔干事上前一把就抱住了她，好像终于抓住了失散多年的孩子。她的一只手轻抚着她的后背为她压惊并向她道歉。成文乖乖地趴在她的肩头，并没有经历了大起大伏的激动和懊悔，她的沉静反而让塔干事有点不知所措。

"真让峰辉说对了，我没照顾好你，我再也不松开你了！"塔干事拉着成文的手从舞台一侧走下来，跟着人流，从礼堂的侧门往外走，许多人向成文这边看过来，带着对"无名英雄"的崇拜和好奇。成文低着头，心里对众人道歉："错了，错了，不是那么回事！"她感到自己那只被塔干事抓着的手，不知是谁在用力，疼得都快要麻木了。

走到院子里，晏院长从后面追上她们。她亲切地搂住成文的肩膀："姑娘，今天我对你的介绍如有不妥当请原谅啊。"

快人快语的塔干事先声答道："妥当，妥当，一个女大学生能到我们边防来，当得起无名英雄，她可是学外语的本科大学生哟！我们军区还没有这样的人才呢。"

"哎哟，多稀缺的人才呀！你们那里要学外语的大学生不外乎也就是去边界上去吧？"晏院长看着塔干事，塔干事也愣了，她还没有想过这个问题，便支吾着说："暂时还没确定具体单位呢。"

成文的心咯噔一下，这让她想起了善干事初见她时的反应和话语。她以为自己这只挂在辘轳上的水桶已经到了井底，现在才知道还悬在半空中。

晏院长意识到气氛不对，她端详着成文感慨道："姑娘真是年轻漂亮呀！你让我想起我当年来青城时的情景。我那时也是二十出头，梳着两条大辫子，单单纯纯的，一开始到了呼伦贝尔草原，后来又到了阿拉善草原，都是辗转在最边远偏僻的牧点上，工作了近三十年，待过大大小小六个单位后才调到这里。时光过得真是飞快呀，人生已经过去了大半，一眨眼，我就要退休了，回过头去看看，发现你所经历的一切，不论酸甜苦辣，只要是生活赠予你的，都是你的财富，而且越是艰苦的磨砺，越是宝贵的财富。现在想想，最值得怀念的就是那段最艰苦的岁月，真让人记忆深刻呀！如今生活安逸了，反而觉得日子淡了，没嚼头了。"

"晏院长是天津人，早年从医学院毕业来支边，现在已经在这里扎了根，早就是真正的草原人了。"塔干事告诉成文。

"对呀，美丽的草原我的家，我的儿女们比我更认可这里呢。姑娘，你会爱上草原的！生活才刚开始，别害怕，好儿女志在四方。未来没有来临之前，怎么知道现在所经历的困难不是一件好事呢，任何一件事情都有两面性，总之是要向前看，那是哪位名人说的，当你看清了生活的真相后仍然热爱生活，那才是真正的勇者。"

"卢梭。"成文说。

"对，孩子，相信我，未来是不会辜负乐观的热爱生活的人的！"晏院长轻轻地拍拍成文的肩。成文看着晏院长，两人的目光里有一种心心相印、惺惺相惜的交流。成文觉得晏院长的话仿佛一剂活血化瘀的对症良药，吃下后，让她郁闷的心情宽敞了许多。

塔干事牵着成文的手离开了晏院长。

成文几次回头望去。晏院长站在阳光下，银发闪闪。她眯着眼睛，安详地目送着英模团成员们向各自的车走去。

时光让晏院长的脸上布满了沧桑，但她的眼眸却依然明澈。岁月让她的眼角增添了鱼尾纹，但她的灵魂却始终守护着家园，不让它受蚀蒙尘。草原的风、大漠的沙吹老了她曾经青春的面庞，却没有吹凉她真挚而炽热的心灵。

塔干事带着成文正要登上来时乘坐的中巴车，景峰辉跑了过来。他摘下挂在胸前的相机，递给成文说："小助手，帮我保管一下！"塔干事心领神会，拉着成文跑到车队前面，坐进了景峰辉的开道吉普。

车窗外，景峰辉的两条长腿在车辆之间穿梭着，他在每辆车前确认人数，确定所有车门都关好后，逆着光跑了回来，当他像豹子一样敏捷地跳上车踏板，歪身坐进车里的时候，坐在后座上的成文默默地把目光从他身上收回来，垂在手中的相机上。

车队驶上了宽广人稀的大街。

天气真好，天空湛蓝得像照相馆里的假幕布，阳光仿佛穿越远古而来，纯情而透明，街道两旁树后面那些低矮的青灰色的建筑物安详地享受着光的沐浴。与嘈杂喧嚣的内地城市不同，这里的时光仿佛一下子亮了起来，慢了下来，像电影里的快镜头突然切换成慢镜头，慢得能够让刚来到这里的人从心里滋生出一种温暖而甜蜜的情愫。

成文安静地坐在景峰辉身后，她能清晰地感受到一圈一圈的电波向她袭来，在她的身体周围荡漾着，让她的面颊和身体莫名地发热。景峰辉转过身来与塔干事谈工作的时候，成文感觉到冲击波在加强。她笔直地坐着，望向窗外，只要一转头就能看到他露在帽檐下面的一圈黑黑的头发，她克制自己不去看。

"把相机还我吧！这可是机关最贵重的宝贝呀！"景峰辉在接过相机的时候，眼睛盯着她，手有意无意地碰到了她的手。成文的手触电般躲开了，红了脸，又把头转向窗外。

"好热乎，还带着你的体温呢，让你当小管家一定没错！"景峰辉在笑。

"峰辉呀，你可真是个多情公子，行啦，快别逗人家小姑娘了！"塔干事拍了一下景峰辉的手臂，顺势搂住了成文。

"小文你看，前面就是省博物馆，咱们脚下这块土地上，匈奴来过，鲜卑来过，契丹来过，现在是蒙古族的家园，要想了解北方少数民族的历史，一定要来这里看一看，馆里藏了许多文物珍品。你看楼顶上的那匹白马，那可是咱们青城的标志。"景峰辉指着前面的一幢白色建筑物给成文看。

一匹白马从那幢白色建筑物的楼顶腾空跃起，像一匹在蓝天上飞翔的天马，由远及近，飞奔而来。

"马是咱们草原的象征，咱们城里有好几尊马的雕塑，我看就这尊最好！"塔干事说。

"所以说入选了青城八景之一，青城电视台开播的画面就是它。"景峰辉让司机在博物馆前面的马路上放慢了速度。

成文仔细看着这座富有浓郁蒙古族风格的建筑物。

"它的主门设计最有特色，像一个被上下拉长的蒙古包的剖面。"景峰辉说。

"不是像，人家就是那样设计的。"塔干事纠正。

"我觉得，这座建筑物整体看上去像极了苏联电影中青年近卫军戴的棉帽，就是把棉帽的护耳拉开平扣在地上那种，不过是帽子的颜色由灰色换成了白色。一部苏联电影里有一个镜头，近卫军的帽顶上落了一只和平鸽，青城博物馆顶上则是飞着一匹骏马。"成文忽然慢条斯理地开口说道。

"你的想象力好丰富呀！"塔干事惊喜地看着她，"你的小脑袋里都装着什么?！"

"我也特爱看苏联电影，小时候几乎把所有进口的苏联电影都看了，我们家那台老式留声机上的唱片放的几乎都是苏联音乐。"景峰辉从前座转过身子来，"可你说的电影我好像没看过。"

"我们在学校时，看苏联原文电影是一门选修课程，许多电影是没有翻译过来的。"成文避开了他的直视。

"你们学校肯定有好多男孩子追求你吧?"塔干事笑眯眯地问。自打见到成文后，这是她最关心的话题。

"没有，没有，学校不允许谈恋爱的。"成文急忙摆手，本来就布满红云的脸变得更加绯红。

"别不好意思嘛！你这么好的条件没有男朋友，我们都不信哪，不是眼光太高吧?"塔干事继续逗她。成文使劲地摇头。

军校四年，成文的心思都在学习上，活动范围也就是教室图书馆食堂宿舍操场这几个地方，生活总是在画一个简单枯燥的大圆圈。外语军校的男生是女生的十倍，从大一到大四，的确有许多男同学在追求她，但她都婉拒了，主观上讲她是个自律的人，不会违反学校纪律，客观地说是没有遇到让她心动的人。可为什么现在偏偏出现一个让她脸红心跳却又不能靠近的人呢？成文偷偷地瞥了一眼景峰辉的背影，心里叹了口气。

"不过，这样更好，这么美丽优秀的姑娘还愁找不到好人家？放心，包在你姐我身上，保证找一个能配得上你的对象！"

"我们草原上的太阳比你们中原的圆，月亮也比你们中原的亮吧？"景峰辉转过身来问成文。

"我也有这种错觉哪，这里的空气好透明呀，像水一样，你们看，还会抖动呢，在房檐上、树梢上、马路上泛着波纹！"成文指着窗外，与其说在转移他们的注意力，不如说在转移自己的情绪。现在的景峰辉让她有一种不慎落水，扑腾着急于上岸的纠结。

车队钻进一条老街，茂密的枝丫在空中交织，搭成绵延的凉棚，细碎的光影透过枝叶的缝隙漏在柏油路面上，窸窸窣窣地晃动。

"这是什么树呀？"成文问。

"这叫龙爪槐。它的全身都是宝，花和果可以入药，有清凉收敛的作用，还能止血降压，叶和根、皮有清热解毒的作用。"景峰辉像医生一样为她解释。

"我就不喜欢闻这种槐树的味道，特别是夏季，从树上滴下来的黏油儿，沾在身上洗都洗不掉。"塔干事抱怨，"建议新市长把这些不好看的道边树都换掉。换上银杏呀、梧桐什么的多好！法国梧桐，听起来就浪漫。"塔干事说。

"我们学校的主干道上就是成排的法国梧桐树，可我一点也不觉得它们浪漫。"成文说后半句的时候，声音低了下去，似乎有一种刺痛在她的喉咙里。

"那些娇贵的树种恐怕不适应我们塞外的气候土壤！"景峰辉说。

"这种槐树我没有见过，槐树和槐树差别也好大呀！"成文想起家乡的槐树。

"我们村口长着两棵可有年头的香花槐，我们几个小孩子都合抱不过来。我小时候的记忆中它们总是满树开着红花，后面是一片绿油油的梯田。槐花的香味能飘上半山腰，飘进我们家开着的窗户里，我就闻着槐花的香味写作业。大槐树底下是我们小伙伴们最喜欢玩耍的地方。夏天黄昏的时候，村里的大人们坐在树下喝茶侃山，孩子们就靠在树干上看小人书，天热的下午我爸爸会把村小学里的孩子们带到槐树下去上课。我印象中一刮风下雨，红色的花瓣就会纷纷扬扬地下落，像是下花雨，树下白色的石粉土上落下一层红英的时候，我们就把那里当成舞台，唱呀跳呀的，我们还吃花蕊呢，可甜可甜啦……"

成文沉浸在回忆中自顾自说着，车里很安静，费翔在车载录音机里低低地唱着《故乡的云》。

半晌，塔干事才轻轻地说："多美的地方呀，让你一说跟画一样，难怪你是个水灵灵带着仙气儿的姑娘，原来是从画里走出来的！"塔干事顺手把掉在成文脸上的一缕头发撩了上去，眼里满是爱怜。

成文也不知道自己怎么一下子说了这么多的话，她一向是个沉默寡言的人呀！

她渴望在她说话的时候，景峰辉会像以前那样转回身来微笑着鼓励她。但是他一直没动，坐在前面不知在想些什么。

失去了景峰辉的关注，成文忽然觉得很无趣。她默默地把头转向了窗外，可就在那一刻，她从后视镜里看见了景峰辉的眼睛，那双眼睛正忧伤地望着她。

许久，景峰辉自言自语道："法国女作家弗朗索瓦丝·萨冈说过一句话，我们对自己的故乡没有一种客观的概念，我们通常只是对轻松时光的记忆。"

车队驶上那条两旁都是驻军的城郊大道。一队士兵手里提着马扎跟着班长响亮的口令行进在路边。军区招待所临街舞厅的广告牌已经闪现在前方。

一团一团的白云游浮过来，在路面上投下一片一片阴影，有一团白云遮住了太阳，天空一时暗了下来。

一直低低回响着流行歌曲的车载播放器里突然迸发出一个男人野性苍凉撕心裂肺的咆哮：

妹妹你大胆地往前走呀，往前走，莫回——头——
通天的大道九千,九百,九千九百九呀——

这首正风靡全国的电影《红高粱》的插曲冷不丁地一吼，把车上的几个人都吓了一跳。

"快关掉，关掉！"成文突然歇斯底里地吼叫起来。小司机慌着摁了几次才摁掉了开关。

景峰辉回头望去，只见成文双手捂脸，身体歪在塔干事怀里，痉挛般痛苦地抖动着。

"怎么啦？怎么啦？"塔干事焦急地问，"哪里不舒服？前面就是军区医院，我们去医院！"

景峰辉把手伸出车窗，挥手让其他车辆继续前行。吉普车离开了车队，掉头往医院驶去。

"我不去医院，请不要去医院，我没事，让我安静一下就好。"成文摇着头，请求的声音越来越弱，她极力让自己平静下来。

车子靠路边停下。风从车窗外吹进来，呼呼地响在成文的耳边。塔干事把成文搂在怀里。

几天来，成文像只鸵鸟一样把头扎进沙子里，竭尽全力屏蔽大脑中关于毕业前的一切记忆，可那最后的一幕还是不期而至了。

这是她离校那天同学们为她送行时自发唱起的歌，一首变成了她只要听到就会崩溃的歌。

离校的那天早上，成文恍恍惚惚被架上一辆军用解放卡车的敞篷车斗里，坐在一堆别人的行李当中。

车下人头攒动，军装绿晃晃一片，许多认识的不认识的、同年级的低年级的同学都赶来为她送行，他们喊她的名字，让她保重。

车下很嘈杂，可是成文仿佛沉在水里，声音被水阻隔了，耳朵里只有"嗡嗡"声。她的眼睛像蒙上一块纱布，看到的只是一张张模糊的脸晃动在一片绿色中。她一动不动地坐着，像喝了水银一般，世界在她的眼里变得冰冷而虚化。

车子启动了，路小雨第一个哭出了声，几个女学员也哭了起来，送行的人群慢慢地向后退去。不知谁起了头，哭喊声突然变成了吼叫声，众人在齐吼："妹妹你大胆地往前走——"

歌词旋律钻进她的耳鼓，重重地撞击着她的耳膜，她捂住了耳朵。她不要听，不要听，可是那声音却越发高亢清晰刺耳。

车子驶过学院中心大道时，两旁的梧桐树枝刺啦啦地划着车身，一条长长的树枝扫过来，拽掉了她的一撮头发，她竟麻木得没有痛感。

可是现在头上的那片痛却在隐隐发作。成文脸埋在塔干事的怀里，肩膀抽动着，哭声憋在喉咙里。

"哭出来吧，唉！小姑娘，肯定是不如意，你们那领导怎么想的，让一个女孩子去边防！唉，姑娘不知受了多大的委屈！哭吧，哭出来就好了！离开父母那么远，可怜见的。"塔干事也红了眼圈，轻轻地抚摸着成文的后背。

一条手绢从窗外递进来，塞进成文手里。成文把手绢摁在眼睛上，似乎要堵住两个涌动的泉眼。她紧紧地攥着这块有股浓浓的香烟味道的手绢，像攥着一根稻草。

许久，成文的肩膀停止了抖动，她坐起来，吸溜着鼻子说："不好意思，塔娜姐，把你的衣服弄脏了。"

"小成，也别把结果想得太坏，今后什么情况还不一定呢，军队现在大变革，到处都需要你们这样的大学生，我们组织处也需要新人来顶替我们这些要转业的人哪。峰辉，你得想法把姑娘留下来呀！"塔干事冲着景峰辉喊道。

"我没事了，塔姐，刚才想起了学校里一点不如意的事，让你们跟着受惊了，不好意思！"成文用那条手绢一下一下地擦拭着泪水，她为自己第一次在人前流泪而自责。

景峰辉一直站在车外，背对着她们，狠狠地抽着一支烟，他的表情比成文的更加痛苦扭曲。

不论是哭过去，还是哭未来，哭过一场后，成文感觉轻松了许多，往前看，生活的路还在默默地延伸着……

那天下午，成文推说身体不舒服，婉拒了景峰辉和塔干事的邀请，没有与他们一起吃饭，也没有继续跟团活动"受教育"。

成文回到自己的住处换好便装，她想独自到外面去走走。这几天她像一只离群的孤鸟儿，被驱赶着四处乱飞，好累呀！好想找个没人的地方合拢翅膀避一避，静一静，歇一歇，想一想。

刚走出楼门，就看见两个高个子青年一前一后绕过花坛向她这边走来。

前面的那位身材魁梧，面色红亮，部队发的白布衬衫扎在肥大的军裤里面，甩开大步往前赶。后面的那个穿着一条发白的紧身牛仔喇叭裤，腿显得比前面的红脸膛长出一倍，双手插在裤袋里，不紧不慢，颇有玉树临风之感。

红脸膛老远就喊："是成文吗？"

成文站在楼门口等着他们，一脸疑惑。

"我叫阳军华，陆军学院的。"阳军华浓眉大眼，声音洪亮，伸过来的手比他自报家门的声音还快。"这位是慕光，军医大的，未来的大军医。"慕军医显得有些懒散，这个白皙俊朗的医生看上去不像个军人，倒像个文艺青年。他身体颀长单薄，神情自带忧郁，浓密的黑发微微卷曲地盖在头上。他过来与成文握了握手，握力连阳军华的一半都没有。他们互相打量打量，算是认识了。慕光的这种状态让成文不觉联想到司汤达小说《红与黑》里的主人公于连。

"我们两个分到了北伦军分区，听说你也可能去那里，我们以后就是一个分区的战友了，过来相互认识一下。"阳军华兴奋地看着成文。

"善干事只是说成文本来要去那里，现在待命。没准还回北京总部呢！"慕光淡淡地纠正阳军华。

"不管怎么说，我们都来到了青城，认识就是缘分。"阳军华不理慕光，向成文问道，"你这是准备去哪里？"

"还没想好。"

"要不跟我们去市里逛逛吧，我们准备找个电报局，给家里报个平安去。"阳军华提议。成文犹豫了一下，跟着他们走了。

三人坐上公交车到了城里，找到几个邮电局，但都没有电报业务。一位当地人给他们指点了距城中心广场不远处的一座不起眼的二层楼，那里是市邮电局，业务齐全。

三人趴在接待桌的玻璃板上给家里写电文，每个字对尚未拿到工资的学生兵来说都很贵，他们尽可能地用最少的字传达最多的意思。

阳军华写道：将赴北伦勿念。慕光拍了两份电报，一份往深圳，一份往四川一个小城，内容一样：暂去北伦，安顿好回家。

成文趴在桌前，半天无法下笔。父母现在还蒙在鼓里，以为她留校当了老师。她本不想这么快就让父母知道她的现状，怕他们承受不了女儿远行的打击，但是瞒了今天瞒不过明天，来到草原木已成舟，可是再往哪里去，她仍不清楚，怎么跟父母说呢？

"早晚都要告诉父母的，长痛不如短痛，也别低估了父母的抗压能力，相信他们会理解你的！"阳军华仿佛看透了她的心思，在一边说道。

成文想了想，终于写道：人在青城，安好勿念。这封电报到省，到县，再到村里，估计要一个多星期，不知那时她又在哪里。

宽阔的中心广场上，一群从牧区来首府的牧民们正聚在照相摊前付款拍照，他们身着鲜艳的蒙古袍，面色被阳光照得红亮，淳朴地憨笑着，从各个角度与马路对面新落成的"彩电大楼"合影。

这座"彩电大楼"高十五层，是献给首府成立四十周年的礼物。作为目前青城最高的建筑物，它突兀地站在一片低矮的房子中间，像个新贵巨人一般傲视着一切。

广场的另一面，几个孩子手里抓着五颜六色的气球跑来跑去，嬉笑玩耍着，年轻的妈妈们抱着孩子们的衣服，担惊受怕地跟在后面追赶。

青城安宁祥和，天高云淡。

广场边缘一角的树荫下，立着一排隔离墩子，两根铁扦将这些圆石墩子贯穿起来，隔开广场和流动着汽车、马车、三轮车、自行车的大街。三个异乡人分坐在三个隔离墩上，各怀心事。

慕光向前弯着身子，悬空晃动着两条长腿，面无表情地看着空中一只飘忽不定的风筝。成文托着腮，迷瞪瞪地张着一双大眼睛。阳军华双臂后撑在墩子上，饶有兴趣地琢磨着广场对面的一座广告墙。

广告墙前支着脚手架，几名工人正在铲除两行红漆剥落的正楷大字：草原儿女多奇志，敢叫日月换新天！

"边城还停留在过去的时光中，也该进入改革开放新时代了！"阳军华感慨，"你们猜猜，他们会换成什么口号？"

"一胎生，二胎扎，三胎四胎——刮！刮！刮！"慕光突兀地大笑起来，"东风吹，战鼓擂，这个世界谁怕谁？不是东风压倒西风，就是西风压倒东风！"

"坏了，这医生神经了！唉，瞧瞧你这觉悟？！枉了称呼你是有理想有道德有文化有知识的新一代军人！"阳军华一脸鄙视。

"我倒想知道你有多高尚！"慕光白他一眼。

"说真的，我猜他们会把标语换成'加强民族团结，维护社会稳定'，或者是'坚持改革开放，让一部分人先富起来'。"阳军华不理会慕光，认真地说。

"光猜没用，我去问问。"话音未落，阳军华从石墩上跳起来，一溜烟跑走了，行动力极强。不一会儿又跑了回来。"他们说是'实践是检验真理的唯一标准'，这都是十年前的口号啦，还是旧的，跟他们说也没用，上面已经定了。唉，边疆嘛，观念还是跟不上形势。"阳军华看着似乎并不关心政治的迷瞪瞪的成文和慕光，失望地说。

"这句话放之四海而皆准，永远不会过时！"慕光半天冒出来一句。

晌午已过，广场上的人稀稀落落，树荫下几个推车摆摊的小贩也靠着车把在打盹。三个人的肠胃咕咕响了起来，阳军华提议到附近品尝当地特色。

在一个能看见清真寺蓝色圆顶的小巷子里，他们循着饭菜的香味儿来到一个小饭馆门前。

小饭馆刚刚粉刷一新，灰瓦白墙红窗棂，门口支着一个用黄纸包面的木牌子，上写：烤羊肉、炒莜面、豆面粉坨。

小店很干净，三个人咽着口水走了进去，坐在一张空桌子边，看着墙上贴着的那些北方风俗画。已经过了饭点，餐馆里没有其他顾客。

风姿绰约的老板娘绾着高高的发髻，红衫衫外面扎着一条白围裙，小腰被收成纤纤一束，笑意盈盈地过来招呼他们。

"三位不是本地人吧？想吃点什么呀？"

"我们就要你门口广告上的东西，每人一样一份。"阳军华自作主张，慕光表示随意。

"报告，我不要羊肉，我就要粉坨和炒莜面。"成文举手。

"你们三个要一份烤羊肉就够了，我这儿量大。"老板娘很实诚。她又体贴地转向成文："小妹妹不爱吃羊肉是吧，咱这儿的羊肉可不比内地，一会儿羊肉上来，你尝尝，一点膻味也没有，要膻算我的，都是草原上天天跑着吃青草的羊，不是圈养的。"

"听您说话也不像本地人呀！"慕光与老板娘搭上了话。

"我是蔚县人，离这儿不远。老辈亲戚走库伦做皮货生意，后来就在这儿安了家。这几年边贸又开始了，家里有人在边境上做生意，我跟丈夫也过来帮忙。来这儿也好几年了。你们稍等啊，我去下单。"

老板娘边说边在小本上记好，婀娜着往里面去了。慕光的眼睛一直追随着老板娘闪闪烁烁扭动的腰肢。

"再要几瓶啤酒，慕光，你快去告诉老板娘。"阳军华催促。慕光起身，优雅地迈着双腿，往后厨去。阳军华冲成文挤了挤眼。

"哎呀，一想到哨所上的落日，界河上的水鸟，无际的林海，广袤的雪原，我就热血沸腾，恨不得早点去报到。"阳军华摊开双手，身体向后一仰，眼睛里放射出笃定而神往的光芒。

成文惊愕地看着他。同是军校毕业，两人对边疆的想象和赴边的思想境界竟是如此不同！这是一个纯真的理想主义者。如果自己也曾做好充分的思想准备，主动要求奔赴边疆，会不会也是这样的状态？

阳军华毕业于陆军学院，是个"军事理论和各门军事技能在学校没有得过优以下成绩"的特优生。老父亲是位抗日战争期间参加过百团大战、解放战争期间跟随刘邓大军挺进大别山、新中国成立后参加过抗美援朝的老革命，九死一生，五十岁上才得了阳军华，但他没有娇生惯养老儿子，训练阳军华从小一年四季洗冷水澡，稍微大一点每天早晨跟着老父亲跑步，不能有一天偷懒，即使是发烧感冒的时候也不能停下来。

儿子考上军校后，老革命甚感欣慰。老革命被请到学校作过几次报告，他对着台下一片绿油油的毛头小伙子们，声如洪钟地说："部队是培养男子汉的地方，既然你们有志于从军入伍，那我就告诉你们行伍规矩，当兵就要吃别人不能吃的苦，受别人不能受的累，还要时刻准备着流血牺牲，保家卫国，如果图享乐安逸，就别到部队里来。

"古人早就说过'宰相起于州部，猛将发于卒伍'，拿破仑也说，不想当将军的士兵不是好士兵！我非常赞同，要想当将军，就必须从部队最基层干起，从最危险最艰苦的地方干起！没有这些经历，你就是当了将军，也不会是一个合格的将军！"

"人的高贵在于精神层面的高贵，军人的高贵体现在奉献和牺牲精神上，当一名军人丧失了奉献和牺牲精神，只会蜕变成寄生虫，可怜虫！"老革命又说。

老革命对老儿子一视同仁，支持他的行动。毕业前阳军华多次请愿到对越自卫反击战前线受锻炼。后来没去成前线，阳军华写了请愿书，要求到边疆去，到艰苦的地方去，到祖国最需要的地方去。于是他被分配到了阜原，成了全校的先进典型，离校前光荣加入中国共产党。

"不想当将军的士兵不是好士兵，拿破仑的这句话应该是你的座右铭吧？"成文似乎从他的身上看到了未来将军的影子。

"其实我更崇拜我老乡、汉代镇守边关的大将军马援，我熟悉他的每一个故事。"

成文可以想象得出，当阳军华戴上大红花，与学校挥手告别的时候，他年轻的胸膛里激荡着马援那种"男儿当死于边野，以马革裹尸还乡"的情怀，那是多么豪迈呀。

"马援年轻时辅佐光武帝刘秀统一天下，立下赫赫战功。后为捍卫东汉政权，他不顾年迈，请缨东征西讨，西破羌人，南征交趾，最后战死疆场。我认为这才是真正的男人和军人，男人一生的价值就应该体现在搏击中，军人的价值就应该衡量在征战中。"

阳军华简直像欧洲中世纪尚武的骑士一样，他给自己树立的理想可不是一般的远大。成文的目光中又增加了崇敬。

老板娘端着大托盘走了过来，托盘里面放着他们的饭菜。慕光跟在后面，手里提着几瓶啤酒。老板娘一边摆台，一边说：

"这位小哥是陕西人吧，一定爱吃我这几样饭菜。小妹一看就是南方人，我给你的凉坨里少放了辣子。不过当兵在外，四处游走，胃也不会那么挑剔了。"

"你跟老板娘把我们的信息都交代了吧！"老板娘走后，阳军华斜楞了慕光一眼。

"聊了几句。"慕光嘿嘿一笑。

"这几句就把军事秘密都泄露了。"

"你能有啥秘密？"

"来，快尝尝，太好吃了。"成文催促他俩。

黄灿灿的一碗豆粉，用细刀划成小条条，泡在特制的辣椒油、香醋、盐水、蒜末调和的微红的汤汁里，上面撒着翠绿的小香菜丁。成文一口气吃完了一碗，又吵着跟老板娘再买一碗。老板娘笑着说："第二碗赠送！没别的意思，我就是喜欢你们几个眉宇不凡的文化人！"顺便还赠了两碟小菜。

"不要笑话我能吃，我已经好几天没好好吃饭了，这可是能让我一生铭记的美味呀！"成文说。

三人举着酒瓶子碰了一下。慕光对着酒瓶子往嘴里倒了口酒，看着成文说："吃得真多，谁娶了你可不好养活。"

　　"反正又不要你娶，你担心什么。"阳军华把一大筷子炒羊肉一边往嘴里塞，一边回敬慕光，又对成文说，"妹妹，放心吃吧，你吃的不是饭，是心情。"

　　这是个闹中取静的地方。三人举杯痛饮，颇有"躲进小楼成一统，管他春夏与秋冬"的感觉。酒过三巡，话就密了。

　　"我们大三的时候，两个学员队足球比赛，踢着球，踢着球就踢起人来了，最后足球场变成了格斗场，运动员、拉拉队都混打散打在一起。系领导、院领导喊话一律都听不见，队干部来拉架也被乱拳打了一顿。最后我们两个队的学员一人背了一个处分，当然毕业时又都给撤销了。最好笑的是，队长严肃地给我们宣布处分决定时，头上还缠着绷带。后来两个队的学员吊着胳膊、拐着腿见面，相互握手说，'唉，兄弟，对不住啊，冲动了，失手了'！"阳军华讲述陆军学院的"事迹"。

　　"你们学校都挺爷们儿的！"成文说。

　　"清一色的男人，天天跟武器打交道，必须是糙爷们儿。不像你们外语学院的男生，整得油头粉面装斯文。"阳军华笑。

　　"我们学校的男学员也不全是你想象的那样。"成文说。

　　"你们学校的男生幸福，每天都能看到一个个美若天仙的女生！"阳军华羡慕嫉妒恨。

　　"女生美是在夏天，减肥成功的时候，否则怎么好意思穿军裙？一到冬天，女生们一个个会像气球一样吹起来，变得又胖又丑。"

　　"那是怎么回事？"桌子上的两个男人很诧异。

　　"不瞒你们说，我们学校的男生跟我们女生在一个桌子上吃饭，他们都感到莫名其妙，女生每天鸡啄米一样吃那么一点儿食儿，可为什么却一圈儿一圈儿地发胖呢？"成文学着男生的样子耸耸肩，狡黠地眨眨眼。

　　"可是他们没去想想，每个女生吃完饭为什么还把碗扣着带回宿舍？那里面有料呀！只要能在炉子上烤的东西都带回去，下了晚自习，这些就是我们的夜宵呀，围着火炉烤着馒头、花卷、大饼夜话，多美好滋润呀！但一开春，每个女生都胖成小猪，然后再艰难地减肥，周而复始。"

"真不懂你们女生，总有那么多心眼和秘密。"慕光嘲笑。

"你们医学院的女生心眼和秘密肯定更多，那都是左右脑发达的高手呀。"成文说。

"我们那边一天到晚就是解剖，没事儿就弄个猪心牛胃什么的缝缝，每天血淋淋的。我们的女生们心灵手巧，做的玩具都是骷髅，没啥有意思的。"慕光漫不经心地说。

"啊，骷髅?!"成文做一鬼脸。

"不都是这样吧，华山救人，不也是你们学校的英雄事迹吗?"阳军华问。

"嗨，我也没赶上。"

"我们医学院倒是女生多，但都没有成文他们外语学院的颜值高。看看成文这标准，就看出差距来了。听说你们外院女生只占百分之十?"

"我们队一共一百名学员，十一个女生，超过了百分之十。"

"那女生资源多稀缺呀！能进军事外院的女生都是牛人，要不就是有门子，要不就是有本事，成文你是前者还是后者?"慕光很直接。

"我什么都没有!"成文没好气地说。

"你不想回答，好，我很纳闷，成文，你是怎么来这里的？我们那里女学员是不往边防分配的。你是来镀金的，还是……"慕光停了停，"我说句不好听的话，你别生气，还是犯什么错误被发配来的?"

"你才犯错误被发配呢！说什么呢？一点判断力都没有!"阳军华不高兴了，打抱不平。

成文淡淡地吃着饭，不再言语。

寂寞的太阳在慢慢地向西移动。

桌下堆满了啤酒瓶，三个人喝得都有点高了。阳军华的脸变成了一盏红灯，慕光的脸苍白得没了血色。

成文醉眼蒙眬，看见一红一白两盏灯笼在她对面晃，她舌头打着卷儿说："据，据说，亚历山大，大帝选将就先让他，你们喝酒，如果是你这样的，"她指指阳军华，"红的，就留下来封官！如果是你，这样的，"她又指指慕光，"白的，"她用手在脖子上做了一个砍头的动作，"格杀勿论！"说完，就傻笑着趴在了桌子上。

慕光吹着酒瓶子，开始骂骂咧咧，形象与刚见面时大相径庭。"这年头，也，也腐败得快，快烂根子了！你看看学校的毕业分配，丑陋的样子，全，全他妈暴露了，谁看你的成绩，看你的能力，给你讲公平？都是他娘的权，权和钱在说话！爷没关系，父母刚下岗，生存都有问题了，哪儿，哪儿来钱送礼，所以就被他娘的，发配，发配到边疆上来了！"

阳军华用酒瓶子踥着桌子，大着舌头在演讲："现在，军队，正在进行改革，我认，为应该建立，岗位轮换，制度。美军，的军官，管理条例，很值，得我们学习，他们的军，官在一个岗位上，任职，一般是，两到三年，不超过四年，他们军旅生涯的，关键词就是'move'，调动，调动！懂吗？调动！"

"可是看，看我们的，前辈们，在边防上一干就是多，少年，多少年，甚，至一辈子，没有任何，任何正常出口，没有制，度保障，将来能，否换岗，只能靠托，门子，走，关系，请，客送礼，八仙，过海，没有一，条正常的，路子，谁又愿，意这样呢?！要让爷这，么待，一辈子，爷就去，去拆他，们家祖坟！"慕光"啪啪"拍了一阵桌子，又趴在了桌子上。

"美，军规定，去过海，外的，进，入过危，险地带的，接触过敌，人火力的，都优先提升，在总部服，役熬，资历的，排在最后，不一定升。"阳军华继续独白，"这是他，们的军官晋，升规则。电影里，那些西点军，校学员，为什么，分配的心，态与我们恰，好相反，分配到，边海防一，线的欢欣鼓舞，分配到，总部的反，而一愁莫展，制度导向，制，度导向，制度，重要啊。"

"什么美军苏军日军朝军的，崇洋媚外！"成文忽然抬头插了句话，头又落在合在桌上的手臂上。

"可不，不是崇洋媚外，改革开放嘛，就是把别人家好，的东西，拿来学，习借鉴，拿来，主义！"阳军华反驳。

"哼，走，着瞧，在你的，每一个晋，升台阶上，都，都有一堆儿，子孙子们，有权势的，在等，着挤你，撞你！别让我看，见你的理想，嗯，粉身碎骨。"慕光抬起头，手指着阳军华，眯着眼笑了一下，又跌在桌子上。

"拿来主义，学习，先进！"阳军华举着酒瓶子喊，"否，则改革，开放干，什么？要相信，社会总，会越来越，公平，用不了几，年好的制，度就会建，立起来。"阳军华的脑子似乎被酒精烧得越来越清醒。

"来，来，"慕光撑起半个身子，抓着酒瓶子乱碰，"但，愿这辈，子能看到，你那理，想制度，的实现，干杯！"

成文歪头趴在桌子上打起了呼噜，慕光滑溜到桌子下面，撞翻了那堆啤酒瓶子，与它们睡在了一起。阳军华两臂下垂，头仰在椅背上，静默无声，不知是睡是醒。

餐馆对面老房子的灰瓦屋顶上长出了密密的青草，西斜的光影正从草尖上一点一点地退去。

一拨顾客走进店来，喧哗声惊醒了慕光。他发现自己躺在三张并起来的凳子上，他睁着迷迷瞪瞪的眼睛，看见成文正靠在桌前，望着窗外发呆，对面的阳军华歪在椅子上看着一本书。杯盘狼藉的桌面已经收拾得干干净净。

"《外国政治制度史》，老哥你牛人呀，众人皆睡你独醒，我们糊涂着的时候，你清醒着，佩服！"慕光揉着眼睛，坐了起来。

阳军华已经结完账，还多给了老板娘小费。成文和慕光主张遵守学校的 AA 制规矩，点出钱来给阳军华。阳军华也不客气，坦然收下。

慕光正要合起钱夹时，成文一眼瞥见了里面一张女孩子的照片。

"给看看行吗？分享一下！"成文说着伸手去抢。慕光躲闪了半天，拗不过她，不太情愿地拿了出来。

"哇，这么漂亮呀？为什么不给我看？怕我抢了你的心上人？"照片落在了阳军华手里，"这秘密你咋不露呢？"

"怪不得刚才电报拍了两份，那份往深圳拍的就是给女朋友的吧？"成文恍然大悟。

在阳军华成文二人的威逼下，慕光交代了他的女友温红，一个上大学后在一次家乡学友聚会上认识的漂亮姑娘。温红当时正在省内一所美术专科学校上二年级，返回各自学校后，他们开始书信来往，很快就恋爱了。一年后温红毕业回到家乡小城，慕光还在读他的五年制医科大学。温红受不了每天在文化馆的坐班，便辞工跑到深圳去沐浴特区的改革春风。

"那你们将来一个在祖国的大南端，一个在大北端，书信不畅，电话不通，她在那样的花花世界里，你又不能马上转业去找她。这爱怎么恋？"阳军华替慕光发愁。

"唉，走一步看一步吧，我也不能耽误人家。"慕光有些无奈，语气低落下来。

三人走出小餐馆的时候，夕阳已经垂在西边低矮的屋顶上，窄窄的小巷被埋进阴影里。

老板娘站在门口向他们挥手，嘱咐他们再来青城一定要到她这里来一聚，她要让他们尝最好吃的手把肉。慕光走在最后，几次转回身去与老板娘挥手说："快回去吧，后会有期！"

冷风一吹，三人裹紧了身上的衣服。

成文回头望去，看见远处清真寺的圆顶被夕阳的余晖染成了血红色，顶尖上直指苍穹的弯弯的金色新月随着他们的走动一闪一闪地发光，像是从背后注视着他们的眼睛。

"愿安拉保佑你们！"风把老板娘的祝福吹到他们耳边。

"成文，成文，成文同志，该活动了！"有人在敲窗户。成文的脑袋昏昏沉沉的，一翻身又睡了过去。

"我说你还有没有点组织纪律观念！"随着一声大喊，房门"砰"

的一声被推开了。

成文"腾"地惊坐起来，一脸惊恐地望着门口，那里凶神恶煞般站着一个人，定睛一看，是景峰辉。

景峰辉也没想到，从后院绕过来，跑了半圈，竟看见成文这副模样。

成文迷迷瞪瞪地坐在被子里，一只手在揉眼睛，大背心的领口滑向一边，裸露出一个白润光洁的肩膀。

景峰辉被这猝不及防的情形吓了一跳，一时愣在那里。反应过来后，他一脸尴尬地带上门，退出了房间。

他也是女人堆里混出来的，大风大浪也见过不少，怎么现在……他站在走廊里摸着胸口，竟然……感到心惊肉跳？平复下来后，他隔着门假装若无其事地大声说："都什么时候了，还睡觉！小姑奶奶，快起来吧，就等你啦！"我都在你这房前房后绕多少圈了，后一句话景峰辉没说出口。

成文抓起桌上的手表一看，天哪，已经下午一点了。昨天与阳军华慕光一起喝了不少酒，晚上一回房间就睡着了，一觉就睡到了现在。

景峰辉又在外面敲门催促。

"等我干吗？我不去。"成文不想去"受教育"。

"你必须得去，这是命令！"景峰辉很强硬。

"谁的命令？"一向温顺的成文竟对景峰辉耍起大小姐脾气。

"上级的命令。"

"上级是谁？"

"你的上级就是我！如果现在授衔，我是少校，你是中尉，你说上级是谁？"

"凭什么是你？我又不是你们的人。"

"你到了草原军区，就是草原军区的人了，就得服从命令听指挥，现在你就得听我的！目前你是我的……我处的编外。"

听到里面没有了声音，景峰辉怕这小女子来拗劲，他也就是吓唬吓唬她，这小丫头一撅挑子真不去了，他也奈何不了她，不能由着她的性子来。他赶紧缓和语气，轻声细语道："快起来吧，小美女，跟我要要性子可以，你让那么多英模等你也不合适吧？好歹咱也是个军人不是？你昨天下午就没来活动，今天上午又不来，我都没法给上级交代了。"

成文看了看窗外，又是湛蓝得让人心软的天空。"今天是什么活动？"她问。

"今天下午是八一联欢会呀！我们组织大家与英模们一起过一个建军节，十分有纪念意义的。"景峰辉隔着门柔声说。

成文想起在军校四年度过的三个建军节，只有一年级那次记忆最为深刻，那是他们新学员参军后的第一个建军节，那时他们的队长还不是赵揩油，而是一位和蔼正派的长官，只可惜长官只带了他们一年就不知什么原因转业了。那年，学校举行了阅兵，要为建军节献上庄严的仪式。各个语种的学员队都在起早贪黑地练队列，队长们在暗中比拼，学员们都憋着劲要把自己队最好的风采展示在全校面前。绿草茵茵的两个大操场上，齐步走，正步走，"一、二、向右看齐，首长好——"的口号声一浪高过一浪。

检阅那天来到了，当各个学员方队齐刷刷地经过主席台时，未来军官们的热血被点燃了，他们呐喊着口号，呐喊着青春，呐喊着使命，那一刻是多么神圣呀！那个建军节，队里的许多学员，包括成文自己都庄严地写下了入党申请书。后来，学校换了领导，建军节没有再举行阅兵式，而是举办联欢会、舞会，食堂加餐，大家也很快乐，但就是觉得精神上少了点什么。新学员入校后，成文他们这些老学员夸耀最多的就是参加过阅兵式，看着新学员们一脸崇拜，老兵们的自豪感优越感满足感难以掩饰。

景峰辉把耳朵贴在门上，听到里面传来窸窸窣窣穿衣服的声音，他心里一阵窃喜，傻姑娘真好骗，其实不是没法给上级交代，而是无法给他自己交代。昨天下午他身不由己，一有空闲，脚就不受脑子控制地跑过来找她，几次都吃了闭门羹，急得他一下午都坐立不安，该端照相机的时候也不端了，中了邪似的老是琢磨："这丫头跑哪儿去了？"

"快点啊，要不我就进去了！"景峰辉敲着门，吓唬道。

门打开了，成文站在那里。一条红色乔其纱长袖连衣裙，略施淡粉，臂弯里搭着一件米色风衣。

景峰辉的眼睛被晃了一下，突然感觉昏暗的走廊亮了起来。姑娘的气色看上去比昨天又好了许多，她在恢复元气。她抬起头看他的时候，蒙在眼眸上的那层忧郁不见了，眸子深处闪耀着少女特有的愉悦和羞涩。

成文被景峰辉看得有些窘迫，不知所措地用一根手指抹了一下涂了透明唇膏的亮亮的嘴唇，轻声问："我哪里不对吗？"

景峰辉不说话，仍目不转睛地盯着她。成文垂下了眼帘，景峰辉发现她的睫毛又密又长，像假的一样。

"走吧！"成文关上门，径自往前面走去。

"等等，"景峰辉从后面追了上来，"刚才地震了吗？"

"没有啊！地震了吗？"成文停下来，一脸吃惊地望着他。

"那为什么看到你，我心头一震？"景峰辉假装严肃。

"讨厌，你……"成文攥起一只小拳头就向景峰辉的胸口捶去，但小拳头在中途停了下来，掉转方向进了自己的裙子兜里。她转身继续往前走去。

景峰辉快步走到她的前面："跟着我，再次提醒，你以后在活动中要跟紧我，别把自己又弄丢了，我可负不起你的责任。"

"你恐吓我？！谁用你负责！"成文嘴上强硬，脚步却像跟屁虫一样追了上去。她不知道为什么与这个人在一起有一股天然的亲近感。

"以后睡觉别忘了闩好门，你怎么这么不设防呢？真不让人省心。"景峰辉侧头朝她嘟哝了一句。

"那你也不应该闯进来呀！你还没向我道歉呢！"

"那，好吧，对不起啊——"景峰辉看着她，声音忽然温柔得不像样子。

成文的脸又红了。

刚刚雨过天晴，湛蓝的天空中飘浮着一团一团棉絮般柔软的白云。

景峰辉和成文走过招待所院子里摆出八一旗帜的花池子，拐上通向后院的笔直的林荫道，穿过被雨水冲刷得格外青翠的松林。

他们轻快地走在清凉的风中，走在清丽的阳光下，闻着空气中松木的清香。他们都没有说话。

景峰辉清晰地感到自己的身边浮动着一张美丽而青春的脸庞，在阳光的映照下，白里透红，像门口那朵夏日里刚刚盛开的娇艳的月季花，让雨后湿润的空气中充满了甜蜜的味道。

景峰辉不由自主地放慢了脚步，希望通向那排红砖平房的路长些，再长些。

远远望去，那排坐落在院子一角的平房很醒目，外立面刚刚粉刷不久，红砖墙上用白漆勾勒出一排竖长的窗棂，房顶上插了一圈小彩旗，在风中"扑啦啦"地招展着。

景峰辉告诉成文，这排平房以前是招待所放置杂物的仓库，在全国各地跳舞风靡并成为时尚的今天，新上任的既具政治眼光又有经济头脑的招待所领导，迅速把这排临街的仓库改造成了舞厅，又在临街的墙上辟出一个拱门，接出一个门廊，门廊上方挂出模仿香港街头的霓虹灯箱，当内部没有接待活动的时候，就让霓虹灯随着劲爆的音乐变幻出各种图案，在临街的墙上群魔乱舞，招揽生意。

这个舞厅开业已有两年，在完成各种接待任务中发挥了重要作用，还成了军区创收的一个重要渠道，这让招待所的盖所长远近闻名，成了领导们眼中的红人。

"别小看这排平房，它不仅是军区后勤的一块金字招牌，在地方小青年眼里，这可是青城最豪华、最有名气、最神秘的一个舞厅，这是个有身份的地方，他们把能来这里跳舞作为炫耀的资本。"景峰辉向成文炫耀。

推开那扇不起眼的小门，音乐声就传了出来。里面昏暗一片，五颜六色星星点点的光圈在地上打转，一个女孩正站在高出舞池的一方小台子上，手持麦克风，唱着《血染的风采》。她唱得有点走调，却非常动情。

景峰辉一只手拨开人群往前走，另一只手留在后面，似乎要牵住成文，但成文避开了，她只是紧紧地跟着他。他们摸索到前排几个预留的空位子上坐了下来，面前的桌子上摆满了各种干果和水果。

眼睛适应了昏暗之后，成文认出那位唱歌的女孩正是英模团里唯一的女性、"火线天使"林爱玲。

在战斗最激烈的时候，她曾带领战地卫生班的姐妹们抬着担架，冒着枪林弹雨，多次在老山前线爬上爬下抢救伤员。现在的她看上去瘦得弱不禁风，军装穿在身上晃晃荡荡，让人无论如何也无法与那个在战场上背起七十多公斤的伤员、一口气奔出几里地、把炮弹硝烟甩在身后的铁姑娘联系起来。

成文想起在学校训练五公里负重越野跑时，女学员跑到一半就丢盔卸甲瘫倒了，那时躺在地上仰天流泪，死的心都有了。尽管最终都爬了起来，按照规定的时间，跌跌撞撞到了终点，得了嘉奖，可是与眼前的林爱玲相比，那嘉奖还值得骄傲吗？

一曲唱罢，在人们由衷的掌声中，林爱玲回到主宾席坐下。

主宾沙发座位中间坐着一个体态发福的老头。他的头发拢在脑后，泛着光亮，松弛的双下巴堆在脖子上，薄薄的嘴巴抿成一条线，似笑非笑。

"那是方主任，咱们政治部最高首长。"景峰辉告诉成文。

方主任欠起身与林爱玲握手，说着什么，林爱玲不好意思地摇着头。

"是那天晚上英模们到的时候站在小白楼门口的那位首长吗？"成文小声问。景峰辉点点头，又附在她耳边说："那天晚上星空真美！"

"是的。"成文在黑暗中偷偷瞄了他一眼，声音低得几乎自己都听不见。景峰辉却转过脸来认真地看着她，他的眼睛在昏暗中闪光，一股灼热向她袭来，成文把目光转向了别处。

一首平缓轻悠的慢四舞曲响起。景峰辉把剥开的橘子递给成文，附在她耳边小声说:"我去请小林跳个舞,可以吗?我很尊敬她。"成文点点头。"我要跟你跳最后一曲,预定了啊,不许给别人!"景峰辉站起身霸道地嘱咐了一句,才向林爱玲走去。

不爱说话、文文静静的爱玲姑娘,莞尔一笑接受了景峰辉的邀请,两人牵着手步入了舞池。

她是那么柔弱随和,如果不知道她的英模事迹,没有人能从她平和的外表看到她内心隐藏着的巨大苦痛!在一次抢救运送伤员的途中,她腹部中弹,虽然保住了生命,却永远丧失了做母亲的能力。

林爱玲在报告中讲道:她的家乡在沂蒙革命老区,从小就听大人们讲大青山突围战、渊子崖保卫战,妇女们给前线运军粮、给部队扛浮桥、为将士们做军鞋的故事。闻名全国的红嫂们就住在邻村,明德英老妈妈用乳汁哺喂伤员的爱国爱军情怀从小就在她的心底扎了根,是滋养她成长的精神养分。参军后,组织上送她去卫生学校学习,毕业时,她毫不犹豫地报名上了前线。她说,即使她丧失了做母亲的能力,但如果祖国再次召唤她上战场,她的选择仍然会义无反顾。

欢快的华尔兹舞曲响起,从舞池边不同的座位上站起来好几个花枝招展的女士,她们的脚尖都冲着方主任的方向犹豫着,似乎在相互试探,又像是相互照应。最后,一个耳朵上摇晃着一双亮闪闪的大耳环、肩上披着大波浪长发的女人捷足先登,拉着方主任哈哈笑着,随着音乐飞快地转了起来。

"成文,你的档案到了!真是个好学员,好同志呀!"

善干事来到成文身后,他向前迈了一步,坐在景峰辉刚才的位子上。

"你一会儿去请方主任跳一曲,你的分配去向,领导还没表态,但是留在军区是有门儿的,你去请他跳一支舞,说说你的情况,让他了解一下你,就大功告成了。一个人命运的改变有时说难,有时也很简单,去吧,为了你的将来!"

方主任是管干部的最大的领导,对成文来说可能是天使,也可能是魔鬼。赵揩油的胖脸莫名其妙地在她眼前晃了一下,令她不快。成文不紧不慢地嚼着一瓣橘子。

"跳舞应该是男士请女士呀，除非男士是我心仪的，我才会主动去请。"成文闷闷地说。

善干事有点着急："姑娘呀，你太年轻了，什么都不明白呀！来，我请你跳一曲。"

成文跟着善干事进了舞池。善干事其实不会跳舞，他俩相互踩着脚，挪动着。善干事的眼光一直在睃瞄着方主任，成文问了他几句话，他都没听见，只管带着成文向方主任接近。方主任发现了成文，几次擦肩而过的时候，向她送来微笑。

一曲终了，他们停在离方主任很近的地方坐下。又一支舞曲响起，善干事摆头挑眉撇嘴巴，向成文示意。

成文不去看善干事，她的肢体语言已经表明了她的态度。

"你个傻姑娘怎么这么傻呢？"善干事急得直跺脚。很快方主任就又被一个婀娜娇艳的女士拉走了。

一个穿着白衬衫的小伙子从对面站起身来，翩翩然穿过舞厅，径直向成文走来。整个舞厅的目光都聚焦在了他身上。

小伙站定在成文面前，微微弯腰，右手抚胸，左手做出一个请的动作，俨然一个英国绅士。

铁小军！成文一时感到恍惚，出现一种灰姑娘见到王子的幻觉。

铁小军带着成文步入舒缓的舞曲中。他的白衬衫被幽幽的莹光照射，隐条全部被勾勒出来，银丝闪闪，扑朔迷离。成文架在他肩上的手能感受到他肩头紧绷绷的肌肉，感受到十足的雄性荷尔蒙在他的全身汹涌。他注视着她，目光专注而温柔。成文没有看他的眼睛，她无法把眼前这个风流倜傥的帅哥与那天在台上作精彩报告的"孤胆英雄"画上等号。

"你为什么要主动请缨上战场？"成文上身僵硬地与他保持着距离，紧张中问了一个她自己都觉得很愚蠢的问题。

"我喜欢自己主导自己，而不是由他人来主导。主动即自由。做决定的过程很痛苦，有时好的和不好的决定中间就隔着一条边界线，很难逾越，又很容易逾越，全看你自己的修炼啦。"

"只身打入越南人的老巢时，你有没有想到这是英雄壮举？是有可能牺牲生命的，其他人不一定能做到。"成文讨厌自己变成了干巴巴的记者提问。

"战场上想不了那么多，生命已经置之度外了，觉得那时就应该那样做。其实所谓的英雄都是普通人，当环境把你推到一个临界点，你的选择应该从心而走，别辜负了身上的慧根就好。"

自始至终，成文都对铁小军充满了崇拜和景仰，他是一束光，一个神，一个离她很近又很远的偶像。

她的目光越过他的肩膀，看着在他们身边欢快地旋转着的一对对舞伴。她在与一位英姿勃发且前途似锦的英雄共舞，她觉得神奇而不可思议。

铁小军很美好，她接收到了他对她放射的喜欢，但她不能给他丝毫暧昧，他已是京都军界名人，而她将默默奔赴边疆，一个高高在上，一个低入尘埃，他们是行走在不同疆域里的两个人，他们之间存在着他所说的"边界"。

"没有什么是不可能的。我们都是普通人，我们的资本是年轻，可以做任何我们想做的事情！"铁小军似乎看透了她的心思。

舞曲结束，铁小军陪着成文回到原来的座位上，就势坐在了她的身边。

舞厅里灯光亮了，主持人在介绍景峰辉，立即就有十分期待的掌声响起，方主任的掌声最响亮。

景峰辉跃上歌台，他的做派丝毫不逊于歌星，一看就受过专业训练。他要演唱一首当下风靡全国的电视连续剧《便衣警察》的主题曲《少年壮志不言愁》。景峰辉手拿麦克风，一边说些井场白，一边满场摇着目光，最终探测到了成文，便锁定在她的身上。

成文冲他笑笑，一只手张开在耳朵边，做了一个洗耳恭听的动作。铁小军侧头看着成文，坏笑了一下："这歌可不好唱！"

几度风雨几度春秋

风霜雪雨搏激流

历尽苦难痴心不改

少年壮志不言愁

　　景峰辉一亮开嗓子，全场便沸腾了，掌声、伴唱声和着音乐节拍亢奋得一浪高过一浪。

　　"这嗓音盖过刘欢呀！"铁小军大声地称赞，成文点头，为景峰辉鼓掌。

　　"哎，他是你什么人呀？"铁小军斜着眼睛问。成文一愣，看向他："你觉得呢？""你大学毕业到这里来，不会是来投奔他的吧？看你俩那么熟悉。"

　　铁小军这样一问，成文卡了壳，她的笑容缓缓地闭合了，脸上又变得空洞落寞。成文多么希望自己是来投奔一个亲人的！可是，她只是这里的一个匆匆过客，未来的路只有她一个人走。

　　一曲唱罢，欢快的伦巴舞曲响起，景峰辉被人拽下了舞池。一个文工团的小姑娘跑过来把铁小军也拉走了。

　　成文愈发莫名地沮丧起来，她不想再在这种喧闹浮夸的场所多待一分钟。乘人不注意，她站起身顺着墙边溜到临街的那扇门前，打开一道门缝，侧身挤了出去。

　　外面又在滴滴答答下小雨，天边滚过一阵闷雷。墙上的霓虹灯沉寂着，街上没有人也没有车，空气中弥漫着一股泥土被打湿的草腥味。

　　草原的天，真像孩子的脸，喜怒无常。

　　成文深深地吸了一口气，把手伸出廊檐去接雨滴。雨滴一串串从廊檐上飘下来，还没有落地就被风吹得东倒西歪。被她抓住的雨滴，又从她的指缝一点一点地漏下去，落在泥土上绽放出一朵一朵小水花，小水花稍纵即逝，消融在大地里，无声无息。许多人的生命没有大起大落，也许一生就会像这雨滴一样顺其自然地从天而降，然后安详地回归大地。成文多么希望自己就是这样一粒雨滴，不受人左右，自然而平静地完成自己的生命轨迹。但是，你是一名军人，你的肩上压有责任，你不可能随心所欲地去选择自己的生活。

"你怎么自己跑出来啦？"身后一个声音传来。成文不回头，也不说话，从喘息声中就能知道是谁站在她的身后。

"你唱得真好！"

"你不在场，我也没情绪唱了。"

"回去吧，外面冷。我想请你跳一支舞，你答应最后一曲给我的。"景峰辉仍站在她身后，低沉地说道。

"我答应你的事，我会做到的，但不一定是今天呀，今天没有情绪了。"成文转回身来，"你回去吧，你是组织者，大家都等着你呢，我只想听听雨声。"

"那我陪你一会儿。"景峰辉上前一步。

"不用，不用！"成文急着摆手，生怕被景峰辉一把抓回去，她把风衣的帽子往头上一扣，跳下台阶，跑进雨地里。

她转过身来，一边踮着脚倒退着，一边笑着挥手："哎，景处长，你去找别人跳舞吧，我要去看看雨中的风景喽。"

景峰辉向前迈出的右脚无可奈何地又收了回来。"别走太远，早点回来！"景峰辉皱着眉头嘱咐着。成文的小白凉鞋已经点着地跑远了。

景峰辉站在廊子里，目送着她。

乌云滚滚，长街蒙蒙，那个单薄而孤独的背影越来越远，露在短风衣下的红裙子一飘一摆，慢慢变成了一个小红点，消失在远处一片树林中。

景峰辉回到座位上坐下。舞厅里灯光迷离，人头攒动，乐声嘈杂，他的心情怅然落寞。他拒绝了女士们的邀舞，一直呆坐着。

成文刚刚吃剩的半个橘子还放在桌子上，他伸手拿了起来，一瓣一瓣地放进嘴里。橘子有些酸。

车队过了大黑河，黛青色的方形冢丘便出现在长长的柏油路的尽头，那就是坐落在青城郊外著名的昭君墓。

昭君阏氏和呼韩邪单于并辔而行的青铜像在阳光下熠熠生辉。众人下车后便聚集在那里拍照留念。

成文溜到不远处一块大石碑前，那上面刻着董必武先生的一首诗：

> 昭君自有千秋在，
> 胡汉和亲识见高。
> 词客各抒胸臆懑，
> 舞文弄墨总徒劳。

景峰辉刚才在车上表情忧伤地念叨"阳光隐去黄沙起，乌云飘来白雪飞。大漠烟尘昭君怨，青冢魂香汉宫非"时，塔干事却不以为然，撇撇嘴说："哪里有什么怨、什么悲嘛，都是你们汉人瞎猜想，昭君和单于感情很好，我们草原人民非常爱戴她，她也爱这片土地和人民！她是我们草原上的女神，这座青冢就是我们祖先一捧土一捧土捧起来的！什么是家呀？有爱的地方就是家！"

成文品着塔干事的话，回头望着青铜像，阳光正照在单于脸上，他歪着头痴望着昭君，昭君颔首浅笑。胯下两匹马儿弹着腿儿，比肩而立。

铜像前，景峰辉和代表团的领队游处长一个扎着马步，一个拧着粗腰，为代表团里每一个跑到像前摆姿势的人拍照。

成文偷偷地看着景峰辉，她不能欺骗自己，她喜欢他的任何一种样子。

庞大的队伍跟着举着扩音器的讲解员慢慢地向昭君陵冢移动。讲解员讲得很详细，队伍不时地停下来，顺着讲解员的话语和指向想象着既真实又虚幻的历史和现实。

"你昨天走到哪里了？"景峰辉的声音从身后冷不丁冒在成文耳边。

"赛马场。"成文没有回头。

"噢，走了那么远？什么时候回来的？"

"太阳下山后。"

"很早就休息了吧?"

"你怎么知道?"

"窗户一直黑着呀!你的眼睛又肿了。"

"穷途恸哭。"成文自嘲。

"嗯,阮籍猖狂也无妨!"

成文心里一动,他又给了她一个惊喜。扭头看他时,景峰辉已若无其事地挤到人群前面,又开始拍照了。

成文昨天没有想到,她走着走着,柏油路便断了头,前方围起隔断,正在修路。她就势顺着小道钻进一片树林。出了林子,爬上土坡,竟意外地发现,脚下是著名的青城赛马场。

真是"山穷水复疑无路,柳暗花明又一村"。

那时夕阳正停在大青山顶上,像一个在风雨中奔波了一天的女人,在回家的路上妆容花了、头发乱了,疲惫地靠在山头上喘息。它回望着跑马场主席台上方成吉思汗白色大帐一般的篷顶,回望着红沙翻起的空荡荡的赛道,回望着那个在土坡上孤独地坐着、一直望着它的姑娘,叹口气,便翻过山回家去了。

成文在那个土坡上的一棵柏树下枯坐了许久,望着暮色苍茫中寂静的跑马场,想了许多,偷偷地抹了泪。当她往回走的时候,已经能够告诉自己,有些事情是必须要独自去面对、去承受的。

林爱玲过来拉起成文的手,下巴向神道下面示意了一下,铁小军正在那里向她们打手势。两人悄悄离开队伍,下了神道,跟着铁小军向道旁的一个偏殿走去。

铁小军用侦察兵敏锐的眼睛发现了一个陈旧的木制转经筒,就立在偏殿前廊不起眼的角落里。这个转经筒看上去有些年头,上面蒙着一层土灰,不知为什么被人弃在这里。

三个人走近仔细一看,经筒的一面画着一个大大的藏文字符,另一面是汉字"福",都是一笔一笔刻上去的,刻槽有深有浅,有些地方还能看到残留下的褪色的黄漆。

"一般的转经筒上都是藏文六字箴言，这里怎么会有汉藏文字并存的如此少见的转经筒？"铁小军手托下巴揣摩着说。

"你们看这下面还有汉字！"林爱玲在另一边喊。

圆筒的底部刻了一圈小字，藏文汉文中还夹着蒙古文。三个人蹲在那里辨别了半天，只看出了"显灵"两个汉字。

"这应该是中华民族融合的文物呀，怎么落到如此地步？'文化大革命'都过去二十多年了！"铁小军感叹，"来，在考古学家来研究之前，我们先转动它，让它显灵吧！"

"触摸转经筒的规矩是用右手拨转，让经筒顺时针转，同时嘴里轻轻念出六字真言：唵嘛呢叭咪吽。"铁小军做示范。

两个女兵瞪大眼睛，异口同声地问："你怎么知道？"

"我在西藏当兵时跟藏民讨教的。"

两个女兵的神情立即把他的形象又提升了一截。

"来，用右手拨转起来吧！"铁小军说。

"等等！"成文掏出手绢，轻轻地把上面的浮土擦拭下去，"这样更虔诚！"

三人屏住呼吸，闭上眼睛，虔诚地默念着六字真言，轻轻地转动着经筒。

"我们这样还像个军人吗？"林爱玲突然悄声问，成文也停住了手，莫名地说："只要是真善美的，就应该是全人类的。"

> 那一日，我闭目在经殿香雾中
> 蓦然听见你诵经中的真言
> 那一月，我摇动所有的转经筒
> 不为超度只为触摸你的指尖
> 那一年，我磕长头匍匐在山路
> 不为觐见只为贴着你的温暖
> 那一世，我转山转水转佛塔啊
> 不为修来生只为途中与你相见……

铁小军并不理会她俩，闭着双眼，仍然一圈儿一圈儿慢慢转动着经筒，口中吟诵。

两个女兵静静地听着，面面相觑。

"意境太美了！"成文小声说。

"天，这么肉麻的诗，是你即兴作的？"林爱玲问。

铁小军睁开眼睛，看看成文，又看看林爱玲，漫不经心地说："是西藏最大的王，最美的情郎写的！"

两个女兵摸不着头脑。

"哈哈哈！"铁小军大笑着跑开了。

"你这该打的家伙，拿我们取笑！"林爱玲举着拳头，追了上去。他俩小小的影子在神道上一前一后地跑着，一点一点地接近前方的大部队。大部队已经移动在远处青冢附近了。

成文落在后面不紧不慢地走着。

"小文！"有人在轻声喊她。成文停下来，看见神道另一侧的绿荫中掩映着一个月亮门，月亮门中间站着景峰辉。身后一棵紫莹莹的丁香树映着他的一张笑脸。成文恍惚了一下，梦中似曾相识的画面又出现了。

成文跟着景峰辉进了那道月亮门，里面是个青砖铺地的幽静干净的小院，一面院墙上爬满了紫色的牵牛花。沿着正房的窗户根下一溜排开十几个正方形的展示板。展示板没有装框，还能隐隐闻到未干透的水粉的味道。这是描绘昭君出塞的一组画，图文并茂，每幅图画的右上角都有小篆题款王安石《名妃曲》中的两句词。

"这些画过两天搞昭君出塞纪念活动时要展出。我朋友画的，带你来看看，怎么样？"景峰辉指着展示板问成文。

"我不懂画呀！"成文说。

"看画就是感觉，你觉得好就好。"景峰辉说。

成文看不出画家画技的高低，但看出了画家的用心。每一幅画上栩栩如生的人物神态和明暗对比强烈的色彩都对她的视觉造成冲击，她很喜欢作者的这种表达。她一幅一幅地仔细欣赏着，心里默默地为作者赞叹。尽管是宣传板，但是作者并没有简单对待，每幅作品都经过了认真的思考和构图，画的意境传达出作者对王昭君心理和王安石词作的独到理解和把握。

成文在其中一幅画前驻足了许久。那幅画上，昭君站在边塞的雪地高坡上，天上一行大雁向南飞去，她的身体与大雁同向，头却转过来遥视着草原深处向她飞奔而来的一队人马，表情满是割舍不下。画面的基调是冷色，随从一行人和车马均用水墨勾勒，只有昭君身上的大红斗篷在整幅画里鲜艳夺目。

"寄声欲问塞南事，只有年年鸿雁飞。"成文思忖着这幅画上的题款，大雁在天空中寂寥的叫声似乎都能听到。

"重点在这儿！"站在另一幅画前的景峰辉冲她示意。那幅画上的王昭君与夫君呼韩邪单于立于苍桑之丛，执手相望。

"汉恩自浅胡恩深，人生乐在相知心。"景峰辉吟诵。

"真是不同的人对昭君有着不同理解呀！你朋友一定是潜心研究才会创作出这样打动人心的作品！"成文感慨。

"他为了创作，一直在草原上游历采风，二十年后才画出了这样的画！他已经深深地爱上了草原，在这里扎根了！其实什么是家呢？塔姐说得好！有爱的地方就是家。"景峰辉说。

林爱玲跑进院子。

"你们俩果然在这里！我掐指一算就算出来了！大家都等你们呢，快走吧！"说着，一把拉起成文，"景处长，我不能让成文跟你落单，我要带她先走了！你可别吃醋啊！"林爱玲一边打趣，一边拉着成文跑出了院子。

讲解员还在讲述登上青冢前的最后一个典故，林爱玲和成文已经手拉着手，说笑着，跑过队伍，追着铁小军，踏着石阶往山上跑去。

"到底是年轻人呀！"游处长笑呵呵地望着他们的背影。景峰辉在队伍里不时抬头，追寻着树丛里那双闪闪烁烁的小白凉鞋。

三个年轻人捷足先登到达冢顶的亭子间。他们手撑护栏，极目远眺。林爱玲情不自禁地伸开双臂，放开嗓子"啊啊"地喊了几声，青春的声音便在草原上传得很远很远。

远处，青城浮动在蓝天和绿草之间，一片灰色的屋顶上冒出几座红色的庙宇飞檐，蓝色的清真寺圆顶，还有几座突兀的现代化高楼，它们更多地承受了阳光的厚爱。白云飘过去，缭绕在城市上空。

美丽的风光让铁小军情不自禁地清清喉咙，率先亮开了嗓子：

蓝蓝的天上白云飘

白云下面马儿跑

挥动鞭儿响四方

百鸟儿齐飞翔……

成文和林爱玲也跟着唱了起来。青春的歌喉在草原上回荡着，草儿花儿似乎也直起了纤细的腰身，侧耳倾听。

游处长第一个跑了上来，手里的相机瞄准三个年轻人一通拍照。大概是摆脱了严肃的工作，游处长今天显得格外兴奋，总是咧着嘴笑。每到一个景点，就重点为两个女兵"创作一把"，竟然忘记了胶卷的紧缺。男士们冲他挤眉弄眼，插科戏谑。游处长擦擦脑门上的汗珠："你们懂啥？多么难得的模特，我在创作，不会有一张浪费的！"

下山时，林爱玲和成文落在后面。林爱玲悄悄对成文说："铁小军挺好的！"

成文点头。

"他挺喜欢你的。"

"不，不是，他喜欢你！"成文急得摆手，"你也喜欢他！我都看出来了。"

"唉，我不会让自己喜欢任何人的，我是个残疾人，我不能连累别人！我觉得你俩挺合适！"

"我前途未卜，他前景一片光明，我们差距太大！不会的，不会的！"成文又连连摇头。

在文物陈列室前面的两株夹竹桃前，游处长又产生了创作灵感，他让刚从屋里出来的成文走到花树下。

"游处长，给我们在这儿合张影呗！"林爱玲拉着铁小军也跑了过来，"来，少数站中间，这样照出来对称好看。"

铁小军当仁不让地抱着双臂又开双腿站在中间，成文和林爱玲踮起脚尖，一人一只胳膊肘一左一右搭在铁小军的肩膀上，另一只手各自插在腰间。

"好好好，英姿飒爽！"在大伙的叫嚷声中，仨人笑成了三朵花。游处长咔咔地按下快门。有人又提议他们分不同的组合合影。"哎呀妈呀，这是军中姐妹花呀！""哎呀妈呀，这俩是兄妹情深呀！""哎呀妈呀，这俩是天仙配呀！"大家打趣起哄。

"看见没，年轻多好！"塔干事与几位岁数大的同志站在后面感慨。

成文受气氛感染，脸上飞着红晕，被铁小军拉着多合了几次影。

猛然间，她看见了人群外面的景峰辉，那人双臂搂着相机靠在半截墙上，脸色阴沉地看着别处。成文说："好啦，好啦，不浪费游处长的胶卷啦。"

下面的活动中，成文没了兴致，无精打采地走在队伍后面。游处长再邀请她拍照，她便把林爱玲推过去，自己跑开了。

"游处长千万要把照片寄给我们啊！合影的多洗几张！就按咱们代表团花名册上的地址寄。"铁小军说。

"放心，回北京洗出来后，一定给你们每个人都寄到！"游处长拍着胸脯。

"游处长可是摄影大家，全军摄影作品一等奖获得者，他给你们拍的这些照片将来可是有收藏价值的哟！"塔干事提醒大家。

"小成，给你寄到哪里呢？我看一起寄到铁小军那里怎么样！"游处长哈哈笑着，用眼瞄着铁小军。

"那就洗一份得了，还省了相纸，节约经费！"有人打哈哈。

铁小军马上大方地扬头应道："行啊，成文的照片寄到我那里，我保证转交到!"

成文突兀地哈哈大笑起来:"不用费事了,直接寄到边防吧!"此语一出,把大家都惊着了。

"什么情况?不是说把你留在军区吗?"游处长瞪着眼问,其他人也收敛了笑声,迷惑地看着她。

"寄到我们组织处,到时我们转给她。"景峰辉冷不丁接了话。

"是呀,不管到哪儿,也是我们的人!"塔干事找补。

"都看我干吗?天涯何处无芳草!"成文拨开众人,笑着一蹦一跳往前去了。

林爱玲从后面追了上来,紧紧地搂住了成文的肩膀。她看见泪水在成文的眼里打转。

"别怕,不会有那么坏的结果的,我向你保证。"景峰辉冷静的声音从她们身后传来。

晚饭后,成文从小白楼回到自己的房间。

窗台上多了一盆红艳艳的月季花,房间里有一股淡幽幽的馨香。

成文知道这是彩彩克的花,她一直把它们养在门口的露天里,这是开得最好的那盆。这个妹妹总是在不经意间让你知道,什么叫热爱生活。

彩彩克双手背在身后,用肩膀推门进来,看见成文鼻子凑在花前,便说:"闻到了吧?这盆月季有股奇香,叫香水月季。"

成文一看见她,笑了:"怪不得呢!跟你一样,谢谢你的花儿!"说着,手心向上伸开手掌,"别藏了,把英语书拿出来吧!"

"今天不是来请教你问题的。"彩彩克边说边伸出一只半攥着的拳,五指张开,手里的奶酪干便落在了桌子上,"我额么格(奶奶)做的,你尝尝。"

成文捡起一块放进嘴里品着,奶酪干酥酥的,甜中带着微酸,含一含就化了,她又吃了一片:"真好吃!我还从没吃过这么好吃的奶酪呢,替我问咱额么格好!""我明天给你带额么格做的奶豆腐,更好吃!""你先别馋我，先说说今天让我干啥?"

彩彩克把另一只手张开了，手心里不是书，是一张纸条，上面写了一个房间号。

成文一愣。彩彩克笑说:"二号楼有个妇女今天来找过姐好几趟了，留下了她的房号，不知有什么事。"

一个戴着眼镜、眉目清秀的中年妇女打开了房门。成文自报家门，妇女张着嘴，一脸惊讶地打量着她。

"是成文同志吗?"屋里传出一个男人的南方口音。女人冲着里面回道:"是呀，是呀，你盼的人来了，原来是个小姑娘呀!"她转回脸对成文笑道:"我们家老郝，郝义，我是他媳妇徐秀娥。快请进来吧!"秀娥热情地把成文拉进了屋。

郝义直着一条打着石膏的腿，挣扎着试图从沙发里站起身来，秀娥跑过去搀扶他，把沙发旁边的拐杖架在他的腋下。

"哎呀，成文同志，欢迎新战友呀!"郝义挂着拐杖站了起来，伸出一只黝黑的手。"我是边防艇队的翻译，听说来了个同行，特别高兴，本应该先去看看你，可我这腿脚不利索，只好劳你亲临了!"

"您太客气了，您是前辈，我理应先来看您的。"成文上前双手握住了这只手，与秀娥一起扶着郝翻译坐回到沙发里。

"您的腿?"成文盯着腿上的石膏。

"会晤回来的路上翻了车，差点儿没了命，所幸几个人福大命大，都没啥大事，只有他的腿伤得比较厉害，骨折了。"秀娥一边往成文面前早已放好茶叶的茶杯里冲水，一边替丈夫回答。

"没那么严重。"郝翻译摆摆手。

"都翻车了还不严重，啥叫严重?"秀娥冲丈夫瞪眼睛。

"哎，军人嘛……不过受了点轻伤，养养就好了。"郝翻译轻描淡写。

"说得轻巧，伤筋动骨一百天呢!你这老胳膊老腿的也许还不止一百天呢。小成，你说他一个人坏着条腿躺在界河上那间冰冷的宿舍里，一躺就是一个多月，也不告诉我，多可怜呀，生活也不能自理。"秀娥坐在丈夫边上，心疼地抚着他的背。

"谁说的，战友们照顾我呢。"郝翻译两道突出的眉骨皱了皱。

"再照顾能有我周到吗？你夜里想起来喝水撒尿都不好弄，别人夜里睡在你身边，照顾你，你也难为情呀。不过倒也好，这下可以休假了！"秀娥的吴侬软语即使发点小脾气也像唱歌一样好听。

"嫂子来这里陪郝翻译休假养病？"成文问。

"我打算乘这次伤病的机会把他接回浙江老家去，他都三年没回去了，一忙就不能休假，孩子老人都想着呢。本来我想去北仑接他，那火车票也太难买了，没有后门根本就搞不到。他又坚持不让我去，我就只好耽搁在这里等他来会合。这不，他昨天刚被人送上来。"

"艇队那里位置远僻，交通也不便，从盟市下去还得坐小火车、坐汽车、坐牛车的，所以你也别特意赶过去了，给部队添麻烦。"郝翻译制止妻子继续说下去。

"那个地方我也不是没去过！轻车路熟的，添什么麻烦嘛！"秀娥一肚子又心疼又气恼的委屈，又对成文说："远咱也不怕呀，可是一年有半年时间大雪封路，根本进不去，能进去的时候一路上基本都是鸟不拉屎的地方，很荒凉的！"

"荒凉吗？也很美呀，那是一种内地见不到的壮美！"郝翻译打断了妻子的话，哈哈笑着对成文说："她身体不好，不太忍心让她过来，路程太远，太遭罪。"

"他总是讲好的，那地方比我们想象的差多了。我呢一是心疼他，二是我觉得吧，那地方那么苦，他一年年地坚守着，挺不容易的。我能做的就是无条件地对他好，唉，有些感受，只有身在其中的人才能知道。"秀娥眼圈红了。

"我们团就我一个翻译，打个井磨，很难走井。盼着来个同行都盼了好多年了。今年听说来了个新同志，我们都很高兴。开始善干事说要把你留在军区，我们都还抗议呢。现在一见到你，我也同意善干事的主张了，这家伙卖关子，没告诉我们是位女同志，有句话怎么说来着：一个美丽可爱的姑娘怎么能上前线？前线让女人走开。"郝翻译后两句是用俄语说的，成文笑了，心里却酸甜苦辣地翻腾着。

"就是，咋也不能让一个女孩子去那里吧！"秀娥好像听懂了一样插话。

"我的俄语属于赶鸭子上架，入伍到了边防，被组织信任看重，选拔出来接受了速成培训，就上了会谈会晤的岗，一干就是二十年。"

"二十年？"成文看着郝翻译黑黝黝的脸庞，瞪大了眼睛。

"是呀，别看这么多年，水平跟你们科班出身的还是相差十万八千里呀。从六九年珍宝岛冲突以后，两国关系紧张，边界就封闭了，会晤不多，多数就是那点牛呀、马呀、羊呀越境的事，还能对付得了，这几年两国关系回暖，会谈一整就谈政治经济、两国关系、两军关系，咱这点水平就吃力了，心里那个愁啊，想学也没条件了。"

"还学什么呀？外语可不比其他学科，那是要有天赋的。你都四十多岁的人了，学起来也力不从心啦，趁着大裁军的机会，转业回家吧，现在搞改革开放，地方上可欢迎转业军人啦！"秀娥劝着郝翻译，又对成文说："可他们单位不放，说青黄不接，他怎么也算是个技术人才。"

"嫂子没想过随军吗？"成文知道基层部队连级就可以随军，郝翻译肯定超过营级了。

"你嫂子可是咱老家镇上吃公粮的干部，离不开，再说她跟我去待在那个山头上，孩子的教育就成了问题。唉，牺牲小家顾大家呗，谁叫咱是军人呢！"郝翻译哈哈一笑，露出一口白牙，"你嫂子来看我的时候多。她付出得多，家里老的老小的小都靠她一个人照料，我一年到头远在边防上，也帮不了什么忙。"他看了妻子一眼，眼里满是爱意和愧意。

"我还能有啥说的，多少年前你就说要转业回家，不让我一个人受苦，既然已经受你这么多年骗了，那就继续被骗下去呗，孩子都这么大了，还能咋地？"秀娥对成文苦笑。

"军功章上有我的一半，也有你的一半嘛！歌里都这么唱。"郝翻译安慰媳妇。

"啧，你有啥军功章，一个普通得不能再普通的小边防。"媳妇撇嘴。

"咱是默默无闻，没有军功章，可我心里给你记着功呢!"郝翻译拍拍秀娥的手。

成文感到嗓子里、眼睛里有一股发热的东西要冲出来，她赶忙端起杯子，用喝水压制住情绪。

空气忽然安静下来。夜风从开着的窗户吹进来，有些凉意。

有问候郝翻译的电话打了进来。

床上一堆东西中的一本书被风翻动，哗啦啦作响。成文走过去，拿起了那本书。

这是一本印刷得很粗糙的诗集，封皮上印着《塞上行》，里面汇集了二十首历代诗人词人咏颂塞外的诗词，有王昌龄的乐府《塞上曲》、王维的《使至塞上》、无名氏的《敕勒歌》等等。

"这本诗集，老郝早就让我给他儿子买一本，我找了好多地方都没找到，这次在青城书店才偶然遇到。里面描写的那些意象和情绪，我每次来探亲都有深深的体会。"秀娥来到成文背后说。

成文看到书的扉页上用钢笔字题了一首杨万里的《晓出净慈寺送林子方》:"毕竟西湖六月中，风光不与四时同。接天莲叶无穷碧，映日荷花别样红。"

秀娥笑着说:"这是他从杭州当兵走时送给我的一首诗，那时还是个白面帅小伙，你看看他现在，都风霜成啥样儿了!我俩恋爱早结婚晚，转眼分居十五年了。时间过得多快啊，现在他又题上这首诗给他儿子了。"

秀娥从床上那堆玩具中拉出一支小步枪来:"小成，你看，这些都是老郝让我上街给他儿子买的。儿子十岁了，特别喜欢这些枪枪炮炮的玩具，估计跟他爹小时候一样。"

"唉，其实我儿子跟他在一起的时间加起来也没一年，都不太认他的，每次回家他就用这些玩意儿跟他儿子套近乎!"秀娥伤感地说。

"这次回去一定跟儿子好好培养感情。"郝翻译憨憨低语。

"唉!"秀娥叹了口气,轻轻地抚摸着成文的头发,"都不容易呀,他们男人在边防还这么难,你一个女孩子去了该咋办呢,一待就是十几年几十年的,听嫂子的话,能有办法不下去就别下去了!"

房间里的空气又变得凝重起来。

成文从郝义夫妇那里出来时,手里拿着一个小本子,那是郝翻译积累多年的工作实践,编制的一本会谈会晤常用词语手册。郝翻译谦虚地请成文"斧正",成文哪里敢当,诚惶诚恐地双手接过来,连声说着:"向前辈学习!感谢前辈传经授宝!"

成文拿着郝翻译为后来者留下的宝贵结晶,在院子里的花池边上坐了许久。

院子大门上的红灯笼还亮着,静静的,不再喧闹。月亮在云层里钻进钻出,不知在想些什么,宽阔的水泥地面忽明忽暗,犹如成文此时的思绪和心情。她一点儿也看不清四周,看不清前方。

凉风渐起时,成文站起身,走过被月光照亮的院子,走进自己住的楼门。

走廊里没有灯,只有两侧几个房门上的小窗户透着光。

成文看见一束细细的光柱泻在走廊的水泥地面上,那束光恰好是从她房间的门缝里漏出来的。

"不会吧,我出门时明明关门关灯了呀!又住进了新人?"她有些疑惑,蹑手蹑脚地接近自己的房间。

从门缝往里一看,窗边的桌子上整整齐齐摆了一排个头一样大的红苹果,后面立着两瓶香槟酒。近处靠门的沙发扶手上架着一只胳膊,一个人正坐在沙发里,向前倾着身子写东西。

成文的心"突突"地跳起来,"峰辉"这个名字一直在她心里默念着,现在就要冲口而出,却又卡住了。她忽然不知道该怎样称呼他,她无法像别人那样轻松地喊他景处长或者峰辉,事实上自从他们相识后,他就理所当然地喊她小文,而她却从来没有正式称呼过他。

成文在门外踌躇的时候，景峰辉心有感应般扭头看了过来。

"你终于回来了！"景峰辉站了起来，像主人一样伸出一只手请成文进屋。

成文忐忑着，像到了别人家一样，走进了房间。

"不好意思，我又没打招呼就进来了！"景峰辉急忙解释，"我请服务员打开了房间，把东西放下后，就决定等你。"

"这么晚啦，等我干吗？"成文走到桌前，望着那些苹果，小声地说了一句。

"不晚，才九点，天刚黑呀。"

气氛忽然尴尬。

"这是我给你带来的香槟酒！"景峰辉拿起一瓶举到成文眼前，"哎，我想请你尝尝咱军区招待所酒厂出产的'北伦'牌香槟，现在在青城很有名气，好多人穿城来买，供不应求哪，很紧俏的。"

景峰辉转过身，靠在桌沿上，撕开瓶口上的锡纸，慢慢拧动捆在上面的细铁丝。成文默默地看着他的一举一动。

"注意啦！"

景峰辉一只手把拧开的细铁丝放在桌子上，另一只手用力摁着木塞，走到房间中央，把瓶口冲着门的方向。

成文还没有反应过来，只听"砰"的一声，木塞已弹到门上，滚落在地上。成文吓了一跳，本能地捂住耳朵。景峰辉把手里的瓶子竖起来，白花花的泡沫礼花一样向天花板喷射，顿时一股甘甜的果香味弥漫房间。

"用这个仪式欢迎你来到青城！"景峰辉得意地冲成文笑笑，揭开茶几上两个茶杯的盖子，顺着杯壁把酒倒了进去。香槟泡泡不断地从杯底向上翻涌，而一层洁白的泡沫稳稳地盖在杯面上，一滴也不溢出来。

成文惊喜地看着他，这倒酒技术可不一般。

景峰辉盯着仍在不断上翻的气泡，对成文说："咱这香槟，一是色泽明亮，没有悬浮物，可惜今天没用香槟酒的杯子，你看不到，二是开塞声清脆响亮，三是底部上翻的气泡持续时间长，四是味道清新醇正，这就是好香槟。"

"是因为经过了你的手，所以才是好香槟！"成文说。

"这话我爱听。"景峰辉把脸歪到成文面前，得意地冲她乐。一只手还胡噜着溅到另一只手腕上的酒液。

"等等！"成文避开他，走到床头，从枕头下面拿出一块洗得干干净净的手绢，双手递到景峰辉面前，"用它擦！"这是景峰辉那天从车外递给成文擦眼泪的手绢。

景峰辉并不去接，而是把鼻子凑到手绢前闻了闻："好香呀，谢谢你替我保管得这么好，我想，它在你那里一定比在我这里的待遇要好。"

"不，应该谢谢你！"成文把手绢塞进他的手里，转身拿起床脚的一卷卫生纸，拽掉一段，蹲下身去擦地上的酒沫儿。

"你的东西，早就应该还给你了。"她说，并没有抬头。

"你嫌这块旧了吧，将来我送你一块新的！"

"我自己有。"

"那是你自己的，我话出口了就不能收回了！"景峰辉一边擦着臂腕上的酒液，一边玩世不恭地冲着地上的成文说。这些日子不知为什么，这个新结识的姑娘激起了他内心强烈的保护欲。

成文擦干净地上的酒渍，站起身，把废纸扔进墙角的纸篓，在脸盆里洗手，擦干。

一杯酒递了过来。

"来，我们干一杯！"景峰辉说

"为什么？"成文接过酒问。

"庆祝你到草原军区来呀！"景峰辉的杯子碰了一下成文的杯子，一仰脖，一杯酒进了肚。

"这有什么好庆祝的。"成文端着酒没喝。

景峰辉想了想："那就为我们的相识吧。"

成文一仰脖，一杯酒进了肚。景峰辉看着一愣，又很高兴，他像孩子似的说:"谢谢你,你真好!你觉得这酒的味道怎么样?"

"又甜又涩,有点酸味儿,主要是苦味儿。"成文转着手里的杯子,低着头说。

"我还以为你喜欢呢,小香槟在我们男人嘴里就是甜水,哪有那么多味道?"

两人分坐在沙发上,忽然没话了,房间陷入沉默,香槟泡沫在瓶子里发出"嗞嗞"的响声。

"你们那学员队长肯定不是东西!"景峰辉突然说了一句。

成文心里一颤:"你怎么知道?"

"我又不是没在军校待过!"景峰辉说。

成文咬紧了嘴唇。

"告我是谁,我去收拾他。"

成文吃惊地看着他,他的话貌似漫不经心,却斩钉截铁。

成文转动着手里的杯子。

过了一会儿,她平静地说:"以暴制暴,以恨制恨,快意恩仇?不,这些天我几乎想通了,这不是我想做的。我父亲回乡教学也是受了别人的排挤,他常常说,坏事可以变成好事,一件事情从不同的角度看,结果会是不同的,从这面看你受到了打击和毁坏,从另一面看,你也许得到了激发和重塑。这些天我在试着去看另一面。"

轮到景峰辉看着成文吃惊了,半晌才说:"你太理智了,理智得与你的年龄不符,的确是个与众不同的姑娘!看样子小人有时还真是优秀的催化剂。我相信害人者终会受到惩罚。善有善报,恶有恶报,不是不报,时候未到!"他喝了口酒,又对成文说道,"其实不瞒你说,我私心里还感谢那个小人呢!"他冲成文眨眨眼,"没有他,我怎么能遇到你呢?"

"你刚才在写什么?"成文转移了话题。

"我在给主任写明天的发言稿,等你的时候就顺手写了一些。你晚上去哪里了?"景峰辉追问。

成文讲述了郝翻译受伤,他的妻子和儿子。景峰辉蹙着眉头听完说："这是活生生的一线生活，相当艰难困苦，你真的不要太天真。我来说件正事吧。"

"什么正事？"成文不解。

景峰辉一仰脖把一杯香槟倒进嘴里。"你应该见方主任一面，你的事已经报到了他那里，下不下边防就听他一句话了。明天中午给英模团送行，方主任要出席。"他突然压低了声音，好像怕被人偷听去一样说，"到时我带你见他，你直接跟他说你想留下来，其他事由我安排，万事俱备，只欠东风！"

成文看着酒杯里的气泡，不语。

"现在中苏边贸刚刚开始，我周围几个朋友下海去做生意都赚了钱。咱们省有两个边境口岸，近水楼台，得天独厚，我知道军区后勤部那边正在筹备成立一家边境贸易公司，筹备办正缺人，你去那里最合适不过了。明天你就说想去那个单位。"

景峰辉把边贸公司的名称一笔一画写在一张纸上。

成文虽然刚来几天，却多次听到这个公司的大名，人们说起这个公司无不渴望仰慕。部队办公司是个新鲜事物，尽管还没有正式运营，但是声名远播，不光名字如雷贯耳，一些准备进去的人物也个个不凡，不是实权人物的家属，就是他们的子女。

"他们特别需要你这样的专业人才，你要是留下来进到这个公司，将来就是元老呀！我见面都得叫你成总，你认我不？"景峰辉开玩笑。

"放心，别说这辈子了，下辈子你变成什么我都认你！"成文说完就后悔了，刚才那杯酒喝得太猛，现在身子渐渐发热发飘，脑子开始不听使唤。

她看了一下腕上的手表，对景峰辉说："已经十点多了，你该回去了，一会儿大门就关了。"

景峰辉坐着没动。两人都不说话了。窗外传来风过树林的沙沙声。

"本来挺平静的，怎么忽然起风了，看样子要下雨了，来场大雨天气就透亮了。"景峰辉又喝了一口酒。

"回去吧，你……家里人……还等着你呢！"成文低声说了一句从来也不想说的话。

景峰辉的身体不觉抖动了一下，他默默地看着黑黢黢的窗外。房间里又陷入沉默。

景峰辉终于把杯中酒一饮而尽，站起身来。

"你早点休息吧，我先走了。明早别睡懒觉啊，早点过去吃饭，要不我还来骚扰你。"

景峰辉脚尖冲着门口，身体却对着成文，脚下并不挪动。

成文也站了起来，低垂着眼睛说："再见。"

景峰辉慢慢地接近门，拉住了门把手，他回过头来望着成文，似乎在等待着什么。

成文慢慢抬起蒙眬的眼睛，声音低沉却坚定地说："好吧，明天见！"

门关闭了，留下一屋子寂静。

成文坐下来，独自饮着剩下的半瓶香槟，并不知道什么滋味。酒喝光了，她就一直托着腮呆坐着。窗外，天上的月亮又被乌云遮住了。

方主任在众人的簇拥下，背着手顺着宽大的楼梯一阶一阶往上走，脚步有些吃力，凸起的大肚子包裹在特殊定制的夏季短袖军装里，微微颤动。他的头发染得乌黑，在周围正常的发色中显得十分假。

小白楼最漂亮的女服务员图雅趾高气扬地走在前面，引导这群有身份的人走进二层四周摆满黑皮沙发的贵宾接待室。

成文站在二层楼梯拐角处，恰好能看见方主任与接待室里站立在各自座位前的英模们依次握手。方主任在林爱玲面前停留的时间最长，他俩的对话引起众人的笑声。

"走，跟我到餐厅看看。"一旁的景峰辉拉拉成文的衣角，成文跟着他踩着光亮的大理石地板，往走廊尽头走去。

成文今天又"不得不"做了景峰辉的助理。她说服自己，从心而动吧！她的心情与她的理智相悖，心一点儿也不想拒绝他，她愿意与他在一起，愿意被他呵护，他就像冬天里她身边的一只火盆，让她感到温暖和依赖。理智放纵了心情，因为她知道，火盆里蹿出来的火苗仍被控制着，尽管被撩拨，但还不会产生危险。一切都是暂时的，她会把底线抓在手里。况且明天他就陪同英模团下部队了，再回来时，或许一切都物是人非，他也该回归他的生活了。

有成文在身边，景峰辉很愉快，他吹着口哨，带着她来到走廊尽头的宴会大厅。

大厅里已经摆好台，五张十人大桌已品字形摆开，每张桌子中央都凸起一个可以转动的木盘，木盘中央铺着一块白色镂花的塑料托垫。

"转桌上一会儿要上烤全羊，这是我们草原人待客的最高礼节。"景峰辉自豪地说。

他围着主桌转了一圈，检查写有名字的席签。忽然，他停了下来，想了一下，把主桌和第二桌的两个名签对调了一下。成文看见林爱玲的名签被他换上了主桌，挨着铁小军。景峰辉又去麦克风前"呼呼"吹了几口气，一切正常。

"找找你的座位吧。"他对站在一边傻看着的成文说道，示意她去最后那一桌。

成文围着五号桌转圈，终于发现了自己的名字，而且就在景峰辉旁边，她心里踏实了。

景峰辉在第二桌拉开了一张椅子，坐在那里核对服务员递过去的菜单。

成文凑过去看：手把肉、烤羊排、血肠子、蒙古肉饼……"怎么尽是肉呀？"她嘟哝了一句。

"每桌再加上清炒豆角和尖椒土豆丝。豆角一定要炒熟啊，过点火候都没事。"景峰辉看着菜单说。服务员有些迷惑，大概是觉得宴席不应该出现这样的菜，但还是去下单了。

成文心里一阵感动，这正是她爱吃的家常菜。她看着他后脖颈处那个黑黑的头发尖，竟有想去摸一下的冲动。

"到了青城哪儿有不吃肉的，不吃肉你以后在草原上怎么活呀？要想变成我的……我们的人，得先学会吃肉。"景峰辉突然转过头来，斜楞着眼看她。

"我才不要变成你们的人，我就是我自己！"成文脸一红，转身走开，去琢磨摆放在角落里的一圈蒙古族民乐器。

"傻妞！"景峰辉冲着她的背影笑了。

军人们陆续走进餐厅，按照各自的名签就座后，宴会开始了。

方主任起身走到桌旁的落地麦克风前，向英模们致辞。方主任政工干部出身，讲话很有感染力，结束时他声音洪亮地说："作为一名扛过枪、杀过敌的老兵，我被你们杰出的英雄事迹所感动；作为一名负责政治工作的老同志，我为部队有你们这样新一代的青年英杰而骄傲；作为一个对祖国无比热爱的普通公民，我为新时期共和国军人的卓越风采而自豪！我相信，你们的事迹一定会激励着部队新老官兵在各自岗位上为建设革命化、年轻化、专业化的国防事业做出更大成绩，也希望英模团的各位成员不要为一时的成绩所束缚，要百尺竿头，不断上楼！"

宴会大厅响起热烈的掌声。

"方头儿少了一化，知识化，四化到他这儿成三化了！"景峰辉凑近成文耳朵低声取笑。

方主任回到座位上，把酒杯高高举起，提议为英模们喝一杯庆功酒。众人端酒呼啦啦起身，与方主任遥遥呼应，一饮而尽。

乐队奏起舒缓的草原名曲《祝酒歌》，服务员们训练有素地排着队，端着托盘，开始上菜。按照草原习惯，方主任首提三杯酒，众人连干三杯。之后，方主任下令：放开吃喝，不必拘谨。

方主任在众领导的陪同下，端着一杯酒开始巡桌敬酒。每到一桌，那桌人便起立，方主任爽朗的说笑声、众人的附和声、酒杯"当当"的碰撞声从众星捧月的圈子里传出。

方主任带着众随从向五号桌走过来的时候，景峰辉正组织本桌人推杯换盏。

方主任径直走到成文身边："这是我们军区今年新分来的女大学生

成文吧?"众人连忙称是,方主任说:"听说你那天还上台当了一回英模,一点也不怯场嘛。来,碰个杯吧。欢迎你来到草原军区!不仅台上要当英模,台下也要当英模呀!"

成文第一次参加这种官方宴会,端着酒杯不知所措,让碰杯就直愣愣地碰了一下方主任的杯子,而不是像其他人那样,把自己的杯子放得很低很低。

"方主任的酒,还不干掉!"有人喊,众人跟着起哄:"干掉,干掉,女中豪杰嘛!"五十六度的白酒发出刺鼻的辛辣味,成文不想喝这种烈性酒,直接说道:"你们为什么让我喝干,方主任也没有干掉呀!"众人一看这刚出校门的小姑娘,还不懂社会,不懂酒席规矩,不按套路出牌,一时不知说什么好。

"别听他们起哄,咱们按你在学校学的外交礼仪,抿一口就行。"方主任笑着解围。成文抿了一口酒,辣得她直伸舌头。景峰辉把一杯雪碧递给她,顺手把她拉到自己身后。

他站在方主任面前,一只手端着满满一杯酒,另一只手抓过桌上的白酒瓶子,说:"主任,这杯酒我替成文敬您。"说着,一仰脖喝光。

"哎哎,你凭什么替呀?"有人打趣。

"我妹妹呀!"景峰辉斜楞那人一眼,往自己的酒杯里斟满酒,"这杯是我敬您的,我干掉,您随意。"说完又一仰脖倒进嘴里,他转向众人,一副挟天子以令诸侯的架势,手臂一扫:"我说你们啊,每人自干一杯,敬主任,来,顺时针开始,我一个一个抓落实。"

方主任笑眯眯地看着每个喝酒的人,纵容着景峰辉对那几个想要滑的人要蛮横,不时说句俏皮话,然后心满意足地率众人离去。

"为什么主任敬酒自己不喝呀?敬酒不是都要自己先喝完的吗?"成文疑惑地小声问。

"领导敬酒走走形式,敬你你要都喝完,因为你是下级,不要管领导干什么。"景峰辉说。

"为什么呀?不公平!"成文嘟哝。

"行啦,傻姑娘,世上哪儿那么多公平。"

景峰辉不停地往成文的餐盘中夹各种菜，"来，尝尝这个！""来，还有这个！"看她真的对肉不感兴趣，便把桌上大部分青菜拨进她的碗里，"多吃点，你太瘦！"

几巡酒下来，场面就乱了。各桌人开始乱哄哄地起身穿梭，你到我桌，我到你桌相互敬酒。凡是来找成文喝酒的，都被景峰辉打发了。主桌上，有时一群人围着方主任敬酒，有时又只剩下方主任一人吃饭。

《阿尔斯楞的眼睛》《草原上升起不落的太阳》《十五的月亮》一曲曲优美的旋律被淹没在嘈杂的敬酒声说笑声中，角落里那些身着鲜艳民族服装，抱着民族乐器的乐手们毫无表情地演奏着，见多不怪地例行公事。

"这种场合真不应该请乐队来演奏，如果请人家演奏就应该安安静静地倾听，否则显得不尊重。"成文对景峰辉说。

"首长来嘛，烘托烘托气氛，估计是盖所长花钱雇的，演员们现在都爱走个穴，捞点外快。但效果确实不好，我见面说说他。"

秘书进来附在方主任耳边说了什么，方主任对主桌上的人说着话，拱拱手，起身走了出去。秘书在出门时朝五号桌看过来，给景峰辉递了个眼色。

景峰辉不动声色地吃完手里的一块手把羊肉，用纸巾擦干净手，用胳膊肘碰了一下正竖着耳朵用力倾听演奏的成文说："跟我来。"

走廊尽头的拐角处有一扇不起眼的安全门，推开这道门，里面有两个便衣士兵把守着楼梯。他们看见景峰辉便立正敬礼。

成文跟在景峰辉身后，沿着一条幽暗的楼梯上了三楼，如果不走这条通道，成文真不知如何上到三楼。从二楼上三楼的正常楼梯已被封堵，那里竖起一面假山，假山壁上流着清水。

被小白楼的大厅震惊过一次的成文，又被这别有洞天的三层楼给震惊了。

整个三层似乎处于封闭状态。弧形的走廊顶上隔不远亮一盏昏暗的射灯。不多的几个房门包着棕色的皮革，上面钉着铜钉，嵌在厚厚的隔音墙里面。门紧紧地闭着，显得神秘莫测。走廊的墙面上贴着深红色印花壁纸，上面挂着大大小小装在框子里的山水花鸟国画，每幅画的上方都亮着一只探出头的小画灯。

"天哪，果然偏见和缺少见识限制了普通人的想象力。"成文心里嘲弄自己。看着景峰辉轻车熟路往前走的背影，成文想，自己怎么会对这样一位与她的生活格格不入的公子哥一见倾心呢？他们之间的差距太大了。

方主任的秘书正在一个房间门口等着景峰辉。

"我给老爷子通报你要来了。"看见成文跟在身后，秘书有点诧异，赔着笑脸冲她点了下头，又凑近景峰辉，颇有点讨好地问，"辉哥，听说景司令要上调北京啦？""最近我也没回家，不太清楚。"景峰辉敷衍着，转身对成文说，"我进去了。小文儿，你先在外面等一下。"

走廊里只剩下秘书和成文。秘书开始用一种既好奇又鄙夷的目光打量成文，仿佛她做了什么见不得人的事，让成文感觉很不舒服。

"俊男靓女呀！我该叫你妹子呢，还是嫂子呢？"秘书以为自己很会开玩笑，露出一嘴白花花的、让成文感到猥琐的牙齿。

成文不愿与他说话，走到稍远的地方，烦躁地踢着软软的地毯，来回踱步，不时心不在焉地抬头看一眼墙上的画，感觉无聊。

景峰辉终于从门口探出半个身子招呼成文。进屋前，成文白了秘书一眼。

屋里只开着一盏落地灯，厚重的紫红色天鹅绒窗帘从房顶一直垂到深蓝色的地毯上，房间很高，白色落地纱帘挡住了外面的阳光。里间的房门半掩着，能看到一张外国电影里才有的舒适松软的白色大床。

成文一进门就感到浑身不自在。

方主任换了舒适的便装，肥胖的身体陷在外间会客厅的一张宽大的橘黄色的皮沙发里，手里夹着刚点燃的一支烟。他神色疲惫，显得老态龙钟，与刚才在酒席上的精神抖擞判若两人。

方主任对景峰辉懒懒地说："峰辉你小子，为了你的事不让我休息，我下午还有会呢。"他抬头看见了景峰辉身后的成文，脸上露出了笑容："来，小成，坐吧。"

成文躲在景峰辉身后，怯怯地没有坐下。方主任欠欠身，向成文伸出了手。方主任的手软绵绵的，并不像他讲话那样铿锵有力。

景峰辉让成文坐在方主任旁边的一张单人沙发里，自己把写字台后面的一张椅子拉开，骑了上去，两只胳膊交叉放在椅背上，下巴放在胳膊上，像个淘气的小男孩，闪着发亮的双眼，准备聆听大人讲故事一样，等着方主任开口。

与他这样放松的姿态相比，成文双手合拢放在两膝之间，上身笔直地侧坐在沙发的边沿上，显得十分拘谨僵硬。

"什么妹呀哥呀的，你们这些年轻人就会搞这些名堂，以为我看不懂你们？不过话说回来，谁没有年轻过呢？"方主任一边说着，一边冲成文挤了挤眼睛。峰辉在一旁漏了破绽一般嘿嘿傻笑。

方主任浓眉大眼，鼻直口正，放到电影里，就是一个正面人物形象，可是这时候的他为什么让成文想起了胖脸金鱼眼的赵揩油？成文低下了头，真想逃离这个让人窒息的地方。

"叔，我说的可是正经的啊。"景峰辉直起身，笑嘻嘻哄着方主任。

"要说正经的，我就让小成下边防。"方主任斜了景峰辉一眼。

"叔，咱不带这样的啊，我都这样求您了，这么多年我就求您这一回吧？再说，我也考虑了工作因素呀，您看咱机关多需要人，让一个稀有大学生天天在边境上晃荡，也是浪费人才呀。"景峰辉直起身子，对父辈撒娇。

"尽瞎想，怎么是浪费？成文是去参加会谈会晤，干大事，人尽其才。"

"叔，我知道您最怜香惜玉了，您舍得让一个女孩成天在边防上风吹日晒，爬冰卧雪，直面敌人？"

"从小你就跟我贫嘴！你看看人家成文多端庄斯文！"方主任嗔怪着峰辉，把目光转向成文，冲她又挑了挑眉毛，好像他们很熟络，拥有共同对付景峰辉的秘密武器。

"小成，你认为戈尔巴乔夫这个改革会让苏联变成什么样子？"方主任开口给成文提了一个重大的学术问题。

"这可不好回答。在学校上时事政治课时，教官和学员也讨论过这个问题，基本上分为两派，老教官们对戈尔巴乔夫的改革持怀疑态度，担心改革不会有好结果。年轻的教官和学员们都认为改革比不改革好，认为苏联扩大'公开性''透明度'和'民主化'是一种大势所趋，可以减少腐败，建设公平公正，是社会的进步。"

"小成的思想很前卫嘛！当然，这代表着你们年轻人的想法。"方主任听完笑笑说，"我倒认为戈尔巴乔夫不分阶级的民主化、没有限度的公开性和抽象的人道主义，会给苏联社会带来思想混乱，会影响国家的前途命运。苏联是老大哥，对社会主义国家的影响太大了。一个人思想乱了，他的行为就会紊乱、一个国家的思想乱了，这个国家也会像个醉汉一样不可捉摸。但话说回来，戈尔巴乔夫的改革和新思维里也有对我们有利的一面，包括他在全世界搞缓和，与美国改善关系，对我们示好。戈尔巴乔夫前不久不是在海参崴讲话了吗？要与我们改善关系，这可是一个重要的信息呀，冰封了二十年的中苏关系要解冻了。目前我们与苏联正处在关系微妙阶段，既有机遇也存在挑战，我们应该抓住这个机遇。我们边防会谈会晤看似简单，其实可不简单，以微知著，是个十分重要而敏感的岗位，它是两军关系的瞭望哨，也牵扯着两国关系的神经末梢，牵一发动全身呀。边防上来的每期会晤简报我都要看，最近直接上军委的专报在不断增多，高层正密切关注着北方的动向，小成呀，你们赶上了一个伟大的转折时代！边防会谈会晤一线非常需要充实像你们这样的专业人才！"

景峰辉在一旁发蒙，他半张着嘴，判断着方主任的葫芦里卖什么药，难道老爷子把答应他的事变卦了？可千万别呀！他急得抓耳挠腮。

方主任把烟灰磕在茶几上的水晶烟灰缸里，身体向后一仰，靠在沙发上，思忖了一会儿说：

"边防要来一个专业人才不容易呀！不过峰辉说得也有道理，女同志下边防的确不合常理，至今还没有先例。干部部门认为你的情况特殊，专门向我作了汇报，我也一直在考虑怎么安排更加妥当。当然，像你这样的大学生，军区机关需要的地方也很多，新成立的一些单位也需要。"方主任停下来，神情忽然变得严肃，看着成文说，"因此，小成，我想听听你本人的想法。"

景峰辉这才舒了口气，侧过头，给成文递了一个胜利在望的眼神。

成文低着头，沉默着，两只手使劲地绞在一起。

"别紧张嘛，我又不是吃人的大老虎，把你的真实想法说出来！"方主任向后撤了撤身子，似乎离成文远些，可以把她看得更清楚。

成文抬起了头，她直视着方主任，声音稚嫩而清晰，一个字一个字地说道：

"我愿意到边防一线去，用我所学的知识和技能报效军队和国家！"

景峰辉以为自己听错了，惊愕地瞪着成文，像瞪着一个陌生人。方主任也十分吃惊，他不由得挺直了上身，盯着她，目光疑惑。

来到青城的这些日子里，成文的思想又一次游走在一条边界上。毕业分配痛苦失重的一页还没有完全翻过去，"去"和"留"新的难题又摆在她的面前，需要她做出选择。她当然知道，不同的选择将会是不同的人生，不同的道路，不同的未来。选择的过程十分痛苦。

成文不能确定铁小军、林爱玲、阳军华、慕光、晏院长、郝翻译等人是否给过她影响或帮助，但是"军人"和"专业"两个词却在时刻提醒着她、要求着她、牵引着她，她想她的真正勇气来源于内心。

"从心而动，主宰自我，不辜负自己身上的慧根"，铁小军的这句话一直印在她的脑子里。

方主任和景峰辉相互惊愕地看着。方主任手上的烟头自燃了好长时间，直到长长的烟灰柱落到桌面上。

有人敲门。秘书进来，走到方主任面前，蹲下身对他耳语。

"稍等等。"方主任摆摆手，脸上显出不耐烦。

秘书起身出去。在他拉开门的一瞬，成文瞥见一双女人的高跟鞋闪在了一旁。

方主任的目光再次回到成文身上，他拧灭了手中的烟头，严肃地说：

"小成，你再好好想想！"

"非常感谢方主任给了我这个选择的机会，也感谢峰辉处长为我所做的一切。边防需要人，怎么都得有人去，那么就让我去吧。"成文依然平静而坚定地说。

屋子里空气凝滞，烟雾呛人。许久，方主任开口道：

"小成，你想过自己未来十年会变成什么样吗？"

这是个深远的问题，成文还没有想好。

"换句话说，你愿意在边防干一辈子吗？"方主任又问。

按照军队下级回答上级问题的标准答案应该是：是的，长官。但是成文并不愿意，她不想违心，于是她摇了摇头。

方主任笑了："小成，你是个有追求有梦想的年轻人，保护好你的梦想！梦想的实现，百分之八十靠自己，百分之二十靠机遇，像你这样优秀的年轻人，不会缺乏机遇的！你现在就想想，十年以后你会变成什么样？"

方主任的话很轻，成文却觉得如此沉重。她想了好一会儿才说："先做好基层的外事工作吧，我希望十年后能够成为军队优秀的外事工作者！"

"你确定吗？"方主任问道。

成文咬紧嘴唇，点了点头。

"好，让我们来算算。十年以后，你三十一岁，是一名优秀的军队外事工作者，可能已经不在基层了。那么要成为优秀的军队外事工作者，你必须要具备深刻的思想、过硬的军事素质和超强的外语水平，就是说你必须不是一个一般的、普通的军人，这意味着这十年你要经历别人无法经历的世事，吃别人吃不了的苦，受别人受不了的累，流比别人多的汗，甚至还可能流血。没有人能够随便成功，这是一种历练，也是一种积累！十年的时间，既长也短呀！"

方主任继续说："成文，你是一棵好苗子。我希望你更加仔细地思考一下十年后的自己，到底要过什么样的生活、实现什么样的目标。

如果你确定了，从现在就要开始做起，每一年、每一个月、每一天都要有规划。你们赶上了好时代，一个敢于和能够追梦的时代，多么年轻的天之骄子，未来的世界是你们的！机会永远都会青睐有准备的人！"

成文突然感到了一种强大的压力和动力，这种外力正在唤醒她的内心，她开始用另一种目光审视自己，审视着准备向着十年后的目标一步步迈进、已经作出第一步选择的那位女军官。

"小成呀，你让我想起了当年的我！唉，时光荏苒，白驹过隙呀！"

方主任有些动情，起身进了里间，拿出一个崭新的笔记本，红色皮面上印着"草原军区"四个镏金大字。他坐下来，在扉页上写下了几行字：

一只站在树上的鸟儿，从来不会害怕树枝断裂，因为它相信的不是树枝，而是自己的翅膀！成长的路上，只有奋斗才能给自己最大的安全感！

"送给你这个笔记本，还有这些话！让它记录并伴随你今后奋斗中的每一个进步！十年后我就退休了，我希望那时看到一个实现了梦想的成文！"方主任双手托起笔记本，郑重地递给了成文。

景峰辉阴沉着脸走在前面，成文跟在他的身后。他们来到院子里。

"我在帮助你，知道不？"景峰辉突然转过身冲着成文怒吼。

"可我为什么要接受你的帮助？"成文平静地看着他。

"你脑子进水了？昨天说好的约定呢？你知不知道你浪费了多么好的机会？十年的时间，你真以为白驹过隙吗？也就是你这种纯情傻妞才会做这种白日梦，活生生的现实就是待在边防上一天一天数日子，你想找人交流都找不到，谁去提携你，谁会给你创造条件？你以为现实是电影，是诗歌，是美梦？你就傻吧！"

"我愿意接受艰苦的现实，而不想接受别人的同情和馈赠！请你尊重我的选择！"成文也提高了声音，一字一顿地说道。

"我，我是别人吗？"景峰辉拍着自己的胸脯，表情有些狰狞地上前一步，两眼死死地盯着她。成文也毫不示弱，仰起头，像个发怒的小母鸡。四束目光对峙着，喷射着火焰。

景峰辉先败下阵来，他自感底气不足，是啊，认识才不过几天，你不是别人是谁？可为什么才认识几天，你就愿意为她做任何事情？不是别的，是你自己中了邪了！

"用不了多久，你就会后悔的！"景峰辉无奈地说。

成文拧着脖子，瞪着他，一副大无畏的样子。

"唉！你记住，我是真心实意对你好的那个人！"景峰辉表情沮丧，重重地叹了口气，像泄了气的皮球一样转身离去了。

尽管他的声音很小，但每一个字都击打在成文心上，让她心痛，她的泪水蓄满了眼眶：他也许不会知道，她选择离开的理由有许多，但其中最痛苦的一条就是因为他的出现，她害怕爱上一个不能去爱的人……

太阳静静地照在空寂的院子里。

成文抬头望天，那是包容了亿万年风霜雨雪的深邃而湛蓝的天空，白云像流沙一样奔向远方。

她深深地吸了一口气，似乎要把空气、阳光和眼泪一同吸进心肺里去。这口气在胸中憋了许久，当她轻轻地呼出来时，一切都变得风轻云淡了。她的心中一片澄明。

第二章　天涯同旅

晨光中的草原，在列车的车轮下，像一把巨大的绿色折扇在不断地展开，展开，似乎没有穷尽。扇面远端隐隐约约的山峦，起起伏伏的林带，疏疏落落的蒙古包，群群簇簇的牛羊，在浮光中闪烁变幻……

用土石垫起来的铁轨路基下面，雨后积聚起许多水洼，一个连着一个，上面倒映着卷舒的云影，像一串亮晶晶的珠链，伸向广袤的北方……

阳军华和成文顾不上欣赏窗外的风光，他们拨开拥挤在各个车厢里的旅客，急匆匆地赶往指定车厢，那里有阳军华和慕光刚刚发现的两位新战友。

"快点，快点！"成文在后面不断地催促着阳军华。

刚才阳军华跑到成文的车厢，敲着她的床铺，告诉她车上还有两位同去北伦军分区报到的女军医时，正望着窗外发呆的成文"哇"的一声爬了起来，竟忘记自己身在上铺，头撞在车顶上，眼冒金花。她顾不上疼痛，从上铺直接跳下来，推着阳军华就出发了。

终于到了那节卧铺车厢。

在过道里站着坐着乱哄哄的旅客当中，慕光坐在窗边的一个边凳上，白皙干净，超凡脱俗。

年轻的医生背对着窗户，弯着身子，两个胳膊肘撑在分开的两个膝盖上，两只手合拢起来，食指正一下一下触碰着自己笑微微的嘴唇。

柔和的晨光从他身后的车窗照进来，照在他的背上，照在他黑亮的卷发上。他的挺拔的鼻梁像一条锋利的分界线，把光线切割开来，把他的脸变成明暗两个对立的部分。他的存在，像一幅聚光灯下的油画，把周围的人都晃得模模糊糊。

慕光一定是说了什么逗趣的事，引得卧铺里面的一个女孩子发出一阵阵清脆无忌的笑声。

阳军华和成文站在了他们面前。

那个咯咯发笑的女孩正侧身蜷曲在下铺窗前堆起来的被子上，一只手撑着头，另一只手悬在空中，手里拿着一个啃了一半的苹果。

女孩厚实而饱满的嘴唇被苹果汁浸润得鲜亮欲滴，两只看着慕光的眼睛精灵古怪地忽闪着，笑得花枝乱颤。金色的晨光铺满她的全身，让她看上去流光溢彩、绚丽夺目。

"战友们认识一下吧！军区卫生学校毕业生蒋薇薇和魏玲，外院毕业生成文。"阳军华发出号令，俨然新兵班班长。

光彩夺目的姑娘就是蒋薇薇，她笑着冲阳军华点了一下头。阳军华的目光却停留在那只五个指头涂了暗红色指甲油的小光脚上。从紧绷绷的白色牛仔裤裤脚下裸露出来的小光脚轻轻地点了两下床铺，嘴里招呼阳军华："来来，快坐下，听慕光往下怎么说？"

蒋薇薇竟然看也没看成文一眼。

在堆满了水果点心的小桌子对面，一个小巧玲珑戴着一副黑框眼镜的女孩放下手里正编织的毛活儿，从床铺的阴影里站起身来，说道：

"你好，成文，我是魏玲。"魏玲热情地伸出一只手，把成文拉到她的铺位上坐下。"一直听说我们的同伴是个大美女，今天终于见到了，果然名不虚传！"尽管魏玲整个人显得弱小，但声音却清澈洪亮，"这下我们的队伍里就有两个大美女了！你看看薇薇，我们学校的校花，那也是人见人爱呀！"

"哎哎哎，自己别谦虚啊，三个都是美女！"阳军华坐在蒋薇薇的

094

床脚，纠正魏玲。

"我自己不算呢，我有自知之明。"魏玲哈哈笑着。她的眼镜几乎占了小脸的一半，只剩下了小嘴和尖尖的下巴，她笑起来嘴角上翘，很好看。

"都是沉鱼落雁，军中之花！"阳军华找补。

"行啦，留着那些甜言蜜语去对别人说吧，我是不信男人们那些谎话的！"魏玲摇头。

"我证明军华说的甜言蜜语是真，谎话是假。难道说'没有一个姑娘的青春不是美丽的'这句哲理不对？"慕光文绉绉地发问。

"当然是对的，谁有甜言蜜语对我说，我爱听，管你是真的假的！"蒋薇薇盘腿坐起身来，冲着慕光笑。

"哎，薇薇呀，别光冲你俩哥哥傻笑，以后咱三个可就是一个宿舍里的人了，咱们得相互照应呀，快来认你成文姐！"魏玲伸出手臂，拍着蒋薇薇那一面的桌子提醒。

蒋薇薇不情愿地转过头来。成文探身向她伸出了手。蒋薇薇轻淡地瞥了成文一眼，把苹果架在杯子口上，又扯过一张纸巾慢腾腾地一根手指头一根手指头地擦干净，半天才抬起一只手来。成文握住了那只手，又温又软。

"这就是那个主动要求下边防的成文呀？真是幸会！"蒋薇薇的嘴角冷冷地一撇，视成文如空气，冲着魏玲说。

行，她没有像苏联领导人那样，与某挑衅的外国元首握完手后，用手绢擦了擦手，把手绢扔进垃圾桶就好，即使那样，两国也没断交。

奇怪，成文一点儿也不气恼。她心中暗笑，不知这姑娘在耍什么性子，难道是女孩之间的嫉妒？她对这个姐妹很好奇，也有好感，她的直觉告诉她，她们是脾性相投的一类人。

成文没有放开蒋薇薇的手，说："幸会，幸会，很高兴认识你！跟两位妹妹相识是我的福分，以后我们相互关照。"

"你可是把我们关照大发啦！"蒋薇薇抽回自己的手，阴阳怪气地说。成文一愣。

"我觉得她俩长得蛮像的耶！"魏玲转过头连声问阳军华和慕光，"像不像？像不像？"

阳军华嘿嘿乐着说："细琢磨还真有点像。"

"明明一个骨感，一个丰满，一个尖脸，一个圆脸，五官一个精巧，一个性感，哪里像了？不敢苟同。"慕光迷惑。

"看不懂就算啦！"魏玲白了慕光一眼。

"玲子，你干森么嘛？还不许人家说实话的啦？"蒋薇薇调皮地学着港台腔帮慕光说话，然后又哆哆地对慕光说，"知道对人家女生品头论足是你们男生宿舍卧谈会的酷爱，但也不能这么直接嘛。"

"哎哟，好冷呀，我这身鸡皮疙瘩哟！"魏玲抱着双臂，做哆嗦状。

"你们是怎么搞到卧铺票的，而且还是下铺，两张，那可不是一般人能办到的呀！"阳军华问魏玲。

"有玲子的司令老爸在，还用愁吗？我是跟着沾了光呢！"蒋薇薇抢着说。

"不就是正常买张票吗?!"魏玲有些不解。

"哎哟喂，您这大小姐哪里知道人民的疾苦。我和慕光等了一星期都没排到卧铺票。这趟草原列车一周才走两趟，票真是太紧俏了，你看看硬座车厢，座位底下都躺满了人。为了赶报到时间，我俩的硬座还是找黄牛买的，多花了好些钱。"阳军华说。

"黄牛给了手续费的票据，善干事说单位可以给报销的。"慕光说。

"成文的票也不知善干事动用了什么关系，本事真大，竟然从列车员的休息室弄了一个铺位。我们本来准备跟成文沾光呢，没想到还能沾二位小姐的光，哈哈哈，太棒了！"

"床铺是我们的，也是你们的！"魏玲拍着胸脯，豪气冲天。

"我们五位战友，真是袍泽相会呀，真高兴，不是外交辞令啊，是真高兴！"阳军华说。

大家都没明白"袍泽"的意思。

"出自《诗经·秦风·无衣》，袍指战袍，泽指你的军装内衣，就是说我们是生死与共、生死相依的战友！"阳军华解释。

"还是班长有文化耶！"蒋薇薇看看魏玲，又冲慕光挤眼睛。

"深藏不露。"魏玲点头。

"好，等着，我去取吉他来，为袍泽相会高兴一下！"慕光说着站起身走了。

没有慕光在场，蒋薇薇的眼睛立即失去了光彩。她不再作声，嘴里慢慢地嚼着苹果，默默地看着窗外。

成文偷偷地看着蒋薇薇。她的领口下的两粒纽扣有意无意地敞开着，黄色宽松的乔其纱薄衫被从窗外吹进来的风鼓起，黑色胸衣吊带若隐若现。她的裸露在外的皮肤晒成了健康的小麦色。即使从女性的角度来看，成文都不得不承认这是一个性感迷人的姑娘。

"咱们这几个人呀，要说最幸运的就是薇薇了。"魏玲一边削着一个美国进口的红蛇果，一边说，"咱们都是离家远行，人家可是学成回家呀！"

"真的呀？这可真好！"成文无比羡慕地说。

"千万不要以己度人啊！"蒋薇薇扭过头来，神情严肃地盯了魏玲一眼。

"我说错什么了吗？"魏玲吐下舌头，做委屈状。

"我们是陪绑来的！"蒋薇薇突然凤眼圆睁，直视成文。

"什么？"成文浑身一震。

"没什么，来，吃苹果。"魏玲把削好的苹果一分为二，递了一半给成文，又对蒋薇薇说，"你自己别老瞎琢磨，不是那么回事儿。"

阳军华拿着魏玲递过来的另外半个苹果坐到靠窗的边凳上。他嚼着苹果，看看成文，看看魏玲，又看看蒋薇薇，像看着自己的后宫，嘴角不觉上提，难掩内心喜悦。

慕光提着吉他回来了。

他一屁股坐在蒋薇薇的床上。蒋薇薇的脚收得慢了些，被压蹭了一下，立即娇滴滴地"哎呀"一声，捂着脚面装痛。

"没事吧，没事吧？"慕光急着要去看那只小脚，蒋薇薇藏了起来，抬起头，眼睛弯弯，笑盈盈地看着慕光说："没事儿！"

"没事儿！"阳军华在一边鹦鹉学舌。魏玲咬着成文的耳朵："男人都喜欢她这样的。"

"真没事儿？"慕光仍然在问。"没事儿，没事儿！"蒋薇薇娇羞地迎着他的目光。

"别整那没用的啦，赶紧给人家弹一曲，压压惊。"阳军华学着东北话。

慕光小心翼翼地褪下琴套，一把棕色光亮的吉他展露出来。这是慕光上军校后用攒了一年的津贴买的。这把单板红松古典式吉他伴随他度过了大学中许多孤独的时光，多少酸甜苦辣都记忆在了琴弦上。有了温红后，他常把这把吉他当成她，高兴的时候，向她表达，痛苦的时候，向她倾诉。他常想，他对她的想象和感情也许是在忧伤或欢快的吉他声中升华的。

慕光抚着琴弦，想着温红，不知她现在深圳过得怎么样。

"这吉他的颜色好独特呀！"蒋薇薇小心翼翼地抚摸着侧板，"弹《你是我的爱》吧！"她提议。

"好，好！这首曲子当下正流行。"成文率先拍手赞成，明显有讨好成分。

慕光的手指搓揉着琴弦，并不弹奏。

"让他弹《毕业生》吧，那是在毕业晚会上献过艺的，咱们也欣赏欣赏。"阳军华说。

慕光知音般看了他一眼，说："这个我熟。"

"好呀，好呀，那就弹这个吧！大家都熟。"魏玲马上鼓掌。蒋薇薇有些落寞。

阳军华和魏玲和着琴声起了头，他们唱着中文歌词。

　　蝉声中，那南风吹来
　　校园里，凤凰花又开
　　……

098

心难舍，师恩深如海

……

最难忘，父母的慈颜

……

琴声起，骊歌正悠扬
莫犹豫，也莫再迟疑
好男儿，鹏程万里长

……

慕光、蒋薇薇、成文却哼唱着英文歌词。

两种语言的歌词意境大不相同，他们却唱得琴瑟和谐。

你要去斯卡布罗集市吗？
欧芹、鼠尾草、迷迭香和百里香
请代我向住在那里的一个姑娘问好
她曾经是我的真爱

……

歌唱完了，旋律仍在继续，悠扬中升腾着憧憬，又盘旋着忧伤。面庞像初升阳光一样纯净清新的毕业生们都沉默着，聆听各自内心深处被拨动起来却又无法立即平复下去的心绪。

"这首英文歌的副歌一般情况下都被人忽略了，它隐喻当时美国国内反对越战的情绪，讲的是我们军人的情怀。"成文轻轻地说。

"你说说副歌。"慕光仍弹奏着说。

成文说："我自己试着翻译的，你们将就着听吧。绿林深处，山冈之巅，白雪封顶，云雀追旋，大山之子，大地为榻，睡梦之中，号角声响，战火烈烈，子弹啸啸，山中墓地，泪珠晶莹，战争理由，早已忘却……"

阳军华和魏玲都竖起了大拇指。

蒋薇薇直勾勾地看着慕光，旁若无人，毫不掩饰对他的迷恋。她喜欢他弹琴时的专注，喜欢他哼唱时起伏的喉结，喜欢他拨动琴弦的细长而灵巧的手指，他的一切都让她喜欢。

在她对爱情的想象中，多么希望远方有一个人在等着她，她是那么爱他，可以为他献出一切，就像这首歌儿里唱的那样，她会为他做一件棉衫，没有接缝，不用针线；她会为他找到一块栖息地，位于海水和海岸之间，天空是被，大地是毯；她会与他比翼翱翔在白雪皑皑的山巅，一同追逐云雀；她会与他一同被号角召唤，在纷飞的战火中相伴，在泪珠冲刷的坟茔里化蝶……是的，那才是她真正的爱人。

Then he'll be a true love of mine！

用心倾听着，蒋薇薇的眼中泪光点点。

闹哄哄的车厢不知什么时候开始变得安静了。许多旅客围了过来，静静地听着悠扬又忧伤的吉他声。

忽然，车厢过道一阵躁动，从人群外挤进来一个目光如炬、脸膛黑红的蒙古族大汉，手里提着一把马头琴。

阳军华起身让座，红脸大汉一撩蒙古袍，不客气地坐了下来。

"白脸书生们，广阔的草原不适合你们那靡靡之音，要听这样的曲子才过瘾！"他把马头琴架在膝盖上，拿着弓子的右手一抖，骏马的嘶鸣声破云而出，马蹄声由近及远，飞奔而去……众人大呼：

"《万马奔腾》！"

蒙古族汉子听不到众人的惊呼，他屏气闭眼，身体随着乐曲极其投入地起伏扭动，仿佛是身跨骏马，率领马群奔跑的骑手，沉浸在万马奔腾的雄浑壮美之中。

马头琴停下了许久，旅客们的掌声仍在继续。

"你会弹什么蒙古族曲儿吗？咱们来切磋一下。"大汉操着不利索的汉语问仍在鼓掌的慕光。

"《草原上升起不落的太阳》怎么样？"

"好！"

两人调了调音准，大汉一示意，慕光的吉他前奏响了起来，马头琴声切入，像一片悠扬的白云飘浮在托起它的浑厚的草原上。两人像是"切磋"过许久，配合默契。

　　蓝蓝的天上白云飘

　　白云下面马儿跑

　　挥动鞭儿响四方

　　百鸟齐飞翔

　　要是有人来问我

　　这是什么地方

　　我就骄傲地告诉他

　　这是我们的家乡

　　……

这首那个年代几乎全国人民都耳熟能详的歌曲把全车厢的气氛都调动了起来。

几个远行的年轻人忘记了烦恼忧愁，与全车厢的旅客一起群情激昂地唱着同一首歌。雄壮而悠扬的歌声合着琴声飞出开着的车窗，随着夏日的风，飞翔在广袤的草原上。

魏玲的父亲是西部草原某军分区司令员，上升势头很好。当他听到军区要从卫生学校选派两名应届女毕业生下边防的消息后，很敏锐地捕捉到了上级的意图。

他动员即将留在军区医院的女儿积极报名，做好下基层锻炼的准备。

司令员很清楚，现在部队提拔干部越来越看重基层历练经历，女儿如果想在军队长期发展下去，这是一个好机会。毕业就下边防，没有实习期，直接任命技术职级，这本身就比同龄人起跑早一步，女儿到基层去"镀一下金"再回机关，有了晋职晋级钢钢硬的资本，再怎么进步别人也无话可说。

魏玲崇拜父亲，与父亲常常心有灵犀，对父亲的动员当然言听计从，况且她还藏着自己的私心，她从小到大没有离开过家，上军校也是在家门口，现在毕业了，她想离父母远一点，去过过自由的生活，省得父母总像看小孩那样把自己管得紧紧的。

但是魏妈妈听说要让女儿下边防，立即把电话打到司令的大办公室，一哭二闹三上吊，坚决不同意宝贝女儿去那"鸟不拉屎"的野地方，怕女儿受人欺负，直逼到魏司令说出："谁敢欺负你女儿嘛？又不是真去，你闺女随时可以回来看你嘛！真是头发长见识短。"有了这句话，魏妈妈才放下心来。

魏玲大义凛然地向校党委递交了要求去边防工作的申请书。正在为此项工作发愁的校领导们看到司令的女儿带头奔赴边防，替他们分忧解难，自然满心欢喜，马上向军区干部处汇报。干部处又将这一重要情况向方主任汇报。后来，魏司令果然在某个场合如愿以偿地得到方主任"不经意地"欣赏，政治效果很好。

蒋薇薇与魏玲下边防的境遇和心态迥然不同。

她是被校办叫去谈话的人选，因为再没有别的女学员主动请缨，她这个从北伦市考进省军区卫校的学员便理所当然地进入了校党委的考虑范围。

但是蒋薇薇本人并不愿意返回家乡。她的想法很简单，省城更大，信息更多，见识更广，当然要留在这里，接触最时尚的事物，将来能去北京更好，人往高处走，水往低处流嘛。现在却让她定向回乡，她十二分地不愿意。

蒋薇薇的母亲也不愿意，她随军跟着薇薇的父亲从内地来到边疆，一晃近三十年，这辈子就扎根在此，没有改变的希望了，但她希望好不容易考出去的女儿能留在省城，离开这"危险的战争前沿地带"，也为他们将来退休后返回内地打个基础。她托了好多关系，费了很多周折，女儿毕业后留在青城军区医院的事儿基本定了下来。

现在突然听说要把女儿分配回来，蒋母彻夜难眠，转不过弯来，哭着吵着催蒋父去走关系、找门路，改变上面的决定。蒋薇薇的父亲是北伦军分区的通讯科长，他对妻子的"无理取闹"，只是淡淡地说了句："不是说好毕业定向回来嘛，别瞎折腾了，听从组织安排，一家人在一起多好！"

蒋薇薇后来听说，就是因为突然冒出一个为了显摆自己进步、主动要求下边防的名叫成文的"外语女干部"，她和魏玲才不得已成了"陪绑"，她们的生活轨迹才发生了改变。她心里对这个未曾谋面的外语女干部没有好感。

傍晚，列车缓缓地停靠在一个盟府的小站上。

车门上方的列车广播里忽然响起了寻人启事："从青城来的成文请注意，有人在进站口处的站台上等你。"

一连播报了三遍。

成文困惑地盯着那个小匣子，不能相信广播里要找的人是她。

成文拉着铁抓手，从薄薄的蒸汽里冒出了头，站在车厢门口东张西望。广播里又在喊着她的名字。

成文跳下车，逆着上车的人流往外挤着。她离开人群，顺着站台上一排黑森森的圆柱子，溜着边儿，迟疑地往指定方向走。

她仍一头雾水。"在这个生平第一次经过的偏僻小站上，谁会等我呢？"

一只手从一根柱子后面伸了出来，一把把成文拉进了柱子后面的阴影里。成文还没来得及喊出声，身体便被一双臂膀紧紧地搂在了怀里。她的脸被挤压在一个宽厚而炽热的胸膛上，从那胸膛里传出来的心跳声"怦怦"地震荡着她的耳鼓，似乎如果没有衣服罩着，那颗心就要从胸腔里面挣脱而出。

那人身上熟悉的烟草味道让成文不再挣扎，她把头就势贴在他的胸口上，双臂紧紧地环住了他的腰。

造访这个盟府是英模团活动日程上的最后一站，团员们为驻军和地方单位作完报告后，便按计划回京了。

送走英模团后，景峰辉让工作组其他人员先行返回青城，而他自己借故多留了一天。因为他已经掐准了时间，成文乘坐的草原列车在他留下来的这一天将在此站停靠二十分钟。

他渴望见她一面。他陪同英模报告团离开青城的时候，她还没有出发去她那幻想中的"建功立业之地"。由于她拒绝了他的帮助，他赌气没有去与她告别。

可是在这些离别的日子里，他痛苦地发现，自己满脑子里都是她。遇到她后的每一个情景都像电影一样在他眼前闪回，她浅浅的笑容、忧伤的神情像被放大镜放大了一样，不断地呈现在他的脑海里。

他思念她，惦记她，白天想得晕晕乎乎，晚上想得辗转反侧，这是他从未有过的感受。

他想到了他的妻子腊梅，他对她为什么从来没有过这种感受？

你爱腊梅吗？提出这个问题来，他猛然吓了一跳！他们已经结婚五年，他今年二十八岁，很快就要进入而立之年了，可是他竟然从来没有认真地问过自己这个问题？！

腊梅很漂亮，人人都认为他们门当户对、郎才女貌。他们的父母是老战友，从他们很小的时候就开玩笑要结亲家。景峰辉从东北来到青城当兵后，事情的发展更加顺理成章。景峰辉军校毕业后，与腊梅开始正式交往。景峰辉没有感到情感上的大开大合，他们见面时波澜不惊，离开后平平淡淡。一到法定结婚年龄，就在双方父母的催促张罗下，大张旗鼓又顺其自然地结了婚，然后生了子，过着不咸不淡的日子。他把家作为一个栖息地，一门心思都扑在了工作上。

他婚前婚后也与其他女人交往过，但是他的心从来没有活动过。现在细想起来，他的心灵并没有归属感，一直在流浪，是孤独的。

以前下班回家，他敲门，门开了，但是门口没有人，腊梅给他打开门后便消失了。他习惯了自己走进屋子里，换掉衣服，坐在沙发上看电视，等着保姆开饭。饭桌上，他与腊梅聊一些国家或省府里的大事逸事，感觉像同事一样。他们的夫妻生活也并不和谐，几乎没有激情，腊梅有洁癖，有时还不让他碰她。

可是遇到成文后，他不止一次地幻想，假如成文为他打开了房门，成文会怎样表现，他又会怎样？他想她一定不会走开，而是欣喜地等着他，她的笑脸是那样暖人，他一定会去拥抱她、亲吻她。如果他们一起吃饭，他一定要跟她挤在一起，他会把所有的好吃的都喂给她……因为成文看着他的那种柔情，他从腊梅的眼睛里从来没有找到过。

他与腊梅之间更多的是一种生活伴侣或婚姻共同体的关系，似乎与爱情无关！

做出这个判断，他被自己的想法又吓了一跳。

他试图再次梳理自己的思绪，但是一团乱麻，也许脑子被这几天分离思念的暗火烧糊涂了！但是那种不见成文一面就活不下去的煎熬是千真万确的。

他无法与她告别！是的，她让他如此魂牵梦萦，心潮激荡，也许这辈子都无法与她告别了。

等候成文到来的这一天，景峰辉就像热锅上的蚂蚁，焦躁不安。一早，他就换好便装来到火车站，尽管那趟草原列车傍晚才会到达。

在候车室里，他的英俊和自来熟的好脾气帮了他很大的忙。车站里那些管事的大姑娘小媳妇主动为他找座位，沏茶倒水，塞给他小吃，提供各种力所能及的方便。

旅客们一拨一拨地走，又一拨一拨地来。景峰辉则一直坐在那张长椅上，从早到晚，变化的只有不同的坐姿。

大姑娘小媳妇们过来过去地打趣他："你就打算在这候车室里瓷定定地坐上一天？你等的恐怕不是文件，是美人吧？"

"你那趟车今天取消了！"看见他惊恐而失望的目光，她们捂着嘴呵呵笑着走开了。

男工作人员也被他身上的豪爽和亲热地拍肩搂背所收买，像亲戚一样"大哥""兄弟"地叫着。

草原列车抵达的时间在接近。旅客们已经聚集在铁栅栏外等候检票。景峰辉给接发列车的助理值班员塞了一包大重九，便被带着经过一个特殊通道走上了空无一人的站台。

天色暗了下来，起了薄雾。

景峰辉在站台上走来走去，望着空荡荡的列车来的方向，再望望远处低垂的云层和茫茫的草原，他忽然心虚起来，成文不会没坐这趟车吧？她能搞到票吗？尽管善干事肯定确定以及坚定地保证，五个学员都是乘坐的这趟车，可万一他弄错了呢？景峰辉几次确认，都没好意思跟善干事直接说出成文的名字。

"这趟车肯定来吧？没有取消吧？"他问走过他身边的站台助理员。

"想什么呢？大哥，马上要进站了。"助理员走过去向站内工作人员打检票放人的手势。

"那就好，那就好。"景峰辉的心突然"怦怦"地加快了跳动，他一口接一口地吸着烟。

远处传来了火车的鸣笛声。

景峰辉急忙把烟在垃圾箱上拧灭，整整夹克衫，理理头发，向着列车驶来的方向翘首望去。

成文费力地从景峰辉的怀里抬起了头，一双黑亮亮的大眼睛瞪着他，惊喜而迷惑，好像刚刚从梦中惊醒一样。

才分开五天，怎么像分开了五十年一样，他怎么变得这么沧桑，消瘦了，脸上带着憔悴，两颊冒出了一层青青的胡楂，只有一双眼睛依旧在黑暗中发出亮闪闪的光芒。

"谢天谢地，终于又看见你了！"景峰辉伸直双臂，把手上的成文推得稍微远些，借着微弱的天光仔细地打量着她。"你没变，没变，这几天我想你想得都想不起你长什么样了？"景峰辉压抑着自己因激动而变得有些异样的音调。他的目光里仿佛有火苗蹿出，炙烤得成文头脑发晕。

成文伸出一只手摩挲着他脸上的胡楂，轻声问道："你怎么会在这里？你怎么会在这里？"她仿佛只会问这一句话，不知是问对方，还是在问自己。

景峰辉端详着她，再次把她紧紧地拥进怀里，一个热乎乎的吻印在了她的脑门上。

周围喧嚣的声音消失了，站台上匆忙的人流也模糊了，世界变得如此安静，安静得只剩下了他们两个人。他们听到了彼此的心跳声。

翻山越岭而来的风，浩浩荡荡地掠过站台，向着远方的草原奔腾而去。这一刻，成文多么希望她的人生就此凝固，她再也不要去管那条存在于他们之间的边界线，就让她永远驻留在她喜欢的这个男人的怀抱里，享受从未享受过的来自异性的温暖和安全吧。

她的双手愈发地抱紧了他。

"你怎么这么任性呢？非要一个人去浪迹天涯？以后怎么办呢？"他喃喃的责备声里透着说不出的伤感和心疼。成文偎在他的怀里，眼泪扑扑簌簌地落了下来。

"那边纬度高，暖和的日子不多，记着多穿衣服，别瞎嘚瑟……"他说，成文点头。

"那边食品匮乏，好好吃东西，要吃肉，不要怕发胖……"他说，成文点头。

"有空就给我写信，给我打电话，记住，我对你的一切都感兴趣……"他说，成文点头。

"工作要劳逸结合，凡事要多长几个心眼，远离男人们……"他说，成文点头。

站台上的大喇叭开始召唤旅客们上车。

成文在景峰辉的怀抱里不由得打了一个冷战。景峰辉不住地吻着她的头发，一只手轻轻地摩挲着她的后背，掌心的热量透过单薄的衣服传导到她的皮肤上，传导到她的心里。但是成文还是觉得身体发冷。

"我该走了。"她仰起脸，笑着对他说，泪珠挂在脸上。

他下意识地搂紧了她。

成文挣脱了他的手臂，转身向车厢跑去。

忽然，她停下了飞跑的脚步，回过头去。

景峰辉站在那根高高的水泥圆柱下面，两只长长的胳膊无力地下垂着，失魂般地望着她。

成文又跑回到他的跟前，伸出双臂，紧紧地搂住了他的脖子，把脸贴在他的胸口上。

"再见了，我亲爱的峰辉哥。谢谢你为我做的一切！"她喃喃地喊着他，感谢他。她意识到，不论他们能否再相见，这一生中他已经永远地驻进了她的心底。

当成文跳上车时，景峰辉在她身后以百米冲刺般的速度追了过来。她停在车厢门口，就看到他一甩手把一个大袋子扔上了车，气喘吁吁地说着："给你带的，差点忘了！"

列车员关上了车门。成文站在车门前，隔着窄窄的车窗看着站台上的峰辉，他在向她挥手，双手卷成喇叭状，放在嘴边，打着哑语：

"保重，我会去看你的！"

列车启动了，轰隆隆地向前开去。

"景峰辉？！ 没错，是他！"蒋薇薇惊叫了一声。

"不敢相信，真的是他呀！"魏玲也认了出来。两人瞪着眼睛惊奇地对望着。

自从成文躲进那根柱子后面，蒋薇薇和魏玲就一直趴在车窗上，像警察一样目不转睛地监视着。她们清楚地看到成文从柱子后面跑出来，又跑回去。当那个神秘的男人手里拎着一个大布袋从柱子后面跑出来时，她俩立即认出他来，是她们学校教基础医学的腊梅教员的丈夫景峰辉。

"这是哪门子戏呀？他们什么关系？"蒋薇薇耸了耸肩，"我们那高冷美丽的腊教员知道后肯定就不会高冷了，你说她会不会气疯？"

魏玲笑而不语。

"上次景处长陪同军区首长去咱们学校视察，大家知道他和腊教员的夫妻关系后，多羡慕呀，那是多般配的一对儿啊！可现在这是怎么回事?"

"也许他们是表兄妹呢?"魏玲说。

"你太天真了! 那么暧昧,怎么可能是表兄妹? 如果是景峰辉的表妹,能去边防?"蒋薇薇摇头否认,又撇撇嘴说,"不过,听说景峰辉挺花的,他们早就应该认识? 看那样儿也不像认识才几天吧!"

"哎,这里面的事儿可能挺复杂的。"魏玲凑近蒋薇薇说,"听说成文在学校里得罪了什么人被发配来的,也挺可怜的,以后咱们三个相依为命,你就不要难为她了吧!"

"我难为她? 你怎么不说她连累了咱们?"蒋薇薇嘴里虽这么说,心里也沉了一下。

列车缓缓地启动了,景峰辉呆立在站台上。从她们的车窗前经过时,两个女孩看见他目光呆滞,抖着一只拿着打火机的手,想点燃一支烟。

"你看他那失魂落魄的样子还怪让人同情的呢!"蒋薇薇冲魏玲做了个无可奈何的表情。

"唉,每个人都有自己的故事,都不容易,理解就好。"魏玲说。

"走,去餐车吃饭去。"阳军华和慕光过来招呼她们。

"恐怕有人有心事不愿意去呢!"蒋薇薇嘀咕了一句。魏玲赶紧给她使了个眼色,站起来对阳军华和慕光说:"谁有心事呀,我这就跟你们去。"

"咱们再去叫上成文。"阳军华说。

"我去叫她,你们先去吧。"魏玲站起身来。

魏玲蹑手蹑脚地站在了成文跟前,还沉浸在伤感中的成文被吓了一跳。慌乱中,怀里的袋子滚落,里面的东西撒了一地。

"到底是列车员的休息室,你们这车厢真安静,怎么连个灯也不开!"魏玲看了看黑乎乎的卧铺通道里面,小声问,"倒班的都在里面休息呢?"成文点点头。

魏玲借着从门外进来的光,蹲下身帮成文捡东西。

"这么多好吃的呀！我的天，这是什么？"她把一包东西举到从门缝透进来的光亮处，"丝袜！妈呀，这又是什么？"她的声音更夸张了："天哪——一包卫生巾！"她把捡起来的东西举到成文眼前晃着："这男人可太贴心了！"

"唉！"成文叹了一口气，"可惜不是我的！"

"现在不是，不见得以后不是呀！"魏玲轻松地说。

"以后……"

"山与山无法相会，人与人总能相见，是你的就不会丢的。"

窗外的光一闪一闪地掠过车厢，照亮成文脸上的泪水。魏玲假装没看见，拉起成文一只胳膊说："走吧，去吃饭。他们三个先去餐车了，阳军华派我来叫你。"

"我不想吃饭。"成文低声说。

"哎呀，有什么大不了的事嘛！我的姐姐，咱是军人，胸怀大着呢。你不去，一会儿他们仨都得过来。"

"魏玲，我挺对不住你们的，让你们跟我受连累。"成文低着头，喃喃地说道。

"别多想，都是顺其自然的事，我也是自己要求下边防的。"

"那薇薇她？"

"她毕业回家再正常不过了，再说啦，"魏玲眨眨眼，"这不慕光出现了嘛！放心吧，薇薇也是一时想不开，意气用事，她是个挺大方的人！"

成文被魏玲拉着去了餐车。

阳军华已经坐在一张餐桌的顶头，看到她俩便挥动着手里的一张硬纸菜单招呼她们过去。

几乎每张桌子都坐满了人，人们在聊天抽烟，餐车里闹哄哄的。

"这些人怎么都不吃饭呢？"魏玲坐下后问阳军华。

"应该都是搞不到票的关系户，蹭座儿的。"阳军华压低声音说，"我跟餐车长说了半天，我们是真吃饭的，才给腾了张桌子，让进来的。"

正说着，慕光和蒋薇薇从另一个门进来了。这两人的出现让车厢里一下子安静了下来。

一个是陌上人如玉，一个是花开缓缓归。怎能让人不注目！

蒋薇薇穿了一件轻薄的波西米亚风格的大裙子，上面开满了五颜六色的鲜花，领口稍低，香肩微露。一直绾在头顶的发髻晚间散了下来，披在肩上。脸上略施淡粉，轻点红唇，迈着从小练过舞蹈的步伐，笑意盈盈地走在慕光身后，来到战友们身边。

一坐到自己人中间，便都豪放了。

阳军华和慕光把那张硬纸板菜谱上所有的菜都点了。蒋薇薇阻止他们：

"量力而行！别点多了吃不了浪费！"

"这纸板上写的所有的菜也不过就六个嘛，别管了，反正他们两个男生是主力！"魏玲不屑，又向服务员一扬手，"先搬一箱啤酒来！"

另外四个人被震住了。

"大姐，一箱二十四大瓶，咱五个消耗不了！"慕光说。

"吃不了兜着走呗，你俩是主力，喝完了去睡觉！"魏玲不由分说。

"好嘞！"可遇到金主了，服务员乐颠颠地奔了后厨。

菜上齐后，五个人举着啤酒瓶子叮叮当当地碰着，喝了起来。三个姑娘也是豪气冲天，对着瓶口仰脖倒酒，把周围的旅客看得目瞪口呆。

"咱们行酒令吧！"阳军华涨红着脸提议。

"这公共场合，得体现出你们的文化来，告别一下没文化的行为吧！"魏玲反对，她提议一人说一句诗或词，"就是现在立马想到什么就说什么，怎么样？"

"行呀，好像谁怕谁一样！你们同意不？"慕光一梗脖子，眯着眼睛扫了下其他人。

"你俩比拼吧，我们当裁判！"蒋薇薇说。

"不行，人人都得说！至少两句，说不出罚酒！说出来其他人喝。"魏玲不由分说，"就从你这桌司令开始，顺时针转！"魏玲冲阳军华发布命令。

阳军华独自坐在方桌的一头，另外四人各坐餐桌的两边，他自然就成了桌司令。

"说就说！"阳军华指了指车窗外的月亮，"秦时明月汉时关，万里长征人未还。但使龙城飞将在，不教胡马度阴山。"

"大哥威武！"众人喝酒。

轮到慕光了，慕光把身子往高背椅上一靠，脑门上因酒精作用冒出了汗珠：

"山一程，水一程，身向榆关那畔行，夜深千帐灯。风一更，雪一更，聒碎乡心梦不成，故园无此声。"

"你小子就是小资，喜欢纳兰性德的词！"阳军华说。

"这你都知道，很小众的清朝词人！"慕光冲阳军华伸大拇指。"你们知道吗？"

三个姑娘摇头。慕光得意。

轮到蒋薇薇了。

"我好笨，没背过什么诗，现在更想不起来什么了。"蒋薇薇粉面桃花，眼波迷离，瞥着慕光，嗲嗲地说，"就说一句吧。"

"快说，快说，要不就喝酒，真让人受不了你！"魏玲催促。

"翩若惊鸿，婉如游龙。"蒋薇薇用气声吹出八个字。

"妈呀，上来就《洛神赋》，好在我中学学过。"阳军华说。

"这是形容谁呢？是你呢？还是你身边的人呢？"魏玲打趣，正想再说什么，蒋薇薇又软软地冒出一句："来如飞花散似烟，醉里不知年华限。"刚一说完，慕光就一把抓住她的手，摇着说："你也喜欢纳兰性德？"蒋薇薇不说话，只是满眼含春地看着他。

"低调，低调，"魏玲用手遮着眼，"没眼看了，你俩干脆喝个交杯酒得了！"

"喝，喝，喝！"阳军华起哄。成文头靠在车窗上，看着他们傻笑。

蒋薇薇去拿瓶子，慕光捂住了她的手臂："别听他们起哄，不能这么草率，什么时候有了杯子再说！"蒋薇薇顺从地点头。

"两人倒开始一致对外了！不能饶了你们，不喝交杯酒，各自就得把瓶子里剩下的酒都干了！"魏玲不肯罢休。

"坚决支持魏玲，我不管薇薇怎么喝，慕光，你俩这剩下的酒必须得光，你看着办吧！"阳军华红着眼睛斜楞着慕光，嘴角一丝不怀好意的笑。

慕光二话没说，把薇薇剩下的酒倒进自己的瓶子里，一仰脖，一瓶酒咕咚咕咚地进了肚，蒋薇薇拦都没来得及。

"我兄弟就是我兄弟，关键时刻从来不掉链子，为我慕兄干一瓶！"阳军华拍着慕光的肩膀，自己干了一瓶。

"该你了！"魏玲摇着成文。

成文一直不在状态，她强打精神应景说："疏影横斜水清浅，暗香浮动月黄昏。"

"好好，意境美妙！这是说啥呢？"阳军华故意提高嗓音，问成文。

"说的是梅花高洁的气质风韵。"蒋薇薇在一旁回答。

"看样子我又得喝了！"阳军华拿起瓶子。

"等等，等我说完你一起喝！"魏玲拦住了他，"唧唧复唧唧，木兰当户织。不闻机杼声，唯闻女叹息……"

她这一说，大家都笑了，一起摇头摆尾地说：

"问女何所思，问女何所忆。女亦无所思，女亦无所忆。昨夜见军帖，可汗大点兵……"

一轮过后，魏玲又吵着从桌司令开始新一轮"诵诗接龙"，阳军华推说没意思，不如行酒令。慕光不怀好意地反对阳军华，支持魏玲。

"好吧好吧。"阳军华坐直了身子，用筷子轻轻地敲着桌子，吟诵道：

埋伏八方鹦鹉洲，悲欢难复楚江流。

鸿声直上起平地，大梦曲盘通邃幽。

行步还应行远路，问心不用问原由。

繁花落尽天涯客，高处只当烟雨楼。

众人连连叫好，都问这是哪位诗人的大作，怎么没听说过。

阳军华睥睨着四张索求答案的脸，慢悠悠地说："你们都醉了吗？连这首七律远路烟雨楼十一尤的作者都不知道？远在天边，近在眼前嘛！"

众人瞪大了眼睛，酒醒了一半。

"啊，大哥，真人不露相呀，你这是藏民穿藏袍，藏一手呀！服了！"慕光拍着阳军华的肩，大着舌头说。

"本以为你们陆军学院只会习武，谁想到还能赋诗，佩服佩服，你真是舞台上的小生！"

"什么意思？"众人迷惑。

"能文能武呀！"魏玲上下打量着阳军华，目光闪耀，仿佛发现了宝石一般。

"那，什么叫'十一尤'呢？"她歪着头问阳军华。

"十一尤是一种诗韵，是平水韵所押韵的字。尤是忧的同韵字，十一是排序。诗韵共有一百零六个韵，平声三十韵，上声二十九韵，去声三十韵，入声十七韵，律诗一般只用平声韵，有平声韵、仄声韵……"

阳军华在讲解，魏玲托着腮在倾听，不管懂不懂，看着阳军华就好。

慕光和蒋薇薇听着听着便窃窃私语起来。

成文自己酌着酒，无声地傻笑着。一会儿，脸又贴在车窗上看月亮。

咦？怎么天上有好几个月亮，一个套着一个，一个比一个惨白，它们排着队在云层里飞快地游走，钻出来钻进去，追着他们的火车，不知要到什么地方去。

爸爸妈妈怎么会在河对岸追着她坐的汽车跑？妈妈向她挥着手，

脚步踉踉跄跄，脚下还笨拙地踢飞了河边扫起来的一堆黄叶。成文眼前的树在一棵一棵地向后退去，切割着爸爸妈妈的身影，让她总也看不清他们……

成文向他们挥手，可是外面怎么是黑魆魆的，什么也看不清楚。噢，天黑了，爸爸妈妈应该到了家吧？从县城坐拖拉机回到村里要好几个小时，这时应该到了，唉，她不就是去上个大学嘛，怎么像生离死别一样？她在心里笑话他们。

咦？峰辉怎么坐在对面，他们好像一家人在灯下吃饭。他身边坐着一个娇滴滴的女人！那女人一边听家人们聊天，一边用一根雪白而细长的手指沿着酒杯口悠悠地画着圈，不时瞥一眼身边的峰辉，峰辉眯缝着眼睛回应着那女人的目光。他在喝酒，跟他几个同学在火车上一样，举着酒瓶子喝。那是他妻子吗？

成文把头凑近窗户去看，窗户上的流光影影绰绰，像水流一样影响她的视线，她摁住那水流，但是摁不住，它仍在流动。那女人一直背对着她，露着一只白白的肩膀，让成文看不清楚她的容貌，可恨，那女人竟然依在景峰辉的身上，凑在他的耳边说话，峰辉侧头宠溺地看着她笑，那女人在给他夹菜，还给其他人夹菜，还把头靠在了他的肩上……

"够了，够了！"成文看不下去了，她大喊着，拍着窗户。那一家人都向她看过来。成文心如刀绞，双手蒙住脸，趴在桌上呜呜地哭了起来。

"成文，成文——"有人在轻声呼唤她。一只手搂住了她的肩膀，成文抬起头，看见好几根手指头在她眼前晃："这是几？这是几？"几张模糊的脸在晃。

"来，尝尝这条鱼，大家都说好吃呢！薇薇说，到了北仑要请我们去她家吃她妈妈做的鱼呢。"模糊的镜头渐渐清晰起来，成文看见了魏玲笑眯眯的眼睛，后面是阳军华的红脸。

与峰辉纠缠在一起的那个女人也向她看过来，开口道："哎呀，没事啊！别哭了啊，以后我妈妈就是你妈妈，我们家就是你们的家！"

说话声音好温柔呀，成文努力地向她看去：

"噢，原来是薇薇呀，看错了！你跟我说话了，真对不起啊！"她嘟哝着，又趴在了桌子上。

半夜，成文醒了。

她坐起身来，四周漆黑一片。"咣当、咣当"，车轮碾过铁轨的声音单调地重复着，在暗夜里十分清脆。

她想起了昨晚的聚餐，却想不起是怎么离开餐车，又是怎么回来的。她发现自己睡在下铺，而不是自己的上铺。

车窗上有沙沙的声音，大概草原上又下雨了。夜风从窗缝钻进来，身上便感到飕飕凉意。被子不知什么时候被踹到了地板上。她起身看看她的上铺，那里有人躺着，估计是下铺的列车员看她烂醉如泥，便把床铺让给了她。

她口干舌燥，嗓子眼像冒火一样。想起峰辉带的那包东西里有罐装健力宝，便摸出一听打开，刚喝了两口，忽然想起几位战友，他们肯定也口渴了。她又去包里摸索，把所有的易拉罐都找了出来。她把这些饮料抱在怀里，轻轻打开车门，往两个姑娘的卧铺车厢走去。

她感到头是沉的，脚是飘的，晃晃悠悠穿过一节一节卧铺车厢往前走。晚上熄灯前，过道里的人都被列车员清了出去，过道变得很通畅，只有她一个人在走。临窗小桌下面亮着一排昏暗的小灯，为起夜的旅客指路。

摸到魏玲和蒋薇薇的铺位时，成文看见两张床上被子里的人都在蒙头大睡。她把饮料罐轻轻放在桌子上，便往阳军华和慕光的硬座车厢走去。她一门心思想着，自己不睡了，把床铺腾开，叫他俩去平平身，轮换着休息一下。

她晃晃悠悠地往前走着，在一个半开着窗帘的车窗前，拉着把手，伫立了一会儿。外面什么也看不见，只听到呼啸着擦窗而过的风声，她觉得列车像飘浮在空寂的黑洞里，又像是摇晃在荒芜的月球上，仿佛世界上只剩下了她一个人，心中忽地感到无助和绝望。身后传来此起彼伏的鼾声，让她确认还在人世间。

前面一个车厢连接处没有灯光，成文犹豫了一下，还是准备走过去。

刚扶着门框迈出车厢的门槛，就听到这里除了咣当咣当的车轮声外，似乎还传出微弱的哭泣声和呻吟声。

成文惊悚地停下脚步，顺着声音看去。

在车门连接处的角落里，隐隐约约挤着一团儿黑影。黑影边上，露着一条白花花的腿。再仔细一看，是两个拥抱在一起的人。

成文吓得腿直哆嗦，再往上看，更让她魂飞魄散，一双暗中发亮发狠的目光正从一个肩膀上向她发射过来。

成文差点没喊出声来，转身就往回跑，慌乱中踢飞了车厢里旅客的一只鞋子，鞋子落在边桌上，把一个杯子打翻在地，在静夜中"咣当当"地滚出很远，有个旅客因受了惊扰开始骂骂咧咧。

成文赶紧去追那只滚落的杯子，当她摸到并捉住那只杯子，反身去把它送回原处的时候，她看见蒋薇薇婀娜的剪影出现在车厢门口。

成文闪身躲进了卧铺隔断，她不想让蒋薇薇尴尬，想让她悄悄地走过去，就当什么也没有发生。

蒋薇薇走了过来，在隔断中间的过道上站住了，成文被堵在里面。

成文站在那里，屏住呼吸，右手摁着"怦怦"跳动的心脏。

边桌下面那一排墙灯微弱的光映照在蒋薇薇的侧脸上。蒋薇薇表情很平静，她盯了成文一会儿，说："你不用躲，出来吧！"

成文跟在蒋薇薇后面，来到那个车厢接合部，那里已经空无一人。

"我们扯平了。"蒋薇薇双臂抱在胸前，冷冷地说。

"我，我不明白你的意思。"成文不知道自己是梦是醒。

"我看到了你的事儿，你也看到了我的事儿。"

"可是我那……不是真的……"成文想说，找那事很复杂，但她又说不出口。蒋薇薇抢白道：

"我可不像你那么虚伪，我是真的，我喜欢慕光。"

"不管怎么说，你俩的关系是正常的，我是羡……"成文没有说

117

完，她想她是清醒了，她竟然闻到了薇薇身上的酒气。

蒋薇薇看了她一会儿，目光转向了窗外。"我不像你想象的那样，做了什么出格的事情，我有我的底线。"她像是对成文说，又像是对自己说。

草原，空寂如海。天空与草原交融的远方晕出一层淡淡的紫色的雾霭。雨已停，天光微露，一切仍笼罩在新生的混沌中。

聚餐后唯一保持清醒的魏玲还原了醉酒后的情景。

"成文被善干事委托的那位列车员大姐接走了，军华当时还不自量力地喊着要去送，被大姐拒绝了。我搀着军华到了我们这儿，坐着等慕光和薇薇，坐着坐着军华就一头栽我床上睡着了，按我的计划，慕光来后跟军华挤一个床睡，我和薇薇睡她床上。早上醒来后，只见薇薇挤在我身边，没见慕光。"

蒋薇薇与成文对视了一下。

慕光坐在边凳上，望着窗外。

那个惊心动魄的聚餐之夜过去后，成文发现另外四个人的情愫都发生了明显而微妙的变化。魏玲与阳军华的互动越来越多，蒋薇薇则是无所顾忌地黏着慕光了。

四人围着垒在两铺之间的行李箱上打牌的时候，阳军华与魏玲一伙，慕光与成文一家，蒋薇薇推说不会玩儿，蜷起双腿倚在慕光身后"当参谋"。阳魏组合配合得相当默契，战斗力超强，每赢一局，相互击掌祝贺，十分亢奋。几圈下来，把慕成组合打得一蹶不振，毫无招架之力。

蒋薇薇很快乐，她不关心输赢，只要跟在慕光后面就好。成文几次发现，薇薇看牌的时候，下巴就放在了慕光的肩上，慕光有意无意地挺直身子与她说话，薇薇的下巴就不得不拿开了。

慕光和成文都露出不想恋战的疲态。

"头痛，不想玩了！"慕光无精打采地说。

"三个人打不过两个人，好好反思一下吧！慕光你打牌不怎么样呀?"阳军华嘲弄。

"等我脑子清醒了,看我怎么收拾你。"慕光嘴硬。

"解散!"阳军华下完口令,习惯性地拿起了魏玲正在编织的毛衣。他的这项技能这两天也惊傻了其他人的眼睛。

"我的天,你这浓眉大眼的家伙,竟然会这个?我这捏手术刀的手都自愧不如!"首次看见阳军华一双粗手捏着纤细的竹杆灵巧地飞针走线的时候,慕光不禁替其他人用手去摸了摸阳军华的脑门。

阳军华会好几种针法,与魏玲切磋得十分专业。有时困了,他便直接倒在魏玲的床上睡去。魏玲坐在床沿上织她的毛活儿,身后是打着呼噜的阳军华,那样子好像是妻子守护着丈夫,画面好温馨。

蒋薇薇常常邀请慕光坐在她的床上,她坐在他身边与他说话。她似乎有说不完的话题,眼睛总也不离开他,扑闪扑闪地发光。慕光反而显得神情疲惫,心事重重,似听非听。他有时打起盹来,头慢慢地歪在蒋薇薇肩上,蒋薇薇便小心翼翼地承受着,一动不动,生怕打扰了他。慕光似乎迷迷糊糊中感觉到了什么,又把头歪到了另一面,薇薇便把自己的头轻轻地靠在他的肩上。

车窗外面出现了密密的落叶松林,红皮云杉,白桦树林,草原落在了远远的后方,列车进入了大兴安岭。

列车钻过一个又一个山洞,从崇山峻岭中钻出来后,便驶上了辽阔的呼伦贝尔大草原,北伦越来越近了。

离目的地越来越近,大家的话反尔越来越少了。

这里是蒙古大草原的东端,这片神奇的草原滋养哺育了许多游牧民族,匈奴、鲜卑、回纥、契丹、女真、蒙古等都能在这里找到他们的起始和基因。他们在这里装扮好,或者说准备好,然后策马出行,扬鞭西进,在金戈铁马、旌旗猎猎、狼烟滚滚的征程中,尽情地书写着历史的篇章。他们抑或像鹰一样,一个一个从历史的天空中飞过,飞得无影无踪,留下来的只是一些历史遗迹或传说,散落在荒烟蔓草之间,诉说着他们过去的繁荣与辉煌。

列车循着汹涌深沉的历史足音前行,在人类历史的长河中,一个个个体的人的命运显得如此短暂而渺小，孤寂而脆弱，简直微不足道。成文望着窗外想。

列车在接近北伦市的一个小站停了下来，魏玲准备在此下车。按照妈妈的安排，她将去看望父母的战友。魏玲与剩下的四个伙伴依依不舍地告别，约定一起去分区报到的时间。

这里地广人稀，平时小站的站台上没几个人，今天却聚了一群人。

他们候在车厢下面。魏玲刚一出现在车厢门口，立即从下面伸出好几只手把阳军华慕光手里提着的魏玲的行李抢过去。魏玲的脚一沾站台，一群穿军装的和不穿军装的男女便围上来嘘寒问暖，簇拥着她往前走，让她连转过身来看同伴一眼的机会都没有。

"这阵仗，果然牛人！想象不出要是她老爸来了该是什么样子？"慕光喷喷摇头。

车上的人忽然看到魏玲脱离人群跑了回来。她跑到车窗下招呼道："你们都下来，都下来，他们有相机，咱们合个影！"

五个人亲热地搂在一起，站在月台上，以绿皮车厢为背景，长空如洗，笑靥如花，在车厢里众多好奇目光的见证下，留下了青春岁月一份珍贵的纪念。他们那时还没有想到，以后，他们将各奔东西，一辈子也许都不会再有机会聚齐了！

经过三天三夜的奔驰，草原列车一声长鸣，终于带着长风和旅尘，稳稳停靠在它的终点站——北伦的站台上。

蒋薇薇一眼就看见了站台上的妈妈，她冲过去扑进妈妈怀里，娘儿俩眼泪就下来了。

过了一会儿，看见站在一旁跟着落泪的成文，薇薇才想起给妈妈介绍同行的三个伙伴。

蒋妈妈看上去开朗热情，她请身边的战士帮助伙伴们把行李放在吉普车上，给他们顺便捎到分区招待所，又邀请几人安顿好后去家里吃饭。

车里只剩下一个空余的座位，薇薇眼睛看着慕光。阳军华和成文推慕光应约，慕光冷静地说："我跟你们一起去坐公交车！"蒋薇薇面露失望，在妈妈的催促下，上车走了。

在分区报到后，五个人便开始了无所事事等待再次分配的日子。

蒋薇薇尽地主之谊，带着大家在北伦城里游逛，进餐馆上景点跑舞场，每天早出晚归，玩得不亦乐乎。

这天，薇薇打听到一个旗县正在举办那达慕，其他人立即蠢蠢欲动，迫不及待地要去一睹草原上最负盛名的传统节日的风采。

第二天一早，五人坐上长途汽车便出了城。

八月，正是草原上最美丽的季节。

一轮红日下，一条公路向着草原深处伸展。公路上行驶着汽车、马车、牛车、摩托车，车上的人都穿着鲜艳的节日盛装，脸上洋溢着欢庆的喜气。公路两旁的草甸子上开着大片大片五颜六色的鲜花。

路边一有人招手，司机就停下车来，并招呼车里人："大家挤挤啊！都是去那达慕的，一块走，一块走！"

长途汽车超过公路上那些骑着马的、赶着车的农牧民时，车里的人们就把手伸到窗外，双方热情地打招呼。

五个人也被草原上淳朴的民风所感染，胸中躁动着狂热。他们把头伸出窗外，冲着美丽的草原嗷嗷直喊，惹得那些正吃草的马呀、牛呀、羊呀都引颈向这边厢看过来，纷纷以"哞哞""哞哞""咩咩"的叫声相回应。

汽车爬上一个山包时，坡下出现了彩旗飘飘的中心会场。一块硕大的白布铺在草地上，四周密密麻麻围了好几圈人，几对摔跤手正在白布中央难解难分。

"额吉（妈妈），额吉，你看搏克手（摔跤手），搏克手！"靠窗的一个蒙古族女孩兴奋地叫了起来，推着一旁的妈妈，"一会儿去看看他们的昭德格有巴特尔的好看不？"

"什么是昭德格?"坐在后面的成文好奇地问道。当地人的普通话让外人听不懂的很大一部分原因是他们说着一种蒙汉混合的语言。

"就是上身穿的皮坎肩。"旁边的蒋薇薇告诉她。

"我男友巴特尔的昭德格上有我给他用金线绣的一个虎头,他去年就戴了江嘎,今年肯定还得戴!"女孩激动地跟这几个外乡人说完,那双神气的眼睛又转向了窗外。小姑娘的额吉给成文他们解释,"江嘎"就是得胜者脖子上佩戴的饰物,如彩带、珠链什么的。

蒙古包林立在主场地的边缘,所有机动车都停在了蒙古包后面的草地上。蒙古包前面依次摆开四面透风的凉棚,凉棚下是一个个小货摊。有一个蒙古包前支起了小滑梯,一群孩子正玩得不亦乐乎,妈妈们坐在蒙古包的阴凉地里聊着天。

五个人下车后经过密密麻麻的凉棚摊位,看到有卖奶制品、自酿酒、皮货、蒙古刀、银器、石头玉器等牧民自家的产品,也有卖服装鞋帽小百货的,还有收购山货的摊位,这是那达慕活动的主要内容之一,农牧商品大交易。

阳军华被小摊上一把阳光下闪闪发亮的蒙古刀吸引住了。墨绿色的玉石刀柄,银制刀鞘上雕着精美的云纹,镶嵌着几颗眼珠一样的蓝松石。阳军华把刀拿在手里,左看右看,眼睛放亮,爱不释手。

"二十块钱,这是家传老物,到哪里都见不到的!"坐在阴凉里的蒙古族老汉抽着烟袋不紧不慢地说。

慕光凑过来提醒:"得大半个月的工资啊!"

姑娘们似乎对刀不感兴趣,一个劲儿地催着快去看摔跤。阳军华不情愿地放下了刀。

几个人挤到人群外围的时候,一场摔跤比赛正好散场。众人闪开一条道,几名足蹬马靴、光着膀子、系着丝绸腰带、晃着宽大多褶的灯笼裤、脖子上飘着各色"江嘎"彩条的摔跤手被人们簇拥着从里面走了出来。膀大腰圆的成吉思汗的勇士们挥着手,威风凛凛,做出各种展示肌肉的动作,两旁的人群兴奋地呐喊欢呼。

"赛马要开始了!"有人在高呼。

人群又呼啦啦朝另一个场地涌去。

经过一阵奔跑，慕光和蒋薇薇挤到了最前面，他俩扶着围栏，回头寻找另外三个人。阳军华和成文挤在后面的人群里，正焦急地东张西望。阳军华看到慕光后就扯着脖子喊："魏玲在你们那儿吗？"

"没有啊！"慕光和蒋薇薇也着急起来，这么多人，千万别挤丢了，受了伤……

几个人正在着急，就看见魏玲从对面围栏后面的人群里向他们招手："我在这儿呢！"她一边喊着，一边灵巧地弯下身子，从栏杆下面钻了过来，跑过赛马道，与慕光和蒋薇薇会合在一起。

"你一个人跑哪儿去了，别丢了！"蒋薇薇埋怨道。

"我能丢了？！你们也太小看我了！"魏玲不屑。

"看见那些神骑手了没有？别让人家像叼羊一样把你给抢跑。"慕光逗乐。

这时，阳军华和成文也挤到了他们身边。

绿草地上，用石灰撒出一条白线。白线后面，头缠花花绿绿彩条的骑手和各色马匹已经集结到位。

骑手们翻身上马，个个弓身持缰，目视远方，严阵以待。

一声号角脆鸣，几十匹骏马冲出起点，如箭矢齐发。马蹄奔腾而过，溅起的泥草点子落在离围栏最近的人们的脸上和身上，没人顾得上抹擦，都蹦着高地为自己的骑手欢呼加油。

"看，还有女骑手！""还有小男孩！"外乡人的大惊小怪引来当地人的呵呵憨笑。

赛手们扬鞭策马，眨眼间绝尘而去。他们要跑到对面的山坡下，再从河边绕回来。看着距离不远，其实有十几里路，真是看山跑死马。

大家翘首远望着，一支烟的工夫，从另一个方向就看到了一个一个移动的小斑点，它们在不断地放大，放大，在接近着人群夹道的木围栏。

最先飞奔而来的是一匹白马，四蹄翻腾，长鬃飞扬，骑手竟是一个十四五岁的小男孩儿！马背上的民族，自古英雄出少年！小骑手与白马融为一体，风驰电掣般冲过终点。一众人呐喊着跟在他的马后追跑起来。

赛马们陆陆续续飞奔回来，冲过终点，人马混在一起，整个草原都沸腾了。

突然，对面一角，观众的欢呼声变成了惊叫声。

只见一匹黑马不知受了什么刺激，尖声嘶叫着，扬起前蹄，疯狂地原地转圈儿。

人群四散奔逃，女人们惊慌的喊叫声、孩子们的哭声响成一片。

一位老人和他手里拉着的男孩被四下逃散的人群冲倒在地，老人用身子护着孩子，孩子吓得哇哇大哭。

一个壮硕的骑手正在拼命地勒着这匹马，蒙古袍的一只袖子已经被扯掉。

马不停地尥蹶子，马头上的红缨饰已经歪在一边，骑手躲避着，但还是被一只前蹄踢在脸上。小伙子捂着淌血的脸，倒在了地上。

那马脱了缰，连蹦带跳地向前冲，它忽然身子一扭，往倒地的老人和孩子这边冲过来。

"你保护好三个女生！"阳军华冲着慕光大吼一声。一只手撑在围栏上，原地起跳，纵身一跃，一米五高的栏杆便落在身后。

这位百米速度达到国家二级运动员水平、越障跨栏如履平地的陆军学院毕业生，旋风般冲过赛马道，视对面的栏杆不存在一般，兜着风的白衬衫轻盈地在空中画了一个弧旋儿，便飘落在慌乱的人群中。他逆着人流跑，顺手捡起一顶失落在地的大草帽。

他跑到老人和孩子前面，蹲在地上，盯着过来的马蹄子，对准马脸来回晃动着手中的草帽。那匹马被突如其来的东西吓了一跳，打了个趔趄，朝后躲闪，随后又找到了平衡，尥起蹶子，朝着阳军华甩前腿。阳军华一边晃动着草帽，一边机警地躲闪着。

骑手们冲了过来，四个人抓住了缰绳，这匹满眼充血、嘴里喷着白沫的惊马终于被拽倒在地，偃旗息鼓了。

一些人跑回来搀扶伤者、老人和孩子。

几个壮汉立即把阳军华抬了起来，拉胳膊拽腿，激动地喊着号子，像扔一只羊一样一次又一次把他抛向空中。

慕光带着三位女兵好不容易才挤进人群，把阳军华拯救了出来。

"你没事吧?"三个女兵争先恐后地仰着脸问他，魏玲竟然抱起他的一只胳膊。

"没事没事，就是被扔得有点晕!"阳军华抹了把脸上的汗，"走吧!"

五个人搂肩搭背地往前走。

"你怎么会急中生智想到这么一招?"慕光不解地问。

"我在一本书上看到过，还真用上了。马炬蹶子的时候，我也心里没底。"

"那惊马估计也莫名其妙! 哈哈哈，栽在你这不知打哪儿冒出来的家伙手里!"

"等等，同志，等等!"有人在喊他们。他们停下来，向后看去，刚才倒地的老人正带着孩子追赶过来。

"真是太谢谢你了! 否则不知会出什么事呢? 巴特尔，来!"老人操着不太流利的汉语说着。

孩子走上前来，双手捧着哈达，举过头顶，躬身托给阳军华。军华知道草原上的礼节，马上弯下身子，让孩子将哈达挂在他的脖子上。

"谢谢你，谢谢你的哈达! 小朋友。"阳军华过去抱住了孩子。

"小伙子，我也不知道该怎么酬谢你，这把蒙古刀是我自己做的，留个纪念，交个朋友吧!"

阳军华一看，这把刀怎么跟他刚才看到的那把刀那么相像? 只是这把刀的刀鞘上镶嵌着红玛瑙，而不是蓝松石。

老人开口了:"本想送给你刚才你看好的那把儿，叮是那把儿被人买走了，这是它的姊妹刀，我常带着的，现在送给你!"

阳军华抬头仔细辨认，这才发现，眼前的老人就是刚才刀摊上的老人。缘分真是太奇妙了!

"我只是做了我应该做的事，怎么能收这么珍贵的东西？"

"不，你现在是我们的恩人，我认你做兄弟，你一定要收，否则就是看不起我，我这一辈子也过不安稳！"

阳军华接过刀来。但他有一个条件，请老人把家庭住址留给他。老人立即答应。

"好吧，大哥，这刀我收下了！回北伦我去看望您！"他想礼尚往来，日后报答老人。

"好哇，一言为定，带上你的朋友们一起来家！"老人看着五个年轻人，高兴地拱手告辞，领着男孩走了。

真是一波未平，一波又起。

傍晚，蒋薇薇站在招待所的院子里，仰着头，冲着三楼的窗户喊成文，脸上洒满了夕阳的余晖。

成文跑下楼来，看到逆光中，阳军华和慕光一人骑着一辆不知从哪里弄来的自行车，身子跨在车上，脚点在地上，正等着她。

"走，进城逛夜市去！"蒋薇薇招呼她。

两人分别跳上了阳军华和慕光的后车座。两辆自行车穿行在一条战备小路上，两边摇曳着玉米挂穗的青纱帐。

他们向着远处停留在城市上空淡紫色的晚霞飞驰。夕阳的余晖映照着青春的面庞，晚风吹拂起黑亮的头发，欢歌笑语荡漾在夏风中的田野上。

城中心的广场上矗立着一尊毛主席挥手的巨幅雕像。在雕像的基座四周，由里向外摆开了三圈地摊，德国摇滚乐队正吼着那首三年前风靡欧美，当下刚刚传入中国的《成吉思汗》，这首劲曲响彻在这座草原小城的上空，真是再贴切不过了。

挂在各个摊位上大大小小的灯泡亮了，广场角落露天烤肉的烟熏味和肉香味也弥散开来，夜市开始了。

与那个年代众多的小城情形一样，摆摊的大多是下岗工人，他们从各自厂矿里批发出一些日常用品，晚上拿到这里出售交换，赚点补贴，维持生活。

几个人吃了一通烤羊肉串儿，便进了集市区。慕光在卖磁带的小车上买了几盘吉他乐曲，阳军华在一个旧书摊上选了几本书，蒋薇薇和成文在一个服装摊位上发现了苏联生产的鲜艳的薄纱大摆裙，这可是在其他地方见不到的东西，两人立即一人买了一件，找地方换装。

她们再次出现在阳军华和慕光面前时，着实让他们眼前一亮，让周围的人眼前一亮。

一个天蓝，一个玫红，两个身材极好的妙龄姑娘，穿着异国风情的布拉吉，手拉手在前面一蹦一跳，说说笑笑。阳军华和慕光像两个保镖，提着东西，挺着胸脯，自豪地走在后面，坦然地接受着男人们羡慕嫉妒的目光。

广场旁边的小街上，从一个院子里传出那首把忧伤和欢快和谐统一为一体的《巴比伦河》劲曲。院子的拱门上用串灯编出一个舞字，院子中央上空悬着一个装饰性的蒙古包的包顶，四根抻开包顶的绳子系在院子四角的四根柱子上，下面是四面开放的舞池，闪烁着五颜六色的灯光。

> 嗨……，啊……
> By the river of Babylon,
> There we sat down.
> Yeah we wept,
> When we remembered Zion.……
> （来到巴比伦河边，
> 我们坐在你身旁。
> 耶，我们哭泣又悲伤，
> 当我们想起了家乡。）

"这是我最喜欢的迪斯科！"蒋薇薇边说，边随着音乐扭动。

"Me too（我也是）！"成文也兴奋起来。

蒋薇薇回头对两位男士说："走，进去跳舞去！"

两位便装男军官当然积极响应。阳军华把手里提的东西递给慕光说："你先带姑娘们进去，我去买点喝的东西。"

两个姑娘一进舞厅，立即引起一张桌子上奇装异服呷着啤酒的几个当地小青年儿的注意。

"哪儿来的两个靓妞，得先让大哥过过眼呀！"奇装异服们眼睛觑着蒋薇薇和成文说。

两个姑娘跳完巴比伦，香汗淋漓地回到慕光身边。

刚一坐下，一个匪里匪气的光头花衬衫走了过来，手一伸，冲着蒋薇薇说："靓妹，哥请你跳个舞！"

蒋薇薇上下瞄了他一眼："对不起，不想跳！"

"赏个脸呗！"光头花衬衫涨红着脸，笑容变得尴尬。

蒋薇薇小手扇着脸上的汗，无动于衷。

"这地盘上，彪哥请谁跳舞，还没人敢说个不字的！"身后几个奇装异服围拢过来，威胁说。

"她不是跟你说过不想跳吗！"慕光冷冷地斜楞着花衬衫。

"小白脸儿，关你什么事儿，敢跟老子瞪眼，找揍吧你！"花衬衫面目狰狞，眼放凶光，盯着慕光。

一个蛤蟆镜蹿过来伸手就抓慕光的衣领，慕光闪头躲开，顺手抄起一个板凳就跳到了舞厅中央：

"他妈的，有种的过来单练！"几个月来淤积在心头愤懑抑郁的暗火一下子蹿到头顶，医生温和的脾气被点燃了，正想怒放一下。

陌上公子变成了一头发怒的豹子。

"敢在咱的领地上撒野！给他点儿颜色看看，让他知道谁是大哥！"奇装异服们簇拥着彪哥跟了过来。

蛤蟆镜拎着一根长棍击打在慕光的凳子上。

众人见势不妙，纷纷逃离舞场。

阳军华兜里装着两瓶汽水，手里拎着两瓶啤酒，出现在门口。

128

他看见慕光手抡凳子正与一根挥舞的棍子角逐，立即冲将过去，一个交错侧踹，舞棍的蛤蟆镜膝盖一软，倒在地上。

阳军华迅速与慕光形成背靠背防御态势，一人手举凳子，一人手攥啤酒瓶。旁边，成文和蒋薇薇早已敏捷地跳上了桌子，一人伸着簸箕，一人挥着拖把，杏目圆睁，秒变美少女战士。

奇装异服们一看对方来了帮手，纷纷亮出棍棒铁器，虚张声势。为首的花衬衫从灯笼裤下面的绑腿上"噌"地抽出一把长柄水果刀！

一场群殴就要开始。

"我奉劝你们，谁也别轻举妄动！否则后果可不好看！"阳军华正色警告。

光头花衬衫逞强耍帅，学着电影里黑老大的样子，水果刀在手指间上下翻舞几下，冲着阳军华刺将过来。

说时迟，那时快，阳军华飞起一脚，稳，准，狠，只见那把刀在空中翻了几个圈儿，一头扎在一根抻着蒙古包顶的木桩上。

光头花衬衫忍着手腕的疼痛，从另一个奇装异服手里夺过一根木棍，咬牙切齿地说："弟兄们，给我上！"

擒贼先擒王！阳军华瞅准他的肩，而不是头，一个酒瓶子甩了过去，左脚向前落地，左转身成弓步，一个外格横勾，又一个转身别臂，光头花衬衫便被阳军华死死地摁倒在地，动弹不得。

慕光抡着凳子掩护，众奇装异服无法近身。

这帮乌合之众一看这擒拿格斗专业打架的阵势，都吓傻了，没人敢再上前。

一个悄声说："咱们是不是遇上警察了？"另一个说："是特种兵吧？"

"你他娘的也太不配合了，我还没动真格的呢，你就倒下了！告诉你那帮外强中干的弟兄，该怎么办！"阳军华摁着花衬衫的光头命令道。

花衬衫双手被反剪得生疼，脊柱被一个膝盖压迫得断了一般，似乎酒劲儿也醒了，歪起半个脸喝退了他的兄弟们，又嘴啃地说："大哥，手下留情，兄弟认错人了！"

阳军华放开花衬衫，顺手把他从地上拽了起来。

花衬衫一拱手："兄弟鲁莽了，有眼不识泰山！大哥在哪片儿地盘，改天我带弟兄们去拜会！"

"哈哈哈，不必了，哥们儿只是天涯过路人！"

阳军华和慕光一人搂着一个姑娘扬长而去。

分区的分配命令下来了。

三位女学员被分配到了离边界线十公里的边城某团，慕光将去驻扎在界河边上的某连，阳军华被留在了分区直属特警连。

临行前，蒋薇薇父母邀请几个孩子到家里做客。

家属院就在分区大院的后面，是几排前有院子后带园子的平房，都是独门独院，蒋薇薇家就是其中之一。

薄暮时分，蒋薇薇带着同伴们进了院门。穿过高高的豆角架和挂果的西红柿架之间的鹅卵石甬道往里走的时候，饭菜的香味便扑鼻而来。

系着围裙的蒋妈妈正蹲在菜地边上洗衣服，看见他们进来，忙擦着手，站起身迎接。

阳军华把提在手里的两瓶酒举起来："阿姨，这是我们孝敬叔叔的！"成文和魏玲把抱在怀里的点心和水果伸出去："阿姨，这是我们孝敬您的！"蒋妈妈脸上笑开了花："孩子们来吃饭就行了，还带了东西来，这么客气！"

"客气什么，这是我们应该做的，我替你们收了！"蒋薇薇笑呵呵地接过东西，转身进了屋子。成文和魏玲跑过去要帮阿姨洗衣服。蒋妈妈哪里肯让她们动手，连连摆手说："洗完了，洗完了，就两件，等你们的时候就顺手洗了。"

蒋薇薇从妈妈手里接过洗好的衣服，拧过水，递给慕光，慕光接过衣服，走到菜地边的晾衣绳前，把衣服挂了起来。

蒋妈妈把盆里的水一捧一捧地洒在屋前的红砖地上，水"哧哧"地从砖缝里渗下去，泥土的馨香又从砖缝里飘散出来，几个人不约而同地吸了几口。

"这是家的味道！唉，想家了！"阳军华感慨。

个子高高、头发花白的蒋爸爸边解围裙边从厨房走了出来："听说你们还跟地方小青年儿打了一架？"阳军华和慕光嘿嘿讪笑，做羞涩状。"哈哈哈，听说打得不错！到底年轻呀，血气方刚！来来来，上桌上桌！"蒋爸爸大笑。

饭桌就摆在院子里的一棵桂花树下，风一吹，桂花的清香便幽幽地转圈，盖住了饭菜的香味儿。几个年轻人礼貌地请蒋爸爸在上席落座，方才坐下。

"阿姨给你们准备了一桌子家常菜，除了鱼和肉是买的，其他都是自家园子里种的，尝尝，新鲜得很哪！"蒋爸爸招呼大家。

"这鱼做得真香呀！"阳军华嗅着鼻子说。

"我妈妈的拿手菜，平时不露的，今天特意招待大家。"蒋薇薇说着坐在了慕光旁边。

"薇薇你坐那边去。让小成坐这儿，小成是客人。"蒋妈妈说。

"为什么？有什么区别！"蒋薇薇嘟哝着，不情愿地离开慕光，挪到对面，眼睛委屈地看着慕光。慕光则看着对面坐在一起的阳军华和魏玲。蒋妈妈坐在了成文和蒋薇薇之间。

蒋爸爸是西北人，从军离家多年，乡音依然未变。他拿出一瓶当地特色"草原白"酒款待他们。三个女孩子不喝白酒，蒋妈妈便开了桂花陈果酒，满院子都是树上新桂花和酒中陈桂花的香气，慕光吸着鼻子也加入到她们的行列。

阳军华给老爷子斟满酒，陪着他拉家常，礼貌周到地听着老科长讲过去的事情，提出恰当的问题，需要点头的时候及时点头。

蒋爸爸酒过三巡，话就多起来，就着习习晚风，给年轻人讲草原上的种种趣事。

"晚上开着车灯赶路，那兔子可傻呀，只要一见光就不动了，眼睛还放着红光，等你下车去活捉，有时一晚上能捉到十几只野兔子。哈哈，战果很丰硕！"蒋爸爸不断地与年轻人们碰杯，遥想着当年，

"冬天开车出门一定要看好天气，这里的雪跟内地的雪可不一样，一夜就下到一人多深，车到了连队还好说，就困在连队，待上十天半月，要是隔阻到半路，那就得靠邻近部队组织救援了。一个人或两个人在一望无际的雪地里苦苦等待的感觉，唉，不能提呀——"

蒋薇薇说，记得她小的时候，父亲有一次出门比应该返回的日子足足迟了十几天，原来是被突袭的大雪困住了，由于通信不畅无法联络，可把妈妈和她急坏了。

"薇薇天天哭，以为爸爸回不来了！"蒋妈妈苦笑着说。

阳军华几个站起来，恭恭敬敬地给前辈老科长敬了一杯酒。老兵眼圈红了。

院子里黑了下来，蒋薇薇进屋开了灯。灯光从窗户照出来，照在饭桌上，照在桌旁每个人明明暗暗怀着心事的脸上。

蒋薇薇在饭桌上有些闷。蒋妈妈不理她。

蒋妈妈的火眼金睛一眼就看出了女儿的那点心思，她不愿意女儿与慕光走得太近，慕光一竿子就下到了边界线上，将来怎么发展还很难说，薇薇将来还是要想办法调回省城，慕光是帮不上忙的，尽管这孩子长得俊秀，但性格内向，比较自我，照顾不了她的宝贝女儿，光长得帅也没有什么用，还容易被别的女人勾走。相比之下，对面的阳军华倒是阳刚豪爽，实实在在，能把他身边的人都照顾得妥妥帖帖，这人将来到哪儿都是个主心骨，前途错不了。蒋妈妈也看出魏玲对阳军华很有意思。

蒋妈妈最中意的还是薇薇在校学习时那个追求她的军区医院副院长的儿子，可惜薇薇对人家总是不冷不热的，但那个男孩子并不死心。老伴去军区时，副院长还开玩笑要跟他结亲家。如果这桩亲事成了，女儿还不是跟魏玲一样，想去哪儿就去哪儿，也不会受太多的苦。蒋妈妈看了看身边默默嚼着饭粒的成文，唉，只有这个姑娘可怜，又漂亮又文静，可是离家那么远，又是孤零零一个人，将来可怎么办呢？蒋妈妈伸出筷子捡了一块鱼放到成文碗里："吃吧，孩子，你需要补营养。"

蒋妈妈给每个人不停地布菜，给成文夹菜的次数最多："不管怎样都要好好吃饭，吃饱了不想家，以后我这里就是你们的家，谁来北伦都要来家里报到，别的没有，吃顿饭是必须的。"蒋妈妈有点哽咽，边说边把几个孩子又逐一端详了一番。

月亮出来了，圆圆地挂在天上，有些清冷，桂花的香味似乎也淡了。

吃完饭，几个人向蒋薇薇父母告辞，借着月光往招待所走。

起风了，空旷的街上飞起一些枯树叶碎纸片，凉意袭来，几个人裹紧了身上的衣服。

蒋薇薇跟了来，说怕他们喝多了找不到回去的路。魏玲一直住在父母的朋友家里，现在也吵着要去"瞻仰"一下他们几人的"故居"。

在阳军华的房间里，大家像往常那样说说笑笑，谁也不提离别的事儿。

稍晚，一辆小轿车过来把魏玲接走，大家也就散了。

慕光被蒋薇薇叫了出去，房间里只剩下阳军华一个人。他躺在床上，望着窗外的圆月。

离校那天晚上月亮是圆的，颠沛辗转都一个月了！他不禁感慨。同一个月亮，现在明晃晃地挂在千里之外边疆的夜空中，显得格外硕大，清冷得有些变形。

孤独是什么？也许就是这样独自望着一轮月亮吧！阳军华想。

他觉得枕下硬硬的不对劲儿，便坐起身，拿开枕头。一把蒙古刀就躺在枕头下面，刀鞘上镶嵌着已经萦回在他脑子里的蓝松石——是他在那达慕大会上看中的那把刀！阳军华的心情起伏着……此刻，刀鞘上的蓝松石就像魏玲幽幽闪亮的眼睛……

蒋薇薇把慕光单独约了出来。

他们并肩走着，彼此间突然变得拘谨生分，谁也不先说话。两个人都在思考，但思考不在同一个层面上。都知道会发生什么事情，但又都不确定后果会如何。空气仿佛是挡在他们中间的一道透明而沉重的帷幕，让他们无法轻易地穿过。

不知不觉两人就来到了伊敏河畔。

蒋薇薇不时地瞟着慕光，他的一切都让她喜欢。自从见到这个忧郁干净的医生，他便成了她思想和行动的主宰，让她相信了"一见钟情"这种传说。但是她又很惶惑，因为她始终看不清楚他的内心，他对她有时热情亲近，有时又疏远冷淡。她承认是自己主动追求他的，他身上有一种神秘莫测的东西吸引着她。蒋薇薇知道自己很美丽，可是慕光从来没有赞美过她的美丽，在追求他的过程中，蒋薇薇觉得自己已经卑微到忘记了自己的美丽。

马上就各奔东西了，她想要得到他对他们关系的承认和承诺。

"说点什么吧！"蒋薇薇请求道。

慕光又沉默了一会儿才说：

"我听到一个关于这条伊敏河的传说。鄂温克族一个部落首领的女儿名叫伊敏，远古的时候，这一片是缺水草原。有一年大旱，草不旺，畜不活，美丽的伊敏替父亲和部落着急，发誓要上兴安岭去找神泉并引水回乡。她骑着一匹白马，历尽艰险，也没能找到神泉，终于心力交瘁，绝望地倒在蘑菇山上。第二年春天，冰雪消融，就在姑娘倒下的地方涌出一股清澈的山泉，一路汇聚雪水河水，直向姑娘的家乡流去。家乡的人没有盼到姑娘回来，却迎来了流淌而来的河流，河流滋润了大地，养育了牛羊，把这里变成了草长莺飞、富饶丰美的草原，人们认定蘑菇山上的泉水就是姑娘所化，为了纪念她，就把这条河起名叫伊敏河。"

"这传说编造得不圆满，应该是伊敏还有一个心爱的人，他骑着红马陪伴着她一起去寻找泉水！两人双双倒在蘑菇山上！"蒋薇薇抢白，她想起他们在火车上第一次见面时，成文对《毕业生》那首歌的解释，似乎把她对慕光的心里话都说了出来。

慕光干咳了两声。他知道她在把话题向他们的关系方面引导，他的内心既混乱又紧张。这些日子，她无处不在的追逐，让他感到窒息。他本不想与她单独出来，但又无法拒绝她的请求。他一直为自己在火车上与她单独在一起的那次行为自责不已，那夜当蒋薇薇滚烫的唇贴到他的唇上时，他回吻了她，如果不是有人发现了他们，他无法料到后面会发生什么，那天他俩都喝了不少酒。蒋薇薇与他的女友温红有些相像，也许正是这一点让他一时意乱情迷。现在他害怕她提出两人之间敏感关系的话题，害怕她逼迫他回答，但是他又知道自己无法逃避，必须面对。

远处月亮的光晕像水银一样乌突突地铺在黑沉沉的河面上。

"我们就要分别了，你不想对我说点什么吗？"蒋薇薇幽怨的声音再次传了过来。

慕光窘迫地回避着，他开口讲起一个医学上面临的世界性难题……

蒋薇薇有些诧异。

他们走上了伊敏桥，长长的汉白玉护栏伸向前方的黑暗中。他们走到第二个的立柱处……走到第三个立柱处……走到第六个立柱处……大桥的长度快要被丈量完了，慕光仍在滔滔不绝地讲医学的分科，讲医学未来的发展趋势，讲医学与文学的关系……

蒋薇薇的眉头皱了起来："咱们回吧，前面太黑了！"

慕光跟着她往回走。他在竭力掩饰自己的紧张与心虚，觉得腿是软的，快要虚脱了，因为他还没有想好如何更好更妥帖地回答她即将提出来的问题，同时又不伤害到她。

蒋薇薇忽然停下脚步，俯身在桥栏上，看着月亮映在水面上的倒影。

那哆哆嗦嗦浮在水面上，拖着长长的魅影，比真实的月亮更加虚幻美丽的月光，也许只需一块小石子就能让它粉碎殆尽。

蒋薇薇转过身来，靠在栏杆上，眼睛捉住慕光游移不定的目光，单刀直入：

"这么说吧，我觉得你人好，你觉得我怎么样？"

慕光低下了头，又是一阵缄默，才说：

"你是个好姑娘……"

"那你愿意让这个好姑娘永远陪伴着你吗？"

雷，终于引爆了。

慕光背上开始冒汗。

"可是我要下边界，我前途未卜……"

"我不怕，我也可以跟你去你那里！"蒋薇薇斩钉截铁。

"不现实的！我们……做一般的朋友好吗？我，我有女朋友了……"他的眼睛看着自己的一只脚，那只脚在不安地搓着地面上的碎石，他不知道这是不是真实的理由。

蒋薇薇把视线从他的身上移开。远处贝尔桥像一道彩虹悬在宽宽的河面上，桥上的灯光垂落在水面上，像一串串闪烁的泪珠。夏日北方的夜空望上去并不黯淡，但夜已深沉，有划过的流星。

"我跟你开玩笑呢！瞧你吓的那样！"蒋薇薇突然转过身来，哈哈笑着，哥们儿似的在他肩上打了一拳。

慕光一怔。

"薇薇，那天在火车上是我不好，我请求你原谅！"

"那时我们都醉了，过去了，不提了！唉，有时醉着比醒着幸福，是吧？"蒋薇薇歪着头，笑着问他，眼睛里有亮晶晶的东西在闪烁。

慕光低下了头。他心里感谢这个大度的姑娘，她给了他台阶。

"走吧，回吧，我有点冷了！"蒋薇薇已转过身去，往前面走了。慕光一直跟在她的身后，街上没有一个人，昏暗的街灯把两个人的影子一前一后拉得好长。

到了家属院门口，蒋薇薇转过身来对慕光说："我到了，你回吧，谢谢你陪我走了这一截路！"

慕光双手插在裤兜里，像电线杆子一样立在一盏路灯下的阴影里。他站了好一会儿。最终冲着站在院门口的蒋薇薇说了一句："薇薇，希望我们还是朋友，能保持联系！"

蒋薇薇雕塑一般隐在黑暗中，没有说话。

慕光等了一会儿，没有回音，转身离去了。

"咣！"深夜里一声巨响。一个瓶子砸在家属院对面的砖墙上，碎玻璃"哗啦啦"地落了一地，四周传来此起彼伏的狗叫声。慕光停住了脚步。

"岁岁平安，慕光，再见！好自为之，多多保重吧！"蒋薇薇揉着险些甩脱臼的一条胳膊，冲着他的背影喊道。

慕光的后背抖了一下，他没有回头，向前走进了黑黑的夜。

蒋薇薇无力地靠在墙上，泪水无声地喷涌而出，在脸上肆意地流淌，流进嘴里，流进肚子里，全是苦涩……

当她终于推开家门的时候，已经如释重负。她扔掉了这份刚萌芽便夭折了的情愫。

第三章 边地有情

从盟府通往边城的区间列车停靠在一个小站上。

小站坐落在半山腰上，列车像是站在森林的头顶，越过林梢，可以看到远处一道弯弯曲曲的河流像银链一样在草原上闪着光。

小站是进入边城的最后一站，也是进入边境地区的检查站。

与内地趟趟旅客列车爆满的情形不同，这列直达边境的火车车厢里乘客很少，基本上都是本地人。

大家都不说话，一边等候检查，一边警惕地睃瞄着几个显眼的外乡人。

山里的风从开启的车窗吹进来，在车厢里呼呼地游荡，带来了边疆冷酷而神秘的气息。

一位皮肤晒得黝黑、身体挺拔健壮的军官带着两名士兵走进车厢，挨个检查旅客的边防证。

"不是公安检查吗？今天来了当兵的，不知出了什么事情？"邻座熟悉情况的当地人在窃窃私语。

"随排长，换防到这里来啦？"有熟人与军官打招呼。军官并不搭腔，严肃地执行公务，面无表情地递回那人的证件，又继续查验下一个。

当成文、蒋薇薇、魏玲三个花枝招展的姑娘把北伦军分区开具的一张介绍信和三个红彤彤的军官证递给军官时，军官一双犀利的眼睛扫描着她们，眼珠快速地转动着，核对着军官证，努力克制着脸上的疑惑。

三个女军官像见到亲人一样冲他轻松地微笑，蒋薇薇还向他抛了个媚眼。军官把证件还给她们，仍是面无表情，但破例说了一句话："欢迎你们到边关来！"

"哼，倒也能听出点温情。"蒋薇薇看着军官的背影，冲另外两人挤着眼睛，小声说，"还挺帅的啊！"

狭长的站台上铺设着两行长方形的水泥青石板，石板间长出毛茸茸的绿草。联合执勤的公安人员和军人们的神情像矗立在不远处的那座青山一样冷峻。

从不同车厢下来了几个拎着行李的旅客，他们被集中到站台中部，由两名战士押解着，走过青石板，向靠山而立的那座外墙漆成黄色的俄式风格的老旧候车室走去。

"这些人没有边防证，他们无法进入边境地区，将被遣返回去。每趟车都有那么几个。"当地人议论纷纷。

"这些从内地来的倒爷，跟老毛子做生意胆子贼大，看那大包小裹的。"

"中间还不知道混着什么人呢，这里面很复杂的！"

"刚才那位排长前不久还是班长，提得真快呀！"

"肯定干得不错，他在边城的八连也待了有七八年了吧！"

"听说边城有人给他提亲呢！"

"唉，他能看上咱这儿的人？眼光高着呢！"

"看这外面植被茂密的山，里面都掏空了，藏着弹药库和飞机场！一旦老毛子的摩步兵打过来，这是第一道防御线。"

"看样子打不起来了，现在边界上不是开始撤军了嘛……"

三位女军官听着，不禁又瞄了瞄附近的几座山包，心里画着问号。军队的事情在老百姓眼里总是那么神秘。

那位军官在前，身后跟着两名士兵，沿着站台走了过来，几名公安边防检查人员正在车头处等着他们。

女军官三张美丽的脸挤在窗户上看着他。当他走近的时候，蒋薇薇突然冲他飞了一个吻。军官似乎早有防备，调皮地眨了眨一只眼睛，举起两个并拢的手指头，从眉骨向外用力一弹，向她们行了一个夸张滑稽的美式军礼，目不斜视地走了过去，后面跟着的两个小兵咧嘴偷着乐了。

"切，小样儿，装得还挺像，你不上岗的时候也蛮可爱的嘛！"蒋薇薇冲着他的背影唏嘘。

"哎哟喂，你个花痴，你就到处瞎招惹吧！"魏玲无可奈何地说。

"喜欢就表达一下下嘛！为什么不呢？"蒋薇薇翻着白眼。

蒋薇薇又向窗外看去的时候，成文瞥见她脸上滑过一丝不易察觉的落寞。

列车启动了，离开小站，驶出山谷，无边无垠的草原又在眼前伸展开来。

三人望着窗外，有些兴奋，又有些畏怯。她们已经进入了少数人才能进入的边境管制区，真正的、神秘的边关正迎面飞奔而来，她们人生的起点就要从这里开始了……

黄昏，刚下过雨，天空是青灰色的，云缝中射出的一束金光，恰好打在边城车站俄式候车楼湿漉漉的外立面上，黄色的墙壁像刚刚粉刷过一样清新。

这是边城的标志性建筑，十二根通天贯地的白色方柱均匀地镶嵌在外立面上，方柱之间对称分布着五组上下分开的大玻璃窗，每组玻璃窗用装饰横墙上下隔开，上面是酷似陕北窑洞的拱形窗，下面是几乎落地的方形大窗。中间凸出的一对方柱之间是超高超宽的主窗主门。整幢建筑砖石结构，厚重敦实。

这座已经伫立了八十余年的车站是边城的原点。有了车站，有了铁道，隔出了道南道北生活区，衍生出来小城。

车站自它诞生之日起便一直神情凝重地注视着眼前的数十条锃亮的铁轨，思考着它的前世今生。

这里曾经水草肥美，有一眼四季喷涌不息的布拉格（蒙古语"泉"），是游牧驻足的好地方。

十九世纪末，软弱的清政府同俄国签订《中俄密约》，俄国人取得在中国东北修建铁路的权利，他们从西伯利亚大铁路赤塔附近的卡雷姆斯卡亚分出支线，向中国延伸，边城成为俄国铁路进入中国的第一站。

穿行在我国东北的铁路线不仅使俄东海岸与内陆缩短了一千多公里的距离，为其节省了大量的空间时间物资成本，同时也开启了沙俄势力沿铁路线深入中国，对积贫羸弱的旧中国进行疯狂政治渗透和经济掠夺时期。

铁路的修建同时成为早已垂涎欧亚大陆的日本军国主义加快对中国侵略的重要诱因之一。由于清政府的软弱，两个列强在中国东北的土地上为争夺铁路的控制权和地缘利益的主导权而开战，这成为历史笑柄和中国人的耻辱……俄国战败不久，日本便发动了全面侵华战争……

经历过了五十年腥风血雨，屈辱沧桑，直到新中国成立，边城才与东北众多城市一样，重获新生，真正站立起来，恢复了尊严。

此时雨后夕阳里的小站非常美，美得像一幅油画让人心颤。

但在军人眼里，却是凄美，在心里，更是沉重。

三名女军官站在横跨铁道线的绿色铁皮天桥上，影子落在下面的月台上。前来接站的边防团云中龙翻译刚才简单地讲述了小城历史，这让她们神情肃穆而复杂，内心百感交集。作为军人，她们深知这段历史的屈辱和血腥，比以往更清楚来到这里的职责。

"不过那都是过去了，现在咱们小城可是全国最大的铁路陆路口岸枢纽。你们数数有多少条铁轨？"云中龙翻译说。

天桥下面是壮观密集的铁轨线，从远处单线进来的铁轨，到这里分解膨胀成了一个"枣核"，中间粗两头细，铁轨有分岔有合并，在夕阳下锃锃闪光。三人数了好几遍也数不准确。

"铁路部门数据，一共五十四条。"云翻译淡定地说。

靠南边的铁轨上停了许多货运列车，站台上堆放着一垛垛从苏联运过来的木材、钢材、化肥等货物，正等待着运往全国各地。

高高的吊车正在为一列火车换轮，大吊车将一列火车的车厢吊起，随着前面的标准轨距底盘被抽走，后面又推进一组宽轨距底盘，然后车厢被整体放下来，与新底盘重新连接。

"这在内地看不到吧？这是列车在更换车轮转向架，边城特色！"云翻译显然已很多次向人介绍这一场景了，"苏联与我国的铁路轨道标准不同，他们是宽轨，我们是国际标准轨，每列进出口岸的火车都必须换轮。换轮后的列车载着中国的日用消费品返回苏联和欧洲，反向的载着苏联物品进入我国内地和东南亚各国。"

"那多麻烦呀！为什么他们不与国际接轨？"三个年轻人疑惑。

"苏联人不希望外国人从铁路上对他们长驱直入，出于他们战略上的考虑。"

"咱们这个口岸开放了吗？"成文问。

"去年刚开放，过货量一下子就翻倍了，不过现在还是易货贸易，结算不方便。"

客运站台上有一些候车的乘客，坐在小山一样鼓鼓囊囊的编织袋子之间。

"那些是倒爷个体户，都是与铁路有些关系的人，现在这些人也多了起来。等着瞧吧，马上与外界直通的列车也不仅仅只是到达北伦了，我敢肯定，几年后这座边境小城特有的宁静典雅淳朴就不复存在了。"

"听您的话，好像为此有些伤感？"蒋薇薇不解。

"唉，一座世外桃源即将消失！"云翻译望着道北绿荫掩映中五彩斑斓的木刻楞屋顶叹息道。道南排列着东北特色的黄土坯民居，再往远，还能看到散落在草地里的蒙古包。

一个手里拿了一摞表格的苏联人从他们身边经过，一双好奇的蓝眼睛老远就看过来，走过去后又几次回过头来。他下了天桥与等在站台上的一个高鼻子黄头发会合，两人一起抬头仰望天桥上的三个姑娘。

"按照两国协议，那两个是苏联负责铁路运输的工作人员，常驻车站的。他们是克格勃，身上有任务。边城很小，几乎人人都认识，陌生人来了很显眼。"

云翻译带着姑娘们下了天桥，跟着拿行李的士兵走过一座绿顶黄墙、墙皮脱落的沙俄时期留下来的俱乐部礼堂，向停在街边的军用吉普车走去。

街边站着几个高鼻子凹眼睛的男人，似乎也在等人。

"怎么到处是老毛子（东北地区对俄国人的俗称）？这还是我们的国土吗？"魏玲小声说。

"他们是二毛子（东北地区对混血后裔的俗称），土生土长在这里，咱自己人。"云翻译笑说。

果然，要接的人出来后，这几个人一开口寒暄，就是浓浓的东北大碴子味，外带洪亮的大嗓门。

女军官们的到来，让整个边防团都亢奋了起来。

团里还没有做好安置女同志的准备。三名女干部暂时被安排住进团部大院的招待所里。

一向肃静的团部大楼与招待所之间的空地上忽然热闹起来，来来往往"路过"的官兵骤然增多，"偶遇"一下女军官成为令人羡慕的经历和谈资。晚上，招待所窗户下时常响起此起彼伏的吉他声和男声合唱，歌唱爱好者们似乎都不约而同地选中这个地方练嗓子拉歌儿。自打从窗前那棵高高的椴树上发现猫头鹰一样的眼睛后，女军官们就把窗帘闭得更严实了。据说从边防连队到团部那些没人愿出的苦差现在都争先恐后地打破了头……

少人问津的卫生队现在变得门庭若市，那些健壮如牛的小伙子们一时间都得了各种疑难杂症，病病歪歪排着队去让蒋大夫、魏大夫试体温，量血压，最好摸摸脑门……

半个月之内，女军官们几乎主动被动地见到了团里所有的干部战士家属子女，但就是没有见到团里一号首长——团长白云霄。

白团长正下沉在边防连队巡视调研。

这天，三位女军官接到通知，白团长有二十分钟时间"接见"她们。

女军官们走进团长办公室的时候，里面还残留着上一场会议烟草刺鼻的气味和严肃凝重的气氛。

女军官的到来，让房间立即像喷了空气清新剂一样，暗暗挥发着一股甜丝丝清爽的味道。

三位女军官一字排开站在漆皮剥落的棕红色木地板上，齐刷刷地举起右手向白云霄团长行军礼，严肃的神情与她们稚嫩的面庞不太相称。

礼毕后，三人昂首挺胸，瞪着圆溜溜的眼睛，默不作声地盯着这位当地最高最有实权的军事长官。

这就是那位当年在哨所执勤时孤胆斗狼，吓退群狼的白云霄排长？这就是那位凡带过的班、排、连、团都是政治领先军事过硬先进单位的传奇主官？这就是那位全军边防线上最年轻的团长？

团里还从来没人敢这样直勾勾地盯着最高首长看。坐在办公桌后面的白云霄团长感到新鲜和异样。这个平时不苟言笑神情严肃的蒙古族汉子，微睁着一双成吉思汗式的细长眼睛，审视着三个脸上还挂着娃娃气的学生兵。

白团长两根发黄的手指间夹着一支烟，烟缕在从窗户射入房间的一束茫茫的光线中缓缓地升腾弥散。

突然，白团长的眯眯眼向上一挑，起着一个燎泡的嘴角往边上一咧，"扑哧"一声笑了出来。

"边防线上开天辟地来了三个女军官，而且还在我们团，一个个都落雁沉鱼似的，你们说，怎么办？"

白团长的目光转向立在一旁毕恭毕敬的会谈会晤站站长石瑞祥和

卫生队队长张友。那两人相互看看，不知该如何回答这个问题。

"两个字，好好保护！"白团长看大家都没有领会他的幽默，自己垂下眼睑嘿嘿笑了两声。石站长和张队长答完"是"后，赔着哑笑。

"首先，我就不能在女同志面前抽烟。"白团长恢复了严肃，把手指伸到办公桌上的水晶烟灰缸里，拧灭了香烟。那个烟灰缸是谈判对手、对面苏军会谈会晤代表马卡洛夫中校赠送给他的。

白团长请大家坐下，他把身子往后一仰，靠在椅背上，像是要放松一下多日来紧绷着的身体。

"我了解了你们的情况，不管怎么说，也不管什么原因，你们已经成了我军下到边防团来的首批女同志，你们创造了历史呀！值得钦佩。有一部电影叫《战争让女人走开》，其实我想说，边防一线也应该让女人走开。但是你们既然来到边防，就要安心工作，不能太娇气，要做军中铿锵玫瑰！

"要按照边防军官的条例要求自己，同时要尽快完成从学员到军官的转变。部队与院校不同，特别是到军事斗争的最前沿，我们团是全军窗口单位，要求会更加严苛，你们要有心理准备！国家规定到边防一线的大学生没有实习期，你们一到位就相当于排长、副连长，这可不是虚荣，这是责任和义务……"

三位女军官把小本本摊在膝盖上，认真地记着团长说的每一句话。这是接见前，石站长和张队长特意嘱咐的。

白团长感到用他平时带兵的口吻与眼前三朵花一样的姑娘讲话不太合适，便努力把音调调得温柔了许多。这种异样让石站长和张队长不时地交换一下眼色，忍住不笑。

勤务兵报告进屋，提醒首长出发去北伦的车已经准备好。

"好啦，你们是咱们团里的文化人，要把你们在学校里学到的先进文化知识转化到工作实践中。总之，对你们的要求是政治思想强，专业技术精，作风纪律严，不要出事情！"

对最后一条，三个女军官面面相觑。

白团长站起身，拉开身后的书柜门，从里面拿出早已准备好的三本书，对三名女军官说："这是我送给你们的见面礼！"

三人围拢在团长的办公桌前。俄文版的《苏联画册》送给成文，蒋薇薇和魏玲分别得到了《医学与人文智慧》和《现代药物学》，扉页上签着团长的大名。

"我们一定好好学习！"三人细声细气地表态，把书捧在胸前，一脸崇拜地望着团长。团长似乎有些不好意思，扭头又偷笑了一下。

白团长戴好大檐帽，戴上一副白手套，昂首挺胸，迈开一双有力的大腿走出办公室。石站长和张队长跟在他的身后，三位女军官跟在石站长和张队长后面，一行人队形整齐地走在昏暗的走廊里，脚下的木地板被踩得咯吱咯吱响。迎面走过来的军人都背贴墙立正，下巴上扬，行军礼目送。

一行人从二楼宽阔厚实的楼梯上下来，径直穿过房顶很高的前厅，朝着大门走去。

团长的吉普车已经停在门口前廊的平台上，司机和陪同出差的参谋立在打开的车门旁恭候。石站长和张队长把白团长送上车，挥手告别。

车子驶下平台，顺着那条营区柏油路出了团部大门。

"拼命三郎这一去分区不知又会有什么任务等着我们呢！"张队长和石站长说着话转过身来，看见三个女兵躲在门厅角落里窃窃私笑。

"笑森么？立正！"石站长一嘴四川口音，故作严肃。三个姑娘立即按照在学校训练的军姿站好，冲他挤眉弄眼。

"要是白团长披件黑大氅，蹬双马靴，挂副马刀，形象会如何？"蒋薇薇说。

"再戴副墨镜！"成文补刀。

"不许在背后编派取笑领导！"石站长佯怒。

姑娘们你看看我，我看看你，又憋不住地笑。

"唉，真拿你们没办法！"石站长无可奈何。团里领导没有对付女兵的经验，对女兵不训不是，训更不是，说话还得注意语音语调和口气，整得一点领导威严也没有。

石站长四十来岁，憨憨厚厚，敦敦实实，一看就让人信赖。他前不久刚刚升任副团长，但仍兼任会晤站站长。

"女孩子们就爱叽叽喳喳，像喜鹊一样。"石站长看着张队长，张队长摇着头说："像三百只鸭子。"

营院门口驶进来一辆吉普车。

"我们会晤的同志回来了！"石站长站在台子上眺望着。

吉普车在楼前停下。江上舟、云中龙两位翻译和作训股的牛参谋提着公文包下了车，迈上台阶，与大家打招呼。

"瞧这齐刷刷的，个个都像仪仗队员似的，怪不得都说你们会晤站是明星单位，名不虚传呀！"魏玲感慨。

"这是外事工作的需要，我们要向老毛子展示中国军人最良好的风貌！"石站长得意地说。

"名字是会晤站统一配发的吗？一个江上舟翻译，一个云中龙翻译，还挺对仗。"魏玲好奇。

"纯属机缘巧合！"云翻译笑说。

"你们不知道吧，我们会晤站还是民族大熔炉呢！白云霄代表是蒙古族，石瑞祥副代表是土家族，云中龙翻译是回族，我和成文是汉族！"江翻译告诉魏玲。

"哈哈哈，我们是民族团结守边疆！"石站长朗笑。

"哇，民族和谐耶，真棒！"魏玲、蒋薇薇孩子般拍手。

张队长忽然一拍后脑勺："哎呀，团长忘记带我给他开的胃药了！我去给分区的刘医生打个电话，请他照应下。"

张队长带着魏玲和蒋薇薇与会晤站的俊男靓女们告别，转过楼角，往团部后院深处的卫生队走去。

"今天苏方的态度怎么样？"一边往楼里走，石站长一边问。

"跟往常一样，在那个问题上还是抵赖不认账！又是一通唇枪舌剑。"领队去会晤的江上舟翻译摇着头说。

"看样子得礼尚往来呀。你们先把今天的情况整理出来，我一会儿下来看。"石站长背着手，往二楼他的团副办公室去了。

147

白团长从分区回来，带回近期要落实的两大任务。一是国庆节前全团要完成授衔换装工作。二是国庆节后准备迎接军区一号首长莅临视察。

两项任务都不简单。

授军衔是新中国成立以来的第二次，是改革开放后军队正规化的一项重要举措，意义十分重大深远。全军正按照军委统一部署，有条不紊地落实。边防团队在边境线上拉开的点线较长，团里领导要分头下到所有连队开展工作，举行仪式，需要一些时间。

比起第一项任务，第二项更加艰巨。一号首长下到边防团队视察指导、调研检查工作，这是几十年才遇到的一次。对草原军区、北伦军分区、边防团的领导们来说，既是机遇又是挑战，挑战大于机遇，必须极端重视，精心组织，不能有丝毫闪失，否则领导们的前途就不好说了。

团长亲自主持召开各种大范围小范围的筹备会、推进会、专题会等等，研究问题，解决问题，狠抓细节。团里成立了政治组、接待组、会务组、保障组等等，各小组下面又分小组……

全团部三十几号人马几乎全都调动起来。嘴上起燎泡的人在不断增多……

各级工作组陆续下来指导督促工作。他们发现了本团独有的特色——还有年轻的女军官，于是又为这次接待工作下达了一项特殊任务：准备一场反映边防部队学习训练生活的汇报演出。

团里于是又成立了文艺组，干部股的金哲干事任组长，成文被抽调到这个组协助工作。

"啊？！一场演出至少得十来个节目才能撑起来吧？能做出来吗？"成文想起在学校组织排练节目的艰难。

金干事笑了："可别小看我们边防团，藏龙卧虎，有文艺细胞的人多着呢，团里有几个嗓音赛过李双江的，还有战士小乐队、三句半能手、会说相声小品的。到时候让各单位把节目报上来，请你这高材生负责串写主持词，咱俩来主持这台节目！"

"啊?！可我没主持过节目呀?"

"那就主持一回呗！这是团里的决定。"金干事看成文犹豫，又说，"没事，有我呢！"

金干事是朝鲜族文艺中年，经常组织团里的文娱活动，他的话给成文增添了信心。

"这次我还有一个新想法，团里能歌善舞的少数民族官兵不在少数，嘎尔迪那小子蒙古舞跳得就相当专业，发挥一下他的特长！"

嘎尔迪? 这名字怎么这么熟悉? 成文想。

"让嘎尔迪编排一个蒙古舞与迪斯科相结合的舞蹈，叫律动军营什么的。听说你们蒋薇薇是校舞蹈队的，让嘎尔迪和蒋薇薇前面领舞，后面众战士伴舞，那跳起来绝对出彩！让这台节目既能反映我团年轻官兵活泼向上的精神风貌，又可体现出我团女军官多才多艺的新特色！怎么样?"

成文不置可否，她知道蒋薇薇的脾气。

她想起"嘎尔迪"这个名字来了。

那天，她们三人在宿舍里聚餐给魏玲送行的时候，招待所的勤务兵来敲门，说转交"嘎尔迪班长送给蒋大夫的一件礼物"。

蒋薇薇接过来，看也不看，顺手扔到了床上。

成文和魏玲扑将过去，好奇地替薇薇打开了那个桦树皮做的小盒子。

"谁是嘎尔迪呀?"成文问。

"是不是我们卫生队特帅的那个蒙古族战士呀?"魏玲也猜测。

"我也没认全，好几个帅的呢！"蒋薇薇仍旧坐在桌旁吃她的饭。

礼物已摆在床单上。那是一串黄灿灿闪着光的五叶梅花手链，每朵梅花都是用小号黄铜子弹壳底火帽做成，每个花心还镶嵌着一颗小小的红色锆石。

"哇，这是什么神奇的手呀? 做得也太精巧了吧！"

"天哪，太美啦！"

"每个底火帽都切成五个小花瓣，打磨得光光的，这得费多少心思和工夫呀！"

"不知道这要做多长时间呢？全是一片心意呀！"

"这桦树皮盒子做得也太漂亮了吧？还是心形的？

"这个人手巧懂得美，这是重要的！"

魏玲和成文一边欣赏，一边一惊一乍地感叹。

"哎，你看这桦树皮盒子底部，还刻着什么呢？"两人仔细研究，那里刻了一朵与手链一样的五叶梅花，花心里有三个字母：JVV。

两人喊蒋薇薇过来看时，那人已经端着碗盆出门往洗漱间去了，在走廊里还哼着歌儿。

工作紧张归紧张，日常必要的事情也不能不做，比如在边界防火道上种下的土豆已经成熟了，兼任军人俱乐部主任的金哲干事就准备组织人员去收获。

蒋薇薇听说后，兴奋地要"去真正的边界上走一走"，不顾金干事的阻拦，拉着成文就上了停在团部大楼门口的绿色面包车。

车子出了小城，便驶入了荒无人烟的军事禁区。

这里似乎只有阳光和长风，草生长得格外茂密狂放，风一吹，像滚滚海浪翻涌，无边无垠。天空中，时而有苍鹰盘桓。

汽车像大海里的一叶扁舟，在一条巡逻土道上颠颠簸簸，一直向着草原深处进发。

阳光下，两道并行的边界铁丝网远远地显露出来，一道是我国的，一道是苏联的，像两列士兵对峙着，顺着地势起起伏伏地延伸到远方。

伴随着铁丝网伸向远方的是两国在各自国境内开辟出来的防火道。防火道上翻开的黑土在草原上格外显眼，像镶嵌在绿色绸缎上的一条黑色的丝带，带子上偶尔会出现一段一段绿茵茵的点缀，那是边防连队在开垦防火道的时候，顺便种植的各种蔬菜。这里土质肥沃，春秋雨水丰沛，根本不用施肥，收成出奇地好。

我方防火道大约有五十米宽，曾经几次成功地阻隔住对方蔓延过来的草原火势。

汽车在防火道前停了下来，眼前是一片黄绿色的土豆茎秧，秧子熟过了，懒洋洋地趴在垄上。

"嘿，我们到了，老毛子也到了！"车里的老边防们见怪不怪，站起身来，准备下车。

果然，远处缓坡下苏方铁丝网一侧，两个小绿点正沿着对方的边境巡逻道向这边移动。

"老毛子的巡逻车已经来了！"金干事说。

"他们的消息怎么这么灵通？"蒋薇薇问。

"看见对面山冈上那座黄房子了吗？那是苏方哨所。里面的眼睛正在高倍望远镜后面盯着我们呢，有情况马上就报告了。"金干事说，"当然我们也一样。"顺着金干事的指向，她俩看到不远处我方高地上有一个伸出瞭望架的绿皮屋。

两个哨所，还有边界线上众多的看不见的哨所，茕茕孑立，孤独在各自的风中。多少年来，一直在苍茫的旷野里瞭望着，对峙着，捕捉着对方的一举一动。

车门打开，旷野的秋风就灌了进来，成文打了一个哆嗦，蒋薇薇也不由自主地伸手抓紧了领口。

"外面太冷，你俩不要下来了，别给冻坏喽！"金干事站在车下，一手捂着头上被风掀动的宽边牧民毡帽，一手抓着车门对她俩说。

见两个女兵还在蠢蠢欲动，金干事拿出撒手锏："成文还没有正式出面就待在车上，不要暴露，薇薇也不要去了。给老毛子省省事，否则他们知道我们团来了女兵，会对我们边防部队的建制和实力进行一番瞎评估的，哈哈哈……"

"那就迷惑迷惑敌人呗！"蒋薇薇开玩笑。她们遵照金干事的指令，老老实实留在了车上。

"走，调戏老毛子去，哈哈哈……"大家扛着铁锹、镐头、二齿耙，拎着麻袋，说笑着走进土豆地里。

151

难得从机关紧张的脑力劳动中解放出来，军人们似乎把此次行动当成了秋游，享受着野外的阳光，欢声笑语响彻在旷野上。

军人干活训练有素。铁锹在前翻秧，锄头和二齿耙跟在后面钩刨，一双双戴着白手套的手伸进油黑暗松的土壤里，翻捡出一个个沾着泥土的形状各异的大土豆。边界上长出来的土豆不是一般的大，个个都像小冬瓜似的。不一会儿，田埂边就竖起了一个个装满土豆的麻袋垛，像队列一样，横竖成行。

两国的铁丝网中间是边界隔离带，中间隔一段距离就会看到一个长了草的石堆，那是清朝和沙俄时期留下来的简易界堆，也是让我国丧失了大片领土的屈辱的界堆。如果没有铁丝网，这些年久坍塌的界堆就像孩子们玩打架的土堆，没有严肃性。

对方的两辆军车已经停在对面草丛中。从车上下来一队苏联边防军人，有人开始拍照。几个士兵持枪立在铁丝网后面，饶有兴趣地看着这边热火朝天的场面，他们似乎很熟悉这种情景，两个苏联军官竟悠然地抽起烟来。

车上只剩下了成文和蒋薇薇，连司机都跑到地里去了。两人坐在暗幽幽的车里，默默地看着对面那些苏联军人。

"你以后跟老毛子一起工作不会有危险吧？两国交战，会先把你们这些使者给抓起来的！把你给抓起来该怎么办呀？"蒋薇薇说。

"没事，你姐我随身带颗氰化钾，随时为国捐躯！"成文哈哈一笑。

"说得跟真的似的！都说苏联男人是有名的色鬼，你可得提防点。"

"天下男人都一样，再色还能色过威严的边界线？！你看这铁丝网，多密实！"

蒋薇薇一双大眼睛瞪着成文，眼珠狡黠地滴溜溜转了几圈，两个人都笑了。

"你有可想的人吗？"蒋薇薇又问。

成文点点头，又摇了摇头："不能想，也无法想。"

"昨天我给你拿回来的那封信，谁写的呀？"

"哪封呀？"

"别装傻，就是从青城来的那封，你看信的时候，嘴角一直上挑，偷偷地笑！"

成文脸红了。"怎么会笑呢？我是纠结，难过。"

"是在盟府车站送你的那个人写的吗？"

成文点点头。

"他对你那么好，唉，我知道他的情况。其实只要是真心的，什么都不能阻拦爱情，对吧？"蒋薇薇似乎在鼓励着成文。

"也许，也许我们没有缘分。"

"缘是可遇而不可求的，但分是可以努力得到的呀！"

"唉，我不能破坏他的婚姻，我们的命运线也许就是相遇，可能一辈子都不会相交了。"

"你是不是太悲观了？"

两人都不说话了。对面山包上苏军哨所的一面黄墙被夕阳的晖光打成了浓烈的血红色。

"我们之间也隔着这样的边界线。"好一会儿，成文才幽幽地说出一句话来。

"你的慕光怎么样了？"成文问。

"慕光？唉，别提他了，我一时意乱情迷，想想真可笑。"

"说结束就结束了？"成文吃惊道。

"根本就没有开始呀！"蒋薇薇耸耸肩。

"没什么遗憾？"

"我可没你那么心重，感情这东西，就是时下流行的这首歌，跟着感觉走。我不是他的花，他只是途经我绽放的时候。"蒋薇薇又把脸转向窗外。

车厢里变得愈加昏暗起来。蒋薇薇翘起的睫毛闪动着，在眼睑处投下一片阴影。

"魏玲这家伙恐怕这会儿已经到家了，都走了两星期了。"蒋薇薇回过头对成文说。

"肯定已经吃上妈妈做的饭了。"

"也不排除去北伦找阳军华去了！"蒋薇薇的双眸又恢复了调皮的灵动。

"他俩挺合适的。"成文说。

"其实我觉得阳军华挺喜欢你的。"蒋薇薇说。

成文不说话了。

风从各个缝隙钻进来，浸在她们的脚底，向身上蔓延。边境上九月的风已经很凉了。

"他们在干什么呢？"顺着蒋薇薇的指向，两人把头转向收土豆的人们。

一只沉甸甸的白手套飞过相隔五十米的两道铁丝网，落在对方的境内。有人正往白手套里装烟卷，为了压分量，再装上土豆，抡圆了胳膊，像投掷手榴弹一样，白手套又抛了过去。

苏联人捡起手套，装上他们的烟，投桃报李，又投了过来。

大家品尝着对方的烟，互相挥手打招呼。和平友好的气氛点燃了每个人的情绪，两道铁丝网上空不断有白手套飞过来飞过去，寂静的草原不同寻常地热闹起来。

我方有人举起双手，把一支烟在另一个手上举起的石块上捻了一下，做了一个掐灭烟的动作，对方立即冲他举起一个空瓶子，把烟头扔了进去。大家鼓掌。夕阳下，边界上一片祥和。

翻过的地被搂得平平整整，重新变成了黑油油的防火道。军人们拍干净身上的土，挥手与对面的苏联同行告别。对方也像老朋友一样挥手示意。

中方的车子没进了深深的草丛中，苏方的巡逻车也离开了铁丝网。

边境线上再度恢复了空旷寂寥，只有自由自在的长风越界呼啸着。

成文坐在宿舍地板上一堆散乱的书本中。书本是从三个破损的纸箱子里倒出来的，箱子已经水浸油泡得面目全非，与外面缠着一圈一圈的粗草绳一起经过大半个中国的长途颠簸跋涉，不堪重负地瘫倒在地上。

这是她的一部分家当，是好友路小雨在她突然离校后帮她收拾出来的。从学校到边关，历经两个多月才抵达她的身边。除了不堪重负的纸箱子外，还有一个油脂麻花的邮政袋子，外面写着她的名字和地址，字迹歪歪扭扭，里面装着用塑料布包起来的她那些在学校时常用的物品。也许箱子在哪个中转站散了架，被好心的铁路师傅换成了邮政袋子。

她整理着这些书籍和笔记，心里泛着一股说不出的酸楚。

一个大夹子里集中收放着那些她在学校各种竞赛中获得的奖状，其中有她最珍视的大学三年级时获得的全国外语竞赛一等奖证书。现在她看也不想看这些东西，把夹子扔在了废弃物里。

她来到边关的初心，是要运用自己的专业知识，为军队为国家服务。可是现在，她除了看一些会谈会晤的资料外，就是被抽调到各个股室帮忙打杂，填写财务报表，核对干部信息，撰写节目主持词，等等，做的全是与专业无关的事情。这样下去，武功肯定会被废掉。

为什么会这样呢？因为分区下了一道指令：暂不出面，至少熟悉情况一年。意思是新同志要先坐在冷板凳上接受考验。

成文很不解，也很郁闷，她的工作积极性受到挫伤。她是技术干部，专业性很强，外语运用就是逆水行舟，不进则退，特别是口语，实践提高阶段有黄金时间点限制，其实就是吃青春饭。一年不接触，这相当于在荒废专业，一年后她不知道自己还能否用外语说出一句完整的话。

"要考察应该留在你们上级单位考察，我这里是前线，来了就要直接扛枪实弹上战场的，在战场上接受考察考验！分区这帮老爷们又犯了官僚主义和形式主义的毛病！"白团长、石站长都对此项指令十分不满。

成文的书较多，她把一部分放在魏玲光光的书架上。魏玲的床干干净净，书桌空无一物，书架空无一物，衣柜空无一物，她这样回家休假恐怕是不打算回来了。

宿舍里寂静无声，只有墙上的挂钟"嘀嗒嘀嗒"地走着。窗外，天空湛蓝，蓝得让人喉咙发紧、眼睛发酸。

成文也想回家了。

她已经给父母写了报平安的信，一个多月了，不知道他们收到了没有？其实她不希望他们收到那封信，那是一封让父母措手不及的信，也是他们终于知道她来到了边关的信……她能够想象出父母接到信后的心情，也知道老实质朴的父母终会把伤心、担心和眼泪埋在心里，写来一封鼓励她支持她的信……

秋天的云高高地浮在天空中，像一张张蓄风起航的白帆，她多么希望其中的一朵云能把她的思念带回家乡，带给她的父母啊……

"成翻译，您的电话！"值班的勤务兵在门外报告。

成文来到招待所门口窄窄的前台，摘下来的听筒放在桌子上。

成文拿起听筒，刚"喂"了一声，那边就传来长长的一声呼唤："小——文——"

尽管千里之外传来的声音飘飘忽忽，但那是不论怎样失真都能辨识出来的、让她激动得浑身颤抖的声音。随着喊出一声"峰辉"，她的泪水也夺眶而出。

她太孤独了，太渴望亲人的问候了。

勤务兵从台子下面拿出一卷纸，推到她的面前，开门出去了。

"你知道我在哪里吗？我在青城市邮局给你打长途，就是你拍电报的那个地方，……想起来了吧？……你知道我今天早晨去哪儿了吗？我去了赛马场，……在你坐过的那块石头上坐了许久，我还去了招待所，……在你住过的那个房间的窗户前边走了走……今天骑车走了好远的路……"

景峰辉在电话那头假装高兴地说着，声音时断时续，成文知道他在压抑着伤感，就像她现在一样。她一句话也说不出来，任凭泪水汩汩地涌出眼眶。

"小文……你……好……吗……"

成文刚说了一个"我……"，电话就没有了声音。成文"喂，喂"

156

地呼唤着，听筒里只有丝丝呼呼的响动，仿佛翻山越岭、穿过漫漫原野、经过无数个中转站的电话线被风吹动着，不住地荡来荡去，承受不住这沉重的思念之声。

成文倚在窗边的墙上，努力支撑着自己的身体不瘫滑下去。她擦着眼泪，等待着峰辉把电话再打过来。

窗外，集合在团部大楼前空地上的各支队伍在她的泪光中婆婆娑娑，厚厚的双层玻璃窗阻隔了队伍前长官训话的声音。

起了一阵风，初黄的秋叶纷纷落在官兵们的帽子上、肩上。尽管今天是星期天，各直属队仍加紧训练，为首长视察做着准备。

"小成，在这里背主持词呢？"背后有人开玩笑。成文赶紧擦干眼泪，转过身来。

从楼上走下来两个人，成文认识。

走在前面穿着运动服的高个子是乐观处长，一双眯眯眼总是笑着，邻家大哥一样，十分随和接地气，让人倍感亲切，没有一点从北京总部下来的官架子。后面一位灰色中山装被人称为王老板，持重老成，铮亮的黑发一丝不苟地背在脑后，逢人微笑，但是一双深邃的眼睛里透着冷光，仿佛一眼就能洞悉一个人的灵魂，此人一般不轻易说话。

最近，一拨一拨走马灯似的入住招待所的各级工作组人员很多，大家都认识她和蒋薇薇，与她们打招呼，但是脸盲的成文根本弄不清谁是谁。她只记住了这两个人，主要原因是他们从不穿军装，住的时间比较长，而且独来独往，从来也不需要团领导陪同。他们似乎做着与首长视察无关的事情。

"想家了吧？"乐观处长眯着笑眼问。

成文点点头。

"都有这么个过程，过一段时间熟悉了就好了。"乐处长说。

王老板在一旁微笑着，观察着成文。

"怎么样，在这里生活苦不苦？"乐处长问。

"不苦！"成文对生活的要求很低，什么样的苦她都能吃，但是精

157

神上的苦却在时时折磨着她。

"团里的领导都夸你呢！不错，是个好苗子！好好干吧！"乐处长说完，领着王老板匆匆走了。

电话铃终于响了，成文激动地抓起听筒喊道："峰辉——"

"我是石瑞祥。"电话里传来一个近距离冷静的声音。

"啊啊，石站长好！您找我吗？"成文迅速调整状态。

"对，准备一下，出去会晤。"

成文放下听筒半天，还在想：真的可以出面了吗？这么说，我可以真正地接触业务，投入到工作中去了？

午后，边城更加宁静。一阵秋雨过后，槭树的叶子落在临街的木刻楞雕花窗台上。太阳出来了，阳光把小城照得通透清丽，雨滴在叶子上闪耀。

嘎尔迪把军用吉普车停在一个木栅栏院墙旁边一段长满青草的土路上。他坐在车里，目光越过攀爬摇曳在木栅栏上一片紫莹莹的牵牛花，紧盯着街道对面那家公共浴池棕黄色沉重的木门。

那是一座斜顶的日式建筑，与旁边沙俄设计的用长方形灰色石条砌出底墙的高大厚重的百货商场相比，显得矮小单薄，不引人注意。但是熟悉这座小城像熟悉自己家乡一样的嘎尔迪选择了一个最佳的监控点，可以不被发现地观察到任何一个从那扇门里出来的人。

日头又西挪了许多，那个让嘎尔迪近些日子尽干些莫名其妙傻事的曼妙身影终于从推开的门里走了出来。

嘎尔迪的心跳骤然加快，他一只手捂住胸口，像是要把跳出来的心摁住一样，他下意识地对着遮光板上的小镜子端正军容风纪。看到镜子里的自己才意识到，今天是周末，不用穿军装，出门时特意挑选了一件飘逸的白衬衫。他屏住呼吸，生怕一呼气就把那个身影吹跑似的。

"真他妈没出息！"他心里暗骂自己。

蒋薇薇站在浴室门口，一只手搭在额前，抬头眯眼测试着刺眼的阳光。风一吹，那件在北伦与成文一起买的苏联制造的天蓝色薄纱连衣裙向一侧飞去，勾勒出婀娜的身体曲线。嘎尔迪心跳愈发快速。

蒋薇薇把手里拿着的一个一圈套一圈的蓝白色相间的大草帽扣在还没有干透的头发上，光着双脚踩着一双天蓝色高跟凉鞋轻盈地跳下马路牙子，顶着阳光，昂首挺胸地向前走去。街上并没有人，可她却像是走在万众瞩目的 T 台上，静谧的街道上回响着有节奏的高跟鞋敲击柏油路面的"咔咔"声。

"还敢光脚丫子！真是不知道这里秋风的厉害！以后不能让她臭美！"嘎尔迪心想。

对面走过来两个人，看到蒋薇薇立即放慢了脚步。蒋薇薇走出多远，他们还扭头盯着她的背影。嘎尔迪心里生气，恨不得拿件军大衣把她捂起来，不让她在街上这样招摇过市、招蜂引蝶。

蒋薇薇从他车前的街口袅袅娜娜地飘了过去，进了路旁的副食店。

这家店整日散发着烘烤面包的香味。嘎尔迪认识店里的面包师，那是个中苏混血，有一手祖传的俄罗斯烤面包的好手艺。

嘎尔迪是团卫生队的司机，服役已满四年，今年即将复员，但因为表现优秀、素质良好、技术过硬，深得张友队长的赏识和信任。张队长准备给他晋升志愿兵，把他留下来。可是傲气的嘎尔迪根本不愿意，他身上流淌着蒙古族的血液，他不愿意受到束缚，打算义务兵役期一结束就回家。他更向往草原上雄鹰一样自由自在驰骋马背的生活。

这几年由于军队改革，战士已经不能直接提干，晋升志愿兵成为许多愿意留在部队的战士们的理想选择，志愿兵名额每年都会在基层引发激烈的竞争。这种好事在嘎尔迪这里唾手可得，可这小子竟然不识抬举，倔得像头驴，张队长恨不得踹他几脚。

就在嘎尔迪考虑脱掉军装回归草原的时候，突然间"天上掉下了个林妹妹"，美丽的蒋薇薇来到了卫生队。这个时而冰冷高傲得像个公主、时而又热情奔放得像个吉卜赛女郎的姑娘让嘎尔迪一下子中了魔。他远远地看着她，心里失去了平静，开始魂不守舍。

"完啦！"嘎尔迪一声长叹。他知道自己已经疯狂地喜欢上了这个比他小两岁的女军官，他陷入了单相思。这个即将二十二岁的倔强的蒙古族小伙认定，蒋薇薇就是他命中一直等待的那个姑娘。

嘎尔迪主动找到张队长，告诉他自己愿意留下来为军队的发展贡献微薄之力。这一百八十度的大转弯让张队长张了半天大嘴，最后大嘴变成大笑，他高兴地给了他肩膀一拳，说："好小子，你好像突然醒了！好，好，好！"

嘎尔迪发动车子前往蒋薇薇即将经过的下一个地点潜伏，这已经成了他近来不受自己控制的举动。他喜欢她不穿军装的样子，去掉了身上的威严，尽显一个姑娘的妩媚。平时她穿着军装严肃地坐在医务室里，他觉得她像女神一样，拒人千里。她不穿军装的时候，会让他觉得他们是亲近的、平等的，她就是他要保护的女人。

他密切注视着她的一举一动，只要她一出团部，他就会悄悄地驱车尾随，他要做她的秘密卫士，为此他没少找借口假公济私。

嘎尔迪在新的潜伏点远远地看见蒋薇薇从副食品商店里走出来，手里多了一个鼓鼓囊囊的纸袋子，长棍一般新出炉的面包从袋子里伸出头来。她的另一只手上举着一个棒棒糖，不时放进嘴里嘬一下。嘎尔迪一个嘴角向上一提，坏笑了一下，女孩子就是嘴馋。

边城虽然与家乡北伦相距不远，但这里完全是一个有着异域风情的独立世界，蒋薇薇来后不久就喜欢上了这座小城。

微风吹拂，阳光和煦，刚刚沐浴焕新的蒋薇薇有一种奇妙的感觉，恍若走在明信片中古旧的欧洲小镇的街头，这让她心绪悠长，心情变得格外舒缓。

她拐进一条小巷，从院墙的阴影下走过，出巷就到了二道街上。

二道街幽静古朴，基本保留着小城历史的旧貌。柏油路由于年久失修已经变得坑坑洼洼，路旁的青草肆意地疯长，有时一片草会蔓长到路中间。但是街道两旁那一座座用木篱笆扎起来的小院，以及院子里那些年代久远却色彩斑斓的木刻楞一直让蒋薇薇着迷。

这是俄式木刻楞保持相对完好的一条街。每座木刻楞的式样都不相同。有尖顶的，有平顶的，有平顶上冒出尖顶的，各家木刻楞圆木外墙都刷着鲜艳的漆色，黄色、绿色、粉色、蓝色……有一次她站在远处的高坡上望下去，觉得这些木刻楞就像各色积木点缀在浓郁的青草绿树中，宛若莫奈笔下多彩的印象派画作。

蒋薇薇每次走上这条街都流连忘返。她趴在人家的篱笆上，眯着眼去辨认雕在木窗棂上的花鸟草兽，踮起脚去琢磨窗户里面用白线钩织的窗饰，如果碰巧哪家的篱笆门开着，她便踱进去摸摸那些用一根一根圆木砌起来的外墙，蹲下去闻闻屋后那一簇一簇在风中翩翩抖动的醉蝶花、一丈红、大丽花……

小城的岁月多么静好呀！蒋薇薇从花丛中抬起头来，望着不远处古老安详、在蓝天下矗立了近一个世纪的水塔，她甚至愿意在这种静谧的时光中融化掉自我。

出了二道街，前面一座人声鼎沸的二层旧楼打破了小城的宁静。

这里正在举办边贸展销会，中国产品和苏联产品在楼里展示，吸引了许多人。内地商人、苏联单帮这几天都聚集在此，本地人叫他们二道贩子，从国际列车上下来的北京人叫他们"倒爷"。中国倒爷把大包小裹搬进楼里，俄罗斯倒爷抱着大包小裹出来，门前堆着小山一样待交易或交易完毕的包裹，"突突"冒着尾气的小货车在等着装货卸货。一些黑头发黄头发、高个子矮个子干脆在门口谈起了生意，他们操着中俄混合语言，手脚比划着，脸红脖子粗地讲价……

嘎尔迪的目光像铁屑追着磁铁一样追逐着蒋薇薇的身影。他担心她走进鱼龙混杂的展销厅去凑热闹，他在想应对之策。

可爱的蒋薇薇没有让他着急，一转身，拐上了通往团部的那条幽静的林荫道。嘎尔迪心中窃喜，他期待的一幕就要来了。

通往团部那条路的两旁，是前辈戍边官兵们种下的白桦树，高高的两行，站在蓝天下。

蒋薇薇走在路边，一道道树与光的影子从她的背部闪烁移动到纤细扭动的腰肢上。

她摘下了草帽，把头发高高绾起，在头顶上堆了一个发髻儿。当她偶尔看向一边的时候，嘎尔迪便看见被晖光晕染成金红色的侧脸，那是一种令他怦然心动无与伦比的美丽。初秋最早落下的一些黄叶被她踩在脚下，有时她不得不优雅地蹲下身去摘掉沾在鞋跟上的叶子，这让她行云流水般的猫步打了折扣。

到了，就要到前方的苏军烈士陵园了，嘎尔迪抬起一只手在方向盘上兴奋地拍了一下。

迈克尔·杰克逊刺耳的《战栗》声从远处忽高忽低地传来。苏军烈士陵园门口的空地上聚着几个当地小青年，他们正随着旁边一台卡式录音机放出的音乐练习霹雳舞。一个身材清瘦、穿喇叭裤的半大小子模仿杰克逊的太空步还真有模有样。

几个人看见不远处一个蓝裙子姑娘正犹犹豫豫地要经过他们的地盘，便不约而同地停下了舞步，相互交换了一下眼神，歪着身子，斜抱着胳膊，站在那里，痞里痞气地盯着她。

这条道上平时根本没人，今天怎么来了几个小痞子？蒋薇薇心里有些害怕。桦树后面一侧是坡上的火车道，另一侧是茂密的树林，离团部还有一段空无一人的路程，怎么办呢？要是阳军华和慕光在就好了。蒋薇薇想着，步伐有些凌乱。

那几个半大小子忽然吹着口哨，扭着舞步看着她。其中一个喇叭裤隔着马路冲她喊道：

"美妞儿，瞧你这身材这么好，跳舞一定不错，过来跟我们玩会儿吧！"

蒋薇薇昂着头，盯着对方，做出一副无所畏惧的样子。

那几个小子忽然蹿上马路，笑嘻嘻地向她舞动过来。

蒋薇薇心里哆嗦着，大脑快速运转，想着脱身之计。

一辆军用吉普车从一旁的小路上斜刺里冲将出来，"刺啦"一声停在蒋薇薇的身旁。

嘎尔迪打开车门下了车，他漫不经心地往车前盖上一靠，从口袋里掏出一盒烟，抽出一支，点燃，吸了一口，缓缓地吐出烟雾。他沉默不语，眼睛从墨镜后面不怒自威地扫视着这几个人。

"嘎哥！"几个小子相视一笑，围了上来。

"哥们儿，这是我们团蒋大夫，以后照应着点！"嘎尔迪慢吞吞地开口道。

"那是，那是！嘎哥，听你的。"

嘎尔迪走到蒋薇薇面前，接过她手里的东西："蒋大夫，上车吧，我护送您回去。"

蒋薇薇上下打量着他。这个浑身散发着荷尔蒙的家伙就是制作那串精巧手链的真人，他常去医务室找其他卫生员，却从没有正面与她说过话。

蒋薇薇好像明白了什么，傲娇地跟在他的身后，走到副驾驶一侧，嘎尔迪为她拉开了车门。蒋薇薇刚要抬腿上车，忽觉不妥，她扫了他一眼，嘎尔迪正一脸正经地看着她。蒋薇薇矜持地先把臀部放在座椅上，然后两条长腿并拢在一起，身体一转，双腿优雅地飘进车里。嘎尔迪心里忽悠了一下，他笑了笑，把留在车外的一半裙裾揽起来递给了目视前方的蒋薇薇。

嘎尔迪从另一侧上车的时候，那几个小青年围住了他。

"嘎哥，嫂子好漂亮呀！"

"别瞎说，就烦你们不正经！"嘎尔迪眼睛抓住清瘦喇叭裤训斥道，"你刚才喊那么大声干吗？差点把人吓坏！"

"嘎哥，我尽力了呀！"小伙儿委屈。嘎尔迪把手里的烟分给几个人。

"嘎哥，啥时来展示一下你的霹雳，给哥儿几个指导指导！"

"等我有时间吧！"在几个人吞云吐雾中，嘎尔迪启动了车。

"好俗套！"蒋薇薇侧头鄙视了他一眼。

嘎尔迪手把方向盘，目视前方，坏笑不语。

"你是蒙古族？"蒋薇薇问，嘎尔迪点头。

蒋薇薇偷偷瞄了他一眼，发现这家伙眼窝沉陷，鼻梁高挺，竟然还是双眼皮。

嘎尔迪转过脸来，紧闭的嘴唇漏出一股雄性霸气，一双火辣辣的眼睛近距离地烤灼着她，蒋薇薇感觉自己的一侧面颊已经烧起来了。

"你导演的吧？"蒋薇薇的声音柔弱下来。

"我哪有那本事！你以为是电影吗？当地这帮小痞子都不是省油的灯，前几天团里警通连的几个兄弟喝完酒，跟他们打了起来，把他们给打惨了，这帮小子扬言要报复我们团，说只要见着团里的人，见一个打一个。"

"我不信，他们怎么对你这么客气？"

"我，总有例外嘛！"嘎尔迪卖关子，"你以后还是要跟成翻译结伴行动。"

"她今天去会晤了。"蒋薇薇不以为然，"那你怎么出现得这么及时?！"

"刚办事回来，意外地碰到了你。"嘎尔迪因为撒谎而有些脸红。蒋薇薇斜楞着他，嘴角浮出一丝得意："你也有窘迫的时候？"

"你真漂亮，这件衣服穿在你身上特别好看！特别是这种清凉的蓝颜色，别说边城，整个北伦都没有这么好看的！"

"这种赞美太直白浅露了点吧?！"蒋薇薇一边说，一边偷偷地瞥一眼裙角。

"这个地方太小，当地人形容说'一个城市两个猴，一个警察看两头'。别看平时街上没什么人，但大家都彼此认识，来一个生脸很快就会被大家知道。有一点什么事情马上就会人人皆知。以后你就知道了。"

车停在招待所门前。蒋薇薇正要拉开车门。"你先别动！"嘎尔迪说完便跳下车去，他绕到另一边，很绅士地替蒋薇薇打开了车门。他其实很想像西方电影里那样，继续绅士地伸出手去扶她一下，可结果只是傻傻地抓着车门，眼看她一只手摁着裙子，双脚从车上探到地上，细高跟落稳后，两条腿迈开便径直往招待所走去。蒋薇薇没有看他，仿佛对着空气说了声谢谢。

"等等！"嘎尔迪喊道。蒋薇薇转过身来，一双毛茸茸的眼睛盯着他。嘎尔迪低头看地，停顿了半天，才嗫嚅地说了一句：

"以后，以后，别这样穿着出门，太惹人注目，会出乱子的！"

蒋薇薇白了他一眼，转过身继续向前走去，嘴角露出不易察觉的娇笑。

从小城出来一条黑亮亮的柏油路，爬坡下坡两次，又在空旷的草原上画了几个浅弧，便到了中苏边界线上。

这条长约十公里的柏油路是军事禁区内唯一的一条战备公路，尚未对外开放，只行驶军车。

绿色吉普车停在这条公路的尽头，前面是大约五十米的坑坑洼洼的裸土带，又称松土地带，它警示人们已经到了边境线的核心禁区。越过裸土带的另一面是苏联公路的起点。对方的柏油路比我方的颜色浅许多，看样子已经多年没有重铺沥青了。

从北京和莫斯科分别延伸出来的漫漫长路，在这块小小的裸土带前头对头戛然而止。裸土带的两侧是两个不同的国度，双方都对彼此的世界充满好奇和戒备。

裸土带作为隔离区核心很模糊，不到跟前不会发现，如果夜间会晤，行车一不小心就会逾越。但是在强烈的边界意识下，它又很清晰。它是隐形的红线，彼此都不能触碰。一旦贸然越界，后果将十分严重，严重的有可能无法收拾残局。

1962年的中印战争，1969年的中苏珍宝岛军事冲突，1979年的中国对越南自卫反击战都是因边界事件引发的。

"越界不仅侵犯他国的领土主权，也触犯本国的法律法规，严重的甚至会引起国家间纠纷甚至战争。"这是开展边防教育必说的一句话。

江上舟翻译、牛参谋、成文坐在车里，静静地等候在边界线上。他们看着苏联境内不远处的会谈会晤点，那是一座建在坡顶上的"丁"字形黄房子，窗户漆成白色，扣着棕色的三角帽似的铁皮屋顶，顶部中央插着一面小红旗，那是对方要求会晤的信号。

按照两国边防军约定的程序，如果甲方要求会晤，便在自己的会谈会晤室的房顶上打出一面小红旗，当乙方的哨兵看到小旗后向后方司令部报告，乙方如果同意会晤，便在自己边界上的会谈会晤室的屋顶上也打出一面小红旗以示答复。

两面小旗相望确认后，双方的会谈会晤人员便从各自驻地出发，来到边界上会合。谁先出旗就到谁的地盘上会晤。

对方路程比我方的远，大约还没有赶过来。

时间已到中午，旷野上无遮无拦，草都黄了尖儿，太阳在车顶上热辣辣地晒着，四个车窗全部打开，边境上的风懒洋洋地挤进车里来，在他们的耳边轻轻地吹着口哨。

与成文坐在后排不爱说话的牛参谋被舒坦的风迷惑着睡着了。牛参谋负责作战训练，本与会谈会晤无关，但他是外事后备人选，一旦出现会晤人员不齐便来顶缺。

按照规定要求，会谈会晤必须三人同行。最近云中龙因爱人生孩子回家休假，会晤站日常真正能出面的只剩下江翻译，拉来牛参谋才两人，向兄弟单位借出面人员不现实，一是时间来不及，二来人家也不会放人。白团长与石站长一合计：工作需要，让成文出面。"促一促分区，怪罪下来我顶着！"白团长一拍大腿说。

一路上讲各种趣事帮助第一次出面的成文打消紧张心理的江上舟翻译，这时也在副驾座上歪着头打起了呼噜。

成文其实并不紧张，反而为真正投入本职工作而隐隐兴奋。

吉普车左侧高高的铁路路基上，我国新一代国门正在建设中，为保持神秘，上半部分严严实实围着苫布。新国门的大小体量可与苏联国门媲美，它释放了我国改革开放富起来的信号。夹在苏联国门和我国新国门之间的是我国的绿铁皮老国门，它诞生于新中国成立之后，已经存在了三十多年，这个单薄寒酸像个简易过街天桥的国门仍在履行着职责，在退出历史舞台前忠实地站着最后一班岗。

连接两国的铁路线静静地从三个国门下穿过，在阳光下泛着青白色的光。

离得这么近，成文清楚地辨认出，苏联国门门楣上CCCP四个俄文字母是四扇窗户，里面晃动着穿军装的哨兵。哨兵显然已经发现了下面停在中方边界线上的吉普车，不时走到窗前瞭望一下。

望着静悄悄的边境线，成文不知怎的联想起她与景峰辉的关系。她一直认为他们之间存在着边界感，只有在保持理性、尊重边界规则的时候，才能拥有各自的尊严和空间，才能获得长远的互敬和互爱，如果他们之间无法建立清晰有效的边界，那么他们的生活也将会一塌糊涂，可能糊涂到无法收拾残局……

三名戴着大檐帽的苏联军人从高坡上的黄房子里走了出来。他们越走越近，最后停在苏方断头柏油路边沿，迎候中方军人。

成文在后方熟悉资料的时候曾看到过他们的照片，当时就感慨道："怎么都比我在学校看过的那些苏联电影里的明星帅气?! 是故意挑选的吗?"

江上舟翻译说："你真说对了! 苏联的边防部队隶属克格勃（苏联国家安全委员会），这些正式出面的军官都是从克格勃军官里面千挑万选出来的，各方面都是高标准! 跟他们打交道要十分谨慎小心!"

此刻，三名苏联军官挺拔地站在边界线上，像荒野上忽然出现了三个电影明星，一时让成文觉得晃眼。

"戈林少校今天怎么出来了，是不是要通报什么重要的事情?"牛参谋对已经坐直了身体的江上舟翻译说。

"对呀，他是副参谋长了，又是苏方会谈会晤副代表，一般不会轻易出来呀!"江翻译看着对面站在中间的戈林少校也纳闷。

"因为是你的好朋友，知道你今天带队，特意出来的。"牛参谋打趣。

江翻译回身一看成文："噢，应该是因为我们的小成文今天首次出面，他代表苏军来欢迎的!"江翻译又拿成文开玩笑。

"这欢迎级别可不低呀！"牛参谋说。

"那一定是你们提前走漏了风声！"成文说。

三个人都笑了起来。

"走，下车，看看他们今天葫芦里到底卖的什么药！"江翻译说。

当中方三人跨过边界裸土带向他们走过来时，苏联军官的三双眼睛都聚焦在了袅袅婷婷的女军官成文身上，眼睛里满溢出惊讶、惊奇和惊喜。

女军官在边境线上出现也让苏联军官们纳闷，晃眼，恍惚。

相互握手致意的时候，成文发现，对方三人六只蓝眼睛，只是颜色深浅不同而已，按照克格勃的选人标准，应该是清一色的斯拉夫人。

还没等江翻译"正式隆重地"介绍完新人成文翻译，那两个年轻军官便争相报出了自己的姓名：身体结实，面色红润，头发金黄的是弗拉基米尔·弗拉基米洛维奇·沙顿斯基大尉。个子高瘦，面色苍白，有着一个鹰钩鼻子的是尤纳斯·马格列瓦斯修斯上尉。

江翻译在他们的姓氏第一个字母发音前按中文习惯亲切地加上"小"字，称呼他们"小马同志"和"小沙同志"，这两位懂中文的"同志"欣然应答。

成文从他们的姓氏判断，沙顿斯基，小沙同志是乌克兰人，马格列瓦斯修斯，小马同志是波罗的海人。果不其然，两人看着成文，惊讶地睁大眼睛，给唬住了。

中间那位长相酷似好莱坞明星凯文·科斯特纳的戈林少校，一直沉稳地看着成文，微笑着听着他们对话，他不懂中文。

苏方的会谈会晤室很简陋，进门就是一条昏暗的走廊，走廊两侧各三个门，走廊尽头的门半开着，透着阳光，露出后面院落的一角。这里更像苏联的民居。

相比之下，边界线对面我方新建的会谈会晤室则显得宽敞气派。进了大门，有一个大厅，大厅里有书报角、台球桌、乒乓球台案，大厅一侧是大会谈室，另一侧是两间铺着地毯的明亮的休息室，一条长长的可以看到外面风景的玻璃走廊通向后面的宴会厅。

进到苏方会谈会晤室左手第一间屋子，双方在铺着绿色军毯的会谈长桌两边落座。

没有客套，戈林少校直接从公文包里拿出一张纸严肃地读了起来。

成文专注地听着，试图在本子上做记录。可是，令她沮丧的是，除了"北纬""东经""渔网""越界"等词汇，其他的都没有听懂。

坐在戈林对面的江上舟翻译冷静地听着对方的声明，似乎并不以为然。

戈林读完，江翻译用俄语回应说："情况我们还要核实一下。"戈林笑了笑，并不纠缠这个似乎已经司空见惯的话题，他们愉快地聊起了天气和中国边城的快速发展……

学了多年外语的优秀生，竟然在第一次实战中一败涂地，汗颜啊！成文叹了一口气，陷在椅子里，开始怀疑自己的专业水平。

"小成，小成……"有人小声喊她。对面的乌克兰人小沙同志从摆在谈判桌上的果盘里拣出几块糖，欠起身，笑着递到她的面前："尝尝我们的糖。"他用汉语说。

成文这时发现，所有人都在笑着看她，好像他们刚才谈到了她。

戈林少校说："从理论到实践有个过程，不要着急，慢慢来！"他又问起她就读的学校，学校里有没有苏联老师等等。奇怪，这会儿成文全部听懂了，按照事先约定好的口径，对答如流。

从走廊里飘进来烘烤奶油和土豆烧牛肉的香味。

戈林邀请中国朋友留下来吃顿便饭，江翻译欣然同意。

"你真幸运，第一次出面就碰上戈林少校，他的级别遇到饭点可以请我们吃饭，其他人可没戏。跟我们一样，只有白团长、石站长出面才有请客吃饭的权力。"众人往外走的时候，牛参谋告诉成文。

几个人到对面的房间里休息，聊天，看电视。江翻译和戈林少校到外面抽烟去了。

成文在走廊里找卫生间。她看见餐厅里的长桌上已经铺好了白桌布。一个头发高高盘起，胸前扎着白围裙的胖胖的俄罗斯妇女正往桌面上摆放蔬菜沙拉、火腿冷盘、装了黑面包片的小筐篮、水果等。

妇女看见成文往外走，心照不宣地出来，带着她来到了后院洗手间。

成文站在镜子前，发现妇人并没有离开，正站在门口饶有兴趣地看着她。

"我的妈妈从前在哈尔滨读过书！我们家里还有一些中国的东西。我还会用中文说'你好，谢谢'。"妇人对成文说，神情仿佛成文就是她的一个熟人或朋友。

成文感到奇怪，与她聊了起来。知道妇人的父母从中国返苏后就定居在远东的一个小城，妇人后来嫁了一个军官，军官调到附近的一个哨所当哨所长，她便随军跟了来，会晤站后勤忙不开时，她就过来帮忙。

妇人忽然莞尔一笑，问成文："你一个女孩子来边境上工作不害怕吗？"成文摇摇头。妇人以为她没听懂，便又说："你很漂亮，中国女人都像你这样吗？""大多数吧。"成文笑着回答她。"你有男朋友吗？"成文想了想，摇摇头。再问什么成文就干脆假装听不懂了，她想起了江翻译"少说话"的嘱咐，妇人失望地离开了。

成文在镜子前补妆。卫生间的窗台上开着一盆红色的月季花，在窗外茫茫草原的衬托下，显得十分鲜艳有生气。成文想起栖息青城时房间窗台上的那盆月季花，还有送她那盆花的一见如故的蒙古族姑娘彩彩克……"亲爱的彩彩克妹妹，你好吗？谢谢你当时鼓励我走出低谷……"

远处秋阳下，风吹草在动，天籁无声。成文觉得正在发生的一切十分虚幻。

一股呛鼻的香烟味从开着的窗户飘进来，两个人低沉但清晰的谈话声也传了进来。成文竖起了耳朵，是江翻译和戈林的声音，他们说着她在学校重点训练过听力的政治语言，她十分熟悉的新闻词汇。

"戈尔巴乔夫总书记前不久在克拉斯诺雅尔斯克讲话说，如果美国取消在菲律宾的军事基地，那么苏联将放弃在越南金兰湾的军事设施，真会这样吗？"江翻译的声音。

"我们已经厌倦了竞赛，希望地区问题能以大家满意的方式解决。"戈林说。

"苏联不但不反对美国参与亚太事务，相反还拉美国一起商讨该地区问题，强调了美国在该地区的存在，这与你们以前的政策不一致呀！"江翻译说。

"苏美关系要改善，要发展……"戈林说。

他们走过窗户，往前门走去，成文也赶紧返了回去。

主菜是土豆烧牛肉加米饭，土豆泥里浇拌黄油，蔬菜沙拉散发着奶粉拌萝卜丝的味道。成文不喜欢吃，只吃了几口火腿肠。但是当地那种蓝莓饮料她特别喜欢喝，对面的沙顿斯基不断殷勤地站起身给她添加。成文实在喝不下了，小沙坚持倒满最后一杯，乘别人说话的混乱之机举起杯，一只蓝眼睛藏在高脚杯后面，悄悄地说："祝你在这里一切顺利！"

成文心里暖融融的。

黄昏时分，苏联军人送中国同行回国。在通往边境线的小路上，小沙与成文一直在谈普加乔娃的歌曲，成文会唱那首著名的《百万朵玫瑰》，小沙便哼唱起来，浑厚的男中音十分优美。

戈林少校和江翻译最先走到边界线上，站在那里回过身来，等候着后面的两对。夕阳照在他们身上，绿军装变成了金红色。

望着边境线，小沙忽然感慨一句："你们的人经常过我们这边来，越境。"

成文也严肃起来，说："你们的人也经常过我们那边去，越境。"

两个刚才还一起唱歌的人忽然愣愣地看着对方。小沙先笑了，双肩一耸："是的，是的，没什么大不了的，我们的人民友好！"

"你长得像我们的人。"小沙为了缓和气氛，看着成文又悄悄地说道。

苏联有近两百个民族，汇集了欧洲、亚洲、欧亚混血等各类人种，任何一个人都可以在苏联找到类似的模样。

"我是中国人。"成文悄悄地告诉他。

返回团部的路上，江翻译说："戈林今天出面的主要目的是苏方想邀请我方十月革命节组团去苏联庆祝，希望我们的边防司令率队，他这是先来试探一下，摸摸情况。这个举动前所未有，很不寻常，看样子，苏联军方对改善双方关系内部有新的考虑……"

三个人刚到办公室，石站长就告诉他们，白团长被分区批评并责令检查，成文一段时间内不能再出面。

"会谈会晤涉外人员要进行政治审查、必要的业务培训、外事纪律保密等教育，完成上述程序后报上级批准方可出面。分区同志强调。"

"不政治审查就分配到了我们边防？不培训好就把人一竿子支下来？这时候想起来政审培训教育了？这帮人真是胡闹！反正我们团里该做的都做了！云中龙回家陪老婆生孩子去了，石站长不能是个会晤就出面，又不让成文上，没人，这工作怎么整?! 分区老爷们能不能从实际出发，实事求是点!"江翻译表达强烈不满。

连部一排"工"字形小平房隐蔽在半山腰上的白桦林里，背靠山体，三面被土坯墙围了起来。从占据"工"字两头的食堂和武器库的后门出去，入林而上，爬到山顶就可以看到下面波光粼粼的界河和静静地摊在对岸上的苏联小镇。

一个用石头垒砌起来的哨所矗立在不远处岸边的高崖上，那是清朝遗留下来的哨卡，至今还在沿用，它与对面苏联一个绿漆斑驳的铁皮哨所隔江斜望，两岸方圆几十里的动静都在它们的监视之下。

慕光在光天化日之下爬上后山顶去眺望了一次，被连长狠狠地训斥了一通："你他妈的暴露了军事目标，知道不？要是珍宝岛打仗的时候，敌人一梭子子弹过来，你小子就咯屁着凉了！不仅你小子，我们连部也会跟着你一块遭殃，老毛子一发炮弹过来就能端了我们的老窝，当然我们也能端了他们的，好在现在是和平时期。"

连长罚慕光去背条例："纪律就是纪律，不准干的事就是不准干！"

连长很粗鲁，比慕光大不了几岁，却仿佛生来就有威严，战士们都怕他。他把慕军医竟然当成新兵蛋子训，慕光忍了，心里却不以为然：都什么年代了，双方对对手的军事方位和设施都心知肚明，别他妈自欺欺人了。

慕光被下放到一排一班锻炼。这个月一排的主要任务是内勤训练。整理内务，把被子叠了又叠，叠得棉絮都快从刀锋一样的棱角处冒出来了；打扫院子，把院子扫了又扫，扫得黄土都秃噜了皮；开会读报学习，读的都是一个月或两个月前的旧报纸。

有时读报前，连长会像背语录一般训一段话："我们就在额尔古纳河边上，在保卫祖国的最前沿！额尔古纳什么意思？"每次问这个问题，他都要点一个士兵来回答，因为人人都知道，这个词是蒙古语"奉献"的意思。"对，我们每一个来到这里的人都在奉献，为国家奉献着自己，奉献着青春、力量、知识，甚至生命，这就是每一名军人的使命和光荣！"

出操习武时，列队操练的竟是一套连长自创的"降龙十八掌"！连长是个金庸迷，天高皇帝远，连长用他自己的方式统治着他的王国，他的一项主要工作就是，以最大的强度练兵，消耗士兵们的多余精力，让他们不去想家，不去想别的事。一个月下来，慕光确实什么也不会想了，每天累得跟狗一样，脑袋还没沾枕头就打起了呼噜。

那夜，凌晨两点，队伍紧急集合后进行潜伏训练。一排长率领一班悄悄地摸到界河边上，一个班的人马分散隐蔽进芦苇丛里。慕光的肚子下面是块冰凉的石头，到了后半夜，水汽和着石头上的湿气透过军装渐渐地浸入到体内的每一个细胞，身上一层一层地起鸡皮疙瘩。尽管他知道战友们都在附近，但他们相互看不见。在难挨的黑暗里，一种在无人星球上孤独和恐惧的幻觉不断向他袭来。

但他很快发现，最难挨的不是时间、黑暗、幻觉，而是大家平时所说的夏秋草原上最为凶极恶的毒蚊子，蚊子们是不会让你打盹的。这里的蚊子个儿很大，俗话说"三个蚊子一盘菜"，让它叮一下就像被马蜂蜇了一样疼。慕光晃着手轰蚊子，但不敢出太大的动静。"如果是战时，只要你一动，狙击手的冷枪或炮弹马上就过来了，不仅你死，所有人都得跟你死！"连长瞪着眼睛的训话回响在耳边。慕光摸索着，拽着上衣包住了脸，只露出两个眼睛。

天快亮的时候，水面上浓重的雾气漫过眼前高高的芦苇丛，覆盖了他们的潜伏地，冰冷的枪身上蒙了一层水珠……慕光感觉马上就要休克时，一排长宣布潜伏课目结束，班师回连。

每个人都被蚊子咬得鼻青脸肿。慕光的小白脸不见了，毒蚊子似乎对他这个新人格外青睐，他的脸上全是红包，脸比平时大出了一圈。

"庆幸吧，没让水蛇咬就不错了！"回去的路上，顶着一脑门大包的一排长开导他。

奇痒难受的时候，慕光突然想起自己是个在军医大学学习了五年的准医生。这些日子他几乎忘记自己到底是干什么的了。以后，在边界巡逻时，慕光开始带着大家沿途寻觅采拔一种草。

"这不是蝎子草吗？"有的战士认识。

"学名叫八宝景天。"慕光不抬头，继续寻草。八宝景天在这鲜有人烟的旷野里，长得可比书本上标致肥大。

"慕医生，你是学中医的？"有战士问。

慕光无语。他盯着自己的一双手，这双手曾经那么白皙，手术刀被捏在细长的手指上曾经翻舞得那么灵巧，他实习时做的阑尾手术被老师当作了课堂范例："开口极小，愈合后基本不留疤痕，这就是高手呀！"可现在呢？当他的同学们坐在北京上海等大城市明窗净几的诊断室里，每天接诊上百病人，磨砺提高自己业务水平的时候，他这双已布满了茧子的黑手正在边境上青筋暴突地拔一撮草……

慕光仰头看天，竟被阳光蜇出泪来。

回到连队，慕光把八宝景天捣成绿泥分发给大家治蚊虫叮咬。后来这剂药被大家发现还有多种功效，烫伤了，抹一抹，摔伤了，抹一抹，长粉刺了，抹一抹，一排长往自己的一脸痤疮痘痘上抹，甚至往鸡眼上抹，他兴奋地给大家宣布"有奇效"，叫慕光"贴心药丸子"。

慕光的落脚点是连队的卫生室。卫生室里间本来堆放着杂物，他来之后，清理了一下，放一张床进去，变成了宿舍。外间是他的办公地点——"医务室"，他的全部医疗物资就是靠墙一个小玻璃柜里面蒙尘的药瓶子，他看过一遍那些大大小小的瓶瓶罐罐后就绝望了，都是些不知猴年马月的东西。他提笔开了张急需常备的药品单子送给连长，请求尽快采购配发。连长打电话请团里下来视察工作的同志带一些来。但是下来的同志总是忘记，好在有一件事情他们总是记得的，那就是每次都会把连队的信件报纸顺道捎下来。

慕光手上拿着温红的一封信，他看了看邮戳的日期，这应该是他两个月前从青城出发时，她从深圳发出的信，看样子她收到了他临行前拍出的电报。当时在电报局他对告不告诉她自己的去向还有些犹豫。

其实毕业前在学校收到她的最后一封信时，慕光就对他们的关系产生了动摇，他有一种不好的感觉：他这一走，他们就彻底劳燕分飞了。

温红根据他拍出的电报，聪明地判断出他抵达北伦军分区的大致时间，把信寄到了分区干部科。

这封信由干部科转到团部，再从团部被人带到他所在的连队，最后到达他的手中时，从中国大陆的最南端辗转到最北端，时间已经过去了近两个月，这两个月的时势变化，让他已经无法确定还能不能称温红为自己的女友。

慕光大学二年级时，在一次暑假同乡会上认识了温红，那时温红刚刚考上一所美术大专学校。令两人惊奇的是，他们是从同一个军工厂大院里走出来的，而之前他们竟互不相识。整日研究枯燥的五脏六腑的未来医生被浑身充满艺术气息的热情洋溢的姑娘迷住了，他们开始了交往。

三年后温红大专毕业，分配回大山深处家乡小城的一个文化馆，在小公室里坐了不到半年，温红便看到了这辈子的尽头，她毅然决然辞职，去了改革开放的前沿城市——充满各种机会的特区深圳。那时，慕光正在学校里完成他的第五年也是最后一年学业……

慕光看了看卧室床下的那个小书箱，那里面不仅仅是书，温红写给他的信件占据了大部分空间。自从他们交往后，她给他的每一封信他都保留着，按时间顺序编排，放在一个特意挑选的大塑料袋里，以防在他漂泊天涯时不小心被浸湿，或弄脏弄皱。

现在慕光脑子里的温红已经不再是一脸阳光，一脸温柔，马尾辫晃悠在脑后，仰头望着他，被他牵着手，跟着他往华山顶上努力攀爬的那个小姑娘了。

深圳来信与她以前给他的信几乎判若两人，以往信中的柔情蜜意很快就被躁动的情绪所代替。慕光脑海里出现的是，一个在到处都是脚手架的新兴城市里，在老旧的店铺与新起的高楼间，在一条条尘土飞扬的街道上，甩开两条长腿跟着从内地过来的操着各种方言口音的人流奔走着，去尝试应聘各种工作的亢奋的温红。

"这里简直就不是中国的城市，三天就能盖起一层楼！深圳的口号是：时间就是金钱，效率就是生命！这就是深圳速度！""尽管这个本应四季青翠的城市，树木草地上都蒙上了一层厚厚的灰尘，但这仅是过渡时期的不足之处，它的前景是明媚的！"在温红的信中，她很为这个城市自豪。

有时温红会告诉他，她住的地方附近有许多发廊妹，穿着全国最时髦的服装，个个花枝招展。但用她学美术的眼光去看，那些服装和女孩们都极其艳俗，毫无品位。她要挣更多的钱，想办法搬离这里。她还去中英街买了二十袋香港制造的味精，给自己的和慕光的父母寄了回去。

"给你买了一双英国皮鞋，等你安顿好后寄到你的新单位去。"慕光从温红的话语间体察出她亢奋情绪下流露出的隐隐疲惫和空洞。

慕光无法想象她在不断地变换工作，辞掉一家动漫公司的美术编辑，去给一个服装设计师当助理，用她的话说："不满意就炒老板的鱿鱼！"这是多么新鲜的说法，这句话着实把一直接受军队正统教育的慕光吓了一跳。

他关心的诸如户口能不能解决、工作能不能稳定下来等问题遭到温红的嘲笑："在这里，户口不重要，工作不重要，重要的是你是否可以干你想干的事！你是否可以追求自己的梦想！"

温红希望他毕业后赶快脱掉军装跟她一起到改革开放的窗口来，"闻一闻窗外的新鲜空气"。她告诉他深圳急需他这样的高学历人才，"这里的医院在扩编，在新建，急需医生！"她呼唤着他，而他则无奈地接受了现实，背着行囊来到了北国边疆。

在边境上这些寂寞的白天和听着界河水"哗哗"流淌的夜里，慕光的理智思考超过了对女友的想念。

记得温红刚到深圳时慕光还半开玩笑地在信中表达过一种担忧："花花世界的诱惑太多，你经得住吗？"

温红驳斥他："放心，没什么诱惑扛不住的，我在为自己的、为咱们的梦想拼搏。"

现在慕光连这样的问题都泯灭了，他已经无法无力，也无心去在乎这些。温红已经飞得更高更远，更模糊，模糊到他们仿佛已经不在同一个世界，他们之间渐渐地凸起了一条界线，并长成了一堵墙横在中间，他已经感触不到她，不知道她还有什么需要他的担心和牵挂。

温红在这封穿越了中国南北两端的信里告诉他，她又在给一个来华工作的美国人的孩子当家教，她在借机发愤补习英语，她在为出国做准备，美国人已经答应帮助她出国，她出去后想办法把慕光也办出去，并要求他抓紧办理转业。信中说，她又换了一个住的地方，"这里房租相对便宜，可以攒下更多的钱出国用"。

慕光默默地把信叠好，装进塑料袋里。他想透口气，想跟谁说说话，想冲着桦树林大声地吼叫，但是除了一阵风过树林的哗哗声，四周死一般地寂静。

他来到后院的猪圈前，瓷瞪瞪地看着那几头正在午睡的猪，他曾经连续一个星期喂过它们，那只最喜欢他的小白猪爬起来晃晃悠悠来到栅栏边，歪着脑袋看着他。

他需要给温红一个交代。他与她已经不可能走在一起了！原因不在于天南地北的距离，而在于他们的内心世界都已经发生了翻天覆地的变化。她的梦想可能仅仅是她的，而不是他们的。她能把握住自己的命运，而他不能，他不知道自己这种落魄的处境会持续多久，可能是五年，可能是十年，可能是一辈子，他对自己的未来无力、无助甚至无解，他的命运的缰绳不在自己手里。

正像温红所说，他需要认真地思考规划一下他们的未来了。这个规划在界河边上静静的夜里，在慕光心底里已经默默地重复过多次。

几天后，他给温红写的一封长信被人带了出去，信的中心内容就是他心底的那句话：放手吧，让温红按照自己的意愿去飞翔，不要去拖她的后腿。

信不知什么时候才能到达温红手里，不过那已经不重要了，或许信到达深圳的时候她已经去了美国，永远也看不到这封信了，但若果真如此，这封信对她又有什么意义呢？

慕光深深地吐了一口气，有一种释怀后的轻松，但想到自己独自一人的今后，刚吐出去的一口气又憋了回来，心情骤然烦闷起来。

他狠狠地拍了一下小白猪的头，小白猪嚎叫着往后退去。

慕光纵身跳上山墙，爬上山坡，坐在一块山石上，目光越过连队的房顶，望着顺山势而下的桦树林，桦树林中间有一片昏暗的林中草场，草场上有几个乌突突的小水洼，再远处，森林与天际的交会处光雾迷蒙，什么也看不清楚……

院子里的喧闹声、呼喊声越来越大。蒋薇薇从办公桌后面站起身，向窗外望去。

一匹毛色棕红的骏马正在卫生队和团部大楼后身那片石子铺就的空地上绕着圈地奔跑，脖子上长长的鬃毛在阳光下迎风飘舞，闪着红光。

突然一个白衫骑手一跃而起，落在马鞍上。红马驮着伏在背上的骑手疾驰，白衫像飘在马背上的一团白云。

红马加快了飞驰的速度，只见骑手上身后仰，双手向后抓着马鞍，双腿并拢向前举起，像体操运动员一样，身体轻盈地摆到马的一侧，再一跃，摆到了另一侧，一抬腿，人就消失了。

当红马再一次从蒋薇薇的窗前飞驰而过时，她看到骑手的整个身体藏在马肚子下面，那人不是别人，正是嘎尔迪。

"太帅了！"她在屋子里情不自禁地跳跃起来，为嘎尔迪鼓掌。

红马驰骋了四五圈后，速度慢了下来，嘎尔迪勒紧缰绳，骏马前蹄腾空，昂首嘶鸣。

"好样的！""真棒！"院子里围观的众人在呼喊。

嘎尔迪被一群战士簇拥着，转过房角，往卫生队门口走来，七嘴八舌的称赞声、嬉笑声、打闹声伴随着他。

"嘎哥，你这般武艺从哪里学来的？"

"嘎哥从小就在马背上长大，这还不是小菜！"

"谁说的，在马背上长大的人多啦，有嘎哥这功夫的可不多！"

"嘎哥，你们骑兵师解散真可惜！白瞎了我嘎哥这身武艺！"

"这马骑着在边境上巡逻多拉风！"

"看它体格多结实，这毛色多鲜亮、均匀！"

"一看就是蒙古种。"

"不懂别瞎说，人家可是正宗从国外引进的马，据说它祖先是苏联的顿河马，还有土库曼汗血宝马的血统！"

"这马好不好呀，得看它跑起来的步伐，要左右摆，而不是前后摆。"

"还是嘎哥懂行！"

蒋薇薇的目光越过桌子上的瓶瓶罐罐，穿过办公室开着的门和昏暗的走廊，透过挂在大门上的一条条透明塑料门帘，延伸到外面被几个战士撕巴着的嘎尔迪身上。

那匹油光发亮的红马被一名战士牵过来，拴在门前台阶下的木廊柱上，挡住了嘎尔迪的身影。

经过了剧烈的奔跑，红马竟然平静如常，只是鼻翼翕动着，微微呼着长气。真是宝马一匹！蒋薇薇心里夸赞。

红马仿佛心有灵犀似的，眼睛朝着帘子后面的蒋薇薇看过来。蒋薇薇做着口形对它说："你好漂亮呀！你脑门上怎么会长着一颗如此完

179

美独特的白心呢？"红马看着她，粗实的大尾巴不断地摇来摇去。

"你怎么这么通人性呢？你是小精灵吗？"红马竟然也随着蒋薇薇的头歪来歪去。

蒋薇薇撩开门帘，女神一般站立在卫生队门口的台阶上。下面正欢腾喧闹的战士们一下子噤了声。

"谁的马？"她威严地问。

"报告首长，八连战士巴特尔向您报告：八连的马。"刚才拴马的那名战士跑了过来，敬礼回答。传说中的美丽女军医就高高地站在离他不远的台阶上，让他感到既惊讶又慌张，但是他不想放过这难得的与女神对话的机会，于是他又补充道："报告首长，我来团部送完材料，顺便来卫生队看看我的老乡。"

蒋薇薇走下台阶。红马停止了甩尾，抬起头，温情脉脉地看着她。蒋薇薇走近去，轻柔地将捋它漂亮的鬃毛，又摸摸它脑门上那颗"白色的心"，红马竟伸出舌头来温存地舔她的手。

"这匹马好可爱，它叫什么名字？"蒋薇薇语气轻松地问道，僵硬的气氛一下子化开了。

"报告首长，它叫红石榴。因为它的毛色在太阳底下一照就是水灵灵的石榴色，可好看啦。它特聪明，还会一些军事动作呢。"巴特尔一边高兴地夸耀自己的爱马，一边让红石榴炫技。他在一旁喊"立正"口号，自己立正，红石榴也跟着收回"稍息"的一条前腿。红石榴像是有意配合主人，在女军医面前卖力地表现，稍息出腿，看齐摆头，俨然一个威武而训练有素的战士。

"你真棒啊！"蒋薇薇抚摸着红石榴的脖子，冲它伸出大拇指。红石榴像是听懂了一样，把头贴在她的胳膊上。蒋薇薇的目光下意识地找到了坐在不远处沙地上的嘎尔迪。嘎尔迪正在费力地从一只脚上拔下黑色的半高勒雨鞋。"我还以为是马靴呢，哼！"蒋薇薇因嘎尔迪没有注意自己，心里有些不悦。

"我可以骑一骑吗？"她问巴特尔。

"嗯，嗯——"巴特尔有点犹豫，"它有时爱发点小脾气。"

蒋薇薇双手抱住红石榴的脖子，看了它一会儿，红石榴也目光炯炯地看着她。

"嗯，它告诉我，它同意啦！"蒋薇薇笑吟吟地来到它的一侧，抬腿去踩马镫。可是红石榴个子太高，蒋薇薇踩了几次也没踩上去。

人群里一个被烟熏了的嗓音喊道："蒋大夫，我来帮你！"

蒋薇薇扭脸一看，是后勤那个管被装的协理员，这家伙平时有事没事爱来卫生队泡着侃大山。他总是找各种借口往她跟前凑，一边自顾自地与别人说着一些带荤的笑话，一边十分猥琐地偷瞄她的反应，令蒋薇薇十分讨厌。蒋薇薇指桑骂槐地回敬过他几次，也不见他收敛。现在这厮竟然喷着酒气，冲上前来抓住了她抬起的一只脚，手刚要托住她的手腕，被她一把甩开了。

令所有人吃惊的是，红石榴这时前腿一屈，身子竟然卧在了地上。

"首长你看，它好喜欢你。"巴特尔拍着手对蒋薇薇说，"它从不肯轻易卧下的！"

当红石榴驮着蒋薇薇一跃而起时，蒋薇薇身子一歪，差点儿滑下马背。但是红石榴是不会让她滑下去的，它为她找好了平衡。

蒋薇薇惊魂未定时，那协理员又抓住了马镫，小声说道："蒋妹妹，让我来给你牵马护驾吧！"红石榴双耳后竖，嘴里发出"噗"的一声。协理员一把抓过缰绳，紧紧地勒住马头。

蒋薇薇俯视着马下那张令她讨厌的脸，从他嘴里吐出来的那个称谓也让她作呕，她发出一声冷笑，羊皮软靴包着的小脚从马镫里抽出来，轻轻地点在协理员的脑门上，冲他冷笑道："你该干啥干啥去吧！"

蒋薇薇脚下一发力，协理员仰着头趔趄后退，红石榴猛地一扬头，后腿一甩，协理员被踢了个趔趄，摔倒在地。众人哄笑。

红石榴稳稳地驮着蒋薇薇，身体优雅地左右摇摆着，向前走去。

几个士兵跑上前去扶协理员。协理员受到羞辱，挣扎着爬起来，骂骂咧咧地冲向巴特尔："你他妈竟敢让你的马踢我！老子让你尝尝老子铁拳的厉害！"

他挥起的拳头被一只手截在空中："兄弟，别这样。"协理员看也不看，转身一拳打在那人身上："你他妈少管闲事！"

那只手没有松开："兄弟，你没道理！"

"没道理你娘个蛋！你他妈配跟我称兄道弟？！"协理员恼羞成怒，一把挣脱，直拳勾拳扫堂腿齐上阵，那人只是抱着双臂，铁塔一般立在那里，岿然不动。

"嘎尔迪，还手！""嘎哥，跟他比划比划！""嘎哥，揍他！"这些战士们平时一定是没少受协理员的气，这时都站在嘎尔迪一旁，当拉拉队起哄。

嘎尔迪仍站在那里，不还手。协理员无奈地一屁股坐在了地上。嘎尔迪揩了一把鼻血，转身走了。

蒋薇薇在不远处拉住了马，回头望去，逆光中，那个白衣男子走出了人群。人群目送着他的背影，院子里一下子静了下来。

省会青城医院的晏院长夫妇带领医疗小分队来到北伦，深入到嘎查（村）、苏木（乡镇）进行义务巡诊。

近日，晏院长正在离边城很近的一个苏木诊疗。白团长得到消息后，便指示卫生队的张友队长去把老熟人接到团里来，叙叙旧，尽尽地主之谊，同时也想借此机会，商量一下医疗队为边防连队义诊的事。

张队长把这个任务交给了蒋薇薇，并派了驾驶技术最好的嘎尔迪做后勤保障。

这天一早，太阳刚刚从草原上冒出头，蒋薇薇便提着药箱走出卫生队那排平房的大门。

她看见擦得锃亮的吉普车已经停在库房前，后门开着，嘎尔迪正往车上搬一箱药品。

秋分已过，边境上的风长了骨刺，早晚凉得扎人。蒋薇薇军装里面已经套上了薄毛衣，可嘎尔迪上身却只穿了件黑色背心，古铜色的胳膊露在外面，肌肉健硕，线条清晰可见。蒋薇薇看着，脸微微地红了，她伸手帮他去提旁边捆好的一摞旧报纸。

"别动，这种粗活儿我来干。"嘎尔迪从她手上抢了过去。

"带这些报纸杂志干什么？"蒋薇薇不解。她只知道他们将路过一个连队，要顺便带些常用药和指战员们的信件过去。

"给战友们的精神食粮。"嘎尔迪说。他又走到前门，扶着车门，冲着里面说："你下来吧啊，这次有任务，不能带你，下次再带你出去好不好？"语气温柔得让人浑身发酥。

蒋薇薇好奇，走到他的身后，看见驾驶员的副座上坐着一条漂亮的黄毛大狗。

"这是你媳妇儿？"蒋薇薇戏谑道。

"不，我儿子。它叫阿尔斯楞。"就在蒋薇薇圆睁着大眼睛盯着阿尔斯楞时，这厮竟伸出一只爪子来。

"它要跟你握手。"嘎尔迪闪开身子。蒋薇薇将信将疑地去拉那只爪子，阿尔斯楞眼睛看着蒋薇薇，爪子在她的手里认真地抖动了几下。

"快下来吧，那不是你的座位。"嘎尔迪的语气里加了严厉。阿尔斯楞又看了看蒋薇薇，似乎明白了什么，很不情愿地从另一侧跳下了车。

嘎尔迪在掸座椅。阿尔斯楞从车后摇着尾巴张着大嘴跑过来，两只前爪离地而起，向蒋薇薇扑过来，吓得蒋薇薇"妈呀"一声躲到了嘎尔迪身后。

"没事，没事，它是来向你示好的。"嘎尔迪一只手护着身后的蒋薇薇，另一只手手心向下向阿尔斯楞伸出去，"坐下！"阿尔斯楞乖乖地坐了下来，激动地伸着舌头喘粗气。

"把舌头收回去，给女神敬礼！"嘎尔迪命令道。

阿尔斯楞真的把一只爪子举在耳朵边上，把张着的大嘴闭上，眼睛捕捉着从嘎尔迪身后露出头来的蒋薇薇。

"它就喜欢跟人亲近，得到认可。"嘎尔迪笑着说。蒋薇薇伸出手来，摸摸阿尔斯楞的大脑袋，说："礼毕！"阿尔斯楞放下了爪子。蒋薇薇蹲下身，抚摸着它毛茸茸的脖子，阿尔斯楞享受地仰着头，摇晃着尾巴。

"它几岁了？是什么品种？"蒋薇薇问。

"大概两岁了吧，是个金毛串串，我捡回它来时，它才这么大，"嘎尔迪用手比划着，"像个小兔子，按狗的一岁相当于人的七岁来算，它现在也就十四五岁，正是调皮的时候。"

阿尔斯楞用奇怪的眼神在嘎尔迪和蒋薇薇脸上来回地扫视。

"你有一双跟你爹一样的坏眼睛。"蒋薇薇拍拍它的背，小声对它说。

"你跟它说什么？"嘎尔迪问。

"我说，你真帅，再见，回来玩。"蒋薇薇跳到副驾座上。

"等着我啊，我晚上就回来啦！不许干坏事，否则我就让张队长收拾你！"嘎尔迪一边发动车，一边对着车窗外试图追赶车子的阿尔斯楞喊着。

草原上晨雾飘渺，露水还停留在草尖上，吉普车披着一身橘红色的光雾，驶上一条通向天边的公路。

车开了好久，两人都没有说话。驾驶室里的空气紧绷绷的。嘎尔迪偷偷去看蒋薇薇时，蒋薇薇侧脸往窗外看去。蒋薇薇慢慢转回头时，嘎尔迪便一动不动地目视着前方。蒋薇薇把头靠在车窗上，闭着眼睛装睡。

嘎尔迪打开了车载录音机，一支排箫吹奏的空灵悠远的旋律传出来。

"《山鹰之歌》，秘鲁名曲，我的爱！你怎么知道我最喜欢这首曲子？"蒋薇薇兴奋地坐直了身子，拍了一下巴掌，看着嘎尔迪。

"因为它也是我最喜爱的曲子呀！"嘎尔迪看着蒋薇薇，笑了。他指指前方的天空说："你看，天空中有鹰在飞！"

"哇，真的有一只鹰啊！"

"不是一只，是两只！"嘎尔迪纠正。

"噢，真是神奇呀！"两只鹰在草原上空翱翔着，在云中追逐着，不知飞越过多少山海湖洲，才出现在他们的眼前，几次掠过他们的车顶，鸣唱着，盘旋了许久，才飞向远方。

蒋薇薇半个身子探出车窗，向它们挥着手。"多么自由自在的雄鹰呀！它们飞翔在天空，藐视地表上的一切世俗污浊！"

此时的茫茫草原上，只有天空和大地，《山鹰之歌》在一遍又一遍地回旋着，地老天荒之间只有他们两个人，两颗纯净的心在起舞，在翱翔，高高低低，自由自在，飞得越来越近……

"传说中鹰是在向着太阳的飞行中融化的，大地上几乎见不到鹰的尸骨。它们会在远处的山上停下来，立在山峰上，俯瞰着世代生息繁衍的草原，草原上似乎什么都在变，可是在它们眼里一切都没有改变。"嘎尔迪嗓音低沉地说。

"每次听到这首曲子都有一种灵魂超度的感觉。尤其是今天，感觉更加奇特，就像跟着鹰一起飞翔一样！"嘎尔迪又说。他看了一眼蒋薇薇，发现她的眼里闪烁着晶莹的泪光。

给连队卸下药品和书报后，他们又继续向指定牧点出发了。

嘎尔迪把后座上的一包东西递给蒋薇薇，蒋薇薇打开一看，都是她平时爱吃的各种小零食，她欣喜地拆开了一包麦丽素。

"伸过手来。"她命令道。

嘎尔迪把手伸过来。蒋薇薇往他手心里倒出几粒。两人含着麦丽素，车里有了一股甜蜜蜜的巧克力气息。

蒋薇薇转过头来，眼里含着谢意，温柔地冲他笑了一下。

"你别笑！"嘎尔迪严肃地说。

蒋薇薇一愣。

"嗯，嗯，你笑起来，特别好看……"嘎尔迪喃喃地说着，脸红了。

蒋薇薇看着前方，没有说话，心里柔柔的。

"这段路又平又直，我带你体验一把赛车的感觉吧！"嘎尔迪说着，脚下一踩油门，吉普车箭一般飞驰起来。

"啊……慢点，慢点，你开飞机呢？我晕……"蒋薇薇捂着眼尖叫。嘎尔迪让车速慢了下来，蒋薇薇从指缝里看看公路上抖动的淡蓝色空气，又看看一旁嘴角憋着坏笑的嘎尔迪，她白了他一眼，身子松弛地靠在座位上。

过了一会儿，蒋薇薇又说："你这是牛车呀?"

"好，抓稳啊!"嘎尔迪故技重演，车子似乎要离地飞起来，但是相当平稳。蒋薇薇这次没有惊慌失措，而是欣喜地瞪大眼睛，望着变了形的外部世界，与嘎尔迪一起体验着一种超速而刺激的感觉……

车子飞翔了几次后，嘎尔迪告诉蒋薇薇山那边有一块神石，他想带她去看看，蒋薇薇欣然同意。

翻过一座山丘，远远地就看见一块孤零零的赭红色巨石，十分突兀地立在平坦的草原上，像一个远古时期失落的锈迹斑斑的大元宝，又像是行驶在茫茫绿海上的一艘巨轮。

嘎尔迪把车开进了草原，披荆斩棘地接近那块巨石。走到无路可走的时候，车子停了下来。

嘎尔迪找了一根棍子，在前面一边打草一边踩草，带着蒋薇薇在齐腰深的草丛里踩出了一条路，他们过了一个宽沟，又上了一道坡梁，终于来到巨石下面。

他们站在石下，仰头望着耸入云霄的巨石。

"这是块天外飞来的陨石，当地人把它视为神灵。"嘎尔迪说。

"这石不会是女娲补天剩下来的石头吧，太神奇了! 人类在大自然面前真是太渺小了!"蒋薇薇感慨。

近里看，这山一草不长，全身铁锈，在阳光下显出赭红色。山是一块整石，上宽下窄，四壁陡峭，山的一侧缝隙中，有一条先人凿出来的上山的石梯。

嘎尔迪说："离任务点不远了，我们倒是有时间。"蒋薇薇一摆头："那我们上去看看!"

嘎尔迪捡了两块圆溜溜的石子儿装进裤兜儿里，跟着蒋薇薇，两个人沿着陡峭的石梯向上爬去。

蒋薇薇望着石梯上面露出的一线天，一边往上爬，一边背诵着被她篡改了的 MKS 的名句："在探险中没有平坦的大道，只有不畏劳苦沿着陡峭山路攀登的人，才有希望达到光辉的顶点。"

山顶像一个赤色的大足球场，这里依然寸草不生，场地上布满大大小小的石坑，有的坑里还积着昨天的雨水，四周边缘向下皆是峭壁。山顶中央有一个多年来人们用大大小小的石头垒起来的敖包。

"这是一个祭祀上天的圣地！我们每一个上来的草原人都会用这种方式对上天表示感恩和敬畏。"嘎尔迪从兜儿里掏出那两块石子儿，让蒋薇薇挑了一块。

"来，跟着我做。"嘎尔迪把自己手里的那块石子儿添加到敖包周围的一圈石头上，两手合十，默默地闭上了眼睛。蒋薇薇早已感到了这里的神圣，她跟着他一起围着敖包走了三圈，表达了对苍天和大自然的敬意。

他们并肩站在山顶上，极目远眺，四周围的草原汇集在山下，像一幅三百六十度的全景画。远处的草原上散落着一些蒙古包，有一片一片露着红房顶的村落，嘎尔迪说那是牧民定居点，他们要去其中的一个。再远处是一片海一样的湖泊，湖面反射着太阳粼粼的紫色光芒，湖泊的远方隐隐约约可以看到低矮的黛青色山丘。天空像一把透明的伞罩在圆圆的大地上……

"我有些晕眩，想到亿万年前这里曾经是一片汪洋大海。"蒋薇薇说。

"你可以把下面想象成一片花海，红色的大丽花，黄色的油菜花，紫色的丁香花……"嘎尔迪提示她。

"哈哈，我脑子里出现一片红到天边的罂粟花！"

山顶的一些石头上刻着古老的岩画，嘎尔迪带着蒋薇薇辨认：飞马，云纹，天狗，鸟羽，圣树与太阳……

"这真是一个神奇的地方！我觉得我们现在就像在诺亚方舟上！"蒋薇薇说，"假如这山下都是大洪水，而且越涨越高，世界末日到了，妈呀，不敢想了……"

"你说世界上就剩下我们两人在这个方舟上，我们该怎么办？"嘎尔迪黑眼珠一转，笑着问蒋薇薇。

"你说呢?"蒋薇薇仰起头，冲他一笑。

"那我就向你求婚行不行?"嘎尔迪咬着嘴唇说。

"如果没有其他选择的话，为了人类的繁衍，好像也得从了啊?!"蒋薇薇假装皱起眉头，边说边跳蹦蹦地往石梯蹦去，举手招呼着嘎尔迪，"该去赶路了!"

"等等，我先下!"嘎尔迪想抢在她前面，但蒋薇薇已经侧着身子一个阶梯一个阶梯地下去了。

嘎尔迪不断地叮嘱她"慢点，小心，抓稳"，但就在离地面不远的时候，嘎尔迪眼看着她一个趔趄摔落在下面的草地上。

蒋薇薇爬了起来，倔强地一瘸一拐继续往前走。嘎尔迪追上去一把抓住她的胳膊，单腿跪在地上检查她的腿和脚。脚踝上有一片划痕，渗出一些小小的血印，开始肿了起来。

蒋薇薇低头看着他弯曲的后背，忽然笑出了声：男人单腿点地都是求婚，他这是干什么?

"请你严肃点，听我命令：现在你已经是伤员，就你这残腿，走到车那里恐怕太阳得落山，为赶时间，现在请你到我背上来，我背着你走!"嘎尔迪神情严肃。

"我能走!"蒋薇薇大声说。

话音未落，她的双脚已经离地，身子挂在了嘎尔迪的肩上。嘎尔迪不容分说扛起来就走。蒋薇薇在他背后倒栽着脑袋，攥着小拳头捶他的腰：

"放我下来，放我下来! 你干什么?"

"还敢耍脾气不?"

"不了。"

"还敢逞强不?"

"不了。"

"听话不?"

"听话。"

嘎尔迪一倒手，蒋薇薇被正了过来。

太阳已经越过头顶。枯黄的蒿草被嘎尔迪一脚一脚地踩倒，一缕一缕地落在身后。蒋薇薇隔着头发把脸贴在了嘎尔迪的背上，感到他背上的肌肉随着他的走动而轻轻扭动，他的手臂有力地控制着她的两条腿，想掉下去都难。趴在他的背上，闻着他身上的气息，蒋薇薇竟感到从未有过的踏实。

见到晏院长夫妇后，他们为蒋薇薇检查了伤势："没关系，一点外伤，养两天就好了，这么年轻，想骨折也不容易呢！"晏院长跟两人开玩笑。嘎尔迪找了个冰袋捆在蒋薇薇的脚踝上。吃过午饭，他们便从牧点出发往回返了。

嘎尔迪决定走另一条大路，虽然远点，但是不颠簸，蒋薇薇可以少受点罪。

午后，阳光灿烂。正是打草时节，沿途可以看到平坦的草原上竖起一排一排的草垛，有的地方拖拉机拉着打草机、搂草机正在突突作业。

"看，现在都用拖拉机拉马什和马旧日了！"坐在后排的晏院长感慨地说。

"马什就是打草机，马旧日是搂草机，我们蒙古语。"嘎尔迪给疑惑的蒋薇薇解释。

"我们那个年代还是用马拉的，有的地方打草还靠人抢钐刀。"晏院长想起了在草原上的日子，"打草虽然累，却最让年轻人开心，那是姑娘小伙子们谈情说爱的好时节。一到这个季节，嘎查里的年轻人集合起来，就跟着达尔嘎（领头人）开赴打草点，男的驾马垛草，女的坐马什控制切刀，嘴里哼着草原情歌，干活一点也不觉得累呀！休息的时候或者夜幕降临后，草点上的一个个草垛子就成了相会的敖包，哈哈哈……是不是嘎尔迪？"

"怎么不是？"没等嘎尔迪说话，晏院长老伴开口了，"我们的关系不就是打草时确立的吗？"

在嘎尔迪和蒋薇薇的高声喊好和请求声中，晏院长老伴介绍了他们的爱情。

晏院长老伴李文海是"四清运动"时候从北京下来的知识分子，比晏院长小三岁。那时晏院长已在此工作了几年，在一次打草作业中，两个生产组会合了，李文海迷上了晏院长。晏院长调到一个苏木医院后，李文海也追了去，不久两人就结婚了。

老太太虽然时不时地拍着老头儿说"不要在年轻人面前瞎咧咧"，脸上却露着幸福娇羞的笑容。蒋薇薇看到老头儿老太太的两只手始终握在一起。

车子从公路上下来，驶上一条歪歪扭扭的土道。牛车拉着晾好的干草走在路边，牧民们跟在车后。

"这是给牲畜们过冬准备的。"晏院长说，"天气一天天凉了下来，牧区的早晚和阴天的日子已经需要棉服御寒了。草原上成片成片的五彩花儿也是一天一个样，会依次谢落下去。再下一次雨，恐怕这草就都黄了。"

蒋薇薇向窗外望去，远远地又看见了那座突兀升起在草原上的赭红色的平顶山，再看看旁边手握方向盘、专注地望着前方的嘎尔迪，她的心忽然变得水一样温柔，里面驻进了一艘有人驾驶的诺亚方舟……

"前面又是一个牧点。"嘎尔迪告诉晏院长。

"贡格尔家的蒙古包每年都会在这个时候搭在前面，不知今年还在不在？"晏院长说。

车子转过一个山包，就看见背风的山坡上有一个白色蒙古包。包顶冒出袅袅青烟，包外停着一辆旧摩托车。一只黑白花斑犬卧在不远处的草丛中，看见从车上下来人便立起身子狂吠起来。从蒙古包里钻出一个黑小伙儿，蒙古袍下摆的一角掖在宽宽的腰带上。他站在门口，觑着眼，看着走上坡来的人。

"哈尔巴拉，哈尔巴拉，是你吗？"晏院长激动地喊着。

小伙子点点头，眼睛里露出迷惑。晏院长走上前去一把抱住了他："都这么大了？我走的时候你才这么高。"晏院长用手比划到她的膝盖，她的眼里闪动着泪花。她开始用已经不太流利的蒙古语与小伙子交谈，小伙子肯定是想起什么来了，嘿嘿笑着，露出一口白牙，表情腼腆，一只手不断地挠着后脑勺。他给院长指着坡下水泡边上的一群或立或卧的花斑牛。

蒋薇薇问嘎尔迪："他们在说啥？"

"大概说，他住的蒙古包过两天就要拆了，牧季已过，他们要回定居点，因为冬天很快就要来啦！那群牛是他家的。"嘎尔迪翻译。

晏院长与哈尔巴拉告别后，从坡上下来回到车上。

"哈尔巴拉是我接生的孩子，我在这一带接生了好几个孩子。我曾住在哈尔巴拉家，看着他长到三岁多，跟我可亲啦。"晏院长从后车窗看着站在蒙古包前的哈尔巴拉，爱怜地说，"小时候长得就好看，现在更帅了，真像只小黑虎，他的名字就是黑虎的意思。真没想到在这儿见到了他，过两天回来时，一定去看看他的妈妈贡格尔，我的老姐姐。"

回到团里，白团长、政委宴请晏院长夫妇、张队长、蒋薇薇作陪。晏院长向白团长提到在青城"与英模们一起坐在台上的成文"，她听说那个坚强的小姑娘已经来到白团长手下，她一直记挂着她。于是，成文被请来了，与晏院长激动地抱在了一起。

饭后，晏院长一手搂着一个姑娘，嘴上说着鼓励她们的话，眼圈却是红红的。两个姑娘因喝了点酒，面似桃花，笑靥盈盈。她俩紧紧地依偎着晏院长，像是依偎着久别重逢的妈妈。

那天，让金哲干事高兴的是，他终于听到了蒋薇薇答应领舞的消息。

成文虽然不出面会晤，但她的桌子上总是堆着小山一样的苏联糖果，那是江上舟翻译每次会晤回来，转达沙顿斯基和马格列瓦斯修斯对她的"诚挚问候"。

191

"左口袋的糖是小马同志装的，右口袋的是小沙同志的。"江翻译乐呵呵地说，"你这不在场的人可是我们谈话的主角儿。"

成文把糖果分给许多来会晤站办事的同事们，自己却没有胃口吃。

她现在过着"半失业"的日子，她的外语专业被"分区官僚们"闲置了起来，团里发挥她写字漂亮的优势，每天抄简报，抄报表，抄记录……没东西可抄的时候，她就自己默写普希金、莱蒙托夫的诗歌，抄主持词……

成文常常望着窗外的蓝天，还有蓝天上悠悠飘浮的白云，想念父母，思念景峰辉，情绪惆怅，做什么事情都无精打采，蔫蔫的，以至于团里举行授衔仪式这么隆重的事情，在她眼里也恍恍惚惚、平淡无奇。

授军衔那天，团部大会议室里挂了红色横幅，大家唱了嘹亮军歌，分区来的领导慷慨激昂地讲了话，军官们像排队领奖状一样，一个一个上台去接过上级领导象征性授予的肩章。为成文颁发中尉肩章的恰好是那位"阻止"她出面的分区领导。领导笑意盈盈，成文却面若冰霜。

授衔后，团里为穿着新军服、戴着金灿灿肩章的军官们在食堂摆了宴席。连队上来的几个少尉、中尉围在石站长身边，石站长喊成文和蒋薇薇去会餐。成文借口身体不舒服没去参加，蒋薇薇陪着她回宿舍。

"你认出随排长没有？就是进边城时，上火车检查咱们的那一位。"蒋薇薇问。

"没有，刚才在会议室里，我谁也没看见。"成文说。

"他授了少尉，跟我一样，刚才被你们石副团长叫过去了。"

"哦，想起来了，就是你喜欢的那一位。"

"不，我现在不会喜欢别人了。我是说，刚才授衔的时候，他的眼睛可是一直在含情脉脉地追随着你呢！"蒋薇薇冲着成文眨眼。

"别瞎说，我现在也不会喜欢什么人了。"成文沮丧地说。

石副团长去六连检查迎接首长的准备工作，牛参谋陪同。临出发时，石副团长想了一会儿，又叫上了成文。

一到连队，石副团长戴着白手套的手便在走廊的门框上、踢脚线上、窗棂上东一把西一把地摸索，看看手套上沾没沾灰尘。他在检查打扫卫生容易被忽略的地方，跟在后面的连长和指导员神情紧张。

石副团长又检查了宿舍内务，方方正正豆腐块一样的被子整齐得没的说，他只看各班学习笔记小本本的记录情况和门后笤帚簸箕的摆放位置是否正确。

连队集合在操场上的时候，被留在连部办公室的成文从窗户看见，石副团长检查完队列军容风纪后，突然要求所有战士都把上衣下摆撩起来，露出皮带，他逐一检视皮带扣是否在军人着装条例要求的方向上……

成文对这种形式主义检查工作的方式感到好笑。后来才知道这是即将来视察的上级首长的风格。六连只是首长视察的备选连队，怪不得被列为正式视察目标的八连的连长指导员近期被"折磨"得又黑又瘦，他们来团部开会的时候开着玩笑沙哑着嗓子说："没有做不到的事，只有想不到的事，哎呀妈呀，防不胜防呀！"

从六连出来，石副团长要去视察一个弹药库，那里驻扎着一个班的士兵，条件更加艰苦，他要去慰问一下官兵，也要顺便摸摸思想状况。

212吉普车离开公路向草原深处驶去。草原上没有路，只有边防部队的汽车轧出来的坑坑洼洼的车辙。车子一路颠簸不已，后备厢里为弹药库官兵们带去的沉甸甸的饮用水和米面等补给也压不住舱，车里的人东倒西歪，纤瘦的成文比别人更像只空酒瓶子，被不断地扔上扔下。

路过一个界碑的时候，石副团长叫车停下。大家把界碑上的鸟屎兽粪清理掉，前前后后擦干净后，四人站在界碑前军礼致敬。

"这个地方对我们来说很神圣，因为它们，我们的存在才有价值、才有意义。"石副团长说。

这一带天高皇帝远，双方都没有在边境线上拉铁丝网，如果没有界碑和草丛里那些清朝遗留下来的模糊的界堆，根本不知道哪里是中国，哪里是苏联，只有一片天地苍苍草茫茫的混沌。对一般人来说，如果不带指南针，根本辨不清方向。

小司机正要避开人，走到界堆的另一面解个手，石副团长喊住了他：

"别去苏联境内撒尿，到咱们那边的林子里去。"石副团长又转过身来对牛参谋和成文笑道，"否则明天小马小沙又要出旗会晤，向我们提抗议了，哈哈哈……"

"他们能看到这里有人越界？"成文不解。

"白天，双方的哨所基本都能监控到，晚上就不好说了。"石副团长说，"当年大革命失败后，应该是 1928 年吧？中共党代会在莫斯科召开，周恩来等我党领导人就是夜晚从这一带秘密越境到苏联，然后乘火车到莫斯科参会的。"石副团长说。

"应该是中共六大，我们在学校学习党史时，教员强调过，这是我党唯一一次在国外召开的党代会，在共产国际的帮助下，在莫斯科郊外五一村召开的。"成文感慨，默默地看着这荒无人烟的地方，似乎从荒草中看到了先辈的足迹。

"那时候我党与共产国际的秘密交通站就设在边城，许多情报都是通过这里的红色秘密交通线相互传递的，来往人员也是由中国和苏联的交通员接送。"一直钻研中苏关系史的牛参谋说。

车子钻林子过水洼，爬坡下坡，就在成文感到被甩得浑身散架、脑浆迸裂的时候，车子停在草原深处一个伪装得很好的地堡前。

一下车，成文便蹲在地上干呕，脸色蜡黄，站不起身来。

从爬藤植物掩盖的小门里跑出来几个军人，为首的是一位脸色黑红的少尉。

"随排长，赶紧扶成翻译到你的房间去休息一下！"石副团长搓着手，又后悔又心疼地说，"唉唉，我的失误，我的失误！不该带小成来遭罪。"

　　房门关上了。石副团长一行人安顿好成文后，便在随排长的带领下去检视弹药库。成文躺在随排长办公室兼宿舍的床上，听着他们的说话声、脚步声渐渐向后面移去，她的鼻子里钻进了枕头上、床上浓重的汗渍味。

　　房间其实是一个半地窖子，小玻璃窗户斜在地面上，其余部分都在地下，午后的阳光照进窗户，房间里的尘埃在一条条光柱中飞舞。

　　旁边的桌子上是随排长刚才放下的一杯热水，杯沿上挥散着薄薄的热气，杯底落了一层黄色的沉淀物，水体有些浑浊。水应该是接下来的雨水，或者是从附近的淖子里取回来的自然水。成文坐起身来，喝了一口，感觉舌头上涩涩的，有些苦味，像是喝进了铁锈，难以下咽，但这就是我们最基层戍边官兵的饮用水呀。

　　枕头旁边放着一本包了皮的书，书皮已经磨损破了边儿。成文打开一看，是卢梭的名著《忏悔录》。那句她耳熟能详的话语扑面而来：

　　"我洞悉自己，也了解他人。我生来就有别于我所见过的任何一个人。我敢担保自己与现在的任何人都不一样。如果说我不比别人强，但我至少与众不同……"

　　成文回翻到扉页，看着"随军"两个遒劲有力的钢笔字，她恍惚觉得那段话不是卢梭写的，而是随军排长在一个个漫长的黑夜里从心底吼出来的……

　　有人敲门，得到回复后，一名下士进来立正："报告成翻译，排长派我在门外候着，您有什么指示随时吩咐。"

　　"你们进驻多长时间了？"成文的声音仍有些虚弱。

　　"我们才入驻一个月。"

　　"一般多长时间换防呀？"

　　"应该四个月，但是过两天大雪一封路，估计这个冬天都出不去了。"

　　"冬天驻扎在这里怎么取暖呢？"成文问。

　　"我们会把炕烧起来，每个屋子的炕都有火墙连通，是我们自制的土暖气。"下士回答。

成文这才发现，她坐的不是床，而是一个单人土炕，下面有烧火进柴的小铁门。

"过两天一下雪就开始烧炕，我们把它烧得旺旺的，可暖和了。"下士笑着，黑黑的脸上露出一对白白的小虎牙。

成文摸着火墙，扭过头去，不想让下士看到她眼眶里的泪花。

墙角立着一个简易书架，上面放满了书。成文过去翻看，除了一些业务书籍，多数是中外名著。

"这些都是我们排长每次出去带回来的，他给我们制订了读书计划，要求我们按进度读书，排长教导我们：当兵四年，不能荒废光阴，争取像苏联作家高尔基一样自修'我的大学'。他说：我们虽然身处荒原，但是心灵不能荒芜。"

"身处荒原，但是心灵不能荒芜。"多么有哲理的一句话，成文默默地体会着。

随排长在隔壁的房间里为工作组准备了简餐。炊事员下了一锅手擀面，用不久前从草原上摘回来的黄花炒了几个菜：黄花炒野鸭蛋，黄花炒榨菜，黄花炒蘑菇，黄花炒罐头肉。这里没有蔬菜，只能从草里觅食。

窗外日头已经偏西，地窨子里很昏暗。这里没有电，下士在四周点起了几支蜡烛。

四个人围坐在方桌旁。边吃饭，随排长边回答石副团长的问题。随排长汇报工作思维缜密，数据信手拈来。石副团长对随排长的满意写在脸上。

从门外吹进来的冷风，让坐在石副团长对面听着他们谈话的成文不禁打了个冷战。

随排长站起身出去了。不一会儿，手里拿着一件军大衣进来，顺手披在成文身上，然后若无其事地坐回原位，继续为石副团长汇报工作。成文心里一暖，随后又很纳闷，随排长自始至终都没有看她一眼，他是怎么观察到这个细微的冷战的？

石副团长问起这里闹狼患的事情。

"以前与狼群对峙战斗过几次，彼此划清了地盘，互不相扰。现在遇到新冒出来的狼群，我们对付它们的办法已经很成熟也很简单，点火把，放鞭炮，就把它们吓跑了，不费一枪一弹。"随排长对战斗经历轻描淡写。

"狼群一般就十几只，大的狼群也就二三十只，狼群是有地盘的，越界会招致其他狼群攻击，狼也不是敢死队，打死一两只，狼群会撤退。"石副团长给瞪着迷惑的大眼睛的成文普及常识。

工作组要离开了，随排长带着战士们立在地堡前的逆光里，目送着渐渐消失在草原深处的吉普车，脸上露着不舍和失落。

成文还在想着地堡边上那个挂在枯树干上的篮球筐，想象着夏天几个穿背心的士兵在荒无人烟的青草甸子上打球的情景……

"别看人家随排长现在是少尉，很快就会赶上你这个中尉，再过一段时间，军衔肯定就比你高了！"石副团长忽然转过头来对成文说。

成文迷瞪着双眼，不明白此话的意思。牛参谋与石副团长相视一笑，心照不宣。

这天吃过早饭，慕光正要跟着一班去边境巡逻，连长把他和一排长留了下来。

连长盯着站立笔直的慕光看了一会儿说："嗯，脸蛋见黑，体魄见强，素质见长。你们俩今天跟我进镇子去执行一项任务。"

两人钻进了连干部最高权力的象征——连里唯一一辆漆皮剥落、行驶起来浑身发抖的老旧军用吉普车。

"去参加一个俄罗斯族家庭的婚礼，爱民拥军的好事情！"连长对后座上满脸疑惑的两个人说。

镇公所门前的空场地上，用浆洗过的洁白的桌布包起来的长条桌摆置成"U"字形。桌面上摆满了大大小小的草编篮和高高低低的白瓷盘。

篮子里盛放着新烤出来的面包，面包上印着太阳、月亮、星星、鸽子等图案，按当地俄罗斯族人的习俗，这是对新人日月相随、相亲相爱的祝福。

那些白瓷盘里满满地盛放着镇上回族送的炸馓子炸油香，蒙古族送的风干奶酪炒米，汉族送的水果糖奶糖瓜子大枣花生，还有从供销社买出来的北伦的点心，从各家园子里摘来的苹果蓝莓西红柿黄瓜等时令果蔬。

桌子后面已经坐了一些长者，三三两两喝着茶聊天，上午的阳光照在他们笑脸上，喜气而安详。

镇上的大姑娘小媳妇们穿着鲜艳的节日服装，花枝招展地穿梭在院子里，给在场的宾客们添茶倒水。几个叽叽喳喳的小姑娘把刚从原野上采摘来的五颜六色的鲜花插进食盘之间的各式花瓶里。

连长在当地是大领导，他和库明镇长一起被新郎的父母请到主桌中间，与长者们坐在一起。同来的一排长和慕光谢绝了新郎家人的好意，坐在了边上。

"咦，今天那儿还搭起了一个花门！"顺着一排长的指向，慕光看见在进出镇公所的碎石子铺就的斜坡顶端立起一个穹形木门，上面扎满了树枝和鲜花。几乎全镇的年轻人都挤站到花门前面的路边上，欢欢喜喜等候着新郎新娘的到来。

"俄罗斯族的婚礼就是浪漫讲究，跟咱们的不一样。"一排长参加过镇上的几次婚礼。

"他们这中西合璧结合得倒挺好！"慕光面前的花瓶里刚刚插入一大捧红艳艳的百合花，花瓣上还滚着露珠。天然浓烈的花香让他不由自主地把鼻子凑过去，贪婪地嗅吸着。那是一种他从来没有闻到过的来自原野的沁人心脾的味道。

"这种花在我们家乡叫山丹丹花，但花瓣比他们这里的小些。"一排长想起了家乡，一定也想起了家乡的未婚妻。一排长是渭南人，比慕光大一岁，在边境上已经干了六年，本来想复员回家，两年前提了干就走不了了。现在正考虑结婚后把未婚妻从老家接来，在分区找个工作稳定下来。

一股细细的琥珀色的茶水从一只闪闪发亮的银壶弯弯的壶嘴里流出，注进慕光面前的茶碗里。

涂着豆蔻红指甲油的两根纤纤手指轻轻地按着雕花的壶盖，袖口处圆圆的锡箔片流苏在一段裸露的小臂上晃动着，这段小臂像白玉般圆润洁白。

慕光抬头一看，眼前站着一个高挑的混血姑娘，一双绿眼睛深藏在长长的睫毛下，像草原上羚羊的眼睛，闪着温存又野性的光芒。这双眼睛正好奇地盯着他，两束绿光径直射进他的灵魂深处。

慕光呆住了，他迎着这双绿眸，一动不动。这个东西合璧的姑娘太……太让他惊艳了！他感到晕眩……

"你在我的眼里找到了什么?"许久，姑娘咯咯地笑了，歪头向他发问，露出一口洁白的牙齿。慕光的眼神开始东躲西藏，无处安放。姑娘看着他的窘态，轻轻一扬嘴角，妩媚地转向旁边的一排长:"这位新排长还没有见过。"

慕光又愣了一下，从幻觉中惊醒:这个像是从电影里走出来的吉卜赛姑娘竟然冒出一口地道的东北话。

"这是我们连队新来的慕军医。不是排长，应该比我这排长官儿大。"一排长笑着，眼睛盯着姑娘红润饱满的嘴唇。

"那太好了，以后看病可以找慕军医了。"

"我看没问题，慕军医是军医大高材生，包治百病。"一排长的目光又落在她饱满的胸上。

"别听他胡说！不过有事我愿意为您效劳。"慕光一把搂住一排长的肩膀，手有意无意地掰正他的脸，成功地纠正了一排长的眼光。

绿眼睛意味深长地看了慕光一眼，小翘鼻子皱了皱，莞尔一笑，抱着茶炊，转身袅袅娜娜地走了。

慕光这才看清姑娘用一块灰色丝巾松松地包着头发，并在脑后绾了一个花结，一对白色的大耳环在脸颊两侧打着晃。她的衣服上缠了许多闪闪发光的装饰亮片，那些碎碎的亮片在她垂及脚踝的紫色碎花连衣裙上摇曳着，好像全身都闪着光，沙沙作响。裙子在后腰处掐了褶，细腰翘臀晃动在人们的视线里，风情万种。

"这是穿着一会儿的演出服！看见没，多骚情！大胸细腰大屁股大长腿，典型的俄罗斯女人，三毛子，他们家的俄罗斯基因真强大，几乎完全返回他们俄罗斯祖先那支的模样了。"一排长伸着脖子追着那个背影。

"那叫性感！你学点文化行不！她叫什么名字？"慕光剥了块糖，塞进嘴里。

"丽丽娅，就是你眼前这把花的俄语名字。她是镇上公认的最漂亮的女人。这女人会打扮，你看她打扮得跟画报上一样，跟镇子里其他的二毛子、三毛子不一样。估计她丈夫这次又没有回来，要不她怎么会在这里要单儿呢！她丈夫常年在外做生意，很少回家。"

"这你都门儿清？"慕光惊讶。

"你以后时间长了比我还门儿清，镇子里就这百十户人家，几天就搞清楚了。"

慕光端起茶水，大大地喝了一口，立即被烫得一口喷了出来，引得大姑娘小媳妇们往他们这边看。

"瞧你那点出息！"一排长鄙视。

慕光看见丽丽娅远远地转回身，细细的眉毛挑起来，冲他一笑，慕光忽然全身跑过一股触电般的酥麻。

街面上，清脆的鞭炮声响起，孩子们边跑边喊："来啦，来啦！"

人群攒动起来。慕光和一排长也挤到花门边上，翘首眺望。

新郎胸前戴着大红花，骑着一匹高头大白马走在前面，后面跟着骑着马的伴郎，再后面跟着装饰着彩带、鲜花、树枝的马车，马车上坐着伴娘们和众星捧月的新娘，马车后面还跟着拉着嫁妆的马车……

"看那新郎，可是把媳妇娶到手了，迫不及待地往家赶，花车里的媳妇都落在后面了，小伙子们快去劫新娘呀！"有人高喊。

"新郎穿着西服骑马，裤子绷不破呀？应该穿上中式马褂！"一排长发笑，"新娘的白纱裙真好看，跟电影里的一样，现实里还没见过呢。"

"那是姑娘家祖传的婚纱。"挤在慕光前面的丽丽娅扭过头来接了一句。慕光凑上前去，他的嘴正好在丽丽娅的耳边，小声问道："花门边那两个姑娘穿的也是你们的民族服装吧？"

"衣服叫'鲁巴哈'，姑娘们喜庆的日子才穿的，我也有一件。"丽丽娅说着话，没有回头。

穿"鲁巴哈"的两个姑娘一左一右立在花门边上，手里端着盛面包和盐的漆花木盘，白色紧身上衣，宽松的蓬蓬袖，领口袖口处绣着花，红白相间的直筒裙垂到脚面，头上戴着用鲜花编织的花冠，亭亭玉立。

"真漂亮！"慕光悄悄说了一句。

"人还是衣服？"丽丽娅的绿眼睛斜睨过来。慕光又开始晕眩，浑身燥热。丽丽娅身上散发着跟他刚才嗅闻过的百合花一样的香气，他的鼻子被诱惑着不由自主地接近她裸露着的雪白的锁骨。丽丽娅侧头看他，慕光清醒了过来。

新郎和新娘站在花门前，尝过姑娘们递过来的面包和盐后便钻花门，两旁的宾客欢笑着往他们身上撒麦粒和花瓣。

婚礼开始了，库明镇长是主婚人。库明镇长也是混血，但除了鼻子稍高一点，外表已经看不出他的俄罗斯祖先的特征，看上去就是一个地道的东北老农民，一口大楂子味间还夹杂着怪怪的山东腔。

"来宾们，乡亲们：今天是安德烈和冬梅喜结良缘的日子，这对金童玉女，历经三年的激情相恋，今天终于花开并蒂，合二为一了。"

"早就合二为一了！"下面有人起哄。

"那就不要追究了，总之，今天算正式开张营业了。请允许我代表镇领导、部队领导、新郎新娘的亲朋好友和各位来宾，向他们表达我们最美好的祝愿！"

库明镇长突然停了下来，从口袋里摸出一张纸。"这美好的祝愿是什么呢？"他卖个关子，底下人七嘴八舌又喊了起来："早生贵子！""白头偕老！""一心一意！"……

"太俗气！"库镇长伸出一只手，手心向下按了按，人群静了下来。库镇长抑扬顿挫地念道："我们的祝福是：情切切，意绵绵，鸾歌凤舞纵情欢，夜以继日促生产，早生贵子香火传。天苍苍，地煌煌，海枯石烂天地荒，富贵贫贱不二样，风雨同舟万年长！"

底下欢呼声、口哨声、叫好声雷动。

"下面请新郎新娘交换戒指。"库镇长一声令下，刚才站在花门前的一个姑娘端来了放在银盘里的两枚金戒指。

"大家看这两枚戒指是完整的圆，代表着永恒和守信，当你们交换戒指时，就是心与心的交换。请你们在心里为你们的爱祈祷吧！现在请问新郎，你愿意娶你身边的新娘为你唯一永远的妻子吗？"库镇长转瞬扮起神父的角色。

"我愿意。"新郎深情地看着新娘。

"请问新娘，你愿意嫁给你身边的这位新郎为你唯一永远的丈夫吗？"

"我愿意。"新娘幸福地看着新郎，两人把戒指戴在了对方的无名指上。

慕光感到自己的一侧脸颊被火辣辣地烤灼着，当他的目光穿过人群准确地捉住那双绿眼睛时，绿眼睛闪开了，但很快又移回来，大胆地缠住他的目光。慕光抬起一只手摸着额头，掩饰着自己的窘态。

"现在，我郑重宣布，你们已经结为夫妻，今后要风雨同舟，共同去创造美好而幸福的未来吧！但是在你们开始共同生活前的第一件事是要感谢父母，现在去为他们敬一杯酒吧！"

新郎新娘敬过父母，敬过长辈，院子里的手风琴、巴拉莱卡三角琴欢快地响了起来。

忽然，丽丽娅怀里斜抱着一个瓦罐，歪着头，叉着腿，傲慢地拦在这对新人面前。她的腰里不知什么时候扎上了一条白围裙。新郎接过瓦罐，仰头喝了起来，然后把瓦罐递给新娘，新娘又仰着头喝。

"丽丽娅真他妈性感，抢了新人的风头，镇子上独一无二的情种！男人们都被她整得五迷三道，一发工资就跑到她的供销社花个精光。"一排长在慕光耳边嘟囔。

"这是什么名堂，看着喝得挺费劲，好像不是酒。"慕光假装把注意力放在新郎新娘身上。

"森林里的精灵来了，精灵扮作厨娘让新人喝尽麦粥，他们今后的生活就会和和美美，"旁边的一位大嫂告诉他们，"听着，马上就会问他们想生男孩还是女孩。"

果然"精灵"用磁性的嗓音大声问道："喜欢树林里的树墩子，还是草地上的树墩子？"

新郎新娘相视一笑，大声说："都喜欢！"众人鼓掌，有几个小伙子开始喊："锅里嘎，锅里嘎！（俄语：苦哇，苦哇，让新人接吻的暗示）"

新郎新娘开始接吻，众人喊声一浪高过一浪。

手风琴和巴拉莱卡三角琴弹奏起欢快的嘎巴乔克舞曲，人们在院子中间跳起了舞。

慕光偷偷瞄着丽丽娅，她正与大家一起唱着歌跟着节奏扭动着身体，阳光在她白皙美丽的脸上跳跃着，大耳环反射着银光。慕光想："她也许就是个精灵！"

男女老少围成了圈圈，不断有人被推到中间去独舞。丽丽娅的弟弟瓦夏跳得最棒，动作轻盈，幅度很大，能单腿蹲下去再弹起来，且多次反复。库明镇长的舞姿也了得，背着手，跳他拿手的俄罗斯踢踏舞。连长被推出去时，像骑马一般豪放地随音乐跃动身体，一个黄头发姑娘与他对起舞来。

慕光感到背后一只手一用力，他就跌撞进了舞圈。他手脚笨拙地尴尬着，他的交谊舞根本派不上用场。

丽丽娅舞了出来，带着他即兴劲舞。说也奇怪，在这种自然欢乐的气氛中，慕光的天性被激发出来，刹那间变成了出色的舞者。他随着丽丽娅跳得投入忘我，跳得激情四溢，跳得酣畅淋漓，跳得行云流水……慕光长这么大，从没有像今天这样跳过舞，他生平第一次知道了什么叫真正的舞蹈，那是一种发自内心的舒展，一种舞我合一、天我合一、人我合一的和谐境界……

太阳落西了，到了宾客们被请去吃宴席喝喜酒的时候，连长谢绝了库明镇长和新人父母的好意挽留，带着一排长和慕光告辞离开。

他们的吉普车驶出好远，还能看见库镇长和宾客们站在花门下的晖光里向他们挥手。新娘的白纱裙被夕阳镶上了金边，"花门"染成了"金门"。

车子出了镇子，要驶进白桦树林时，车上的人看见前面的土路上有几个从婚礼上出来的姑娘小伙子，他们前前后后走着，在暮色苍茫中，唱着歌，正往界河边上去。

"那不是丽丽娅吗？"慕光眼尖。

"我看你今天就记住了一个丽丽娅。"连长闷声闷气地说。

"但丽丽娅确实是那种让人过目难忘的女人！"一排长似乎在连长面前吃了熊心豹子胆。

车子慢慢地从一行人身边经过。

连长探出头去问："姑娘小伙儿们去哪儿呀？"

"回家。"一个姑娘调皮地说。

"家不是在这边吗？"

"我们去河边放花环，为新人祈福！"一个姑娘挥挥手中的花环和蜡烛。

"别游到对面遇到大灰狼啊！那可是我们的巨大损失哟，小伙子们可要看护好你们如花似玉的姑娘们啊！"连长开玩笑。

"放心吧，我们才不去呢，妈妈在这里。"

"早点回家，别让妈妈担心。"连长冲他们挥手，车子驶进了桦树林，走上回连队那条崎岖小路。

"毛子们也迷信，把点着的蜡烛插在桦树枝编成的花环上放进河里漂流，就能占卜幸福和婚姻，嘿！"连长摇摇头，"不知准不准？"

"信则有，不信则无，这也是生活的一种信仰和乐趣。"慕光感慨。

"镇上漂亮的姑娘们，撩拨连队里小伙子们的心呀！唉，可惜人家结婚的结了，你们有对象的也有了，就像这横在眼前的界河一样，不能逾越呀，遗憾吧？"连长转过头来，坏笑的目光中透着警告，逡巡着慕光和一排长。两人装作没听见，把头转向各自的窗外。

慕光想着丽丽娅刚才的样子，她没有参与对话，一直低着头走路，灰色丝巾褪在脖子上，头上顶着一个花环，暮光中她不像一个少妇，更像一个洗去铅尘的纯洁少女。

回到宿舍，慕光第一眼就看到那把自他到了连队就挂在墙上动也没动过的吉他。他取下来，掸去落在套子上面的灰尘，心爱的单板红松古典吉他从套子里钻了出来。

慕光试了一下弦，那首他弹奏过不知多少遍的曲子便从心底流淌到了指尖上。

一轮皎洁的月牙清冷地挂在白桦林的树梢上，从半山腰连队小院里传出来贝多芬的《献给爱丽丝》格外动人心弦。

从婚礼回来后，慕光度过了难熬的情绪跌宕的一周。

每天休息的时候他都到白桦林里去弹吉他。前三天弹得激情四溢，缠绵悱恻，魂不守舍。到了第四天，吉他声开始消沉低落，黯然悲凉，失魂落魄。

他终于想到美丽的绿眼睛姑娘已是名花有主，想到自己军人身份的前途未卜，想到他们之间的层层界限和种种不可能。

他的魂儿回来了，沉痛地对自己说：你无法给予丽丽娅幸福，那就不要去伤害她，也不要伤害自己吧。

他一点一点掐灭心里的火苗，把丽丽娅从心里推出去，感觉像刮骨疗伤一样痛。

周末，一排长喊他去镇上供销社买东西，慕光谢绝了。他怕自己一旦见到绿眼睛，几天来的心理建设就会毁于一旦。

一排长从镇上回来给他扔了包烟，当地有名的"林中百合"，他知道这个医生最近开始吸烟了。

已入深秋，天空变得高远而辽阔，有时空中一个闷雷，巡逻队回营房时一个响亮的口令，远处镇子上突然一阵狗吠都会把落在枝丫上的一层黑压压的鸟儿惊起，扑簌簌地飞过界河，飞向远方。

这天午后慕光又背着吉他，走进林子深处那棵长枝如盖的老樟子松下，这里已经成了他平定情绪的偏安之处。一条弯曲的枝丫沉甸甸的，几乎垂到了地面，他躲在里面，靠在粗大的树干上，似乎躲避开了这个令人烦恼的世界。

他扒拉着琴弦，想弹个什么曲子，根本弹不成调。

一只小松鼠在旁边的一棵松树上吱吱地叫着，顺着树干往下爬，半路上停下来，盯着他看。它的眼睛又小又亮，尾巴抖动着，像是在嘲弄他刚才胡乱弹奏的曲子。看见慕光也盯着它，小松鼠便在树干上绕了一圈，跳到另一棵椴树上吱吱地叫着。慕光很想捉住这只小松鼠，他想找一个可以触摸的生命，可以交流的眼神，可以倾诉的对象。可是小松鼠观望了他一会儿便消失得无影无踪。

慕光躺了下来，疏密的枝丫把头顶的蓝天分割成支离破碎的小碎片，就像他的思想。

流沙河一样的薄云在浮动，清凌凌的光束在云隙间钻进钻出，像是丽丽娅的目光，忽忽悠悠地抖动着，穿过樟子松的枝丫，落在草地上，落在他的身上。

暖洋洋的阳光在催眠，光影在他的身上摇动着不规则的小格子，他与这片树林和地上的树叶融为一体，像一个隐形人，藏匿在了梦里。

迷迷糊糊中，慕光似乎又闻到了丽丽娅身上那股百合花的香味，幽幽地飘来，轻轻地钻进他的鼻孔，沁入他的心脾，他的身体不由得震荡了一下。

丽丽娅从一棵白桦树后面走了出来。

她的双手背在身后，头上系着红色三角巾，白色鲁巴哈的裙摆扫过草尖，正穿过那片开着百合花的林间草地，慢慢地，身体转动着，怯怯地向他走过来。

"你怎么来这里啦？"慕光坐起身，恍惚着，不知是梦是真。

"我知道你经常在这里弹吉他。我来过几次了，心想总会遇到你的。"丽丽娅的眼里涌出了泪花。

慕光想说出心里重复过多次的那些冷漠的、绝情的话。但是他看见了丽丽娅憔悴下去的小脸和那双含着泪珠的绿眼睛，他的心一下子变得柔软无比。他意识到，已经是梦醒时分。

慕光低下头久久地看着自己怀里的吉他，他听见自己心里这些日子呕心沥血筑起的那道防线在发出一声声即将坍塌的裂响。

"好看吗?"丽丽娅扯着裙摆，原地转了一圈，挂着泪珠的长长的睫毛忽闪忽闪地抖动着。慕光真诚地点头。

"特意为你穿的。"丽丽娅破涕为笑，"你刚才在弹什么歌?"丽丽娅蹲下身子，又绽开了让慕光窒息的笑容。

"什么也弹不出来。"慕光低下头，沮丧地说。一会儿，他又抬起头，过意不去地对她说:"以后，等我安定下来，我为你写首歌，弹唱给你听。"

丽丽娅深邃的绿眼睛将信将疑。

慕光抬头看了看天，又看了看身后哨兵眼睛一样的连部，说:"回镇子还得一段距离，我送你走吧，一会儿再晚，林子里就黑了。"

丽丽娅带着慕光走进林子，走上一条人迹罕至的林中小路。

风一阵一阵地从山丘那边的界河上吹来，小路两旁高高的白桦树、椴树、松树哗哗作响，像是在交头接耳，议论着这一对不应该走在一起的青年男女。

慕光一侧头，就能瞥见丽丽娅长长的低垂着的睫毛，白色鲁巴哈前胸上镶着红色绦边的压褶随着她略显紧张的呼吸一起一伏。几日不见，她变得愈加美丽，慕光心里曾无数次默念过她的名字，那是一朵娇艳欲滴的白合花。

林子里忽而开阔，忽而狭窄，光线忽明忽暗。小路两旁的草地上，有时一片五彩秋菊向他们踱步而来，又疑惑地慢慢退到他们身后。有时一片残败的百合花垂着头，仿佛在无助地哭泣。奔跑的野兔停下来望着他们，又惊恐地跑掉了。从右边的林子里流出浅浅清清的水挡在他们面前，散漫地没过这条林间小径，传播着秘密似的又流进了左边的林子。

过了那片漫流滩，一辆自行车躺在林边的草地上。

"等等我。"丽丽娅叫住慕光。她从自行车前筐里取出一个包裹，一只手拽着鲁巴哈的裙角说："不时不节的，回镇子就不能穿它了。"说完便跑进林子深处。

慕光坐在自行车旁的干草丛中，等着丽丽娅，背上的阳光让他感到暖洋洋的，紧张的身体变得轻软。想着她每次骑着自行车沿着这条障碍横生的小路，爬坡越岭跑到连队外的林子里去"偶遇"他，见不到他又独自折返回去时的心情，他的心莫名地疼痛……

丽丽娅从林子里出来了，亚麻色头发扎成一条大辫子，斜搭在肩上。她换了一件连衣裙，白底上开满了紫色的丁香花。慕光认出这是那天在婚礼上穿过的裙子，去掉外面那些光怪陆离的闪闪亮片，显出纯洁素雅质朴的本色。

丽丽娅手里捧着一捧蓝莹莹的浆果，笑吟吟地走过来说："尝尝，熟好了的野蓝莓。"她在他身边的草地上半跪了下来，挑出一枚最大的蓝莓，递到他的嘴边。

慕光看着她，用嘴唇轻轻地接过蓝莓。连衣裙 V 字形领口下面，高耸的双乳轮廓若隐若现，正在起伏。慕光迅速避开眼睛，心脏怦怦狂跳，全身的血液开始涌动，并向一个部位集结……

"我们走吧！"蓝莓含在嘴里，慕光喉咙沙哑含混不清地说。

"走吧！"他像是命令自己，噌地跳了起来，推起自行车就走。丽丽娅追了上来，绞着手走在自行车的另一侧，低着头，不说话。

爬上小山冈，就看见界河的水面上反射着一层金灿灿的晖光，夕阳斜照在对岸高坡上那座木制教堂葱头式的圆顶上，圆顶上竖着一个尖尖的金属十字架，一闪一闪发着亮光。

两岸的村庄笼罩在氤氲的暮色炊烟中。

"那个小教堂多美呀！我每次看到它心都会宁静下来，真想有生之年进去一趟。"慕光感慨。

"真的?"丽丽娅高兴地看着他，"那是主显圣容教堂。你心里有上帝，应该皈依东正教，相信上帝吧，他会赐给你安宁，赦免你的过错，以他伟大的仁慈包容你。"

"我，我有信仰。"慕光低声嘟哝。

"是什么呢?"丽丽娅问。

"不是宗教，胜似宗教。"慕光说。

两个人都不说话了，耳旁的风呼呼地吹着。

"好吧，"慕光轻声说道，"我就送你到这里吧，我看着你回去。"

丽丽娅长长的密密的睫毛又低垂了下来，盖住了蒙了一层水雾的绿眼睛，额前的头发被风撩拨着，浮过来浮过去。他们静静地隔着中间的自行车站了许久，夕阳勾勒出一对脉脉的剪影。

"回吧，太阳要下山了。"慕光再次温柔地催促。丽丽娅从裙子的口袋里摸出一个小包，一把塞进慕光的口袋里，没等慕光反应过来，便抢过车子向山下跑去。

紫丁香连衣裙在那条洁白的山路上轻盈地闪动着，大辫子在背后一甩一甩。

"慢点，别跑!"他冲着她的背影喊道。下山的风大概把他的声音送到了她的耳边，她转过身来向他挥挥手。快到镇口的时候，已经模糊成一个小紫点的丽丽娅又转过身来，向山冈上的他挥手……

慕光从口袋里掏出那个小包，是用手帕包着的两盒"林中百合"牌香烟。

慕光回去的时候脚步更加沉重，他的思绪又陷入混乱。

到了那片漫流滩，走过刚才丽丽娅换衣服的地方，慕光停下脚步，站在小路中央，望着静静的林了呆头呆脑地出神……

孤独了多日的心里忽然唱出一首悲伤的歌：

　　我多想为你的希望建起高塔

209

我多想打碎枷锁与你飞翔

我们就是这样年少轻狂

以为只有地老天荒

当光影从白桦树下消失

我看到了天空的阴冷

当笑容从你的脸上失落

我看到了百合的闭锁

我想用欺骗来麻醉自己

我想用梦幻来安顿自己

不要继续

不要再爱

我变成了迷途男孩

走失也许就不准备再回来

I am just a lost boy

Not ready to be found

......

林子里更暗了。树梢上面的北国天空变成一片黑蓝色，像一块撑开的绸缎，几朵白云像无法用橡皮擦干净的印痕，忧伤地嵌在上面。

回到樟子松树下，他坐下来，抱着吉他，弹起刚才诞生的那首歌。旋律中有自己无法掌控的命运，有前景莫测的爱情，有落在琴弦上的泪滴，终是曲不成调……

许久，空中划过一串流星。慕光举头望天，蒙眬着双眼，恍惚刚刚做过一场梦。

一阵寒意袭来，脚底升起一股凉气。他背起吉他，向连队那丝微弱的光亮走去。吉他似乎沉得把他的背都压弯了。

他想，他该向连长申请，到离镇子更远的哨所去吧。

首长终于来了，旋风般视察了两天，边防团两个多月激烈紧张的工作成果经受住了考验，宣告圆满收官。

就像练了一年的兵，只为经过检阅台前的几分钟，纠了几个月的动作，只为跃动舞台的几秒钟，学了十年的习，只为迎接高考那两天一样，当下的显性效果立竿见影，未来的隐性影响将钩深致远。

视察很成功，首长很满意，北京总部、草原军区、北伦军分区、团里的同志们从上到下都松了一口气，那些流出的汗水、熬红的眼睛、上火的燎泡都有了意义，被铸入锦旗中、军功章里，变成了辉煌的回忆。

成文在这次首长视察中也得到了一个意外的收获。

首长视察边境会谈会晤站那天早晨，石站长率领江上舟少校、云中龙上尉、成文中尉早早便列队在院子里等候。

先是呼啦啦来了一队军事记者，举着相机扛着摄像机，进了院子便从不同的角度对着人和景一通狂拍。然后又急火火来了几名精干的小伙子，有一位竟然穿着不合军规的白色功夫鞋，有意无意露出别在军装下面腰带上的枪柄，一个轻轻的弹跳就上了高高的墙头。小伙子们虎着脸检查院子里屋子里的每一个角落。

车队终于闪着大灯，呼啸着来了。寂静的草原从来没见过这么大的动静，公路两旁的草被震荡得哗啦哗啦来回摆动，野鸭子们被惊飞上天，逃窜到苏联境内，低沉安详的空气被快速的车流挤压得低声尖叫。

头车停在院子外面公路边上的指定位置。白云霄团长第一个跳下车，正要去迎接后面主车上的首长。不料首长的车丝毫没有减速的意思，任性地驰过会晤站的院门，直奔边界线冲去。

白团长又钻回车里，追随而去。等在院子里的记者、安保等工作人员见状，一众人呼啦啦冲出院子，以百米冲刺般的速度向着边界线狂奔，人群刚跑到半路，忽然又掉转头往回猛跑。原来首长已经视察完国门，登车回返了。

一院子的人都气喘吁吁，面红耳赤。只有首长和列队在院子里等候接见的会谈会晤站的四名军官，在镜头摄像头和众人目光的围观下，安之若素，气定神闲。

首长似乎对边境的旷野上出现了一位形容美丽、神情忧郁、气质脱俗的女中尉感到很吃惊，握手的时候，他稍稍愣了一下。成文也近距离地看了他一眼，觉得很像电视里景峰辉的父亲。

汇报调研完毕，首长到院子里与大家合影留念，握手告别。

在与成文握手的时候，首长停了下来，认真地端详了她一番，像长辈而不是长官一样亲切地问了几个家常问题，诸如今年多大岁数、哪个学校毕业的、哪里人等等，然后又问："在这里工作生活有什么困难吗？"

站在首长身后的白团长给成文递眼色，成文立即明白了他的暗示，不急不缓、训练有素、口齿清晰地说道：

"报告首长，我希望尽早参加工作，请求组织上尽快让我投入到会谈会晤第一线，用我所学的知识报效军队和国家。"

分区主管领导的脸马上白了。首长疑问的目光转向分区司令巴雅尔，巴司令忐忑地说："我们对新出面人员有个考察期。""可以边工作边考察嘛，我看这个小同志的觉悟蛮高的！"首长慈祥地说。"是，我们马上按照首长的指示办！"巴司令立即立正敬礼。

有时部队的事情就是这么简单，制度规矩貌似难以逾越的鸿沟和障碍，但首长轻轻的一句话就平坦了。

成文笑了，她终于可以进入专业领域了。白团长也笑了，他终于不用给分区交检查了。

对于那场汇报演出，北京总部来的领导们给出了四个惊叹：太精彩了！太让人吃惊了！不能相信这是一个边防团的业余演出水平！高手果然在基层！

他们记住了金哲、成文、蒋薇薇、嘎尔迪等人的名字。金哲干事事后特意向边城文工团的艺术指导送去了感谢和慰问。

演出结束后，团里传出一个美丽的流言。大家私底下窃窃议论说，嘎尔迪和蒋薇薇跳得太投入，有一个嘎尔迪用弓箭步支撑蒋薇薇后踢腿的动作，两个人的脸离得太近，两张嘴都亲上了……

成文驳斥听到的流言。单独在宿舍里问蒋薇薇的时候，蒋薇薇喊道："怎么可能？根本没有，那是台底下的人看错位啦！真无聊，这帮蠢蛋！"说完，又坐在床沿上，涨红着脸，低头不语了。

首长一走，分区赶紧补课，把成文和各团近年分来的一些大学生军官召到北伦上培训课。

成文以为能见到阳军华和慕光，但是，培训学员的名单上没有他们。

成文想要去分区直属特警连看看阳军华，分区干部科的同志眨着眼，替她惋惜道："真不巧，上面刚把阳军华抽调到青城，去军区知识竞赛突击队封闭训练去了，准备参加全军知识竞赛，如果成绩好，还会继续参加全国青年知识大赛呢！"

成文听后，心里竟有些落寞。

成文又打听到，慕光也被抽调到他们团部，正在为全团做为期一周的医疗救护培训。

成文去看望了薇薇的父母，又吃到了蒋妈妈做的鱼。

夜晚，成文裹着军大衣，独自坐在分区招待所院子里那棵椴树下，望着各个窗户上的灯光。

五个人在这里曾经的欢声笑语又在一幕幕地闪现，那是一年中、一生中多么美好的季节呀！才过去短短的不到三个月，却像是过去了三年，每个人的面前都出现了不同的生活轨道，一切都显得物是人非、模糊不清了……

霜降过后，边城下了一场大雪，秋天里的暖阳消失了，天空冷风萧瑟，大地气肃凝霜，夜里气温骤降到零下十几度。

招待所的管道冻裂了，不得不提前封闭，而为女军官们在团部主楼顶层辟出的那间宿舍还没有准备好，楼里改造的女卫生间也刚刚施工到一半。白团长和石副团长商量了半天，决定先把女军官安排到卫生队的病房里去，那里有暖气，可以对付些日子。

两位女军官没多少家当，可是警通连接到任务后，却派出一个排的兵力帮她们连夜转移。每个人都想出一把力,于是出现了五个人拉一只小箱子、四个人举一个小袋子、三个人托一个空脸盆的景象,还有一些空着的手想搬些什么……如果不是女军官们阻拦得快,整个招待所恐怕都要被转移到卫生队去了……

搬家的队伍在暗夜的雪地里逶迤着。没有月亮,只有地上反着雪光。团部大楼,一座青石垒筑的厚敦敦的俄式建筑,像荒原上的古堡一样幽幽地矗立着。

"怎么恍惚是摩西带领希伯来人逃离埃及呢!"成文站在招待所的台阶上,怀里抱着谁也没抢走的贴身布包,迷瞪着眼说。

"行啦,走吧,埃及没有雪。"蒋薇薇背着一小包细软,拉着成文走进雪地里。

星期天的午后,气温有所回升,太阳明晃晃地挂在空中,地上的雪反射着刺眼的青光,空气是淡蓝色的。

卫生队的院子很安静。

成文又去主楼办公室准备她的研究生考试,蒋薇薇百无聊赖地坐在队部门前的木廊子上晒太阳,她仰头望着湛蓝空阔的天空,晃荡着两条长腿,悠闲地吸吮着空气中散发出来的浓浓的负离子的清香。

院子的另一端,阿尔斯楞突然闯入她的视野,在雪地里兔子般奔跑,追着一根在空中飞出弧线的树枝,跃起叼到树枝后又奔回车库门口,把嘴里的树枝交给等在那里的嘎尔迪。

嘎尔迪穿着一件宽松的天蓝色绒T恤,接过树枝,像投标枪那样,把树枝投掷出去,阿尔斯楞再一次去追逐,他们一遍又一遍地重复着这个游戏……

嘎尔迪一次又一次帅气的投掷动作,让蒋薇薇的心里兵荒马乱。她很想过去,但又十分犹豫。跳完舞后,流言让两人之间更拘谨了,见面也是淡淡的,但是蒋薇薇知道他做的每一件事,她内心渴望与他说话交流,可是嘎尔迪似乎一直在躲着她。

嘎尔迪好像又在训练阿尔斯楞的弹跳力,阿尔斯楞反复地跳起来夺走他嘴上一个什么东西。

嘎尔迪肯定注意到了廊子上的她，可是他却假装不知。蒋薇薇心里有点生气，他怎么不是从前的他了呢？她站起身，款款地向他走去。

嘎尔迪看着穿着白色粗花毛衣外套、戴着白色绒线帽子的蒋薇薇一步一步向他走近，帽子上的白绒球随着她的步伐在轻轻晃动。他停止了与阿尔斯楞的游戏，眼睛躲闪着。

蒋薇薇站定在他面前，盯着他，问："阿尔斯楞在跟你抢什么？"

"一只哨子。"嘎尔迪张开手心，给她看那只用子弹壳做成的小埙哨。

"教我那个游戏吧！"

"很危险的，你真想玩？"嘎尔迪说着，低头去拍阿尔斯楞的脑袋，借机偷偷舒了口气。

"当然！"蒋薇薇白他一眼，执着到底。

"来，阿尔斯楞，有个人主动要求受害！"阿尔斯楞把一只爪子搭在嘎尔迪的手臂上，冲他咧嘴。

"它在对你说什么？"蒋薇薇问。

"它说怕配合不好，可以试一试，请你把眼睛闭上。"

"噢，你们以为我是胆小鬼吗？！"蒋薇薇接过哨子，含在嘴角，双眼微微闭上。

帽边上一圈长长的白狐狸毛护围着她美丽的面庞，她的皮肤在阳光下看上去像涂了一层均匀的油脂，光滑得没有一丝瑕疵，她的嘴唇饱满而滋润，衔着哨子的两唇之间仿佛含着一道光芒。

嘎尔迪心慌气短，不敢再看，他转向阿尔斯楞，嘴里喊道："1，2，3，开始！"

阿尔斯楞原地起跃，蒋薇薇只觉得嘴和鼻子一刹冰凉，身体被阿尔斯楞跳跃带起的风冲撞得向后踉跄了两步。

嘎尔迪在一旁虚伸着手保护着，憨笑道："成功了！"

蒋薇薇睁开眼睛，看见阿尔斯楞嘴里叼着那只小埙哨，正站在她面前得意地甩着尾巴，看着她。

"噢，好孩子，你好聪明，太可爱啦！"蒋薇薇兴奋地蹲下身来，抱住阿尔斯楞的脖子一通胡噜。

"你看，你的口红……都沾在……它嘴上了。"嘎尔迪嗫嚅着说。

蒋薇薇站起身来，看着他。嘎尔迪双手插在军裤兜里，不好意思地低下头去，踢着脚下的雪。嘎尔迪抬起头看蒋薇薇的时候，两人相视一笑，目光像触了电一样，又都飞快地转向别处……

阿尔斯楞摇着尾巴，从车库里跑出来，停在他们面前，嘴里叼着一个苹果。

"哦，我去洗几个苹果请你吃吧！"嘎尔迪好像终于抓住一根逃离现场的救命稻草，转身往车库走去。

嘎尔迪进了车库，抹了一把脑门上渗出的汗，长长地出了一口气。屋里很暗，阳光从敞开的小门泻了进来，嘎尔迪看见蒋薇薇在门口的阳光地里踱来踱去。

车库是嘎尔迪的半个家。角落里依墙摆放着一个高高的工具柜，一张干净的桌子，一把椅子。这个角落被嘎尔迪视为自己的私密领地，他经常在检修保养完爱车之后，就坐在这里喝一杯奶茶，抽一支烟，弹一会儿马头琴，发一会儿呆，这里是他最喜欢最放松的地方，连卫生队的几个死党也不能在此久留。

而现在，蒋薇薇却理直气壮地站在门外，随时都会不请自进。她如果进来，不能仅请她吃苹果，至少应该按照蒙古族待客的礼节，请她喝杯奶茶。

嘎尔迪慌乱地打开工具柜，心里像长了草一样，从里面取出奶茶和两个茶杯，又觉得应该先去烧水，从桌子底下拉出酒精炉，提起水壶，又看见了旁边的那个苹果箱子，觉得应该先拿几个苹果去洗，拿苹果的时候，一脚踢倒了一边的水壶，水壶叮叮当当地滚到了墙角。

"笨死了！"他心里骂自己。

"你没事吧？要帮忙吗？"蒋薇薇在门外探着头问。

"没事，没事，不用。"嘎尔迪喊着。

"啪"，灯亮了。蒋薇薇打开墙上的开关，走进门来。

嘎尔迪一紧张，抱在怀里的苹果滚落到地上。他慌忙蹲下身去捡，眼睛的余光瞥见蒋薇薇的高跟靴子慢慢地由远及近，直到一双被牛仔裤包得紧紧的长腿立在他的眼前。

嘎尔迪心跳加快，热血上涌，目光从那双着高跟软靴的小巧的脚上移开，恍惚地盯在一只落在桌脚的苹果上。

蒋薇薇优雅地蹲下身来，一只手从嘎尔迪的眼前经过，去捡那只苹果。

嘎尔迪一把抓住了那只手，他没有怎么用力，那手和人就一起进了他的怀抱……

"我们在舞台上根本就没有……"蒋薇薇娇恼的话还没有说完，嘎尔迪滚烫而温柔的吻便让流言成了真……

阿尔斯楞在门口生气地叫了起来。但是叫了半天也没人理，只好哼哼一声，倒在地上，看门晒太阳去了。

成文获准出面后的第一次会晤，就遇到了状况。

苏方出旗要求会晤的那天下午，蓝天上飘着白云，大地上铺着薄雪，除了风狂野一些，天气看不出有什么异样。

石站长召集会晤站同志们开会研判后，江上舟少校包里装着我方预案，带着云中龙和成文向边境线赶去。

军事禁区里的风比城里的更加狂野，会晤站的老爷吉普车跑在那条起伏的公路上，像跑在吊桥上一样被吹得直打晃。

太阳还挂在空中，清冷的雪花便肆无忌惮地飘洒下来，在挡风玻璃上聚集。

车子开始发出异响，跑着跑着突然就熄了火。司机在边境的风雪中摸爬滚打多年，很有经验，他把着方向盘，让车子缓缓地滑停，避免栽进路基下的雪窝子里。

司机下车掀起前盖，在风雪中鼓捣了半个多小时，车子似乎冻成了一块生铁，没有丝毫能启动的迹象。

雪越下越大，风越刮越野。三名军官围在一旁捂着耳朵，跺着脚。他们没有做足充分的准备，还没有到穿军大衣戴棉帽子的换装时候，突变的天气就来了个下马威。

车坏在公路的中段，前不着村后不着店。

江上舟少校望着远方高处挺立在风雪中的一个孤独的哨所，估计这里离边界线大约还有五六公里。

"开启11号，我们跑过去吧！"江少校说。特殊环境下，与其说是征求另外两名军官的意见，不如说是行动组最高首长发出的指令。

以云中龙和成文的军事素养，二人二话不说，迈开腿就往前跑去。

"等等！"江少校喊住了他俩。他让两人找点东西护住裸露的脸和脖颈，以免冻伤，"有点东西护着总比没有强"。成文掏出手绢围在脸上。司机从车里找了两条半旧的毛巾，江少校撕成四条，四人分别裹在脖子上嘴上，便冲进风雪中。

三名军官向边境方向起步，司机奔向哨所求援。

风卷着雪，落在公路上、原野上。安定不下来的细雪被风推着，像一条白色的河，流动在黑色的公路上。

三个人顶风冒雪，在"河上"踩水踏冰，艰难地向前挪步，寸步难行。

江少校弯腰走在前面，带头往风雪里钻。他不时转过身来，大喊着提醒后面两个人要背着风倒着走。成文什么也听不到，只听见风在耳边吼叫。那风就像有人举着一把钝刀子迎面奔来，一刀一刀地割锯着你的脑门、面颊、鼻子。风雪中，她看见江少校的大檐军帽在他的头顶上跳跃，由于帽带紧紧地勒着下巴，风无法将其掀翻掠走，他的双手紧紧地护着怀里的文件包。

云中龙上尉在成文身边顺着风转着圈前行，还有心情向她做鬼脸，大声吼叫："华尔兹的点儿踩上了吗？"

风力稍弱，天忽然就黑了，大地白茫茫一片。三个人不再说话，尽最大可能加快步伐。其间，云中龙的华尔兹没踩好点儿，摔了一跤。

大约跑了两个小时，他们终于在风雪的缝隙间看到了两国的国门，看到了边界线那边的雪地上停着一辆苏军吉普车。苏方一定是得到了哨兵的报告提前出来迎接的。

三名苏联军官看到他们后便下了车。

漫天大雪中，我方三人热气腾腾地抵达边界线。成文还没来得及看清来人，就被一双大手捉起来塞进了吉普车。成文在昏暗的车子里看见，戈林少校一边关车门，一边催促车子先走。后车窗外，五个男人顶着飞雪跟在车子后面跑了起来。

"车子出了故障？我们都想过去接你们。"双方在谈判桌前坐下来，戈林少校的第一句话就拉近了人类之间的距离。

会晤的内容果然是苏联边防部队正式邀请中国边防部队派代表团去苏联参加即将到来的十月革命节庆祝活动。根据上级指示，我方答复是：我边防会谈会晤代表白云霄将率团前往。对方明白，中方很慎重，故意降低了代表团级别。

"在改善两国关系两军关系方面，你们应该更开放大胆一些！"戈林少校说。

"前提是，你们要首先清除两国关系正常化的三大障碍。"江上舟少校温中有刚。

"那不是单方面的事！"戈林少校笑笑，站起身，把中方人员请到休息室，便约江上舟少校去了另外的房间。

从走进苏方会晤室开始，成文就感到头昏脑涨。室内很暖和，可她却感到浑身一阵一阵发冷。

现在，她蜷缩在壁炉旁宽大的沙发里，目光呆滞地盯着电视。小马和小沙一边一个坐在她身边，把糖果饼干饮料都端到她跟前的茶几上，瞪着大大的蓝眼睛同情地看着她，看她实在没精神，也就不多说话了。

电视上正播放新闻，美国总统大选正在如火如荼地进行，乔治·布什正在集会上演讲……

"他应该能当选，他比里根好些，冷战估计快结束了。"小马对小沙说。

"都一样，美国人对我们不会展现善意的，走着瞧吧！"小沙一撇嘴。

小马手握遥控器，换了个台。

远东台正播放不久前发生的苏联军舰在黑海撞击美国军舰的纪录片。美国海军第六舰队导弹巡洋舰在黑海海域游弋，侦察苏联塞瓦斯托波尔海军基地。苏军发出几次警告后，美舰置若罔闻，仍我行我素。美国人没有料到，苏联人不再说话，开着舰艇径直向美舰撞去，美舰负了伤，仓皇逃回公海……

"这是非常危险的瞬间，发射架里都装有导弹，一旦爆炸，后果不堪设想，有可能引起第三次世界大战呀！你们双方克制得挺好！"云中龙上尉说。

小沙和小马相视，哈哈大笑，自豪之情溢于言表。

"对美帝国主义，就得这样！"小沙露出牙齿，做出咬人的样子。

戈林少校和江上舟少校出现在门口。江少校对云中龙和成文说："车已经到了，我们该走了。"

一出苏方会晤室的门，就看见坡下面的雪地里，两道明晃晃的车灯在黑暗中照在边界上。

成文这时才感到穿着半高跟鞋的脚踝已经磨破了皮，走起来一瘸一拐生疼。走在她身边的小沙默默伸出一只手臂，成文扶着那只手臂挪到车前。

戈林少校在与她握手告别时说："你感冒了，回去一定要好好休息，不要工作了！"成文敬军礼感谢。

换了一辆车。一上车，大家发现，坐在驾驶座上的竟然是随军。

"随连长亲自来接我们了！"云中龙上尉高兴地说。

"你们受苦了，我一定要亲自来接你们，并把你们安全地送回去！"刚刚提升了副连长的随军说道。每个人的座位上都贴心地准备了军大衣。

随军帮助成文展开军大衣。昏暗中，成文迷迷糊糊地看见了随军一双亮晶晶的眼睛和他肩上一副崭新的黄灿灿的中尉肩章。车子开动一会儿，她就昏睡了过去。

宿舍就是病房，病房就是宿舍，成文住进卫生队，仿佛就是为了方便生病而来。她连续发了三天高烧，昏迷不醒，根本不知道团领导及大半个团的同志都来看望过她。张队长为她开了药，蒋薇薇成了贴身医护，寸步不离地照顾着她。蒋薇薇发现成文还在生理期内，心里埋怨这个傻姐姐，那天怎么不请个假呢?!

夜里，秋风一阵紧似一阵地呼啸，成文又在迷迷糊糊地喊妈妈，对面的蒋薇薇一骨碌翻身下床，看了看输液架上的吊瓶，又把手放在成文的脑门上试了试，出汗了，体温降了下来。她松了口气，静静地坐在床前，握着成文的一只手。

窗外呼呼的风声小了，屋里桌子上亮着一盏小台灯，成文的脸埋在暗影里，沉睡着，嘴里不时呢喃着什么……

蒋薇薇鼻子一酸，泪水流了出来，为成文，也为她自己。

她把成文的手轻轻地塞进被子里，拉开门来到走廊。胸口太闷了，她想透一口气。

走廊里黑乎乎的，她摸索到拐角处，那里有一扇窗户没有关紧，被风吹动着，发出吱呀吱呀的响声。

蒋薇薇走过去，用脚尖踢开了那扇窗。

清冽的寒风扑面而来，吹乱了她的头发。她将散乱的长发绾在脑后，望着远处的草原。一线紫光正突破地平线上的黑暗，浮升起来，微启的晨光映在她光洁的滑过泪珠的脸上。

"别冻着!"耳边响起一声轻语，一双温暖的手从身后搂住了她的腰。她转过身，吸溜着酸酸的鼻子，倒在爱人的怀里……

前面就是那段水情复杂的界河河湾，那一带水下布满暗礁，急流险滩一个接着一个。

今天早上从团部出发的时候，天就阴着脸，小巡逻艇走了一个时辰，接近这片水域的时候，天空压来了更大团的乌云，像是不祥的征兆，河水变得黑暗而浑浊，暗流涌动。

富有经验的艇长招呼大家赶快进舱就位，保持船体平衡。

"妈的，今天这风推浪滚的，都把救生衣检查一下，该咱们今天倒霉，闹不好小命儿就搁这儿了，有啥光荣遗言都说出来吧。"坐在慕光边上的一排长开着玩笑。

慕光被团里调上去搞了一周的医疗救护培训，任务结束后就一直留在团部帮忙，一排长此次来团办事，才顺道接他归队。

"我想结婚生儿子，让我妈早点抱孙子。"对面的一名中士呵呵笑着，边说边系紧红色救生衣的带子。

"瞧你那出息，对象还没有呢咋生儿子？顺序不对，世界观有问题。"一排长训斥道。

"我想火线入党……"对面的另一名下士还没说完，船身一晃，就被甩过来跌在慕光的脚下。慕光拽起他，士兵又随着船的摇摆，踉跄着后退，一屁股坐了回去。

天空已经变成了一口倒扣的黑锅，倾盆大雨瞬间灌注下来，雨点砸击着河面，激起一层高高的水雾，水雾与雨幕激情交融，周围一片混沌。河水似乎在上涨，一个个回流产生的漩涡撞击着这艘超期服役的巡逻艇，小艇在浊流中摇晃着、颠簸着，随时都有倾覆的可能。

"我们就要通过状况复杂的水道了，注意平衡。"艇长双手稳舵，再次提醒。这是一位具有十多年兵龄的老舵手，被称为航线上的活地图，哪段有急流、哪段有浅滩都在他的脑子里。

巡逻艇转弯挤压起的一道水墙猛烈地冲击着一侧又陡又直的崖壁，被崖壁粉碎的水墙，像倒塌的碎石块，砸在甲板上、舷窗上。小艇大角度地倾斜，似乎在下一秒就可能沉入黑暗的江底。

慕光死死地抓着头顶艇壁上的抓手，两脚几乎悬空地趴在座位上，几个人努力让船体恢复平衡。窗外暗黑的天空旋转成暗黑的崖壁，小艇终于正了过来。

石壁就压在头顶，水浪像子弹一样"啪啪"地击打在窗户上，慕光忽然有一种恐惧，觉得一排长的话可能要应验了。船身又一次激烈地倾斜，他的胃里翻江倒海，"哇"地吐了出来。

艇尾的倒车斗轰然落下，舰艇如同疾驶的车辆忽然急刹车，原地打转，失去了方向。

"快去把倒车斗复位！"艇长把着舵，大声催促着。一排长跌跌撞撞冲了出去，慕光用袖子抹了一把嘴角，也跟着爬了出去。

庆幸的是倒车斗没有落进河里，而是卡在了甲板与船舷之间。二人在雨幕中合力将其拽出，挂回了原位。

急忙返舱的时候，慕光脚下一滑，摔倒在甲板上，一个浪头打来，水流一下子把他拖到艇尾。就在身体滑落水中的那一瞬间，他的两只手紧紧地抓住了船舷。他的下半身已经跌进河里，滚滚的黑水从他的腰部翻腾而过，他感到冰凉刺骨，整个身体像要炸裂一般。求生的欲望让他不停地向上跃动，但在湍急的水流中无济于事……

"完了——"慕光从心底发出一声哀鸣，他感到抓着船舷的双手在发抖，力气几近耗尽，仅凭着最后的意念在坚持着……

准备死亡的那一刻，丽丽娅穿着鲁巴哈清纯的影子从他的脑海里慢慢飘过……

一排长像扔出去的一条鱼，胸贴着甲板飞滑过来，迅疾地钳住了慕光的一只手腕，中士紧抓着一排长的脚脖子。

慕光看到了上面一排长在暴雨中因发力而变得模糊扭曲的脸。这张布满青春痘的脸将是他一生中见过的最英俊的一张脸！

借一排长一臂之力，慕光用尽全身的力气蹿上了甲板。两个人趴在甲板上，头紧紧地贴在一起……

老天爷似乎在跟他们开玩笑，小艇过了险滩不久，天色就亮了起来，风雨也小了，艇身不再剧烈摇晃，河面渐渐平缓宽阔起来。

一道彩虹出现在白桦林和草原之间的过渡地带，从云缝里挤出来的几缕霞光照亮了不远处的江面。

苏联的一艘巡逻艇相向驶来。

两名战士迅速全副武装，从船舱里跳出来，面冲苏联方向，紧握钢枪，叉开双腿站定在船舷旁，霞光照在他们身上，丝毫看不出身体的疲惫。

两艘舰艇都放慢了速度，隔着界河中心线，两国的士兵持枪互行注目礼。

慕光脸色蜡黄从舱口钻了出来，身上裹了一件军大衣，风一吹，身子发软，就势坐在舱门边避风处的机器墩子上。

他摸着大衣口袋，那里有一盒丽丽娅送给他的"林中百合"，那是他去团部前装进去的。

慕光撕开了烟盒口，拽出一支烟，叼在嘴上，双手捂着打火机打着火，低下头用烟去凑火的时候，手还有点哆嗦。在团部开培训班的这段时间，他一直强制自己戒烟，半个月的时间只抽了一盒。

慕光深深地吸了一口烟，看着风平浪静的江面。船尾，国旗迎风招展，一群野鸥在犁起的浪花上盘旋追逐。刚才在地狱里挣扎的一幕恍若隔世，太不真实了。

"妈的，老天爷这种玩笑也敢开？回去庆贺一下，咱哥们儿从鬼门关走了一圈回来了！"

一排长一边骂着，一边从船舱里钻了出来，他脱掉了那身湿透的军装，穿着从慕光行李里翻出的一套绒衣，紧绷绷地箍在身上，头上还包了块白毛巾，样子十分滑稽。

他把手里拿着的帽子扣在慕光头上，拔掉慕光嘴上的香烟，塞在自己嘴唇间，走到船舷旁，双肘撑在上面，烟圈从他的嘴里一口一口地吐出来，被风吹散在江面上。

"从阎王爷那里走了一圈回来，感觉如何？"一排长扭过头来看着慕光。

"如果真的挂了，也没什么大不了的。"慕光有气无力。

"你说这话不中听，咱才二十出头，生活刚刚开始，还有传宗接代的任务呢！"一排长冲他狡黠地眨眨眼。

慕光没有说话，呆呆地望着江面。

"这种险况经常有，别灰心丧气，今天你赶上了也属正常，就当实战训练了。"一排长开导他。

"咱这艇也服役不少年头了，航速慢，功能少，不如对面老毛子的装备好，现在边界上搞缓和挺好，真打起来，咱只有拼智慧和血性了！"一排长又向江面上吐了口烟。

慕光忽然想起，自己在临死的那一刻，呼唤的竟然是丽丽娅！现在他撕心裂肺地想见到她。

河两岸已经显现出村庄的轮廓。慕光离开时，河岸、镇子，还有远处一片起起伏伏的白桦林还都是绿色的，而现在它们已经变成了红黄相间的样子，用不了多久就会陷入一片萧瑟的枯黄中，一下雪，树枝光秃，没有希望的冬季就来了。

"看这天气，明水期就要结束了，过两天河面一结冰，就该开车冰上巡逻了！"一排长仰头看天，双手把着船舷，眺望着远方灰蒙蒙的天空。

岸上，慕光曾在高倍望远镜里无比熟悉的那个镇子正慢慢地漂移过来。太亲切了，镇上那些木刻楞房子和那几条土街在他的脑子里已经显像成了地图。他有时想，如果镇子是一个五脏俱全的人体，他的手术刀就可以像庖丁解牛一样准确地到达任何一个部位。

突然，慕光心跳加快，他看见了站在岸上供销社红砖墙后面的丽丽娅。她正冲着江上的巡逻艇张望着。

一种劫后余生见到亲人的激动让他的眼眶湿润了，再次默默呼唤她的名字的时候竟有些哽咽。他屏住呼吸，想冲她挥手，可是忍住了。他看了看一旁的一排长，一排长也正看着他。一排长拍了拍他的肩，叹口气，"准备下船了！"说完钻进了船舱。

打听到慕光可能从水路返回的消息，丽丽娅没事就凭江而立，目光追随着河面上经过的每一艘部队的巡逻艇，盼望着慕光会从其中一条艇上下来，即使不说话，能看他一眼也好啊！但她怎么也不会想到慕光就在这条经历了生死的小艇上，变得面目全非，与她相视而过。

离开很远了，慕光还能看见红砖墙后面那个小黄点。慕光庆幸丽丽娅没有认出他来，自己现在这副狼狈的蠢样子，怎么好意思让她看到。

早晨的阳光照在对岸草色发黄的山坡上，照在腾起一层淡紫色薄雾的界河上，照在河边芦苇荡旁那条弯弯曲曲的小路上。

慕光沿着这条小路走得飞快，好像生怕被谁拽回去似的。丽丽娅的清纯和妖娆在他的脑海里闪回着，让他感到深秋的冷风都是清爽的、温暖的。

他不时被倒在小路上的湿漉漉的芦苇绊个趔趄，惊飞一群群水鸟，现在什么东西都阻挡不了他脚下生风，阻挡不了他迈向镇上供销社的步伐。

经历了生死瞬间，经过了一天一夜的休整，慕光已经恢复了精神和元气，他要做的第一件事就是奋不顾身地去见他日夜思念的丽丽娅。

自我压抑的这些日子里，他从医生的角度不得不承认，这个美丽而神秘的女人点燃了他体内的多巴胺和羟色胺。他遗憾地想到，与他相恋四年的温红其实并没有做到这一点。丽丽娅那双精灵般游动的绿眼睛让他丘脑中这两种被称为爱情激素的物质源源不断地分泌，势不可挡地汹涌而出，让他爆发出一个男人从未有过的激情，唤起了他心底最原始、最纯真的爱和依恋……

熊熊大火已经燃起，热血已经沸腾，他无法遏制，也不想遏制……他不想管她的已婚状态，也不想考虑自己的军人身份，他们就是两颗孤寂的相向撞击的灵魂，两个互相渴慕的青年男女，两个要释放天性的自然人。

你爱一个人，而恰好那个人也爱你，在春光正好的时候，在秋意最浓的时候，尽情地去爱吧！生命脆弱，人生苦短，趁自己敢爱能爱的时候，抛弃一切顾忌，大胆地追求自己喜爱的人去吧！医生心里在呐喊。

小路的另一侧是一道缓坡，坡上，一片林子外面向阳的草甸子上，秋天最后一批蓝莹莹的翠雀花在风中抖动着，像一串串恋着秋阳的温暖迟迟不愿离去的风铃。慕光跑上坡去摘了一捧兰花，从背包里取出报纸，小心翼翼地包好，捧在手上。

慕光小跑起来，他已经看到了不远处的镇子口。镇上干活的人们早已外出，阳光把家家户户篱笆墙的影子拖在地上，拖得好长。路上没见到什么人，一拐上通向供销社的那条发白的土路，他的心跳速度更快了。

曾经举行过热闹婚礼的镇公所门前的场院现在静悄悄的，几件刚刚洗过的衣服挂在供销社门口的晾衣绳上，还滴着水，随着风在轻轻摆动，那条开满了紫色丁香花的连衣裙让慕光心里涌出的温柔像水一样在全身荡漾……

丽丽娅恰好在供销社里，他太高兴了！即使不在，他今天也要从镇子里把她翻出来。

门半开着。慕光看见背光坐在柜台后面的丽丽娅，在昏暗的屋子里，她是那么明亮，仿佛浑身都在发光。

一束阳光从窗户照进来，照在她高高绾起的棕色发髻上，照在她天鹅一般曲线柔和的脖颈上。她侧伸着头，正在看摊在身边的一本钩织教科书上的示范图，膝盖上堆着一大团白色的钩织品，手里的钩针挂着细线正在钩织花边儿。

慕光轻轻地走进屋子，屏住呼吸，站在那里，任凭一股巨大的幸福感在体内冲撞。

慕光的影子挡住了那本示范书。

丽丽娅抬起头看了一眼来人，刚要说话，"噌"的一下惊跳起来，钩针钩物滑落在地上。

她双手捂着嘴，圆睁着一双大绿眼睛定定地看着他，好半天才失声地喊道："是你吗？亲爱的慕光，是你吗？"

慕光点点头。

"哦，上帝，真的是你，我的慕光，你怎么会从天而降？你终于回来了，你怎么瘦成了这样？眼睛都凹下去了，我的那个英俊清秀的中尉呢？"丽丽娅眼噙泪花，嘴里絮叨着，伸出一只手隔着柜台去抚摸慕光刚刚刮掉胡子还泛着青光的脸颊，慕光抓住了她的手。

"我病了。"慕光盯着她的眼睛。

"啊？你怎么啦？"她的另一只手一下子掐紧了他的胳膊，脸上显出面对突发不幸的无助和惊恐。

"我中了一只病毒，病毒已经扩散到全身，深入到了骨髓，已经没救了。"慕光继续忧郁地说着。

丽丽娅看着医生，眼泪吧嗒吧嗒地滴落下来。"到底是什么病毒？很严重吗？你是来跟我告别的吗……"丽丽娅哽咽着，几乎说不出话来。

"你就是那只病毒……"

慕光轻轻地举起她的手，放在嘴边亲吻着。藏在背后的那只手慢慢地伸出来，带着他的体温、散发着秋日暖阳馨香的一束兰花奉献在丽丽娅的面前。

"你，你骗人！"丽丽娅破涕为笑，跺着脚，娇嗔地收回手，捧过那束花，把花举到翘翘的小鼻子前，贪婪地嗅着花香。

丽丽娅的绿眼睛从花丛中抬了起来，像两潭幽幽的碧水，水中波光点点："我特别……特别……想你！"她情不自禁地喃喃着，幽潭里的水草软软地蔓伸出来，蔓过柜台，与慕光同样缠绵似水的目光纠缠在一起。

慕光被水草牵引着，被一股神秘而甜蜜的力量推动着，身体不由自主地向前探伸，去迎接那朵向他接近的花一样的热唇。

两朵带电的云在空中柔软地触碰在一起，摩擦出一片电闪雷鸣……

院里传来拖拉机"突突突"的声响。

丽丽娅和慕光被惊醒，两人迅速地松开了手。丽丽娅把花藏在柜台下面。

"姐，我要的酒备好了吗？"瓦夏从拖拉机上跳下来，在门外喊道。

瓦夏走了进来，身后跟着不久前做了新郎的安德烈。看见慕光，瓦夏一愣，但他马上热情地与慕光握手打招呼，安德烈也与慕光握了握手。

"备好了。你进来取吧。"丽丽娅转身进了里间，走路有些慌乱。安德烈跟了进去。

"好长时间不见慕军医了，以为你调走了。"瓦夏把身体斜倚在柜台上，一双凹进去的灰蓝色的眼睛警惕地审视着他，似笑非笑。

"我去团部帮助工作了一段时间。"慕光踱到柜台的另一边，把自己隐在昏暗处，不让瓦夏看清楚他的表情和身体。他假装去看架子上的货品，那里摆着镜子、杯子、脸盆、小锅、饭盒等日用品。"我刚回来，来买些东西。"慕光心虚地说。

安德烈在一箱一箱地往外搬酒。

"你买这么多酒干吗？谁家又要办喜事？"慕光不解地问瓦夏。

瓦夏狡黠地眨眨眼："办喜事不用这种酒。这酒度数高，有人喜欢。"瓦夏总是神秘兮兮的，他经常跑北伦、哈市，不知在做些什么生意，出手很阔绰。

慕光还要问，丽丽娅走了出来，手里拿着一条"林中百合"牌香烟。

"又没烟了吧？给你留着呢。"丽丽娅像对一个普通的熟客说话。

"谢谢你，真不好意思，让你费心啦。"慕光不会演戏，也无法掩饰自己看着丽丽娅的眼神。他低着头又选了牙膏牙刷几样东西，从口袋里掏出钱递了过去。

"别客气啦！"丽丽娅往外推着慕光拿钱的手，又感到不对，她接过了钱，笑容有点不自然。瓦夏看了他们一眼，跟着安德烈往院子里走去。

两人一个站在柜台里面，一个站在柜台外面，对望着，眼睛里还残留着激动和渴望的余波。他们的目光又不约而同地转向门外。院子里，瓦夏在拖拉机旁，弯腰起身，把酒一件一件地递给后车斗里的安德烈。

瓦夏又进来了，细细地与姐姐商量晚上请人吃饭的事，没有一点马上要走的意思。

慕光没有理由再待下去了，便拿起东西与姐弟俩告别。走到院子里又回了一下头，玻璃柜台下面的那束兰花正幽幽地看着他，瓦夏也在不动声色地盯着他。

风从河面吹上来，吹着飘落的黄叶在镇上那条小街上滚动，从土道一边的篱笆根滚落到另一边的篱笆墙下面。

慕光低着头，脚步沉重地走在回去的路上，有几次差点踩着倒地的湿芦苇滑进河里。

天空忽然变得冷飕飕，阴沉沉的。很快就要下雪了，远远近近高高低低的山丘和树林会变成一片茫茫的白色，如同他的内心一样，变得枯寂而毫无生气。

他浑身的热血冷却了下来，理智又在渐渐复活，唉！来的时候竟然没有考虑好回去的路。激情和热情已经荡然无存，剩下的只有沮丧和哀伤……

十一月初，苏联最重大的节日——十月革命节到来了。苏联边防军盛情邀请中国边防军共同庆祝这个改变了二十世纪世界历史的节日。

这是个初冬雪后初霁的日子，藏身多日的太阳露了脸，精神饱满地在空中俯视着白雪皑皑的边界线。

白云霄团长带着今天活动的中方主翻云中龙上尉坐在代表吉普车里，后面跟着代表团团员的小面包车，一小一大两辆车向着边界线驶近。

戈林少校率苏军先遣人员已经站在边界线上迎候。

"戈林看上去这么年轻，就是副代表了？他有多大岁数？"草原军区作训处首次派来参加这次活动的米参谋看着手里的对方代表团成员名单问。

"与江翻译岁数差不多吧，三十三四？"从北伦军分区下来参团的粟参谋了解情况。

"三十四，比我小一岁。据说很快要升中校了！"江上舟翻译说，"他们提拔挺快。"

"这是苏军少壮派呀！他这个姓挺奇怪的，跟苏联人普遍叫这个夫、那个斯基不一样，是不是跟德国写童话的格林兄弟，还有那个纳粹德国的空军元帅戈林是一个姓？"米参谋问。

"你还真说对了，我曾问过他，他告诉我祖上是跟着叶卡捷琳娜二世从德国来的移民，十八世纪到现在，家族本土化也二百多年了，他自己说早就是一颗俄罗斯心了。"江翻译说。

"小伙儿是个美男子啊！小成，是不是？男士好不好看得让你们女士说！"米参谋打趣成文。

"是的，是苏方那些军官里最好看的。"成文认真地点头，实打实地说。

一车人都看着耿直的成文，笑了起来。

车辆停在边界线上。戈林热情地与白代表率领的边防军代表团握手寒暄。戈林表示，接到上级指示，为显示苏军诚意，今天破例允许中方的军车进入苏联。

准备换乘苏军车辆的中方成员又回到自己车上。作为友好回应，白代表邀请戈林副代表上了他的代表专车。

在苏联军车的带领下，作为中国边防军使者的车队首次进入了苏联国土。

苏联边境小镇的火车站似乎与我边城的火车站是一对孪生姊妹，长长的综合候车楼的外墙也漆成了黄色，细窄突出的窗棂勾勒成白色，候车楼沐浴在朝阳中，显出冬日的明丽。

双方的会见地点就设在车站贵宾室。贵宾室单独外开的门前临时清了场，雪被扫到一边，铺出一道红地毯。苏方代表马卡洛夫中校双手背在发胖的身体后面，站在门口的红地毯上，身后按军衔高低排列着一队军官。

"阵容豪华呀！米参谋，你的同级阿尔波夫也从赤城边防总部来了。"江翻译看到了站在马卡洛夫身后留着两撇小胡子的阿尔波夫少校。阿尔波夫少校曾在边境上从事过一段时间会谈会晤工作，与江翻译共过事，后从边防总队上调至赤城边防总部，主管会谈会晤工作。

"嗯，同行，得认识切磋一下。"米参谋说。

成文第一次参加这样的大型会谈活动，她的任务主要是跟着石副代表实习。

按照代表团成员军衔排序，成文最后一个从面包车上下来。然而就在踩着脚踏板下车的时候，成文因为着急，也可能是热胀冷缩，脚上一只棕色松口短靴竟飞了出去，跌进一边扫起的雪堆里。

代表团成员都在往前走，没人发现这个状况。成文一时尴尬地提着一只脚站在车门边，又急又窘。

站在前车旁边的戈林逆着人流走了过来。他从雪窝子里掏出那只靴子，抖净里里外外的雪粉，单腿点地，托起成文穿着丝袜的那只脚，为她穿上了靴子。

戈林站起身，一双蓝眼睛看着她，笑了笑，伸出一只手礼节性地轻扶她的手臂，成文的脸红到了耳根，竟忘记说一声谢谢。

她就这样走到了马卡洛夫中校跟前。

"哦，看看我们漂亮的中国小姑娘，她成了我们的女战友！"马卡洛夫中校握着她的手朗声笑道，又转头对白代表说："恭喜你，看样子你们的翻译水平要比我们高了！"

"可以搞个社会主义竞赛嘛！"白代表胸有成竹地说。

大家都笑了起来，在愉快的气氛中活动开始了。

"十月革命是人类历史上一次意义重大的变革，俄国无产阶级第一次掌握了政权，成功地建立了社会主义制度的国家，它不仅改变了俄国历史的发展方向，也对其他国家的社会进步产生了重大影响，它不仅改变了世界的政治格局，也对整个人类社会的发展产生了巨大的影响……"

马卡洛夫代表字正腔圆地照本宣科，成文没有去听小沙中尉翻译了些什么，而是认真地听着俄文，飞快地记录着，以前这些词句都出现在苏联的新闻专题片里，现在是现场聆听，似乎更容易懂，非常难得的训练听力的机会。

她清楚地听到，马卡洛夫在说"意义重大的变革"时，用的是"变革"，而不是这个定义一直沿用的"革命"一词。她记了下来，回去要向代表们报告，这也许是戈尔巴乔夫改革的新动向。

在马卡洛夫代表谈到戈尔巴乔夫的新思维和公开性也给当今苏联带来了巨大变化，并将深刻影响世界时，成文看到赤城总部来的阿尔波夫脸上露出一种奇怪的表情，并与一旁的马格列瓦斯修斯交换了一个不屑的眼神。

"十月革命也为中国送来了马克思列宁主义，诞生了中国共产党，中国共产党的诞生不仅深刻地改变了中华民族的前途和命运，带领中国人民走向新纪元，我相信，它也将促进世界发展和人类的进步……十月革命把我们两国紧紧地联系在一起，共同度过了许多艰难岁月，尽管我们之间有过冲突和不愉快，但是我们都是社会主义国家，休戚与共，我们应该向前看，结束过去，开辟未来，和平友好地发展两国关系、两军关系……"

白代表发言的时候，成文一直在琢磨推敲集体准备的这篇翻译稿需要改进之处……

成文的精力太集中了，以至于没有注意到对面的苏联人在不断地观察她，其中一双蓝眼睛最为专注、持久……

如果一双审视、好奇并含情脉脉的眼睛一直盯着一个人，这个人是不会感觉不到的。当成文终于感触到这束蓝莹莹的目光后，她心里的方寸有些小乱，举止变得不自然起来……

会谈之后，双方共同去镇中拜谒列宁雕塑。苏中两国军人都穿着各自的礼服军大衣，浩浩荡荡地走在小镇铺雪的街道上，分别列队在小广场上举行隆重的拜谒仪式，引起不少人注目围观。

在小广场另一侧的一个水泥台子上面，陈列着一辆参加过二战的英雄坦克，这是一辆 T34 型坦克，侧身上还留着二战期间用白漆写下的标语"为了祖国"。

"T34 坦克初次参战时，令德军非常吃惊，称其为'T34 冲击波'，因为其先进性、火力和机动性都超过了德军坦克。1941 年十月革命节，一批 T34 坦克在红场接受斯大林检阅后直接开赴前线，极大地鼓舞了士气，为赢得苏联卫国战争胜利立下了赫赫战功。直到 1960 年代后期，T34 坦克才从苏军退役。"马卡洛夫给白代表介绍，小沙在绞尽脑汁往外冒中文词，脸憋得通红，一边的小胡子阿尔波夫不时地帮助他。

"二战纪念碑、纪念物几乎在我们每一个城市、村镇里都有，我们要让孩子们知道，他们的父辈是如何为了保卫国家而战斗的，他们今天过着幸福生活，是不能忘记为他们捍卫争取幸福生活的先辈们的！"走在后面的戈林告诉石副代表，成文为他们翻译。

"你们的爱国主义教育做得非常好！"石副代表称赞。

几个淘气的小男孩正在坦克炮塔上玩闹，蹿上滑下，有一个小金发还把身子挂在向前伸出的坦克炮管上，前后荡悠……

"快下来，危险！"成文母性大发，禁不住冲他喊。

"不用担心，让他玩吧，我小时候也那样，男孩子嘛，会保护自己的！"戈林在一旁笑她。

广场边上立着一个书报亭，队伍停在那里，看那些花花绿绿的报纸杂志。

店主打开玻璃门，请有兴趣的军人进去参观。亭子里面四周的搁板上摆满了各种各样的书籍杂志，但空间最多能容纳两个人。

成文走了进去，书籍大多是苏俄作家诗人的名著，在一个角落她竟然发现了一本译成俄文的袖珍本李白诗集，她爱不释手，但是手里没有卢布，只得恋恋不舍地把书放回了原位。

离开报刊亭，队伍向车站候车楼的方向走去，欢迎午宴将在那里举行。中苏军官们三三两两说着话，刚才在坦克上玩闹的那伙孩子们站在路边看着他们。

忽然那个金头发小男孩跑过来摸了摸成文抱着公文包的胳膊，什么话也不说，就是仰着头，睁着一双清澈的蓝眼睛，好奇地看着她。

成文拉住他的手，蹲下身来问："你叫什么名字啊？"

"阿辽沙。"

"你为什么要摸我呀?"

"你是漂亮女人,你真是中国军人吗?"阿辽沙天真地问。

"为什么不是呢?"成文逗他。

"那你要打仗吗?"

成文对这个问题语塞了。

"如果打仗,我可不打你!"男孩稚嫩的声音让成文不由得笑了。口袋里正好装了些大白兔奶糖,她掏出来递给阿辽沙:

"你真是个好孩子,阿辽沙,谢谢你!我们祈祷永远也不打仗好吗?"

阿辽沙点头。戈林走过来,笑着揉揉孩子的头发。

成文又从口袋里找出几枚硬币,递给阿辽沙:"留作纪念吧,可爱的小伙子!"成文亲了亲他冻得红扑扑的脸蛋儿。小男孩却郑重地与成文握了握手,一蹦一跳地向小伙伴们跑去。

"这个也送给你!"戈林手里拿着那本俄文版李白诗集的袖珍本。

成文惊讶地低头看看书,又抬头望着戈林。这已经是今天的第二次惊喜了,她的眼睛一定暴露了她内心一直压制着的什么东西,她有些慌乱。

"拿着吧,留作纪念!"戈林用一个手指头勾开她的大衣口袋,把书轻轻放了进去。

马卡洛夫代表为中方代表团举行了丰盛的欢迎午宴。

头盘的开胃品中竟然出现了珍贵的黑鱼子酱。黑鱼子酱被苏联人称为黑金,以此待客,体现了对中方来访的高规格礼遇和对双方会谈的高度重视。主菜配食中居然上了西伯利亚饺子,与中国饺子不同,西伯利亚饺子小巧玲珑,捏得首尾相连,一个个团成葵花模样。偏爱饺子的中国人十分欣喜,在场的人都是第一次知道苏联还有饺了!但是尝过一个之后,没人再去吃第二个,因为这种饺子里边包的不是肉馅,而是红色黄色粉色的果酱,外面浇着奶油,又甜又腻,大家实在吃不来。

马卡洛夫代表和白云霄代表率先互致祝酒词，每道餐上来，双方校官们都轮流致辞，翻译们跟着站起来坐下地转述。午宴吃得很正式，也很辛苦。

上甜点的时候，马卡洛夫邀请白代表到隔壁小会见室休息一下，他点名让马格列瓦斯修斯跟随。石副代表望向坐在边上的成文，成文会意地起身跟上了白代表。

两名主翻云中龙上尉和沙顿斯基上尉不约而同抓紧时间吃饭，会谈期间翻译基本无法进食。

小会见室里，四只沙发围成一圈儿，中间一张小茶几，服务员上了茶水和甜点。

马卡洛夫上来就对白代表半真半假地说："成文很漂亮，天天跟着你，你的夫人不嫉妒吗？"

白代表立即沉下脸，严肃地说："成文是我们的同志！"

成文也严肃地沉默着。小马把白代表的话翻译了过去。

"我开玩笑，我开玩笑啦！"马卡洛夫很识趣。

马卡洛夫要求小范围"休息"是有目的的。他很坦率地说："最近我们国内又掀起了一股批判斯大林的歪风，这是赫鲁晓夫时期埋下的祸根，那个在联合国大会上扔皮鞋的人把苏共二十大变成了对斯大林的审判会，他既是原告，又是法官，而去世的斯大林却没有或者说被剥夺了辩护权，这不公平。"

"对你们当时全盘否定斯大林，我们中国也是持保留意见的。"白代表说。

马卡洛夫伸出一个大拇指："很客观！我们对斯大林不公正，斯大林好的方面都被掩盖了、忘却了。攻击死者实际上是赫鲁晓夫当时为自己做过的不体面的事进行开脱，有玩弄权术的性质。当年全盘否定斯大林给世界共产主义运动带来了迷茫，现在呢，看着吧，苏联的思想要混乱了！"马卡洛夫指指自己的脑袋，忧心忡忡地说。

"对历史人物的功过评价不能简单化、绝对化，不能政治实用主义，应当忠于历史、实事求是。"白代表说。

两位代表都沉默了。

"他的家乡在立陶宛，他们那里现在最乱，那个'萨尤季斯'很活跃，带头搞乱人们的思想。"马代表对小马家乡的事很气恼也很无奈。

"萨尤季斯是什么？"白团长问。

"一个争取改革运动组织，表面上要改革，实际上闹独立，这是很危险的事情。十月革命把苏维埃各国联合在一起，可是现在却有人要独立出去，而国家却在放任，我们这些老战士看不惯呀！"

"闹独立闹分裂，我们是坚决不允许的。"白代表说。过了一会儿，他又安慰马卡洛夫道，"只要部队别乱就好！"

"哦，白云霄，白云霄！"马卡洛夫激动地握了握白代表的手，眼里闪烁着他乡遇知音的亮光。

"唉，不谈这些沉重的事儿了。"

马卡洛夫把目光转向了成文："你翻译得非常好，两个不懂语言的人能够无障碍交流，并且感觉不到翻译的存在，这是翻译最高水平的体现！"

白代表听闻此言很高兴，礼节性回夸道："小马也不错！"

"他还需要进步。"马代表像看自己儿子一样看了小马一眼。看得出，他很信任小马，特别是与外国友人交流思想诉说苦闷的时候，要带可靠的人。

"成文有男朋友吗？"马卡洛夫问白代表，好像两个大人在谈论孩子，而孩子还在面前。小沙翻译给白代表。

"这得问她本人。"白代表笑看成文。

成文摇头。

"来我们苏联找一个男朋友结婚吧，成了，我送你们一辆伏尔加！"马卡洛夫棕色的眼睛笑眯眯的，半真半假。白代表依然笑看成文。

"条件是很优厚，但是我们国家著名诗人陶渊明有一句诗，叫作'羁鸟恋旧林，池鱼思故渊'，我就是那羁鸟和池鱼。"成文笑着回答，又用俄语讲解了一番。

马卡洛夫哈哈大笑："好一个厉害的小姑娘！你不应该让我把伏尔

加省下的，哈哈哈……"

两位代表从休息室出来，主翻们又上了岗，队伍准备转场到青少年文化宫去参观。

成文走到餐桌旁，刚拿起自己的杯子，准备喝口水，小胡子阿尔波夫走过来拉着她的胳膊小声问："在你们部队里，大家平时怎么称呼他？"他用下巴指了指前面的白代表。成文差点就脱口而出"白团长"，忽然意识到阿尔波夫那两撇小胡子有些不怀好意，她冲他一笑，淡淡地说："老白，很亲切。你们平时怎么称呼马卡洛夫代表呢？"阿尔波夫大概没想到成文会反问，他自嘲地笑了一下，转移话题说："你来帮我们翻译一下吧，我听不懂他说的话。"成文看见他身边跟着红头涨脸的米参谋。

"阿尔波夫同志，边防副代表戈林认为，成文中尉刚刚工作完，累了，她需要休息，你是会中文的，你们可以自己交流。"一旁坐着与人说话的戈林少校忽然转过身来说，他似乎一点儿也不买这位上级领导的账。奇怪，阿尔波夫并没有生气，拉着米参谋走了。

成文心里默默地为自己的警惕性庆幸，边防部队的建制是保密的，尽管双方都心知肚明，但是不能让对方从她嘴里得到证实。

青少年宫为中国代表团的到来做了充分的准备，孩子们准备了一台小型节目，吹拉弹唱又跳舞，十分活泼可爱，有个小姑娘还唱了一首姥姥教的中文歌《北京的金山上》……

"人家在一个六千人的边境小镇里都建这么一个高水平的青少年文化宫，别说比我们三万人的边城，就是比三十万人的北伦也不差，苏联真的是很重视教育的，值得我们学习。"石副代表不止一次地感慨。

演出结束时，主翻沙顿斯基被马卡洛夫代表推荐上了台，小沙跟乐队商量了一下，便把军装上衣一脱，潇洒地甩在乐队的空椅子上，穿着白衬衫坐在架子鼓后面，鼓槌在高高举起的手里令人眼花缭乱地转了几圈，落在一排鼓上。

随着鼓点的激荡，乐队和起，一曲强劲的正风靡世界的迪斯科响彻大厅，气氛立即被点燃了。

幕后的小演员们听到这节奏感强烈的音乐，都情不自禁地唱着，蹦跳到台上来。

《单程车票》，One Way Ticket！"台下的成文也兴奋地站起身，挥舞着双臂，唱了起来。再看小马、云中龙、阿尔波夫、米参谋等人都合着拍子边唱边扭，连沉稳的代表马卡洛夫和白云霄都坐不住了，站起来有节奏地鼓掌，为小沙和乐队喝彩。

戈林忽然附在成文耳边问："你最喜欢苏联哪首歌？"成文不假思索地说：《友谊从微笑开始》。"这是苏联当年最流行的一首歌，电台天天放，欢快明朗，苏联的年轻人几乎都会唱。"噢，微笑外交，我们的领袖提出的。"戈林说。而成文并没有想到那么多。

音乐停止后，就听到主持人邀请中国代表团的成文翻译和其他会唱这首歌的同志们上台。

得到白代表的允许后，成文和江上舟在苏方除了马卡洛夫代表以外所有代表团成员的簇拥下上了台。

在小沙架子鼓的指挥下，军官们在聚光灯下手拉手唱起了苏联歌曲《友谊从微笑开始》，小演员们在他们周围自发而欢快地舞蹈，阿尔波夫和小马也跟着蹦跶。

微笑是春风化雨

微笑是夏花烂漫

微笑是秋高气爽

微笑是冬日暖阳

微笑净化对视的目光

微笑搭建心与心的桥梁

微笑是人类最美好的语言

人间友谊从微笑开始

世界和平缘起微笑构建……

回国开完总结会，米参谋带着感受和报告在返回草原军区前，与白团长开了句玩笑："成文同志一出面，白代表掌控不了会谈局面了！"

"嗯？怎么会！我觉得小成很好，处事很有分寸，办事稳当牢靠。"白代表说。

周末晚上，团里举办舞会。家属们都来了，还带来市里的一些女青年。团领导的意思不言而喻，借此机会给他们的大龄未婚参谋干事们介绍对象。

成文和蒋薇薇躲在团部大楼三层为她们辟出的宿舍里，听着外面的动静，谁叫也不开门。当她们判定走廊里的脚步声都进了舞厅（大会议室），再也没有人来打扰的时候，两人裹上军大衣，戴上棉帽子，一溜烟跑下楼，一前一后跑出团部大楼。

大雪节气刚过，夜间气温就接近了零下三十度，边城已经半埋在大雪中。团部大院里开出了几条齐腰高的雪道，通向不同的单位。

成文和蒋薇薇走在去卫生队的那条雪道里。蒋薇薇抬头望着黑蓝的天上那轮皎洁的月亮："今天是十五吗？我怎么觉得边疆的月亮比内地的要圆要亮。"随着说话，白生生的哈气从她嘴里不断地冒出来。

"快到十五了，我看你是爱上这里了！"成文停下脚步，靠在雪墙上，也仰头望着月亮，"如果不是这么冷，能赶上我们家乡的月亮了，又圆又亮，唉，小时候躺在妈妈怀里看月亮的日子一去不复返了！"

"又想家了，过两天咱们就能回家休假过年了！"蒋薇薇说。两人沉默了一会儿，蒋薇薇问："哎，你的峰辉怎么样啦？"

"信里说前段时间去广州深圳考察了一圈，最近到北京了。"

"调动到那里工作了？"

"没说清楚，只说先工作一段时间，想过过单身日子。"

"好事儿呀，我觉得他在为你做准备呢，我的傻姐姐。"蒋薇薇顽皮地笑了起来，搂起成文的一只胳膊。月光下，成文的脸却显得惨白，挂着忧虑，她低声说道："如果是这样，我是不好的，他还有家庭和孩子。"

"他爱你，那是他的事儿，我觉得你应该想的是你爱不爱他！"蒋薇薇大声说。

成文不说话了。舞曲声欢笑声从团部大楼三层大会议室背面的窗户里传出来，清冷的月亮就悬在大楼楼顶的角上。

"你是爱的，那就顺其自然吧！"蒋薇薇看着她，肯定地说。

"走吧，脚有点冻僵了，别让我的嘎尔迪等急了！"蒋薇薇挽着成文，两人踏着月光，顺着雪道，向不远处埋在雪中亮着橘红色灯光的那排平房走去。

进了卫生队大门，顺着走廊，经过她们曾经住过一段时间的病房，向深处的药品库走去。卫生员徐帅正等在那里。

"终于来了，嘎哥都让我望了好几次风了！"

门一开，一股药味扑鼻而来，他们穿过一排排药品架，绕过码放整齐的药品箱垛，停在"一堵墙"前面。徐帅弯下腰去，只听"刺啦"一声，落地卷帘门打开了，里面是与药房连着的宽敞的车库。

黑暗中，一道手电光照了过来，刺得两个女孩睁不开眼睛。

光柱后面传来咏咏的笑声："欢迎，欢迎，热烈欢迎！"

"讨厌，你们在哪儿？"蒋薇薇嗔怪。

光柱落到地面上，慢慢地移到一块毯子上，毯子上摆着酒、白瓷碗、几碟凉菜、花生、石榴，还有一碗干奶酪。光柱移到对面卫生员张坤的脸上，张坤做了个鬼脸，探身一把抢过手电，把盘腿席地而坐、张嘴笑着的嘎尔迪从上到下照了好几遍。

"讨厌，谁不认识你们？！"蒋薇薇把成文安顿好，走到对面嘎尔迪身边。正卧在那里的阿尔斯楞立即起身让位，走过来，趴在成文身旁，成文充满爱意地抚摸着它。

"咦，怎么这么热乎？"成文摸摸屁股下面的垫子。

"嘎哥为你们准备的电热毯。"坐在她边上的张坤说。好心细体贴的男人，薇薇是找对人了。成文想。

蒋薇薇从嘎尔迪身后端出一个彩纸盒，打开盒盖，里面露出一个圆圆的黄灿灿的大蛋糕。

"哇，谁过生日呀？"成文惊异，薇薇只告诉她到卫生队玩儿，像他们以前那样，没告诉她还有这个节目。

"我嘎哥！"蒋薇薇说着，一边往蛋糕上插蜡烛，一边与嘎尔迪交换着幸福的眼神。

"不提前通知，没带礼物呀！"成文嗔怪。

"不急，成文姐，他们结婚时咱们送大礼！"徐帅一边用打火机点燃蜡烛，一边说。

"都谈婚论嫁了？！"成文疑惑地看看徐帅，又看看蒋薇薇。蒋薇薇莞尔。

"已经私定终身了！"徐帅凑到成文耳边说。

"把你的手电灭了吧，"蒋薇薇亲昵地打了嘎尔迪手一下，"蜡烛才浪漫。"

五张年轻而兴奋的面孔在橘红色的烛光后面摇曳着。

"来，庆祝我嘎哥二十二岁生日聚会正式开始！请寿星许愿！"蒋薇薇宣布。

"还有这花样？我以为就是喝酒喝酒喝酒呢！"嘎尔迪搓着手。

"许个愿吧，这是必须的，许个长久的，还有短期能实现的。闭上眼，双手合十，对，就这样！"蒋薇薇指挥着。

"可我们蒙古族不是这样的！"嘎尔迪想申辩。

"现在听我的，对，别把愿望说出来！"蒋薇薇看着闭着眼睛的嘎尔迪，眼神在忽明忽暗的光线里脉脉地传递着爱意。成文羡慕地看着他俩，心里竟有些酸溜溜，身边有一个真正关爱你和被你关爱的人，这才是真正的现实的幸福呀。

许完愿，蒋薇薇招呼徐帅切蛋糕。徐帅从卷帘门下面的缝隙里钻了出去，不一会儿，捏着一把小手术刀回来了："崭新的！"他得意地炫耀。

"哎呀妈呀，你这是杀猪用宰蚂蚁的刀呀，这刀也太小了！"蒋薇薇笑道，又问嘎尔迪："你那把精美的蒙古刀呢？"

"被张队长视为凶器暂时保存在他那里了。说好了，我俩有一个离开部队时才能物归原主。"嘎尔迪笑笑。

徐帅笨拙地切蛋糕，蒋薇薇分给每个人。大家都为蛋糕味道与众不同而啧啧称赞。

"这是我请城里那位面包师做的，他说用了他家俄罗斯的古法，为我特制的，用蜂蜜和牛奶和面，烘焙时间也有讲究！"

"怪不得好吃！"徐帅和张坤连吃两块，就连怕甜的嘎尔迪都吃下去一块。

蒋薇薇下令开始喝酒的时候，嘎尔迪乐了，率先敬两位女士三杯，并先干为敬以表谢意。几个人轮番敬寿星酒，蒙古族汉子来者不拒，悦然而实在，一律一饮而尽。

徐帅递给嘎尔迪一个旧烟斗："嘎哥，这是你一直想掠夺的，今天你过生日我送给你"。

嘎尔迪把玩着那个烟斗，爱不释手："你小子终于想通啦？哥有点夺人所爱呀！不过放我这总比放你那有用武之地。"

"别扯了，拿着吧！"

草原白超过六十度，一瓶下去，寿星依然神情自如，妙语连珠，倒是几个汉族人说话舌头都大了起来。

张坤把那盘奶酪递给成文："姐，尝尝这个，这是嘎哥家自制的，这个解酒。"成文捏起一块放进嘴里，又拿起一块放进阿尔斯楞嘴里，阿尔斯楞的大嘴一张一合地咂摸着，估计还在寻找刚才蛋糕的味道。

奶酪酸酸的、甜甜的，这让成文又想起了草原军区招待所那位帮助过她的可爱的蒙古族姑娘彩彩克……

大家让蒋薇薇一定要在这个特殊的日子为嘎哥献歌。蒋薇薇望望窗外的月光，又看看眼前的烛光，迎着寿星深情的晶晶亮的目光，唱起了邓丽君的《月亮代表我的心》……

"嘎嫂都唱歌了，嘎哥也得表现一下，跳个你拿手的蒙古舞！"徐帅喝下一杯酒喊道，成文张坤立即鼓掌巩固这个提议。

嘎尔迪坐直身体，不慌不忙拿过一个碗顶在头上，嘴里哼着《草

243

原酒歌》的旋律，抖着肩，头部开始前左后右平面画圆，虽在似醉非醉状态，但动作相当专业，自始至终碗也没有掉下来。

"不行不行，正式跳一个！"徐帅不依不饶，"就跳你自己天天琢磨的那个歌，《蒙古心》！"

嘎尔迪看看蒋薇薇，蒋薇薇正脉脉含情地鼓励他。

嘎尔迪站起身，哼唱着这首歌，在烛光中舞动起来，舞姿英武豪放，又柔美细腻，身体各部位的控制十分讲究、精准，无论刚柔快慢都表现得恰到好处，绝不拖泥带水。

　　蒙古袍是我的温暖
　　蒙古刀是我的勇敢
　　蒙古马是我驰骋的意志
　　蒙古包是我生长的摇篮
　　成吉思汗是我的祖先
　　英雄梦是我的信念
　　血与乳是我父母的恩赐
　　马头琴是我跳动的心弦
　　心弦上有我心爱的姑娘
　　伴随着我驰骋到永远
　　啊，在这富饶美丽的草原上
　　蒙古心就是那燃烧的火焰
　　在那燃烧的火焰中
　　有我永恒的爱恋
　　……

"成文姐，这是嘎哥自己整的歌，他已经为蒋大夫走火入魔了，也不跟我们跳霹雳了，天天就整这靡靡之音，嘿嘿……"徐帅觑着醉眼，悄悄对成文说，"看见没，喝多了跳得更好！"

嘎尔迪跳完舞一坐下，大家还没鼓完掌，蒋薇薇就情不自禁地搂着他的脖子，倒进他的怀里，嘎尔迪低下头去亲吻她……

另外三个人没眼再看，徐帅结结巴巴地说："张坤，唱支你们贵州的小曲儿呗！"

"不行，不行，我五音不全……"木讷的张坤不好意思地推托，徐帅和成文继续鼓动，张坤不说话。忽然，张坤眼睛直勾勾地盯着一个角落，大家也莫名地顺着他的目光看去。

"啊——"长长的一声，吓了大家一跳，张坤竟然开唱了！

他用家乡话唱《北国之春》日本歌，优美的旋律被他跑调离了谱，徐帅笑得撞在他身上，张坤不受其扰，推开他，继续高歌，成文笑得趴在阿尔斯楞毛茸茸的背上，直不起腰来。蒋薇薇已经捂着肚子扭成一团，嘎尔迪干脆向后一仰，躺在地上，仰天长啸。

一首歌终于唱完了，张坤羞涩地对大家说："不好意思，我实在是五音不全，你们这是赶鸭子上架。"

众人擦着眼泪，揉着肚子，艰难地扭坐起来，上气不接下气地说：挺好，挺好……唱死个人儿也不用偿命……

突然，张坤眼睛一瞪，说："那我再唱一首吧！啊——"

"啊——""妈呀——"大家喊着，笑着，又都捂着肚子滚倒下去。

"里面干吗呢？"外面忽然一声大喝。

"没事儿，周末，大家热闹热闹。"好像是张队长在回答。

"噗，噗……"嘎尔迪吹灭了蜡烛，几个人都噤了声。

徐帅蹑手蹑脚地挪到小窗子下面，踩在旁边的凳子上，提着身子往外看，月光照在他的头发上。

"是团里的流动哨！"徐帅扭过头来压低声音告诉大家，"好像张队长把他们引走了。"

众人都松了一口气。再看阿尔斯楞，那厮已立在门边，夹着尾巴，一副严阵以待的攻击状态。

年末，北京总部的乐观处长和王老板又带着特殊任务来到边城。白天两人悄无声息地在城里活动，晚上便隐士般幽闭在团部大楼一层临时辟出的两间客房里写东西。

清晨，乐观处长依晨练习惯，早早起来站桩，但这天总也不能心静，他半眯着眼睛，瞄着窗外，期待着什么。

晨曦微露，淡蓝色的晨光铺在窗外的雪地上，雪很厚，几乎平了大楼一层的窗台，把对面招待所高高的基座都埋了起来。

一顶红色的毛线帽在楼前辟出的雪道里忽悠悠悠地上下闪动。

已经连续三天了，每天早晨这个时间小红帽都会出现。他在第一天就看清了露在小红帽下面那张热气腾腾的红脸蛋，是那个主动要求下边防的女大学生成文，她穿着厚运动服，在绕着团部大院的雪道跑步。

零下三十度的恶劣天气里还能坚持出门跑步，这可不是普通人能做到的，这意志和毅力可不是一般人能具有的，更何况还是个南方姑娘！

乐观处长很感慨。从上次来团认识这位女同志起，他主导的这个团队便一直暗中关注观察着她的一举一动，多方了解她的思想和表现，令他们高兴的是，她不仅没有让他们失望，而且在不断地送给他们惊喜。

小红帽在雪墙的拐角处消失了，不一会儿又跑过一楼的窗前。姑娘的眉毛上结着白霜，嘴里呼着哈气，眼睛坚定地目视着前方……

隔壁早起的王老板也看到了这一幕，他抱着臂，站在窗前，若有所思。

周日下午，江上舟翻译打电话到办公室，叫正在复习功课的成文到他家吃饭。

这是常有的事儿，江翻译两口子都是热心肠，经常邀请团里的同志们到家里做客。成文和蒋薇薇来团后，江翻译爱人李玫对她俩更是格外关照，时常招呼去家包饺子，吃她拿手的韭菜合子，生怕她们孤独想家。

但是今天，江翻译最后特意加了一句：就你一个人来吧！

团部院子最东边的高地上，有几座用篱笆围起来的院落，每个院

246

子里面有一排红砖平房，这里是团领导们的"官邸"。只可惜铁打的官邸，流水的官人，由于团领导流动性大，且他们的家属孩子都不在身边，又都工作繁忙以办公室为家，所以房子基本空置。江翻译结婚后，一位团领导就把自己的临时官邸"借"给了他。

江翻译娶了本地姑娘李玫。众人皆知李玫家在边城赫赫有名，父亲是市里领导，几个兄弟姐妹都身居边城重要部门的重要岗位，她本人是市医院医生，她的家族控制了大半个边城，简直不可一世。

但在成文和蒋薇薇眼里，玫姐身上没有骄娇二气，是个温柔贤惠、善解人意、诚实能干的漂亮姐姐。玫姐嫁给江翻译，团里人都十分欢喜。二人非常恩爱，江翻译在家有点大男子主义，但是在外，对媳妇的爱意总是溢于言表。

成文和蒋薇薇一直喊她玫姐，而不是江嫂，因为在她们的潜意识里，她是一位独立的女性，与依附于军官丈夫的家属们不同。

成文站在篱笆墙外摁门铃，玫姐腰上系着花围裙，手里拎着一个空篮子，笑盈盈地出来接她。

"小江鸥今天怎么没来给我开门呀？"成文问。

"早上送到姥姥家，找他的兄弟们玩儿去了。"玫姐说。

"呜，见不到他，我好想他呀！"成文有点失落。她把带给他们四岁儿子小江鸥的玩具汽车放在铺着雪的窗台上，接过玫姐手里的篮子，挽着她的手臂，两人往后院走去。

"上次舞会你和薇薇都没有来，让不少人失望呢。"玫姐说。

"我们跟别人早就约好了。"成文说。

"我知道薇薇有事。那天随连长也被石副团长从连里叫上来了。"

"哦，我其实不太会跳舞。"成文低头嘟囔。玫姐看看她，又说："唉，薇薇也是，你们俩呀，终身大事怎么办呢？好在岁数还不大！"

拉开通往后院的小柴门，随着"吱呀"一响，几只野兔从码在菜畦上被雪覆盖着的秸秆堆里跑了出来，钻出围着院子的木篱笆，顺着木篱笆外的陡坡一蹿一跳地跑了下去，又钻出坡下面的铁丝网，跑进林子里，雪地上留下了一串兔脚印。

地窖子在房子后面，地面上只露着一个小小的绿色拱门，嵌在红砖砌就的门楣里，小门被雪掩埋了一半。蹚过还没来得及扫起来的雪，推开小门，混杂着植物根茎、水果、泥土的潮湿气味便扑鼻而来。

玫姐摘下挂在门边的手电筒，成文跟着她弯腰往下走了一段，来到一个宽敞的方方正正的储物室，这里可以直起身子。手电光照在角落一堆沙土上，玫姐走过去蹲下身从里面刨出几个胡萝卜和土豆，装进成文的篮子里。旁边有几筐苹果和梨子，一条旧棉被下盖着一堆码放整齐的白菜，这些都是冬贮食品。另一个墙角放着两个小缸，玫姐揭开一个，一股亚硝酸和氨气的混合味道冒了出来。

"我这酸白菜应该腌好了，早上买了鱼，今天给你们做个酸菜鱼尝尝。"成文接过玫姐递过来的手电，玫姐用挂在缸沿上的铁钩子勾出半棵白菜，沥干水，放进篮子里。

成文特别喜欢看玫姐干活儿，她那些琐碎的不经意的动作，在成文看来是那么利索而流畅，透着生活的自然、暖意和美感。

回到屋里，江翻译正在摆台，餐桌特意从餐厅移到客厅挂着俄罗斯油画的那面墙下面，桌上铺了新桌布，做好的菜也已经上桌。

玫姐去厨房做酸菜鱼，成文就跟着江翻译摆碗筷，开饮料，倒白酒，醒红酒。

"今天都谁来呀？这么隆重。"成文问。

"一会儿你就知道了。"江翻译卖着关子，"今天你就记住多听少说就行了。"江翻译又嘱咐了一句。

天黑后，谜底终于揭晓，来客是王老板和乐观处长。

比起以前的轻松自在，这顿饭吃得比较沉闷。乐观处长和江翻译在喝酒谈工作，说一些国际大事当前形势以及边境上双方交往情况。王老板吃得少，多数时候靠在椅背上，觑着眼，听他俩说话，思考着什么，偶尔问问成文对一些问题的看法。

成文的回答都很简洁，低头慢慢吃东西，按照江翻译的嘱咐，多让耳朵工作。她总觉得王老板锃亮的头发上长满了眼睛，从不同角度各个方位在审视着她。

玫姐负责给每个人夹菜倒酒添饮料。

乐观处长与江翻译谈到在市里遇到一件棘手的事情。

"这事包在我媳妇身上了。"江翻译搂搂玫姐的肩，玫姐笑着点头。

吃完饭王老板和乐观处长先行离开。起身的时候，王老板对江翻译说："小成过两天不是回家休假吗，那东西可以请她带给我们，不急。"说完看着成文。

"我把地址写给你。"乐观处长对成文说。

"不用，我记住了。"成文平静地说。

王老板与乐处长交换了一下眼神。

"嗯，刚才乐处长对江翻译提到过那个新地址的数码代号。"王老板说，并请成文重复一遍。

"这记忆力，不愧是学外语做翻译的，不错！"王老板和乐观处长都露出了满意的微笑。

江翻译和玫姐送成文回去的路上，天空又飘起了雪，天色暗暗的，勉强能透过飞舞的雪花看到不远处团部大楼隐约的灯火。

成文说："这顿饭吃得怪怪的，好像发生了什么，又像什么也没发生！一切都像这天气一样混沌。"

江翻译大约心里藏着事儿，笑着说："以后会明朗的，他们的套路有时我也不懂。"

推开宿舍的门，成文吓了一跳。

木地板上到处都是手纸团，蒋薇薇正蜷缩在外间的沙发里，脸上淌着泪，手里揉搓着一张刚擦完眼泪的纸巾。

看见成文进来，蒋薇薇又"哇"的一声大哭起来。

成文跑过去抱住号啕不已的蒋薇薇，急着问："怎么啦，怎么变成泪人儿啦，到底发生了什么？"

好半天，成文才从蒋薇薇断断续续的抽泣声中听明白：

坏蛋们让嘎尔迪复员了！而她竟然一点也不知道！

蒋薇薇认为，所有人都欺骗了她。

她恨白团长，因为是他下令撤销了给卫生队的志愿兵名额，没有这个名额，嘎尔迪就失去了立足之地。她恨张队长，因为他失信失义，没有像以前那样竭尽全力挽留嘎尔迪，争取这个名额，而是提前把那把蒙古刀还给他并亲自把他打发走了。她恨嘎尔迪，因为他始终不肯把张队长与他的谈话内容告诉她，他背着行囊走的时候，大概是在徐帅和张坤的一再劝说下，才回头看了她一眼，什么话也没有留下。

她始终记得两人对视目光中内容的不同，嘎尔迪是阴郁忧伤的，而她自己是悲泣愤怒的……

成文在事后不久从团里了解到，嘎尔迪的离开，更主要的推手是蒋妈妈。

蒋薇薇与嘎尔迪的恋情在团里不胫而走，传到北伦军分区蒋妈妈耳朵里，可把科长夫人气坏了！草原军区医院副院长的儿子从在学校起就一直追求薇薇，即使薇薇到了边防，人家小伙儿也不放弃不抛弃，两家大人也都相互满意，盼着薇薇在边防实习期满后调回青城，两家结亲，可是这薇薇一点儿也不争气，不顾自己的干部身份，跟团里的战士胡闹一气，惹得满城风雨，成何体统！

蒋夫人给白团长、给其他团领导、给张队长挨个打电话，软硬兼施，威逼利诱，连哭带闹，核心内容就是：你们是怎么管理部队的？我把女儿托付给你们，要是出了什么状况，我会找地方让你们给个交代的！

团里领导马上就这个问题进行研究，为防患于未然，最后以志愿兵名额今年不到位为借口，让嘎尔迪复员，并责成张队长对这位同志晓之以理，动之以情，讲明利害关系，引导看清未来，做好思想工作。

而所有这一切，蒋薇薇都被蒙在鼓里。

连续几天，蒋薇薇都不按时下班回宿舍，回来也不说话，往床上一躺，死人一样，浑身一股酒气。

成文用热毛巾去给她擦脸："怎么还喝上酒了?!跟你说过多少遍了，什么事都过得去的，就是不能作践自己！"

"喝酒好，喝完酒想骂谁就骂谁，真解气，哈哈哈……"蒋薇薇闭着眼睛，咧嘴傻笑。

"一时痛快，是不是，一时解脱，是不是，然后就几天难受，是不是，亏你还学医……不是跟你说过要留得青山在嘛……"

这天晚上过了十点，蒋薇薇仍未归宿，成文顶风冒雪去卫生队找人。

蒋薇薇正叼着一支烟，在办公室与卫生队的几个哥们儿玩牌，满桌空酒瓶子，残羹剩饭，满地烟头，屋子里乌烟瘴气。

成文径直走到窗前，"砰、砰、砰"，推开了所有的窗户，冷风挟着雪花转着圈儿地冲进屋子，吹倒几个瓶瓶罐罐，吹飞了桌子上的一摞病历纸，在这几个人身上肆意穿梭冲撞，屋里人打着激灵，似乎都有所清醒。

成文劈手拔掉蒋薇薇嘴上的烟，"嗖"地扔到窗外，也不知哪来的力气，一把把歪在椅背上的蒋薇薇拽起来，厉声道："跟我回宿舍！"

蒋薇薇听话地站了起来，晃悠着，上身无力地瘫在成文肩上。

成文拖着两脚不利索的蒋薇薇往外走。出了卫生队的门，刚一下台阶，蒋薇薇脚下一软，栽倒在雪地里，身体沉得像摊烂泥，成文怎么拉也拉不起来。

好不容易扶坐起来，蒋薇薇忽然双手搂住成文的脖子，嘟着嘴嗲嗲地说："嘎哥，我走不动了，你背背我吧！"

成文鼻子一酸："唉，你嘎哥要在，你也不至于走不动呀！"

成文抬头看见站在台阶上目滞口呆的徐帅和张坤，泪花闪闪的杏眼一瞪，喊道："愣着干啥？还不快去找副担架来！"

两人跟跄着进了房子，不一会儿，一个提着副担架，一个抱了床被子跑了出来。他们手忙脚乱地把蒋薇薇抬到担架上，盖好被子。刚抬起来走了几步，蒋薇薇哼哼着，头一歪，"哇哇哇"吐了出来，酒气浊物把走在她身边的成文熏得一跳，蹦出老远。

担架又放在雪地上，几个人帮她清理被子上身上的浊物。

"告诉你们，以后不准再拉着蒋大夫喝酒抽烟打牌，徐帅，张坤。"成文大声吼道。

"到！""到！"

"以后你们两个人下班就负责把蒋大夫送回宿舍，如果做不到，别怪我对你俩不客气！"

徐帅和张坤从来没见过这么严厉的成文姐，吓得连声说是。

二人抬起担架晃悠着往前走。

忽然听到蒋薇薇笑着说："咦，嘎哥，你看这么多星星怎么都落下来了，盖在咱们身上了，多美呀！"

成文抬头望向夜空，正在飘雪花，哪里有什么星星，唉，傻妹妹真是醉得不轻。

"嘎哥，我爱你，我才不要管什么社会等级呢，我们就要冲破世俗，做活生生的人，而不要做社会的附庸，我就要跟你在一起！你先去打出一块天地，立了足，我就去找你！"

"好的，好的，知道你的心思啊，不生气了啊，不说了啊！"成文劝慰她，阻止她，生怕醉意发酵的她在两位抬担架的小弟面前说出让人难为情的话来。

"嘎哥，我爱你的思想，爱你的品格，爱你的容颜，爱你的身体，我爱你的一切，我要给你生猴子，生好几个猴子……"

成文赶紧用被子盖住了她的嘴。幸亏抬担架的两个人也醉意蒙眬，不知在想些什么。

"你看那座楼像个古堡一样，不，像个坟墓一样埋在雪里，太可怕了，我不要回去，不要住在那里面，嘎哥，你带我走吧！"蒋薇薇下巴挣扎着钻出被子，带着哭腔继续说。

"别说了啊，再说嘎哥就不理你了，听话啊！"成文附在她的耳边，哽咽着小声说道。薇薇果然乖乖地不说话了。

霏霏细雪落在团部静寂的院子里，落在深深的雪道里，落在几个夜行人的身上，落在担架上，脚下"嘎吱，嘎吱"深深浅浅踩雪的声音在放大。

蒋薇薇闭着眼睛，似在微笑着，脸色惨白。

几周前，两人顺着这条道去给嘎尔迪过生日的欢笑声还响在耳边，怎么忽然间就变成了于无声处？成文看着担架上的蒋薇薇，泪眼愈发模糊，心里愤而难平，却又不知在生谁的气……

一行人走进团部大楼的时候，成文一回头发现，阿尔斯楞披着一身雪花也跟了来，它耷拉着耳朵，心事重重，驻足在大门外面，眼睛湿漉漉的。

石头哨所矗立在高高的崖岸上。

慕光到来的时候，下面的界河和它两岸的村庄都已经被白雪深埋。

天气好的时候，从这个制高点可以隐隐看见远处河岸上相邻的哨所，也能看见河对岸苏联高地上的建筑物，再远便是雪原与天空间的一片皑皑混沌。

在离镇子较远的几个河道转弯处，一年四季都会有两国的边民越界打鱼、走私物品，偶尔也会发生偷渡国境的严重事件。那些地方是哨所观察的死角，也是边防控制力相对较弱的地方，双方边防军因此总是会晤交涉，但是边民世世代代你中有我、我中有你，问题当然总也解决不了。

哨所的日子单调乏味，哨兵在顶端瞭望台上每执勤三个小时进行轮换，昼夜不停。枯燥的工作让士兵们在利用那架高倍望远镜观察军情敌情的同时，也把民情村情观察得细致入微。

对面苏联村子里的丽达去保尔村边的小木屋里偷情啦，醉汉瓦西里在后园子里打胖老婆啦，长得像斯大林一样的大胡子哨所所长的漂亮女儿冬妮娅放假从外地回来了，等等，都是士兵们打发无聊时光的谈资，那些人名儿是他们从看过的苏联电影里套取的。

慕光值哨的时候，最爱看对岸村子中心那座顶着一个"圆葱头"的木制教堂，教堂大约已经年代久远，浑身木头都变成了棕黑色。圆

253

葱头上还立着一个有光的时候闪闪发亮的十字架。村里戴着皮帽子的老头儿和围着花头巾的老太太们每到周末都会定时去那里做礼拜。看着他们从教堂里出来时一脸干净虔诚的模样，慕光对那个让人超度的神秘地方很是向往。

但是，他更多的时候是把高倍望远镜从对岸的村庄摇过来，摇过冰封的界河，摇过打鱼人在河岸上踩出的几条纵横雪道，摇过镇子里积着雪的木刻楞屋顶，停在供销社门口。

他想看看丽丽娅，他竭力躲避却又十分思念的心上人。但期盼的多数时候都是失望。偶尔看到表情落寞的丽丽娅从门里走出来，他压抑多日的酸楚又会从心底泛起。

丽丽娅锁好门往家走的时候，慕光会一直在望远镜里目送着她的背影，那背影紧缩着、前倾着，在长长的雪地上行走，显得那么孤独弱小无助……

慕光沮丧地离开望远镜，呆坐在哨所的窗台上，望着冰封落雪的世界，听着呼啸呐喊的北风，心里又是一阵发堵，觉得余生就像走不到头的黑洞洞的隧道，没法打发了……

界河上每天都在下雪，天空整日灰蒙蒙的，分不清早晨还是晚上。哨所的底层被雪封了起来，每次拉开哨所的门，趴在门上的雪便摔进屋里来。士兵们从门口往外铲雪，把哨所的小院清理出来，但是第二天，雪又把院子掩埋了。

哨兵们的消遣主要是打扑克，有时几个人打着打着，把扑克牌往地上一摔，就莫名其妙地打起架来，相互叫骂着，拳打脚踢。趴在望远镜上值哨的慕光听到动静也懒得下去制止，心想：打吧，打吧，能打架是好事，狂躁症总比抑郁症好治……

慕光经常想起在团部培训时看到的那位被人叫作"老眯"的军医，那是五十年代到边防的医学院大学生，据说当年十分活跃，后来一直想调走却走不成，人就慢慢变了，变得整天眯缝着眼，跟谁都乐乐呵呵，说话办事恍恍惚惚，到现在五十多岁了还是光棍一条，成天窝在团部角落那个小小的医务室里，写一些谁也看不到即使看到了也看不懂的文字，谁跟他提离开军队他就跟谁拼命……

慕光想到老眯就有点胆寒，他想到了自己的未来，感觉就像这漫漫无期的冬天，整日阴着脸下雪，见不到一点阳光和希望。慕光告诉自己春天会来的，但是他心里就是想不起春天的样子，看到的就是这种一眼望不到头的阴郁……

这天下午，天又早早黑了。慕光下了岗，刚吃了几口饭，院门口的哨兵就来报告：外面来了一位老乡，请慕军医去给家人看病。

"谁会知道哨所里有个慕军医呢？"

慕光心里画着问号，穿好大衣，戴上皮帽子，提了随身军用卫生箱走出哨所小院。

对面，被雪埋了半截的雪松林边上站了个雪人，旁边停着一架雪爬犁，拉爬犁的马披了一身雪花，大概也是嫌冷，不住地在地上踩出的雪窝子里倒换着蹄子，口里吐着白气。雪人开口一叫，慕光心里一惊：

"瓦夏，你怎么来了？谁病了？"

"我姐。"

"快走！"慕光的头"嗡"的一下大了。跳上雪爬犁，一个劲催促瓦夏快点赶马跑路。

"这雪这么大，尽是沟沟坎坎的，马拉着爬犁跑不起来。"瓦夏倒沉得住气。

"发烧了吗？"慕光盯着瓦夏穿着皮袄的后背问。

瓦夏半天才不紧不慢地说："好像有点。"

"你姐夫没在家？"慕光咬着牙问。

"别跟我提那畜生，他现在躲着我，哼，别让我逮着他！"瓦夏气哼哼地骂，"结了婚就没在家好好过几天日子，嫌我姐不生孩子，现在在哈市找了个小的。"

爬犁停在丽丽娅家的篱笆门外，慕光跟着瓦夏进了院子。

院子里积着厚厚的雪，老旧厚实的木刻楞黑黢黢、冷清清的，只有边上一扇窗户透出朦胧的亮光。

入户门前有门廊，三角屋檐向前探出一截。两人在下面磕干净鞋上的雪，踏上木台阶往屋里走。

一个姑娘从里面打开了房门，门柱上挂着的马灯把姑娘的头发照得金黄发亮。

"我女朋友露霞，这两天来照顾我姐。"瓦夏歪头在露霞的脸颊上亲了一下。姑娘看上去也像混血，她冲慕光一笑，露出一口整齐的白牙。

"你领慕军医进去吧，我把马和爬犁先安顿到咱们那里去。"瓦夏对露霞说。

露霞接过慕光脱掉的帽子大衣，挂在入户小门厅的木墙上，木墙对面有一扇半开着的小木门，能看到通往地下室的转角木梯。

慕光跟着露霞从门厅往上走了三个台阶，进入上面的错层。

借着挂在里面墙上两盏马灯的光亮，慕光看出错层是个方方正正的厅，墙壁都用圆木砌筑，马灯昏暗的光把涂了清漆的一根根棕黑色的圆木勾勒出一条条亮线。

这个厅似乎是个通道，四面墙上都有门。厅里摆设很简单，只有窗户边上放置着一张铺着白色亚麻细花布的大餐桌，桌旁一圈木凳子。慕光一眼就看见桌子中间那把熟悉的长嘴银茶炊，它让慕光又想起与丽丽娅在婚礼上第一次见面时的美好时光。

慕光被门口左手边的什么东西碰了一下，他仔细一看，一个木梯子贴着红砖砌成的方台子墙，向上伸去，上面又宽又平，像北方的土炕，铺着干净的被褥。

慕光好生奇怪，俄罗斯族人家的炕怎么建得比人还高，需要使用梯子爬上爬下？他往前走过台子一看，原来这是一个土壁炉，炉口关着一对铁门，朝向方厅，铁门的中间部分被壁炉里面的火烧得红红的，炉顶变成了北方的土炕。

露霞让慕光稍等一下，便跑进左边墙上的小门，去挪动里面小炉灶口上"突突"冒着蒸气的水壶，慕光隐隐看见那屋里的墙上挂着木铲、木勺、木砧板等厨房用具。

慕光站在土壁炉边上，浑身被烘烤得暖烘烘的。

土壁炉对面墙上的那扇门关着，墙上挂着两幅多年前的旧画，一幅是一个大胖小子抱着一条锦鲤，一幅是版画"改革春风到山乡"，一盏马灯就挂在画的旁边。

露霞从厨房出来，带着慕光走过咯吱咯吱作响的木地板，向右手边餐桌旁那扇小门走去。

推开门，里面又是一个小空间，带窗户的窄窄的走廊一侧有三间房，露霞走到最里面的那间，举手敲门：

"丽丽娅，慕军医来了。"

"慕光——"里面传来微弱而急切的呼唤。

露霞推开门，慕光进去，露霞带上门离开了。

丽丽娅陷在白白的软软的床被里，虚弱地看着他。她的头发散落在枕头上，脸显得那么娇小，不知是烛光的原因，还是在发烧，面色潮红得近乎艳丽，眼里闪着泪光，流露出期盼和忧伤。

慕光长长地呼了一口气，径直走了过去，床头烛台上蜡烛的小火苗随着他向丽丽娅走近而颠簸摇曳。

慕光坐在床沿上，俯下身，双手捧起丽丽娅的脸，嘴唇轻轻地压在她光洁的额头上。那里有一层细细的凉汗，慕光知道带来的医药箱可以不用了。

他的唇从她的额头滑向她的一双绿眼睛，吮吸着从里面涌出来的泪水。

他的唇滑向她的耳朵，轻轻地说："医生已经量过体温了，没有发烧。"

丽丽娅伸出双臂抱住了他的脖子。慕光慢慢地直起身子，把丽丽娅带坐起来，他紧紧地把她抱在怀里。他的手隔着柔软的睡衣感触到了她背上腰上的湿热。

慕光的唇刚一触碰到他日夜思念的柔唇，丽丽娅烈焰般的舌便灵巧地撬开他的牙关，钻进他的纵深。

仿佛洪水冲破了闸门，他们如饥似渴，激情荡漾地拥吻着。慕光看到丽丽娅闭着眼睛的睫毛上挂着泪珠，颤抖着，他的心尖也随着颤动，这是思念，是折磨，也是表白……

慕光开始浑身发烧，身体已经无法支撑这样长时间缠绵悱恻的激吻，他感到晕眩而迷乱……

忽然，外面传来瓦夏开门进院的脚步声、咳嗽声。不一会儿院子里又响起扫雪声，扫帚划在雪上"唰唰"的声音格外响亮。

慕光费力地挣开了丽丽娅的唇和双臂，把她放回到枕头上，把她露在外面的胳膊放进被子里，盖好压严实。丽丽娅的眼里又闪出泪光，无助地望着他。

屋子里静得能听到彼此心跳的声音。

慕光退坐到床边的凳子上，打开医药箱，把听诊器挂在脖子上。那个圆圆的金属探头被他发热的手紧紧地抓着，焐得都发烫了。他垂着头，身体直挺挺地坐着，逼迫体内的热浪一波一波地退下去。

走廊里的小门开了，他们听到露霞与瓦夏在外间的说话声。

门上传来敲击声，两个人都打了个激灵。

"饭好啦，慕军医，我来照顾丽丽娅，你去吃饭吧！"露霞用托盘端着一碗热腾腾的汤面进了屋。

慕光起身接过托盘："今天让我来行使一下你的职责吧！"

露霞愣了一下，马上笑说好啊好啊，把托盘交给他，出去了。

慕光把丽丽娅扶坐起来。他把每一勺热汤吹温后，再送进她张开的嘴里。丽丽娅每喝一口，绿眼睛便深情地望他一眼，她的双手用力地压在他的膝盖上，似乎要把他钉在原地……

慕光被露霞叫到方厅吃饭。瓦夏已经坐在餐桌的一头，他请慕光坐下。慕光坐在离他最远的另一端。

"没什么事儿吧？"瓦夏问。

"有点儿伤风，躺几天就好了，多喝热水。"慕光淡淡地说。

"嘿，我看是害了相思病。"瓦夏嘟囔了一句，他的直言让慕光脸上发热，幸亏房间里光线昏暗。慕光发现年画旁的那盏马灯移到离餐桌较远的土壁炉上，这样好，避免了相互看到对方表情的尴尬。

露霞为他们准备了铁锅炖鱼、酸菜炒肉干，还有韭黄炒鸡蛋，韭黄是大冬天里难见的稀罕菜，专门用来款待医生的。

瓦夏开了一瓶"闷倒驴"，闷声闷气地对慕光说："外面冷，喝口酒暖暖身子！"

两人碰了一杯。

"那个火炕挺好。"慕光说。

"以前老人在世时，一般冬天都睡在上面，暖和。"瓦夏说。

"地板下面好像是悬空的？"慕光没话找话。

"这种设计是为了隔阻冻土地面的冷气，下面垫了干土。"瓦夏说。

两人有一搭没一搭地说话。几杯酒下肚，慕光便晕晕乎乎，浑身发热，低头直往肚子里吃热汤面。

瓦夏笑笑，不再劝酒。

瓦夏套上爬犁把慕光送回了哨所，一路上两人也没什么话可说，黑暗中就听着爬犁摩擦雪地"喇喇喇"的声音。

分手时，瓦夏也没有像以往那样跟慕光握手。慕光站在原地看着瓦夏拉着马掉头，马蹄直打滑，他过去帮着固定爬犁，想起没有跟丽丽娅告别，心头涌起一股恨不得再跟瓦夏一起返回那个小院的冲动。

"过年来家吃饭吧！"瓦夏坐上爬犁，回头对慕光说。

"谢谢你的邀请，恐怕去不了了，已经批准我回家休假了！"慕光低声说道，似乎很不情愿说出这个消息。

"哪天走？从林区小站坐火车走？"瓦夏正要打马的鞭子停在空中。

"对，下周，请转告丽丽娅，让她保重，早日康复。"慕光声音苦涩，言不由衷。

"哦，正好我也要去北伦进货，咱们可以搭伴走。"瓦夏说。

两人约好见面的时间地点，瓦夏赶着爬犁走了。

高高的苏军烈士方尖碑下，正在举行敬献花篮仪式。

沙顿斯基和马格列瓦斯修斯一边一个抬着花篮，在雪地上高抬腿轻落足，向碑基行进，后面缓缓跟着马卡洛夫中校率领的苏方代表团。

白云霄中校率领的中方代表团在方尖碑一侧一字排开伫立，神情庄严，行注目礼。

花篮放置在基座前，花岗岩基座上用俄文写道：光荣永远属于为世界和平和苏联荣誉而牺牲的英雄们。

两国军人举臂行军礼致敬，寄托对先烈的哀思。

1945 年 4 月，苏军攻克柏林，德国向盟军无条件投降。根据《开罗宣言》，为夺取世界反法西斯战争的全面胜利，8 月 6 日美国在日本广岛投掷原子弹，8 月 8 日，苏联对日宣战，苏联红军向远东调派集结了三个方面军，会同中国抗日武装，从西北东三个方向同时向驻扎在中国东北的日本关东军发起进攻。

边城对面苏军摩步化部队作为全面围剿日本军国主义的武装力量之一，越过边界，迅速击溃盘踞在边城的日本军队，瓦解了日伪市政机构。此次战斗中，五十六名苏联官兵牺牲，永远长眠在了异国他乡。

为纪念并缅怀牺牲的苏联红军，中国人民和苏联人民一道在边城修建了苏军烈士陵园，共同守护着抗击日本法西斯的烈士们的英灵。

"白云霄，非常感谢你们把苏联烈士墓保护得这么好，感谢中国人民一直记着我们苏联红军在世界反法西斯战争中作出的贡献，感谢你们，十分感谢！"仪式结束，马卡洛夫紧紧地握着白云霄代表的手动情地说，眼里噙着泪花。

"中国人民是讲情义的！在战火纷飞的年代，我们的先辈曾经并肩战斗，用鲜血和生命捍卫了人类尊严，赢得了世界和平，结下了深厚友谊，让我们通过守护先烈来共同守护今天来之不易的和平！"白云霄代表把另一只手也捂在两只紧握的手上，马卡洛夫重复了同样动作，两国边防团代表的四只手紧紧地合在一起。

这是富有象征意义的一次边防军握手。

又是一个冬日暖阳天。两国边防军最近的几次大型活动都遇到好天气，上苍都在为两国边境地区的缓和制造温暖的气候。

这一年在中苏两国关系史上十分重要而特殊，随着三大障碍的逐步消除，中国外交部部长钱其琛实现了正式访苏，这是三十年来两国关系的破冰之旅，随后苏共总书记戈尔巴乔夫里程碑式的访华也被提上日程，两国关系解冻伊始，走上正常化轨道指日可待。

按照中央统一部署，边防军成为解冻两国关系的先驱力量之一。

借此东风，两国边防军就在双方边境城镇举行活动共贺新年达成一致，缅怀烈士是系列活动中的一项。

从苏军烈士陵园出来，代表团来到二道街头的边贸中心参观。今年以来，边境贸易迅速增长，举办边贸展销会不再是一年两次，而成为常态。

边贸中心是一座二层红砖旧楼，与肃静安详的烈士陵园相比，这里楼里楼外人声鼎沸，越来越多从内地来的厂家和个体商人云集于此，他们希望打开与苏联易货贸易通道，在边贸热潮中大赚一笔。不断传来苏联人用极端低价的钢材木材换取我羽绒服录音机等轻工业产品的消息，所有商人都盼望这种好事落在自己头上，赚他个盆满钵盈。

日用品短缺的苏联对中国改革开放的新事物"互市边贸"十分稀罕，一拨又一拨从苏联内地来的商人趋之若鹜，逐利边境。

白云霄代表希望把双方边贸友好互动的热烈场面展示给苏方。

一层展销厅寸土寸金，通道两边隔出一个个鸽子笼式的摊位，每个鸽子笼里都是满满当当的商品，或挂着或放着或堆着，被灯光照射着，鸽子笼前或多或少地聚集着中国人苏联人，双方用半生不熟的中文俄文交流着……

成文作为主翻，跟着白代表和马卡洛夫代表走在前面，边走边看边解释。人们自动地为边防军代表团让开了路，好奇地观赏着这一行人。

忽然，隔壁通道一阵骚动。众人扭头望去，只见代表团成员阿尔波夫正激动地与一位身材魁梧的苏联人握手拥抱。那人身穿皮毛一体黑色大衣，头戴水貂皮帽，身边站着一位身着棕色貂皮长大衣的苗条女士，水貂皮帽下露着闪闪金发。这二位光鲜亮丽，气宇轩昂，在一群穿着中国制造羽绒服的乌突突的苏联人中间显得鹤立鸡群。

阿尔波夫拉着这位男士过来拜会马卡洛夫和白云霄代表。

原来此人是阿尔波夫的大学同学，二人都学习中文。毕业后，同时被克格勃招募入伍，同学留在了克格勃总部，前几年转业进入苏联外交部，一年前被派往苏联驻中国大使馆任二秘。旁边的女士是他的夫人。二秘夫妇从北京回莫斯科休假，准备在边城短暂停留后，乘下一趟国际列车出境，不料却在展销会上与老同学不期而遇。

二秘夫妇由边城外事办公室一名工作人员陪同，陪同人员与江上舟翻译很熟，在代表们与二秘寒暄的时候，他邀请江翻译夫妇、成文、云中龙等人过两天到边城国际旅行社宾馆参加元旦晚会加舞会。国际旅行社宾馆是边城最神秘的高级沙龙，只接待官员和外宾，承办官方活动，令许多人梦寐以求，心生幻想。

二秘夫妇及工作人员与两位代表握手告别后，代表团继续参观。

成文听到走在后面的阿尔波夫与沙顿斯基不无遗憾地感叹：二秘同学的那位夫人是莫斯科一名高官的女儿，借了夫人的力，同学便飞黄腾达起来，看看人家，再看看自己，一个天上，一个地下，命运就是这么捉弄人！

苏联边镇车站贵宾室的小放映厅里，正在为两国边防军代表团专场放映一部打着俄文字幕的美国电影。

小厅里很昏暗。两国代表团的团员们四散在椅子上，伸着两条腿，昏昏欲睡。

上午刚刚在排球联谊赛上消耗了体力，中午又喝了不少新年祝酒以及马卡洛夫代表为庆贺中国军人授衔的"洗星酒"，此时银幕上的演员说着让人听起来费劲的第三国语言，想不打瞌睡都难，就连坐在前排的两位代表话都少了，为了外交礼仪不得不支撑着脖子，盯着银幕。

成文坐在边上的一个圈椅里，保持着清醒。排球联谊赛的时候，她和青少年宫的孩子们是场边拉拉队员。在今天的正式会谈和宴会中，她承担主翻任务，始终滴酒未沾，冷静地旁观了两国男人们从见面时严肃礼貌拒人千里，到喝酒后称兄道弟勾肩搭背情绪变化的全过程。

席间，马卡洛夫代表专门为两国代表团唯一一位女军官提议干一杯"敬女士酒"，因为"女人是母亲，是妻子，是女儿，是社会发展的原动力，是男人必须要不惜为之献出生命保护的家园"。

按照苏联人的习惯，全体男士起立，为坐着的女士唱一首歌、喝一杯酒。苏联男人们手抚心脏，为成文唱歌，中国男人们在鼓掌。

成文坐在男人丛林里，浅笑着，望过每一张被酒精浸润被真情感染的笑脸，目光在戈林脸上停留的时间更长一些，他似乎与她一样清醒着。

"是不是有种女王的感觉？"宴会后，云中龙翻译悄悄地与成文开玩笑。

"很温暖，世界应该充满爱。"成文说。

"温，问"，昏暗中有人在小声喊成文，苏联人发不好"文"这个音。

成文扭头望去，戈林不知什么时候坐在了离她不远的圈椅里。成文正要起身过去，戈林做了一个不要动的手势，他自己走了过来。

成文还没有反应过来，就觉得心脏忽悠一下，整个人飘了起来。

戈林把圈椅连同圈椅里的成文一同搬到了他的座位边上。

成文云里雾里，紧紧抓住扶手，睁大眼睛看着已经坐在她身边若无其事的戈林。

戈林调皮地冲她眨了一下眼睛，小声说："你这双白皮靴很时尚漂亮！"成文想起戈林为她捡靴穿靴的那个情景，黑暗中又红了脸。

"靴子是朋友从北京寄来的。"她说。

"男朋友在北京？"幽暗中传来戈林微小而警惕的声音。成文没有回答，脸转向银幕。靴子是景峰辉前不久寄来的，她犹豫再三，还是把鞋子穿在了脚上，因为她太喜欢这双靴子了，然后就在琢磨回赠

263

他一件什么样的礼物。他现在在北京与朋友干得风生水起，至于干什么？他说要请成文到北京亲自去揭开谜底。

"噢，明白了。"戈林侧着身子看了她一会儿，若有所思地笑了笑，蓝眼眸随着银幕上的光忽明忽暗。

"不明白你们为什么要放一部美国片，而不是本国的片子，你们有那么多艺术水准很高的电影！"成文说。

"这是电影厅正在对外上映的片子，我们没有作特别要求。现在我们国内专心创作电影的人也少了，外国片进口泛滥。"戈林摇头。

"这片总是打打杀杀的，我不喜欢。"成文说。

"那我们出去呼吸呼吸新鲜空气！"戈林提议。

两人站起身悄悄往外走，回头看看厅里的同事们，几乎都在昏暗中各具情态地睡着了。云翻译坐在两位代表身后，也在不住地点头。

"影片里的男主角儿跟您倒长得很像。"成文说。尽管戈林已不知不觉对她以"你"相称，但成文仍不改"您"的称谓。

"噢，是吧，有人这么告诉过我，他是一位好演员。"戈林说。

戈林的话没错，几年后凯文·科斯特纳因导演并主演《与狼共舞》荣获奥斯卡多个奖项，变得大红大紫，闻名全球。

车站候车大厅的正中央用矮矮的木栅栏圈起了一棵高高的圣诞树，五颜六色的小彩灯挂在树上，忽明忽暗地闪着光，几个孩子正围着圣诞树玩闹。大厅宽阔的地面上铺着一块块光滑的黑白红三色大理石，反射着从一排落地大窗户透进来的光。厅里弥漫着新出炉的烤面包和新鲜奶油的香味。

镇上的居民出出进进，光顾车站里面的几家面包店和副食品店。候车区椅子上的旅客并不多。这里不像车站，更像是小镇上的一个生活服务中心。

售票处旁边的墙上挂着一张彩色列车时刻表，每天从这里发出的车次只有去达乌里和赤城两趟区间列车，还有两趟从莫斯科到北京、从北京到莫斯科的国际列车每周从此经过。

戈林带着成文走过售票处，走过圣诞树，走过大厅，在候车区里面一家咖啡吧门口靠窗的高台子前坐了下来，阳光照在他们身上。

戈林向服务生要了两杯咖啡。

对面的面包坊外面排了一条队，窗口里面一个罩着白衫、戴着白帽的胖胖的俄罗斯大妈一边给顾客递出用牛皮纸袋子装好的面包，一边还伸着脖子向两位着不同军装的异国男女军官张望。排队的顾客们也张着各种颜色的眼睛，好奇地看过来。

戈林从军装上衣内兜里掏出一个镶着金边的精美信封，递给成文。

成文一惊，疑惑地看着他。戈林笑笑，示意她打开。

信封没有封口，成文取出一页信纸，展开。

套印着水印花边的信纸上是一首长诗，很漂亮的手写俄文花体。成文一读，惊喜地"啊"了一声，是《一剪梅》那首歌的译文。

这是成文在学校时尝试着翻译并演唱过的一首歌。

三天前，白云霄代表在我方边境会谈会晤站宴请苏方代表团，酒至酣处，沙顿斯基拿过会晤站勤务兵的吉他，弹奏起苏联当红摇滚歌手维克多·崔的《布谷鸟》，成文也在大家的掌声中用中文俄文演唱了这首《一剪梅》：

真情像草原广阔

层层风雨不能阻隔

总有云开日出时候

万丈阳光照耀你我

真情像梅花开过

冷冷冰雪不能淹没

就在最冷枝头绽放

看见春天走向你我

雪花飘飘北风萧萧

天地一片苍茫

一剪寒梅傲立雪中

只为伊人飘香

……

"这歌好像我们两国关系的写照呀！"马卡洛夫握着成文的手，对白代表说。

后来大家又情不自禁地用两国语言一起唱了许多双方耳熟能详的歌曲，《莫斯科—北京》《红莓花儿开》《喀秋莎》等等，一同怀念五十年代两国纯真友好兄弟的关系……

那天的气氛很热烈，当小胡子阿尔波夫为赶去赤城总部的火车而不得不提醒马卡洛夫代表该结束的时候，马代表竟有些不高兴。

"这样，马卡洛夫代表，我把后面的日程提前，先赠送礼品，然后送阿尔波夫同志去赶火车，其他人留下来，我们尽兴地喝酒过节！"白代表的提议解了围。

"噢，白云霄，白云霄！"马卡洛夫紧紧地握着白云霄的手摇了好几摇。

那天天黑，苏联人走的时候都踉踉跄跄，相互搀扶着。马卡洛夫代表的舌头已经不太利索，平时沉默的白云霄代表此时说起话来竟妙语连珠，这位蒙古族汉子红光满面，毫无醉意，不知那一瓶又一瓶的茅台都喝到了哪里？！

成文没有想到，在这种状态下，戈林竟记下了歌词！

她想象不出在接下来的几天里，戈林是在怎样的情形下进行了润色修改，又是怀着怎样的心情认真地把歌词抄写在一张精心挑选的信纸上，装进精美的信封里，又装进贴身的内兜里，今天，在两国代表团相见时，作为礼物悄悄地回赠给了她。

这到底是个什么样的男人呢？

成文小心翼翼地把信纸折好装进信封，又把信封平平地装进口袋里，生怕弄出一点折痕，这个礼物太珍贵了！

"谢谢您！"她向他送去欣喜而感谢的一瞥，但仅仅是一瞥，因为她无法触碰那双一直凝望着她的眼睛，她害怕再多看一眼，就会把自己迷失在那双深深的蓝色海洋一般的眼睛里。

"希望你喜欢!"戈林轻声说,又是那种置她于死地的笑容。

成文垂下眼帘,默默地喝了一口咖啡。

"过完元旦,你该回家休假了吧?"戈林问。

成文点点头。

"一定想念爸爸妈妈了?"

成文又点点头。

"想念是温暖的。"戈林似乎在自言自语。

"休完假还回来吗?"他又问。

"为什么不回来呢?"成文疑惑。

戈林耸耸肩,肯定地说:"你在这里是暂时的。"

成文默默地转向窗外。

落地玻璃窗外面,阳光惨淡地照在铺着厚厚白雪的街道上,照在街道对面的一排黄房子上,照在不远处的教堂上,那个远远地矗立在广场上的坦克的炮管儿隐约地泛着青光。偶尔一阵风过,把松雪卷起,散漫地抛在空中,纷纷扬扬地落在穿着厚厚大衣的行人身上……

严寒在门外,候车大厅里暖融融的,身边的戈林岂止是暖融融的,甚至像火炉一样,即使隔着空间都热得灼人。

这一切是多么温暖,温暖的地方总是让人留恋而想念的。

成文又看见了他密密的睫毛下的蓝眼睛,那双眼睛正若有所思,它们温柔地看向她,温柔得让她恍惚,温柔得让她心痛,温柔得让眼前的一切都变成了流动的模糊的光影……

成文的双手紧紧地抱着咖啡杯子,像抱着一个不至于落水的支撑。她看着杯中浮动的咖啡沫,咖啡沫飘飘忽忽,像两只正在闭上的眼睛,又像两颗接近却无法接触的心……

闪光灯在闪耀,有人在抓拍这一对奇怪的异国男女军官。

戈林冲那个挂着相机的亚麻色头发的年轻人摆摆手,青年做了一个 OK 手势,离开了。成文看着戈林的侧脸,觉得他严厉的样子也十分可爱。

267

戈林把卢布压在咖啡杯底。少校和中尉默契地站起身，在一众聚光灯般好奇目光的注视下，款款地穿过大厅，进入通往放映厅的小走廊。

成文突然想挣脱这种罩住她许久的暧昧的情绪网。她向戈林做了个鬼脸："他们不会以为我们在交换情报吧?!"

戈林笑了："我是不会与你交换情报的!"

戈林走在前面，伸手为她拉开了放映厅的木门。成文经过他身边时，戈林附在她的耳边轻声说："不论你回不回来，我都会想念你的，永远会!"

下午参观完一栋中苏正在合建的大楼后，中方代表团启程回国，苏联军人按惯例送到边境线上。

两位代表的车前面走了。石副代表的面包车上因戈林副代表的礼宾错位而乱了套。

戈林副代表上了车，没有按规矩坐在石副代表身旁，而是径直坐在了石副代表后排成文翻译的身边。马格列瓦斯修斯翻译上车后，愣了半天，看到自己的位置被占，只好坐在石副代表身边。

石副代表哈哈一笑，与小马同志亲切而愉快地交谈起来。

戈林大胆的举动让成文紧张窘迫，有点不知所措，但心里又涌动着莫名的愉悦。

两人都望向窗外。

起伏的雪原不断地向后退去，红红的夕阳浮在天际线上，因恋着大地而迟迟不肯离去。成文的脸红红的，仿佛夕阳的余晖都抹在了她的脸上。

一路上，成文一只手一直摁着那个装着信封的口袋。戈林的一只胳膊似乎不经意地贴在她的另一只胳膊上，她感到他体内的热量在源源不断地传导过来，让她浑身发热……

"到边界啦!"有人说。

哦，成文清醒过来，如释重负。

成文谢绝了与江翻译夫妇等人一同去城里国际旅行社参加新年晚会的邀请，借口马上要研究生考试，独自待在宿舍里。

对面床上冷冷清清，伤心欲绝的蒋薇薇已经被妈妈接回了家。

成文站在宿舍的窗前，长久地望着黑黢黢的夜空里飘舞着的雪花。那张有灵魂的信纸静静地躺在台灯下的书桌上。

远行的游子惆怅而迷茫，她的身心是如此疲惫，渴望回到父母的怀抱，回到生命的原点，去重温初心，去调整状态，去汲取力量，去准备再次出发……

考完试就该回家休假了！成文想。

连长派车把慕光送到离驻地三十公里开外的一个林区小镇火车站。这里是森林木材集散地，主要用于货运。每周只有一趟直达北伦的旅客慢车，其余都是区间车。

简陋的候车室里，四周靠墙的长凳上和中间两条背靠背的长木椅上坐着一些从附近村镇上来的村民，他们穿得鼓鼓囊囊，脚下放着大包小裹，准备出远门。屋子里烟雾弥漫，空气污浊。

慕光撩开厚重的油脂麻花的棉门帘，推开门进去的时候，被冲出来的旱烟味呛得鼻子眼睛一阵发酸。他在烟气缭绕的空间里和嘈杂的说话声咳嗽声中寻找瓦夏，没有他的影子。

慕光在靠墙角的一个空位置上坐了下来，等候着他的同路人。

检票员已经拿着检票的铁钳子站在了进站口处，人们开始往那里聚集。慕光身边那个黑黢黢的中年女人在凳腿上磕掉了烟灰，收起长柄烟袋锅子，把地上沉甸甸的大编织袋往背上一抢，去了检票口。

慕光站起身四处张望，仍不见瓦夏的影子。他有点着急，又坐下来，决定再等会儿。

门帘掀开了，跑进来一个白皮袄和一个红羽绒服。门帘又掀开了，跑进来一个黑皮袄，都从头到脚包得严严实实，直接到检票口排队去了，还是没有瓦夏。

慕光从军大衣兜里掏出连队文书交给他的车票，确认了一下，又检查一下随身物品，继续盯着门口。

一个人贴着他的身体坐了下来，慕光本能地躲避了一下。这个人继续往他身上贴靠。慕光转回头一看，是那个红羽绒服，像件装在棉套子里的物品，全身上下只有一双眼睛藏在皮帽子下面的风镜后面，正闪闪发亮，向他眨动着。

慕光仔细一看，惊跳起来，大喊一声："丽丽娅！"

正在检票进站的旅客们向这边看过来。

丽丽娅摘掉风镜，露出那双灵动的绿眼睛，又一圈一圈摘掉缠在嘴上的毛围脖，露出了调皮的笑脸。

"小点声！"她冲他眨眨眼，拉着他的袖子让他坐了下来。

"亲爱的，你怎么喜从天降？你来送我吗？"慕光盯着她，不敢相信自己的眼睛。

丽丽娅夸张地点点头。

"瓦夏呢？"他压抑着内心的喜悦，问着一个并不想知道答案的问题。

"他那点货我去帮他看看就行了。"

"什么？你再说一遍，你要跟我一起去北伦？"这回轮到慕光不敢相信自己的耳朵了。

"是的，我要送你去北伦！"丽丽娅灿烂地笑着，眼里透着不容置疑的坚定。

"哦，天哪，我不是做梦吧？"慕光亲吻了一下那张红红的嘴唇，热乎乎的，是真的。

"哦，快走，我不想让梦醒来！"他拉起她的手就往检票口跑。

两个人过了检票口，慕光一手提着两个人的行李包，另一只手紧紧地搂着丽丽娅的肩，丽丽娅歪在他的身上，一只胳膊搂着他的腰。两个人走过被雪覆盖着的铁轨，向那趟通往幸福的列车走去。

列车咣咣当当地向前跑着，雪花闪亮亮地扑在车窗上，前赴后继。

慕光和丽丽娅挤坐在一起，十指紧紧相扣。两人望着窗外，压抑着荡漾在心底无法言语的幸福。慕光时常乘人不注意的时候偷偷地吻一下丽丽娅的侧脸，她的头发。

三个人的座位，他们两人似乎只需要一个，旁边一个大叔抱着双臂，叉着腿，惬意地享受着宽敞的座位，嘴里还跟对面的妇女叨叨着："年轻人在一圪垯呀，睡扁担都嫌宽，哈哈哈！"对面那个微微闭着眼的妇女也不搭茬，两眼不时地从紧拧着的两道粗黑潦草的眉毛下面斜翻上来，瞥着两个年轻人。

蒙蒙的雪花落在远处林子尖上，落在广袤的雪原上，路边偶尔晃过的村庄也被雪埋了一半，天地一片干净纯洁。清凌的阳光偶尔从云缝里钻出来，照在雪地上，照在一对青春光洁、写满了爱意的脸上。

慕光悄悄从身后抱住了丽丽娅，丽丽娅扭头与他对望着，绿眼睛里蓄满柔情。

"好在这趟车上的人都不认识。"丽丽娅凑在慕光的耳边说。

"认识我也不怕。"慕光不管不顾。

车厢里还有其他空座位，邻座的几个人，不知什么时候都去了别处。

车上有点冷，慕光把丽丽娅的双腿抱起来，放在自己的腿上，把军大衣盖在两个人的身上。丽丽娅的手有点凉，慕光拉开皮夹克上衣的拉锁，把她的双手放在自己的胸口上焐着。

丽丽娅的小手开始不安分地蠢蠢欲动，在他的夹克衫下面的衬衫上摩挲。慕光提着气，不敢动，那种痒痒的不能自持的温热从肚子上溢开来，溢开来……

那只小手摸到了衬衫上的一粒纽扣，轻轻地解开它，从开了口的对襟处钻了进去，放在一层薄薄的棉背心外面，它试探着往下摸索。

慕光的身体紧绷起来，涨红了脸，有的部位已经膨胀……他抓住了她的手，有气无力地在她的耳边低吟："噢，不要，不要再往下去了吧，我已经受不了了，你是想在众目睽睽之下考验我的意志力吗？"

丽丽娅软软地瘫在他的怀里，闭上渴望的绿眼睛，娇娇地说："我不管，我要触摸你真实的肌肤。"

慕光迷离着双眼看了她一会儿，猛地把最里面的背心从腰带下拉了出来。丽丽娅的手如愿以偿地放在了他硬邦邦的腹肌上……

慕光今后的人生中应该会有许多次旅行，但是这一次，刻骨铭心，永生难忘……

慕光在分区招待所前台等着取订好的车票。服务员小姑娘对夏天曾在这里住过的帅哥印象深刻，说："上次住的是二楼，这次给你开三楼的房间吧，那里采光好些！"

"不，这次不住这儿了！"慕光付了车票钱，在服务员疑惑的眼神里，拿起票飞也似的跑出了招待所。

丽丽娅正站在招待所大门外的马路牙子上等着他。

慕光带着丽丽娅来到那家改革春风吹到北伦后新建起来的属于这座城市地标式酒店。

夏天来报到的时候，蒋薇薇曾带着慕光、阳军华、成文闲逛到这里，几个人当时站在街对面，仰望着这座北伦最高最豪华的大厦发过感慨。那时慕光怎么也不会想到半年后他会带着心上人住进这里。

丽丽娅站在酒店门口，拽拽慕光的衣角："我们换一个地方吧，这里很贵。"

"但这里很好，我一定要给你最好的！"慕光抓住丽丽娅的手，坚定地走了进去。他愿意为自己所爱的人倾其所有。

一关上房门，二人手里的行囊、羽绒服、军大衣等统统飞落到里间的地毯上，两张热唇寻找着彼此，紧紧地吸附在一起。

慕光边亲吻着丽丽娅，边急切地脱掉自己的皮夹克，又脱掉了丽丽娅的毛衣外套，二人拥吻着，撞开了卫生间的门。

丽丽娅挣脱慕光，去调试淋浴花洒的水温。

当她回过头来时，惊悚地发现，慕光已经把自己剥得一丝不挂，举着一根全人类都崇拜的图腾柱，双手叉腰，站在那里。

丽丽娅惊叫了一声。她慢慢地走向他，贴在他的身上，双手插进他黑黑的浓密的卷发里，急促而热切的吻便沿着他的眼睛、鼻子、嘴唇、喉结、胸膛一路向下而去……

慕光一件一件脱掉了丽丽娅剩余的衣服，抱起她走进了淋浴房。

温暖的流水浇湿了他们的头发，淌过他们发烫的身体。两人的目光都已经被对方炙烤得恍惚，丽丽娅被慕光托举起来，两条腿就盘在了他的腰间……

哗哗的流水已经无法遮盖相爱的人儿从压抑的生命深处迸发出来的欢爱声……

三天三夜，他们与世隔绝，完全沉浸在二人世界里，时光已经停滞。骄阳换明月，沧海又桑田，不知今夕是何年。

年轻的身体像两座充满了岩浆的活火山，是两座活跃期的活火山，随时都在爆发，无穷无尽。他们在浓烈的岩浆中翻滚，一次次焚毁，又一次次凤凰涅槃……

偶尔休息的时候，慕光会抱着丽丽娅坐在飘窗上俯瞰北伦城。他们像坐在飞机上一样，看几乎被白雪掩埋的纵横街道，看街上像彩色小球儿一样慢慢移动的行人。看城市的轮廓向远方延展，看被两岸的枯树勾勒出的伊敏河蜿蜒的河道……

他们不知会因为看见什么，或者说了句什么就互相对望起来，亲吻起来，然后又滚落到床上……

有时他们也会感到饿，服务生按要求把食物送到房间门外。他们常常是吃着吃着就忘记了那些食物，吃起了对方的身体……

"你爱我吗？"火山爆发的间隙，丽丽娅经常会问这个智商为负数的问题。

"我从来没敢想爱上你。"慕光说。

"这不是答案！"丽丽娅翻身压在慕光身上，挠他的胳肢窝，"说嘛，说'丽丽娅，我爱你'！"

"你知道，我可不是那样说话的。"慕光笑着躲避着。

"讨厌，快说，说你爱我！"

"好吧，好吧，我说我爱你！"慕光投降。

"没有诚意。"丽丽娅俯下身来，脸贴在他的胸口上，像是自言自语，哀怨地小声说，"我知道，你觉得不应该爱上我。"

"我都在用生命跟你做爱，还说不爱你！"慕光委屈。丽丽娅摸摸他的脸，又缱绻在他的身边。她叹口气："唉，我已经没有回头路了！"

慕光紧紧地抱着她，吻住了她的嘴。

夜里，丽丽娅从梦里惊醒，一时不知自己身在何处。一双手臂紧紧地搂着她的胸和腰，一个温热的胸膛贴在她的背上，均匀的气息呼在她的耳边。她扭头看看熟睡的慕光，还好，心爱的人就在身边。她轻轻地从他的搂抱中钻出来，下了床，赤裸着身体走到窗前。

窗外的天空中挂着一弯清冷的模模糊糊的月亮，天地一片混沌。她的心里忽然感到凄凉，他们仿佛是世界上仅剩下的两个人，待在一条飞船的船舱里，正向着一个陌生的星球飞翔。一切都是不真实的，一切都将稍纵即逝，消失在茫茫的宇宙中……

"那里冷，哈气都呼在窗户上了，快回到我怀里来！"慕光在身后轻声呼唤。丽丽娅身上感到了寒意，她拉上窗帘，爬上床来，鼻尖顶在慕光的鼻尖上，凉凉的。

"我太爱你了！"她说，"你真的要走吗？"令人沮丧的并不会有否定答案的问题又冒了出来。

"我不过是回家休几天假，看看父母，我已经很长时间没看见他们了。"

"你会回来吧?!"丽丽娅哀伤的声音仿佛越来越大，在黑暗的房间里游荡，"唉，我其实早就不让自己期望什么了，我以为我不会再爱上什么人了，但是现在我知道，这不是真的。你和我有同样的感受吗？"

慕光在黑暗中看到了她眼里有闪闪点点晶莹的光。他没有说话，把她搂进怀里，用嘴唇又去吻她的头发、她的眼睛。

他喜欢她的笑容，她的声音，她曲线完美的火热的身体，喜欢爱抚她的秀发，触摸她凝脂一样富有弹性的肌肤，喜欢听她激动时的呼唤，睡觉时轻微的喘息，是的，他喜欢她的一切，他们的身体又是那么和谐，他更加疯狂地爱上了她，怎么会没有与她同样的感受?!

慕光能感到她在沉默自责，因为横在他们之间阻止他们接近的障碍起源于她，他能感到她在为他们仅仅是露水夫妻而暗自伤心。

尽管她不想让他感觉到，但越到分别的时候，慕光的感觉就越明显。在隔着柔软的肌肤逐节触摸她的脊骨的时候，他更清清楚楚地感觉到了她的忧伤。

"我离了婚，你会要我吗?"她低声问他。

"要，我怎么会不要你呢?!"慕光终于从喉咙里发出了低沉的压抑了许久的声音，"我要永远跟你在一起!"

直到最后一刻，两人才从床上爬起来，穿上衣服就往车站跑。

他们感到两腿轻飘飘的，像踩在云彩上，使不上一丝力气。

赶到火车站时，那趟车检票已经结束，检票大叔正在关闸。

两人跌跌撞撞跑过来，大叔检了慕光的票，但对没票的丽丽娅不放行。丽丽娅死死地拽着慕光的背包，带着哭腔央求大叔:"你就让我送送他吧，就送送他!"

大叔看见那两只紧紧握在一起的手，挥挥胳膊，放行了。

慕光跳上车的那一刻，丽丽娅才松开手，然后就站在车下揉眼睛，揉着揉着，终于忍不住，哇哇地哭出了声。

慕光跟她挥着手，泪水也在眼眶里打转，站台上的一切都模糊了。

车门一关，慕光两腿一软，身体顺着挡板墙滑了下来，瘫坐在地板上，嘴里喃喃道:"亲爱的丽丽娅，我已经把自己彻底交给了你，我，爱你!"

列车启动了，丽丽娅哭得站立不稳，跌跪在雪地上，双手捂着脸，身体无助地抖动着。

火车开走很远了，那件红色的羽绒服还伏在站台上的雪里，久久不肯起来……

第四章　乱云飞渡

由于晚点，国际列车抵达的时间一再延迟，景峰辉急迫的心情起起伏伏。

到了下午，那辆从莫斯科出发的国际列车，在欧亚大陆上穿行了近一万公里，经过六夜七天的长途跋涉，终于喘着粗气停靠在北京站昏暗的站台上。

景峰辉的心又提了起来，搏动加快。

他期盼的人就要来了。

列车的车门车窗一扇扇拉开，从里面最先出来的不是旅客，而是一个个沉甸甸的编织袋、纸箱子。

景峰辉知道，这些都是"倒爷"们的战利品。这一两年，利用这趟国际列车发大财的倒爷名噪京都。这些大胆的个体商人花重金乘坐这趟"东方快车"，奔波于中国与苏联之间，甚至延伸到东欧各国，来回倒卖形形色色的物品，小到衣物，大到飞机，他们发掘不同的进出货渠道，打通中外各种关节，愣是杀出一条中苏民间贸易血路。

这是一条西部淘金之路，暴利让商人们趋之若鹜，前赴后继！国内十元人民币拿到的一套运动服，在国际列车沿线的苏联城市至少可以卖到一百元，常常是货物还没到莫斯科就已告罄。而从莫斯科尚处计划经济的国营商场里用约二十美分买到的一套溜冰刀，回国就可以在秀水街或者雅宝路的小摊上卖出二十美元以上的价钱。

倒买倒卖的高额利润存在极大风险。一旦没有躲过苏联海关搜查，倒爷们所带货物和身上的巨额美金就会被查没，瞬间倾家荡产的倒爷不在少数。另一大风险便是武装犯罪团伙，中国人抢劫中国人。这些来自不同省份区域的倒爷分帮结派，常常在逐利路上为了财物、地盘、女人而火拼……

景峰辉当初听到成文要独自一人乘坐这趟列车时，着实担心了一阵子，后来得知还有几位边城官员一起乘车来京，才放下心来。

那些曾经摞在列车包厢里、过道上的货物，现在都码在了站台上，一堆一堆小山一样。经过长途颠簸面露菜色的倒爷们穿戴花哨，与前来接站的亲朋好友围着货物兴奋地大声说笑，有人手里晃动着十元人民币，慷慨地招呼那些躲在暗处平时一元钱就能拉私活儿的小推车。

"简直乱了套了！曾经入库检修都须公安人员专职把守的高贵而神秘的东方快车现在竟然变成了乌烟瘴气的国际流动售货车！"

景峰辉居高临下的目光扫过站台上一堆堆货物和那些大呼小叫的倒爷们，表情十分不屑。

变革时期，原有的社会秩序和利益格局正在被打破、被重组，景峰辉感到，他这个阶层的利益正受到冲击，金钱正在向特权挑战。

从车头处走过来一行旅客。有中国人，有外国人，他们容貌整洁，衣着讲究，人人一副"世界是我们的"骄傲神情。

"这才应该是这趟国际列车传统旅客的样子！"景峰辉点头。

一个身穿紫红色长大衣、头戴黑色贝雷帽、手里提着小皮箱的姑娘疾步超过那群"传统旅客"，绕过一堆堆货物，轻盈地向出站口跑来，脖子上的黑色围脖随着她的跑动一颠一颠地颤动。

突然，她停下了脚步，犹豫片刻，再前行时，脚下的步子便慢了下来。

景峰辉对成文的到来想象过无数次，但是当那个在他脑海里千回百转无数次的姑娘真的走到他眼前时，他竟然大意失荆州，没有认出她来！都怪棚顶上的灯太暗了，站台上堆的东西太多了！

她就站在离他一步远的地方，仰着头，与他相望着。她的眼睛更加黑亮了，涂了淡粉色亚光唇膏的嘴唇，像他养的海棠花一样静悄悄地含苞欲放。

景峰辉目不转睛地望着她。

她变得更加漂亮了，似乎还带着异域风情。她身上已经没有了几个月前离开青城时的阴翳，边关的风霜雨雪似乎并没有摧残销蚀她，而是为她增添了更多的从容和自信。

"小文，我们终于见面啦！"景峰辉终于憋出一句连他自己都认为丝毫也不能反映他此时心情的废话。

成文的鼻尖上渗出了汗珠儿，欣喜中透着些许生分。"你好，峰辉哥！"她的声音轻弱。

身上挂着大包小裹歪歪斜斜往站外走的倒爷们从他们身边经过，有人冲他们吹口哨。

景峰辉接过她手里的小皮箱，顺势拉起她的一只手，成文试图往外抽脱了一下，但她的手被抓得更紧了。成文被那只强硬而温热的大手牵着，往出站口走去。

站前广场一侧，夕阳的余晖中，停了一排大大小小的接站汽车，车顶上泛着微光。

成文想起青城招待所小白楼前那排接待英模们的车辆。那个早晨，她就是走过那排"突突"发动着的汽车，走进小白楼，才认识了景峰辉。而半年后的今天，在京城，她却被他牵着，走近另一排汽车。缘分真是不可思议。

一辆宝蓝色的小轿车旁边围了许多人，又蓝又亮像镜子一样的车身上倒映着密密麻麻的人影。人们正对那辆车品头论足。与周围憨憨的方头方脑的汽车相比，这辆车不仅颜色鲜艳，轮廓也出现了与众不同的流线。景峰辉拉着成文，径直往人群里走去。众人散到一边，好奇地继续围观。

景峰辉在众目睽睽之下表演欲十足地把成文的行李放进这辆车的后备厢，然后很绅士地拉开副驾驶的车门。

成文上了车。景峰辉驱车载人，扬长而去。

夕阳西下，京城纷繁的街道上弥漫着柔和而虚幻的色彩，身边突然出现一位陌生又熟悉的男人，浑身散发着似乎能把控一切的成熟气息，成文浮萍一样的心愈发起伏，感到很不真实。

她好奇地摸着车门上纹理漂亮的木纹装饰条说："这跟我们团里的吉普车大不一样呀！"

"根本没有可比性！这一辆车能买你们团里的几十辆吉普车呢！"景峰辉有些得意。

"太夸张了吧！这是什么车呀？"成文用手指敲了敲贴了膜的车窗玻璃。

景峰辉指着方向盘中间那个漏斗般蓝白相间的圆圈车标，说了一串儿洋文，"正琢磨给它起个响亮的中文名字呢！就像咱草原上的千里马，这是世界上性能最好的品牌车之一，除了北京的一些驻华使馆能见到这种牌子的车，内地还真没有"。

"那你从哪里弄来的？"

"香港走私过来的。"景峰辉压低了声音，"我和哥们儿三天三夜从深圳开回来的！"他的言语里透着自豪。

"走私车怎么敢在京城里开呢？没有麻烦吗？"成文愈发不懂。

"托朋友挂上军牌了，没人敢管。"

成文惊异地看着他，这些于一般人来说想都想不到的事情，到了他这里竟轻松得像是玩闹！成文忽然意识到：他不是一个与她一样的普通人！

"那现在，你可以告诉我你在北京到底干什么了吧？"成文说。

"做跟这车有关系的事！这家德国汽车公司准备开发中国市场，找我们几个朋友给他们开开路，做些前期准备工作，将来我们可以成立分公司，引进生产这款车。"

"噢，原来如此！可这车好在哪里呢？"

景峰辉眉飞色舞地说了一堆数据。

"这么好的性能将来能不能配备到我们边防部队，用于边境巡逻呢？"成文瞪着大眼睛问。

景峰辉哈哈大笑："嗯，那个，那个将来的事儿，中尉同志就不用操心了，你现在只管坐车就好啦！"

"行啊，团里给我订了赵家楼的招待所，应该离车站很近的，你送我过去吧。"

"我先带你上前三门大街兜一圈，然后请你吃饭，尽地主之谊！"

车里有点热，成文摘掉了帽子。

"这样一看，你还是那个小破孩儿，就是长大了点，头发长长了些。"景峰辉看了她一眼，伸过手去胡噜她的头发。成文侧头躲避着。

"哎，小文，我要是不给你往团里打电话，你是不是就不告诉我你路过北京的事儿？"景峰辉语气里有些责备。

成文摇摇头，又点点头。

"你是不是不想见我呀？"景峰辉的身体向她歪了过来。

"想！"成文急得脱口而出。

景峰辉得意地冲她眨眨眼，坐直身子，笑了。

"以前想，现在不想了。"成文眉毛一挑。

"为什么？"

"你说的，现在长大了呀！"成文冲他嫣然一笑。

窗外，京城的街道上华灯初上，后面一群自行车正玩闹着追逐这辆豪车。

景峰辉加大了油门。

西餐厅设置在这家五星级宾馆的顶层。五星级宾馆在京城尚属新生事物，只有寥寥几家。

从挂着猩红色天鹅绒罗马帘的窗户向下望去，长安街上车水马龙。再往南是灯火通明的北京站，在南城一片黑黢黢低矮的建筑物中，北京站成为一个高光亮点。

西餐厅里飘浮着轻柔的背景音乐。昏暗静谧中，不时从一个个深色高背卡座间传出刀叉的轻微碰撞声和窃窃私语声，每一张铺着白色桌布的餐桌上都摇曳着一支装在阔口玻璃器皿里的红色蜡烛。烛光后面晃动着一张张外国人中国人不真实的面孔。

穿着白色旗袍的女侍者拿着点完的餐卡刚刚转身婀娜着腰肢离去。景峰辉深情款款的目光便从对面望了过来。

成文避开他的目光。

她从随身的包里拿出一个用彩纸包着的盒子。景峰辉认出那是刚才下车时，她从旅行皮箱里拿出来的东西。

"峰辉哥，我给你带了礼物。"

"你还送我礼物？"景峰辉一只手挠头，不好意思。

"你为我做了那么多的事情，为什么不能得到一份礼物呢？"成文说着，把盒子递了过去。

"我还没有开始为你做什么事情呢。"景峰辉说。

"不，你已经做得够多了，特别是在我最艰难的时候。"

"我帮你还不是应该的？"景峰辉说着，打开了包装：一顶黑色闪亮的毛皮软帽露了出来。

"啊，水貂呀，手感真好，绒多针少，是俄罗斯水貂？"景峰辉摩挲着那顶帽子，爱不释手。

"我也不太清楚，苏联人告我是丹麦水貂。我在边城展销会上看见的，喜欢就估摸着你的头型尺寸买了，跟我穿的那件紫红色大衣一起买的。"

景峰辉把帽子戴在头上，展示给她："怎么样？像不像个老地主？"

成文左看看右看看，拍手道："挺合适的，买成功了！嗯，像老地主他儿子！"

"大小非常合适，你的判断神了，你的审美我喜欢！"

成文得意地笑着说："在青城需要这样的皮帽子，以后冬天不穿军装的时候就可以戴上它御寒。"

成文的一只手去拿放在盘子里叠成花朵的餐巾。

"小文,"景峰辉忽然抓住了那只手,眼里闪烁着烛光的火苗,温柔地说,"你知道从你离开青城到今天,一共有多少天吗?"

成文一愣,摇摇头。

"一共是一百七十七天,差七天六个月!"

成文忽然心头一热。

"这些日子里我一直在想念你,不知道你给我施了什么魔法,我从来没有这样想念过一个人。"景峰辉的声音愈发温柔,"我恨这种电话不通、邮件太慢的日子,不能把我每天的思念都诉说给你……"

成文的眼睛慢慢地湿润了,模模糊糊地转向摇曳的蜡烛和燃过的留在玻璃器皿里的蜡脂。

一直以来,一想起他,成文似乎就在往心上一层一层地涂抹这样的蜡脂,她要把心像药丸那样包裹起来。她以为这半年来这层壳已经足够坚硬,可是,它还是抵御不住与他的见面,一句话就让它龟裂了……

她仿佛看到柔软的心正从破裂的壳里钻出来……她的身体在不由自主地柔软。她的被他握着的手也柔软无力,不争气地抓住了他的拇指。

好一会儿,她才抬起眼帘。景峰辉从她的眼睛里终于看见了他期盼已久的柔波。他知道,正是这份纯情吸引着他,让他想保护她,为她做任何事情。

服务员端来了冷盘和奶油蘑菇汤。

成文把手抽了回来,用餐巾轻轻擦掉了眼角的泪滴,摇摇头,平复了情绪。

"喝口热汤吧,这几天坐火车估计也没吃好饭。"景峰辉体贴地把勺子递给了成文。

他摘下帽子,放进盒子里,装好,说:"我想这帽子不光在青城,也许以后在欧洲、在北美的冬天都能用得上呢!"

"你还要去欧洲，去北美?"成文喝了一口汤，不解地问。

"我一直等着你来京，想当面告诉你我的计划。"景峰辉把沙拉布在她的盘子里。看了她一会儿，似乎在考虑怎么说好。

"我想脱掉军装下海，在这家德国公司先干一阵子，积累些经验和财富，然后就带着你去欧洲或者北美生活。"

成文惊讶得睁大了眼睛:"带着我?! 那你在部队的事业呢? 塔娜干事不是说你的发展前景非常好吗? 你怎么能轻易放弃这一切呢?"成文把他怎么能放下家庭这句实质性的她从不愿提及的话压住了。

景峰辉笑了:"那些工作谁都能干，干好干坏而已。我不愿意走仕途了，把那个处长位置腾给其他人，一堆人等着抢呢! 前些日子，我和朋友到南方考察了一圈，发现赚钱这个事儿太有意思了! 这是个有机会的时代，在这个时代里，我觉得商海更广阔，更有吸引力，更有挑战性，更适合我，所以我想下海游游泳。"

成文看着他，嘴里默默地嚼着一块裹着怪异的奶油酱的土豆，不好下咽。

"其实我这样做也是为了你，为了我们的今后! 你走了这些日子，我一直在想这个问题。我想让你离开那个艰苦的地方，彻底离开部队，跟我在一起。你在边疆可能不太了解国内现在的形势。"景峰辉忽然压低声音，指指天花板，"思想不太一致，形势不稳，我们一起出国去，躲开国内的一切，找个太平的地方去过我们想过的生活!"

"坐在这么高的楼上，我怎么觉得飘飘忽忽、脚不着地呢?"成文看看窗外，笑着说。

"我们家在德国和美国都有亲戚，我的几个哥们儿也都出去了，你又有外语优势，咱们出去混得肯定不比他们差! 你觉得怎么样?"景峰辉认真地说。

"我觉得我现在坐在这儿都不真实，像梦幻一样。"

"我今天把我对我们的计划告诉你，你先考虑着。"

"可是，我们? 我们仅仅是朋友呀!"成文说。

景峰辉仿佛没听见一样。两人默默地喝汤吃菜。克莱德曼的钢琴曲《脆弱的心》轻柔地萦绕在餐厅里。

过了一会儿，景峰辉低声说道："我们在部队都是浮萍，脱了军装就需要一个落脚点，一个安身之处，在国内这个地方不好找，出去也是为了处理好你纠结的我的事儿。"说话时，他的眼睛并没有看着成文。

盐煎三文鱼上来了。

景峰辉切了一块放在嘴里："这鱼不如北展旁边的莫斯科餐厅做得地道。"

成文也吃了一块，学着景峰辉的口气说："这鱼不如我们边境上俄罗斯人做得地道。"

"嘘！别说话！"景峰辉神秘的样子让成文定格般噤了声，看着他。

"你知道不知道，你特别好看，现在的你，就像一颗小毛桃！"景峰辉说。

这个古怪的比喻把成文逗乐了，她不明白小毛桃有什么好看的。难道是自己身上这件淡粉色高领毛衣引发了他的联想。

"峰辉，我看着像你！"一个高个子理着板寸头型的干练男人离开正往外走的几个外国人和中国人，走到他们的卡座旁，看着成文对景峰辉说。

"嗨，老虎，你也在这儿啊？"景峰辉有点意外，站起来，与来人握手。

"来了几个美国人，就约到这儿吃饭，谈点生意。"老虎嘴上与景峰辉说话，眼睛仍睃着成文。

"我青城的朋友……"景峰辉有点底气不足。老虎向成文伸过手去，成文把四指放在他的手上。老虎轻轻地握了握，很绅士地含笑点头。

"这么年轻？刚毕业吧？"

"算你眼毒。"景峰辉自豪地说出了成文毕业的那所在军队很有名气的学校。成文注意到，他有意无意地避开了她现在的工作单位。

"高品质呀！"老虎拍了拍景峰辉的肩膀，笑容暧昧。他的头凑近

284

景峰辉问："景老爷子要来京开会了吧?"

"过两天到。"

"到时我见见老爷子，有点事。"

"你们的事我不掺和。让我干啥你说一声就行。"

老虎拉着景峰辉耳语。两个身材苗条、妆容精致的女人朝门口走去，其中一个向他们这边看过来。

"好嘞，回头咱们再联系。不打扰你们了。"老虎握握景峰辉的手，又跟成文挥挥手，告辞走了。

"我的好哥们儿，以前是××部的，后来官也不当了，直接下海经商！他现在所在的公司相当厉害，全国各地做外贸的子公司一大堆，个个神通广大，能搞到各种批条，可以做各种紧俏生意，化肥、钢材、水泥、煤炭、石油什么的没他们不能干的，只要过手，全部盈利，国外有实力的经贸代表团来了，都找他们！"

"这么大能量呀！"成文感到不可思议。

景峰辉说出了老虎父亲的名字。

"噢！怪不得！"成文耸耸肩。那是一个如雷贯耳的名字，一个经常在电视上出现的大人物。

"他想让我也跟他们干，我还没想好，虽然上面有人有大部委罩着，但是这么火爆地搂钱，我心里也不踏实，我更想带着你出去。"

"刚才那个女人特别像……"成文说了一个电影明星的名字。

"就是她，老虎刚为她离了婚。"

甜点上来了。

"你这次在北京待的时间太短了，我本来计划要带你去看几个地方的，可是你就待一天，我不高兴。"

"票是团里给订好的。"成文一边吃着巧克力慕斯，一边不在意地说。

"那还不是由你定的！"景峰辉嗔怒，"你打算什么时候回部队?"

"四月初吧。"

"回去的车票我给你订，你在北京要多待几天，适当参与一下我的工作，也可以好好了解了解京都生活。"

景峰辉把他盘子里的慕斯放进了成文的盘子，根本不听她"吃不了吃不下"的拒绝，武断地替她做了决定。

"你什么时候回青城？"成文问。

"再过些天，年根儿还要见一些人，请请客，给一些办事的单位和人打点一下。"

"还有请客打点的工作？"

"这是很重要的一项工作！"

"噢，不懂。我还是自己订票吧，你四月初能回北京吗？在家里待那么短时间？"成文说。

"肯定回来了！我不准备在家待时间太长。过两天我父亲来京，我把下海的事儿征求一下他的意见，他一般是尊重我的想法的，如果不出意外，过完年我就准备跟单位摊牌，递转业报告，全身心投入这边的事儿。"

"也不多陪陪……儿子？"成文终于忍不住说出了这句话。

景峰辉低下头去，一勺一勺地往嘴里灌汤。过了一会儿，他又说："也想与父亲谈谈咱们的事儿。"声音微弱。

成文没有说话。撕掉一小块黑面包放进嘴里，咀嚼着，很费劲，味道不纯正。

"有点对不住儿子了！我想先把我想要的生活搞顺吧！等我办完我的这些事儿，有了眉目，就开始办你的事，办咱们的事儿。"景峰辉的眼光又闪亮起来。

脑子里一下子接受了这么多信息，成文感到迷惑，景峰辉完全沉浸在自己的世界里，把一切都设定好了，却忽略了征求被设定人的意见。

"峰辉哥，有一句话说，梦想是丰满的，可现实是骨感的。我觉得我追不上你的梦。"成文说。"没关系，我拽着你！"景峰辉笑了。

那时他们都没有料到，四月北京发生了举世瞩目的大事，景峰辉后来也不得不重新修改他的梦想。

286

景峰辉告诉成文，这两天他将放下自己的全部事情，全天候陪着她。

"全天候?"成文瞪大眼睛。

"嗯，当然到了晚上各睡各的。"景峰辉笑。

成文的脸一下子红了。景峰辉意识到不能跟一个姑娘开平时瞎开的玩笑。

成文说要把从团里带上来的一份文件送到一个地方去。

"啊?！你知道那个地方是什么单位吗?"轮到景峰辉瞪大眼睛了。

成文摇摇头。

景峰辉直起身子，看成文的眼神里有了几分异样。

"那可是个上通天、下入地的特殊单位，他们的东西都是直报军委，直接放在一号桌子上的!"景峰辉眼里透着对那个单位的羡慕，身子仰在靠背上感叹道，"现在你是不到广东，不知道自己钱少，不到京城，不知道自己势力小呀!"成文还从来没见过他这样的神情。

"那你明天还陪我去吗?"

"去呀，我在外面等你就是了，我必须要陪着你的。"

"那，我有一个请求。"成文说。

"说吧，十个请求也满足!"

"明天出去不要开你的车了，我们坐公共汽车好不好?"

"为什么?"

"让你体验体验我们民情，接接地气呗!"成文不想招摇。

景峰辉犹豫了一下："好吧，那我陪你挤公共汽车去。唉，谁让你降了我呢!"

部队招待所就在这家五星级宾馆旁边的小胡同里。

帮助成文安顿好一切，景峰辉站在路灯下的汽车边上，并不去开车门。他望着站在旁边送他的成文说："我们今天好像还缺一个礼仪吧?"

景峰辉张开了双臂。成文正犹豫，景峰辉伸手一揽，成文就进了他的怀抱。

景峰辉的吻轻轻地落在了她的头发上。

熟悉的气息唤起了成文身体的记忆，她想起了小站告别那个深情的傍晚。随着景峰辉紧紧的拥抱，成文慢慢地抱住了他的腰……

景峰辉走后，成文躺在床上很久也没有睡着。她又回到了青城，他们的交往像一部被她看过多遍的老电影，又在一幕一幕地回放，画外音却变成了他今天说的每一句话……

成文的头脑很乱……许久才理出两个问题：你爱不爱他？你会不会跟他走？

这天是京城一个难得的晴朗冬日。

成文从三楼的窗户望出去。晨光把招待所大门两侧两堵院墙的影子投射在胡同对面四合院的青砖后墙上。

景峰辉竖着黄绿色帆布夹克衫的衣领，脸上扣着一副大墨镜，又开裹着黑色牛仔裤的双腿，正背对后墙，站在两片墙影之间的阳光地里，抽着烟，向招待所大门里面张望。

这种酷酷的样子让成文的少女心蠢蠢欲动。她穿好大衣，戴上贝雷帽，抓起手包，旋风般转着楼梯跑了下去。

一看见成文从楼门里逆着光跑出来，景峰辉的笑容就像这早晨的阳光一样灿烂地绽放了。

成文迎着那笑容，"嗒嗒嗒嗒"跑到他跟前，不假思索地就把手插进了他抬起来的一只臂弯里。

"峰辉哥！"成文仰着脸，笑眯眯地看着他。

"嗯？"

"你好！"

"哼哼，傻姑娘，气色不错，小脸儿都是粉色的！"

两人挽着胳膊，沿着安静的小胡同慢慢往外走。

"胡同里的风挺硬的，冷吗？"景峰辉摸摸成文裸在他衣袖上的手。

"比起我们边疆的冷风，这里的风简直像春风一样。"成文涂了亚光粉色口红的嘴唇微微张开，轻轻地呼了两口气。

288

景峰辉看着她，咬了咬自己的嘴唇。

"今天的天气真好啊！你看，天空蓝得像绸布一样，很少见的！"景峰辉夹紧了成文的手臂。

两人抬头眺望。

一群鸽子"咕噜咕噜"叫着，悠悠荡荡地盘旋在胡同上空，羽翅在晨光中闪闪发亮。风吹过高出屋顶的一根根电线，像弹拨着琴弦，发出"呜楞呜楞"悦耳的响声，尾音颤抖着，在空气中渐传渐远。

"心里好安详啊！好久都没有这样的感觉了。"成文轻声感叹。

一股淡雅的香水味道从景峰辉身上的香烟气息下面隐隐散出，这是成文昨天没有闻到的。

"这款男士香水好闻。"成文嗅着他的衣服。

"平时也不用。"景峰辉有些不好意思。

一个人一辈子都为你活着是不现实的，也是不可能的，但是一个人肯放下手里的一切，把身上的每一个细节都打理好，真诚地全身心地陪伴着你，哪怕只有一天，那这一天的他就是值得珍惜的，成文想。

"峰辉哥！"

"嗯？"

"你真好！"

景峰辉低头看了她一眼："是因为你好！"

"峰辉哥！"

"嗯？又干什么？"

"没什么，忽然觉得生活挺美好的！"成文望着聚在胡同口橘色的晨光，甜蜜地说。

离开幽静的胡同，一接触社会，喧嚣和浮躁便扑面而来。

公共汽车站人头攒动，每张脸上都挂着时代的焦虑。车来往得随意，乘客也没有秩序，都想尽快挤上车，尽快抵达自己的目的地，挤车就像商海里抢钱、官场里抢官一般，相互怼压，谁抢上就是谁的。

成文发现自己竟有些恐慌。她拽着景峰辉的胳膊，小声说："我想回我们安静有序的边城去！"

"你那生活不真实，这才是现实，别紧张，适应一下就好了！"景峰辉拍拍她的手。

放走了两辆车，第三辆车终于又不堪重负，喘着粗气来了。女售票员身子探在车窗外，一边用手"啪啪"地拍着车身，一边用京片子大声叫喊着这趟车经停和不经停的车站。乘客外地人居多，谁也听不清楚，人群又是一通疯挤。

成文还在犹豫，景峰辉说："上吧，不会有更好的情况了，反正就是那个方向，到不了下来再换车就是了！"

后来成文想起他说的这句话，感觉有些宿命。

景峰辉发挥人高马大的优势，冲开一条缝，奋力把成文推上了车。就在他一只脚踩上车踏、身体还被挤在外面时，两边的折叠车门一伸一缩，眼看就要闭合了。

成文急得直喊："别关门，别关门！要夹人了！"

景峰辉双手用力扒着门，借势车门伸缩，身体往前一拱，就被铲进车里，整个人如释重负地靠在了关闭的车门上。

两人隔着人头，咫尺相望，成文欣喜得眼泪都快要出来了。当他们终于艰难地会合到一起时，互看对方，都笑了。

成文的贝雷帽歪得没了形，手包上的流苏也扯断两根，景峰辉脖子里像法国人那样系的薄绒围脖早就开了扣儿，在脖子上支棱着，雪白的高帮运动鞋面上踩出无数个黑鞋底印子。

"狼狈不堪，斯文扫地！"景峰辉苦笑着，在售票台前挤出一个缝隙，把自己和成文塞了进去。

"委屈你了，峰辉哥。"

"你刚才在关门时喊了什么？"

"别关门呀！"成文不解地看着他。

"你说要嫁人了！"景峰辉坏笑。

"尽瞎说！"成文红了脸。

"我要是没挤上这趟车怎么办？"景峰辉问。

"那我就在下一站等你。"成文不假思索地说。

"那，一言为定哦！"景峰辉笑看着她。

成文不明白他为什么要那样看着她。

公共汽车在南城弯弯曲曲的小街上走走停停。

南城过年的气氛显得更加浓郁，灰砖灰瓦的临街店铺门上挂出串串红灯笼，窗户上贴着喜庆的窗花，门口摆出箱箱盒盒花花绿绿的各式年货，行人和自行车从灯笼、窗花、年货前经过，优哉游哉，匆匆忙忙。

成文把摘下的帽子拿在手里，把装有文件的手包紧紧地搂在胸前。好长时间，她就俯在售票台上，像定了格一样，静静地看着窗外，沉浸在自己的世界中，周围的拥挤和喧闹似乎已经与她无关。

景峰辉一直看着她。由于刚才挤车费了力气，脸上还留着没有褪去的潮红，皮肤又亮又润，白里透粉，像上了妆一样。她的眼睛弯弯的亮亮的，既不媚人，也不咄咄逼人，长长的睫毛偶尔眨动一下，表情淡然而从容，树与光的影子在她的脸上浮动着。

这是一个美丽的女孩儿，是他喜欢的类型，她到底有什么独特的魅力在吸引着他呢？景峰辉常常问自己。现在看着她，他似乎有了某种答案。不仅仅是美丽，而是美丽之下涌动着的一种力量，那是一种内在的沉静的力量，这种力量并没有招摇着去撼动他，而是他在遇到这种力量时被撼动了。这半年以来，他的心灵一直被撼动着，他希望与她的力量产生共振。

一条著名街道的两旁栽种着密密的龙爪槐，每棵树的树干上都缠着小彩灯，枝条光秃秃的，张牙舞爪，竞相伸向天空。

他们下了车，站在一棵槐树下，判断着方位。街对面是一个公园，成文要去的地方，就在公园边上不远处的胡同里。

"这满街树上的灯，夜晚点亮的时候，一定特别好看。"景峰辉说。

"这街景怎么觉得这么熟悉？"成文思忖着。

"像青城的那条槐树街，夏天咱们陪着英模报告团一起走过的！

我记得你当时说起了你家乡的槐花。"景峰辉说。

"唉，感觉时间过去很久了！"成文说。

"我却觉得像昨天一样历历在目。"

离约定的时间还早，景峰辉请求到街边的南来顺饭庄吃点东西。成文这才知道景峰辉为了准时赴约，连早餐都没有吃。

饭庄里人不多，他们在靠窗的座位上坐了下来。

景峰辉点了两碗馄饨，两屉烧麦，两碟小菜。

"你尝尝，他家的馄饨和烧麦是老招牌，在京城很有名。"

看成文不动筷子，景峰辉撒娇地说："尝尝嘛，陪着我吃。"

成文夹起一个烧麦，用牙尖慢慢地咬着上面的褶子。

景峰辉脱掉外套，摘掉围脖，拉开架势，准备消灭眼前的食物。他把一只脚踩在旁边的椅掌上，弯下身去，一双筷子风卷残云般往嘴里运送一个又一个馄饨，因为吃得快速而专注，额头上的发际处很快渗出一滴滴小汗珠，被透进窗户的阳光照得晶莹剔透。

成文悄悄地看着他。

景峰辉抬起头，松了松毛衫里面蓝色格子衬衣的领口："那么脉脉含情看我干吗？"

成文狡黠地一笑："嘁，跟你昨晚吃西餐判若两人。"

"大丈夫能伸能缩，能文能武，能阳春白雪，也能下里巴人，你哥就是你哥！"景峰辉耸耸肩，继续用筷子去打捞碗里的战利品。

成文不能不承认与他在一起是十分愉快的，她喜欢这个男人，喜欢他的各种状态，因为每种状态都是放松的、真实的、自然的。

可是他却是别人的丈夫！一直压制着的这个命题又翻了出来。酸楚从心中涌起，对另一个女人是酸，对她自己是楚，正是这股酸楚，又一次提醒她，这是你不能爱的人，你不能把自己的情感建立在另一个女人的痛苦之上！

成文假借去卫生间，结了账。

"我一会儿还在那家饭馆等你！"景峰辉站在胡同口，与成文一边挥手一边说。成文点点头，转身独自往胡同里面走去。

胡同深邃而幽静，两边是抹了白灰的高墙，阳光正照在其中一面墙的半腰上。一些地方墙灰剥落，露出残缺的年代久远的青砖，一部分墙面上还攀挂着夏天爬墙植物留下来的枯枝。

走着走着，墙上出现了一道大铁门，成文仔细看了看周围，没有门牌号码。

大铁门上开着一个小铁门，成文向里面望去，传达室里坐着一位秃头大爷，警惕的目光正向她投射过来。

小巷里空无一人，成文只好向大爷打听要找的地址。大爷不回答，一边翻看登记本，一边板着脸问她的名字，然后抓起桌上的电话，瓮声瓮气地说："请向主任报告，人到了！"

大爷放下电话，上下打量着成文，活脱脱电影里发现了目标的敌特放哨人员的眼神。

从院子里一栋古色古香的四层小楼的台阶上跑下来一个人。

成文隔着铁门看着眼熟。

那人越跑越近，忽然他们异口同声地惊叫起来：

"成文！"

"铁小军！"

成文一迈进小铁门，两只手便被铁小军伸过来的两只手紧紧地抓住了。

"天哪！大英模，怎么会在这里见到你?！"成文孩子般蹦跳着，欣喜地摇晃着铁小军的双臂，"不穿军装都快认不出来了！"

"我怎么知道，刚才主任让我来接人，打死我也不会想到是你呀！"铁小军两道浓眉下的一双丹凤眼因为兴奋而炯炯发光，嘴角向上一提，呼出一口气，"啊！世界说大就大，说小也太小了！"

"是啊，真是太意外了，太惊喜了！"成文也打量着他。

"你变得更漂亮了，更有气质了！"铁小军说。

"你变得比以前白净了，更帅气了！"成文说。

两人说完相互看着，又都憋不住哈哈大笑起来，觉得这样直白地赞美对方都不是自己的风格。

铁小军带着成文往楼里走，传达室大爷盯着他们的背影，感到莫名其妙。他哪里知道他们的缘分。

铁小军打开二层他的办公室的门："先在我这里暂时坐一会儿，主任那里有客人。"

"主任是谁呀？"成文问。

"就是你要见的曾经的乐观处长呀！现在已经提升为主任了。"

"噢，是吗？真快呀！真为他感到高兴，那可是一位好领导！"

"那当然，大家都说他是近几年来最好的主官，不仅能把朋友搞得多多的、把敌人变得少少的，更大的本事在于能把敌人变成朋友！"

"能在这样的领导手下工作也是一种幸福！"

"是啊，那是帅才，你把我的话搁着，那将来肯定是将军！"

"我和你看法绝对一致！"成文竖起一个大拇指。"那位总跟乐观主任在一起的王老板呢？"她又问。

"他是上一级单位的，马上就是将军了！"

铁小军请成文坐在他的座位上，从书柜上的一个纸盒里拿出一个崭新的琥珀色磨砂水杯，用暖瓶里的热水冲了几遍，倒上水放在她面前的玻璃板上。

"请你喝一杯水，这杯子是琉璃的，一直珍藏着没舍得用，今天你来剪个彩！"铁小军说。

"这么隆重，你这水我可不敢喝了！"成文笑。

"开玩笑，你喝吧！"铁小军说。

办公室里井然有序，但是成文面前办公桌上的玻璃板上却蒙了一层薄尘。

"你这办公室好像好久没用似的？"成文四处打量着说。

"对，我调来不长时间就被派到北大进修了，我是昨天被主任从

294

教室里叫回来的。"

"噢，真羡慕你呀！"

"也没什么，这里的年轻人个个都有机会，定期培训是必须的。"

"可我们还得自己努力去考试，才能有学上，唉，不可同日而语呀！"成文眼里露出一丝惆怅。

"你如果来了也是一样的。"铁小军的安慰显得有些无力。

成文的目光转向墙上挂着的几张世界区域战略图，上面用红笔蓝笔做了许多记号。

"这里对我来说是新领域，许多东西都要从头学起！"铁小军笑说。

"一看就知道你在用功！我没有探到你们的机密吧？"成文开玩笑。

"我们这里什么都是机密，你得保密呀，哈哈！"

玻璃板下面压着一张铁小军为一个小男孩洗澡的照片。

"这是你儿子？"成文问。

"不，不，这是我侄子，我哥的孩子，我，我还没有女朋友呢！"铁小军急忙解释，然后便意味深长地看着成文。

成文被他看得不好意思。

"林爱玲怎么样啦？挺想念她的！"成文说。

"她从英模报告团下来回部队不久就转业了，听说回到家乡的一个医院里，据说是铁了心不找对象了。"铁小军惋惜。

林爱玲由于在对越反击的战场上负伤而失去了生育能力。成文想到她的今后，又不知道能为她做些什么，心里又悲伤起来。

一个小伙子来请铁参谋陪同来人去主任那里。成文知道这是穿便装的勤务兵。

他们上楼的时候，正好碰到三个人下楼，铁小军与其中一位本单位人打招呼。成文却看着另外两位穿黑色皮夹克的男人眼熟，这两人正说着话，没有注意到她。

擦肩而过之后，成文一下子想了起来。她对铁小军说："刚才那两个人是从这趟国际列车上下来的，我见过他们，他们好像在倒腾什么东西！"

铁小军惊讶地看着她，不置可否，心里却暗暗佩服她的记忆力和观察力。

令乐观主任吃惊的是，铁小军与成文竟然认识！

"挺好，挺好！"乐观主任快速浏览完成文带来的只有两页纸的材料，一边说着，一边把材料装进信封。不知是材料挺好，还是两个年轻人认识这件事挺好。

他请铁小军把材料送到研究室去，邀请成文坐在沙发上，开始天南海北、国内国际地聊天。

乐观主任依然是笑眯眯的，一如既往地亲切。

可成文却不敢掉以轻心，她的神经紧绷着。她对面坐着一位神秘大佬，她的任何一句话或一个肢体动作都会被这双表面像猫咪实则是老鹰的犀利目光所捕捉、所考察、所透视。

乐观主任提的每一个问题都让成文觉得里面有玄机，不能轻率回答，她时刻让大脑高速运转，力争答复得体，在回答对团里人员的看法时，她更是字斟句酌，如履薄冰，不能让任何人因为她的一句话而受到伤害。

成文意外地从乐观主任这里知道了她乘坐的那趟国际列车晚点的原因：苏联内部形势动荡，立陶宛加盟共和国在闹独立，一名重要的异己分子被捕后越狱，企图乘这趟国际列车出逃，苏联警方在西伯利亚对这趟车进行了搜捕……

告辞的时候，乐观主任对等在门口的铁小军说："臭小子，好好去送一下！"

铁小军送成文到院子里，要请她到外面吃饭，成文坚决地拒绝了，因为她还要去看朋友。

铁小军又问她什么时候离京，要派车送站，成文坚决地拒绝了，因为她住的地方离车站很近，无需动用车辆。

铁小军无奈，只好坚持把成文送到胡同口，又送过了马路。

告别后，成文走了一段路，回头去看时发现，铁小军正站在人行道的红绿灯下，尽管街上没有车，其他人都无视红灯过了马路，但是铁小军一直等到绿灯亮起才从容地走过斑马线。

成文暗暗钦佩这位曾为国家出征、在战场上出生入死的军人，钦佩他的慎独与自律，在她的感觉里，铁小军身上总有一股从骨子里渗出来的高贵。

在南来顺饭庄一会合，景峰辉一手就搂住了成文的肩："总算回来了，这给我想的，好像过了一个世纪！"他看着成文，"那些家伙没对你鼻孔朝天，摆臭架子吧？"

"还好呀，没像你想象的那样。"成文兴高采烈，刚想把遇到铁小军的新闻告诉他，忽然想起乐观主任和铁小军向她强调过的保密意识。铁小军的身份应该是保密的，知道的人越少越好，即使是景峰辉这样的熟人也不便知晓。于是，话到嘴边，又吞了回去。

景峰辉行伍出身，知道部队纪律"不该说的不说，不该问的不问，不该听的不听"。

"嗯，那就好，我容不得任何人对你有半点不好！"

他们的下一个目的地是成文的大学同窗好友路小雨家。

毕业前夕，在成文最艰难的时候，路小雨曾陪伴着她，并仗义地要到学院去"揭露赵揩油的丑恶嘴脸"，现在她正随总部一个代表团在国外访问。成文昨晚与小雨家人电话约好，今天把带给小雨的礼物送过去。

景峰辉一看小雨家的地址："噢，那里呀，不用查地图，我带你去。"

没有了时间约束，两人在路上便不急不慌，优哉游哉，走走路，坐坐车，看京城风光，聊各种话题。

成文兴致勃勃地说起边防上的趣事，景峰辉颇感兴趣。但有一次他忍不住说："你提戈林这个人的名字多了点啊，我都嫉妒了，幸亏你们之间有道边界线！"

"难道咱们之间没有吗？"成文反问。

景峰辉看着远处，不说话了。

静场是短暂的，不一会儿，两人又热聊起来，总有说不完的话。

从前门大街往南池子去换车的时候，他们选择了步行穿过天安门广场。

蓝天下的天安门广场，游人并不多，阳光安详地照着，冷风悠然地吹着，空中飞着几只风筝。

一场国事访问即将举行。游人们聚集在天安门广场西侧拉起的黄色警戒线内，眺望着人民大会堂东门外小广场。

那里，红毯已经从大会堂东门顺着台阶铺了下来，仪仗队刚刚就位，工作人员正在忙碌。

景峰辉和成文静静地俯在人民英雄纪念碑西侧的汉白玉栏杆上，与周围的游人一起观望着。

在国事活动区域内，一群身着深色大衣的工作人员中间，一个个子高高、长发飘逸、气质清丽的姑娘很引人注目。那姑娘足蹬红色皮靴，手戴红色皮手套，拎着一个白色公文夹，轻盈地在台阶上跑上跑下，有时与台阶上面的工作人员交谈什么，有时又跑到台阶下翻开公文本，与几个外方工作人员一起在元首检阅台两侧走走停停，查看地面，那里似乎贴置了双方陪同人员的站位标志……

"那姑娘大概是个外事礼宾官。"景峰辉说。忽然他转头目不转睛地盯了成文一会儿，"如果你现在不站在我身边，我会以为那个姑娘是你，简直太像了！"

"我要是修炼到那个段位，恐怕还差十万八千里呢！"成文摇摇头。

活动不知什么时候才开始，两人没了耐心，便离开广场去办他们的事情。

在军博站下了车，成文看见对面地铁出口处有一个卖糖葫芦的小商车，插在草编木棒上的一串串红色糖葫芦在阳光下晶莹剔透，格外诱人。

"峰辉哥，我想吃糖葫芦！"

"这个要求太容易满足了，原地别动，等着啊！"景峰辉"噌噌噌"跑过了马路。

当他高举着两串火红的糖葫芦往回跑的时候，马路上来往的车辆多了起来。景峰辉身体灵活地躲闪着擦身而过的汽车，成文的心都揪到了嗓子眼儿：

"别着急，太危险，等没车了再过！"她喊着。

话音未落，景峰辉逼停了一辆小轿车，一个箭步跳到她面前，一把把她拽回到人行道。

"让你在原地等着，就不听话，你看看你，都快跑到马路中间了，多危险！"景峰辉"训斥"。

成文低了头，她没有意识到自己的行为。

"哎，小文，我要是死了，你会哭吗？"景峰辉突然冒出这样一个问题。成文吓了一跳，瞪大眼睛看着他。

"哼，白眼狼，你肯定不会哭的。"

景峰辉嬉皮笑脸地用食指在她的鼻尖上刮了一下，把一串糖葫芦递给她："吃吧，这串我先替你拿着。"

成文的眼里竟溢出了泪花。

军事博物馆后身的护城河边，生长着一片茂密的树林，十分幽静。

沿着只能通过一辆车的河堤小路向前走，能看到参天大树后面隐约延伸着一道上面拉了铁丝网的灰墙。几个岔口从小路分出，向林子里面延伸。

景峰辉又看了看详细地址，领着成文拐进了其中的一条林道。

林道终结在一扇黑色铁门前。他们一走近，门上便拉开了一个小窗口，一张居高临下的面孔盛气凌人地问他们是干什么的。

景峰辉戏谑地说："给你家小姐送东西的。"他从成文手里拿过那个小包裹，从小窗口塞了进去，那上面有小雨家电话号码和成文的名字。

那人疑惑地接过东西，看了看，收下了。

"用不用在门卫这里给她家里打个电话？"成文问。

"不用，警卫会送进去，或者她家工作人员会来取的。"

从林道往外走的时候，成文挽着景峰辉的胳膊，许久没有说话。

同一个学校毕业，路小雨的起点和际遇让她的内心产生了极大的反差。她忽然想起江上舟翻译的爱人玫姐曾对她和蒋薇薇说过的话：一个女孩实现梦想的道路不外乎三条，通过出生的家庭，通过你嫁的男人，还有就是自我奋斗，这三个因素组合叠加的效果会更好，就怕只走一条路，保险系数不高，特别是只走第三条，更难了，不知道要吃多少苦，还不一定成功……

成文当时很不理解，越接触现实，越发现玫姐的经验之谈有一定道理，但是不论是客观还是主观，她的选择永远是第三条路。对她来说，这是一条自尊自爱自强自立的接近理想之路，一条艰难的路，也许不会成功，但是你奋斗过、努力过、自食其力过，你就不会遗憾，这也是一条踏实的路，自己赢得的安全感更加可靠。

"想什么呢？"景峰辉问。

"没什么，瞎想。"成文说。

她看看景峰辉，看看这座深宅大院，又望向前方。

"前面是八一湖，我带你去滑冰吧！"景峰辉说。

"好呀好呀，但是我不会滑呀！"成文瞬间感到轻松，欣然答应。

这是驻京部队为配合首都永定河引水工程建设，清理玉渊潭与护城河之间的淤泥，浚治出的一个约十公顷的新湖，定名八一湖。

"我小时候练过速滑，给你展示一下哈市少儿组冠军的风采！"景峰辉从租鞋处出来，迫不及待地穿好鞋上了冰面。

湖面形似葫芦，很宽阔，大约不是休息日，滑冰的人并不多。景峰辉自如洒脱地飞翔了两圈后，回来把穿好冰鞋的成文拉了起来。

成文战战兢兢，晃晃悠悠地被景峰辉拉着上了冰面。景峰辉为她讲解示范，成文悟性好，很快就能在他的保护下，独立滑行了。

成文不需要费力，只要掌握好平衡，景峰辉就能带着她滑翔，旋转，从一个地方到另一个地方，绕开人，躲开障碍物，当她要摔倒的时候，一双有力的手就会支撑起她，还会把她搂在怀里……

生活如果永远这样简单，被人引领着、呵护着、支撑着，那该多好啊！但是生活不是短暂的梦幻浪漫，而是长期的严峻现实，自己的路还要靠自己走呀。成文想。

冰场被夕阳染成了金红色。

阳光在树尖上跃动，在他们的脸上滑动，白云在远处飘浮，岸边的景物在旋转，一样的世界，怎么瞬间就不再沉重，而是变得那么轻盈……

应景峰辉邀请，成文同意去他的距此不远的工作地点"视察一下"。

他们上了一辆郊区公交车，车上有座位，成文坐着坐着便睡着了。

当她睁开眼睛时，看见前方有一只手，那是景峰辉的手，正在为她遮住照在她眼睛上的阳光。

四月，山里的桃花开了，漫山遍野，云霞一般，把水库里碧绿的春水都映成了粉色。

春风吹来，粉英离枝，纷纷扬扬，漫天飞舞，如飘雪一般。

成文坐在水库大坝上的春光里，看着纷飞的落英，心里却恍惚飘舞着京城的雪花。

"下雪是有声音的，有时声音会很大。"景峰辉忧伤的话语回响在她耳边。

那天的京城，白天阳光普照，夜晚却下起了雪。

成文从二楼跑下来，推开了海军招待所临街的楼门。

雪花在眼前翻飞，在路灯下旋转，落在街面上。

成文毅然绝然地走出大门，走上被薄雪覆盖的街道。

景峰辉从后面追了上来。

"你疯了！我再开一间房不就成了吗？非要走，从这儿到赵家楼十公里呢，你难道要这样走回去？"

成文不说话，仰着头往前走，雪花落在她的脸上，凉冰冰的。

"都快十点了，这么大的雪，既然你真的要走，那我开车去送你！"景峰辉在她身后气恼地说。

已经到了西翠路口，成文判断了一下方向，果断向东走去。

"哎，你怎么这么偏呢？"景峰辉一把抓住成文的胳膊。

"我想走走路，清醒清醒。"成文挣脱了他，继续往前走。

景峰辉生着气，"呼哧呼哧"地跟在后面。

成文的身上还窒息着他拥抱的力度，脸上还残留着他急促的吻痕。

刚才在他昏暗的办公室里，在那个摆满了各种各样汽车模型的玻璃橱柜前，他情不自禁地从身后抱住了她。

成文的身体僵硬在那里，耳边传来他粗重的喘息声，从玻璃柜微弱的反光里，她看到了自己一双不知所措的眼睛。

他们跌坐在沙发里，他的头埋在她的胸前，嘴里喃喃地喊着她的名字。

当他温柔的吻落在她的唇上时，这个未经世事的女孩感到晕眩而战栗，双臂紧紧地抱着他的脖子，惶恐地躲避着。

他轻柔地解开了她毛衣领口的纽扣，就在他解第二粒时，她忽然抓住了他的手，声音颤抖着："峰辉哥，我想把我的初次留给我的丈夫。"

景峰辉停止了动作，抱着她的另一只手臂缓缓地松懈了，身体瘫仰在沙发上。成文坐在他的膝盖上，一动不动。

屋子里黑沉沉的，能够听见他们一粗一细的呼吸声，从半开着门的里间露出的那张白色大床显得格外狰狞。

不知过了多久，成文站起身来，对景峰辉说："我想我该回我的住处了。"

景峰辉好一会儿才回过神来，有气无力地说道："今天太晚了，别走了，你就住在我这里吧，我再去开一间房。"

成文看着他迈着沉重的双腿拉开了房门，平时笔直的后背竟有些弯驼。

两人一前一后走着，都低着头，想着各自的心事。

街上，除了漫天雪花和偶尔驶过的车辆，几乎见不到活物。

一个公交车站出现在身边，成文看见站牌上写着"木樨地"，上面标注的末班车时间已经错过。

"唉，不知不觉就走到了这里，既然要走回去，那我就陪着你吧。"景峰辉走上前，轻轻地搂住了她的肩。

成文看着他，忽然有点不知所措。她的心里五味杂陈，苦涩翻滚，眼泪扑簌簌落了下来。

"唉，别哭了，小心眼泪冻在脸上！"景峰辉掏出手绢为她擦拭。

"你为什么要对我这么好呢？"成文慢慢地倒进他的怀里，"可是我不能爱你呀！你为什么要结婚呢？呜呜呜——"

"唉，婚姻不过就是一张纸，其实爱情和婚姻不一定是一回事儿。"景峰辉说。

"但那是契约呀，既然签了约就要遵守呀！"成文哽咽着。

"契约也不是不能改变的。"

"那样做是不好的，对你对我对你的家庭都不好，我们这种关系是不对的。"成文渐渐停止了哭泣。

"只要你相信，我想有一天这种关系会转化的。"景峰辉把手放在她的背上，轻轻地抚摸着，"想想以后，只要给我时间，我们应该会有一个结果，生活并不是一成不变的，你说的边界也是可以重新划定的。"

成文离开了他的怀抱，擦掉眼泪，双手插进自己的大衣口袋，又向前走去。

雪微凉，轻轻掠过耳旁，带起发丝的颤动。不知不觉就走过了复兴门，走过了西单，走过了新华门……脚下的路，一步一步向后退去。

"放松些，你太紧张了，所以才那么在乎地看事情。"景峰辉说。

"你为什么会这样说呢?"成文的声音又变冷了,"我也想放松,那样生活会很轻松,但是放松了的我还会是我吗?我大约天生就如此吧,墨守着心中的规矩,我过去是这样的,现在是,将来也会是。尽管这样很累,但是我改变不了自己,也不想改变。"

景峰辉沉默不语。这个二十一岁的姑娘远远比他想象得倔强、成熟、深邃。

雪花飘得愈发稠密,脚下的雪在变厚。

他们咯吱咯吱地踩着雪,像寻找什么似的,慢慢地从天安门城楼前走过,广场上的人民英雄纪念碑已经看不清了。

"对不起,我不想那样做,不想彼此伤害,伤害别人,让我们想清楚了今后再继续吧。"成文颇为伤感。

"我以为我很了解你,现在看来我还不够了解你,但我们还有时间,是吗?"

"谢谢你对我这样好,我会一直记得这个不算寒冷的飘雪之夜,一直记得你,因为有你在身边,冬天都变暖了。其实你给了我许多,也许你并不知道,因为那些东西看不见。"成文似乎在自言自语。

景峰辉仰头望着黑洞洞的天空,雪花正从那里拥挤着喧闹着奔跑下来,像他烦乱的心绪一样。他第一次知道,落雪还有声音,落在心里,激起很大的声响。

"快到了!"景峰辉说。

成文把手插进他抬起的臂弯里,剩下的路一起并肩走着。

"其实我有时在你面前很没有自信,你周围有那么多优秀的男孩子……"景峰辉喃喃地说。

他们走得恍恍惚惚,只觉得越走身体越冷,越走夜越黑得深不见底。

回头望去,十里长街变成了一条白茫茫的雪洞,洞里稀稀落落竖着一些并不明亮的路灯,根本看不清他们留下的脚印和来时的路。

到达赵家楼的时候,已经凌晨三点。招待所的大门紧闭着,里面没有一丝亮光和声响。

景峰辉举拳去敲黑漆漆的大门，咣咣的声音在夜间传出很远。

看门人披着衣服，趿拉着鞋，嘴里骂骂咧咧来开了门。

成文出示了住房卡，景峰辉想进去开一间房，看门人没好气地说："没房，客满了！"

成文刚想申辩，景峰辉摆摆手："不用了，天也快亮了，我去北京站猫一会儿，明天早晨也好送你。"

景峰辉转身走了，留下成文呆呆地望着他渐渐消失在纷乱雪花中的背影。

和煦的春风从水面吹来，吹皱了一库绿水，吹散了成文脸上的泪珠。

她手里捏着一张发皱的烟盒纸，纸上用钢笔写了两行字：

你能等我吗？

我想做你的丈夫！

这是那天凌晨，景峰辉委屈在北京站候车室的座椅上写的，笔画深深浅浅，有的地方笔尖划破了烟盒纸……

妈妈弯着腰，从大坝的斜坡上走了上来，近期患上的关节疼痛，让她每向上走一步都会痛苦地扶一下膝盖。

妈妈的头发全白了，明显有了老态，上次离家的时候，妈妈还不是这样。

成文跑过去，抱住了妈妈，头埋在妈妈温厚的怀里。她突然害怕地想起了一句话：子欲养而亲不待……

"孩子，妈妈知道你心里苦。"

成文的泪水愈发扑簌簌流个不停。

"该找个男朋友了！"妈妈说，"找个品行端庄相貌周正的男孩子，互相帮衬着一起过日子就挺好。不要找结了婚的人，咱不干破坏人家家庭的事情！"

妈妈怎么什么都知道呢？成文抱紧了妈妈，哭成了泪人。

"爸爸妈妈身体都挺好的，你爸爸教书育人也出了一些好苗子，妈妈还能在地里干点活儿，你别担心，我们生活好着呢！外面不合意就回家来吧！家永远是你的爱窝窝。"

"你爸爸呀，给你做了你爱吃的竹筒饭，咱们回家吧！"

山外传来火车轰鸣的声音，小时候多么盼望去坐火车，去看外面的世界，可是现在成文却一点儿也不想离开这个宁静安详的小山村了。

坐落在大山深处的工业小城很落寞，可是人心却很喧嚣。

慕光父亲所在的军工厂不再生产武器零部件，而是忙着军转民。母亲工作了半辈子的纺织厂已经被南方先富起来的商人收购。

"集体所有制变相成了个体老板的私企，只给我们一点点象征性的钱，便买断了工龄，这不是资本家剥削是什么？"工人们在愤怒的抱怨声中纷纷被下岗，慕光父母和进厂当工人的姐姐都随着这股潮流回了家，没有法律援助，也没有社会保障。

父亲下岗后成天酗酒，与墙上挂着的技术革新模范、生产能手那些奖状的形象格格不入。

家里每月入不敷出，坐吃山空。父母吵架成了家常便饭，经常因为买菜多花了几毛钱，两人就会吵上半天，家里总是充斥着吼叫声和东西"乒乒乓乓"的摔打声。姐姐自从出嫁后就很少回家了。

慕光休假刚回来那几天，家里安静了一些。慕光把钱放在桌子上，父母仿佛看到了今后生活的曙光，他们开始盘算着做点什么小买卖以维持生活。可是遭遇了到处碰壁的结果后，家里又开始了持续不断的战争。

慕光一点儿也不想待在家里，突如其来的凄凉和不安全感总是袭击着他。他也不想去找一起长大的伙伴。他们同情他的境遇，但是慕光却读出了怜悯："你当初不是风光地考上军校了吗？你不是要当名医吗？可现实呢？你被发配在一个鸟不拉屎的地方，看不到任何改变的迹象，一辈子也就这点出息了！"

306

慕光受不了这种轻视，心里骂他们鼠目寸光。

有一次他从姐姐家回来，远远看见了温红妈妈，他本想问问温红现在美国生活得怎么样，但温红妈瞥见他后便绕道躲开了。

小城今年格外冷清，灰突突的，也没什么过年气氛。慕光家草草地吃了顿年夜饺子，年就在一家人的愁眉苦脸中过去了。

在家无聊的日子让慕光感到更加孤独寂寞、憋屈郁闷，心里唯一的寄托便是远方丽丽娅的温暖。

假还没休满，慕光就借口部队有事，心里长草一般，也等不及卧铺票，急急地上了一列北上的火车，坐着硬座便离开了这个烦乱的家、烦乱的小城。

他要赶回部队去，那里纵然冰天雪地，纵然天高路远，纵然吃苦受累，但是那里有亲切的战友，有纯朴的边民，有安宁舒缓的大自然，最重要的是那里有一颗炽热的日夜思念着他的心。

一想到丽丽娅，他便恨不得火车提速，再提速。

可是本该两天一夜就到北京的火车，却站站延时。在一些大站，慕光看见拥挤在站台上混乱的人群，多数是光洁的年轻学生的面孔，他们因为上不了火车而情绪激动，与维持秩序的铁路警察僵持着。

车厢里，旅客人心惶惶。

火车终于缓缓地驶入了北京站。

经过几天空气污浊、拥挤嘈杂、无法睡觉的煎熬，慕光拖着酸胀的双腿走出车厢。

刚一迈上站台，就被等在那里的同学给泼了凉水：

"谢天谢地，你这趟火车终于到了，我都跑了三趟车站接你了！但是你那下一趟车暂时没有任何消息！喏，这是下趟车票，你先拿着，等着改签吧！"

"为什么？"慕光瞪着布满血丝的眼睛问，他正庆幸赶上了今天要从北京经过的草原列车。

"好多经过北京的火车都乱点儿了！"同学说。

"怎么办?"慕光问同学。

"先到我那里住下,等你的火车通知呗,没别的办法。"

出站口就在前方,可是他们却挤不过去,那里好像被围堵了。

熟悉地形的同学带着慕光在车站大楼里穿行,左拐右绕到了候车大厅。

这里人声鼎沸,滞留的旅客们在吵闹着跟车站负责人要说法。他俩披荆斩棘般拨开密密麻麻的人群,侧身冲开一条路,总算跋涉到站前广场。刚透了口气儿,发现这里也是黑压压的人群。

两人望着不远处被围得水泄不通的地铁口,又是一筹莫展。

同学是北京人,毕业后分配到北京一家军队医院。医院在单身宿舍楼分给他一个床位,他平时也不住,偶尔加班才暂栖一下。

慕光放下行李,坐在同学的床上,看着窗外。

院子里,一树树粉色的玉兰花盛开着,云蒸霞蔚一般,医生护士们在花树下来来往往,脸上挂着身居京城的优越。慕光的心中涌起一股对自己对未来的悲悯。

京城里暗暗涌动着一种山雨欲来风满楼的气氛,街头巷尾奔波着的人们,脸上透着焦虑或亢奋。

同学所在的部队医院正好在大学区附近。这些毕业没多久的单身军医们平时经常去附近的高等学府听一些名人讲座。

慕光的心情很糟糕,他说不上喜欢还是讨厌这种形势,他的生活离现实太远,他只想偏安到僻静的界河边上去。

现在对他来说,最真实的就是有血有肉的丽丽娅,她现在就是他精神和心灵的避难所。

"我必须走了,哪怕扒火车也走!"面对慕光的斩钉截铁,同学设法帮他搞到一张去哈市的站票。

"到那里再想办法吧!"同学半夜把他送上火车,挥手告别时说了一句。

第五章　执子之手

　　南国已然花红柳绿、雨燕呢喃，北国依旧冰天雪地、寒鸦枯啼。

　　慕光身上的衣服越加越多，一路向北、向西，几经辗转，终于回到了北伦。

　　慕光立在站台上，抓起一把雪，揉搓在自己的脸上，贴在自己的唇上，眼睛望着车站外面那座从各个角度看都在俯视全城的楼宇，那是他与丽丽娅曾经住过的宾馆。偌大的北伦城，在他眼里似乎只剩下了这座楼宇。

　　他想马上赶回界河去，一刻也不在北伦停留。

　　但是，一场大雪把所有道路交通都阻断了，北伦成了一座被白雪围困的孤城。

　　慕光滞留在军分区招待所，焦急地等待着通路的消息。

　　分区作训科正在筹备边境防控春季培训班开班工作，慕光被征去帮忙，这倒替他打发掉许多焦虑孤寂的时光。

　　晚上回到招待所，躺在床上，他会思索北京发生的一切，而这个边远小城却平和安详，他现在多么喜欢这种与世无争的安详。

　　他愈发想念丽丽娅那双亮晶晶的绿眼睛，像两泓深幽幽的湖水，碧波荡漾，有时湖水会被一挂瀑布遮掩一半，那是她长长的绸缎一样闪光的棕色头发。

他渴望她洁白丰满的身体，月光下，像沙丘一样起伏，即使是平躺着，她的双乳也像两座山峰一样耸立。

他有时觉得自己很奇怪，他与丽丽娅做爱最疯狂、最不羁，丽丽娅身上的万种风情常常让他无法自持，可是每每静下来想她的时候，她在他心里便像圣女一样纯洁。他偶尔也会想起温红和蒋薇薇，他不会亵渎她们，但是她们都没有激起他深藏于心底的激情和爱意。

阳军华比慕光更早返回了部队。

慕光去看他的时候，阳军华正带领战士们进行抗严寒训练。官兵们都赤裸着上身，列队在雪地上打军体拳。

一看见慕光，阳军华便从雪地上一跃而起，把队伍交给一名排长，飞奔过来，抱着慕光就把他扛了起来。

"行了，行了，我又不是你媳妇儿！"慕光挣扎落地。

"今天可是星期天，你们还训练，你简直是个魔鬼长官！"慕光说。他们往连部走去。

"我要带出一个全军最好的排，让他们个个不仅是钢铁战士，还是健美运动员！"阳军华走在前面，两臂上举，攥成拳头，紧绷三角肌，活脱脱一个健美运动员。

"你侵犯了战士们的人权，阳连长。"

"注意正确称谓，是阳排长，括号副连级。"阳军华假装严肃。

阳军华转身，指着操练的战士们说："我只奉行一条，年轻时多受点磨炼，培养他们不怕苦、有胆量、守纪律、敢担当的精神，将来无论用在什么地方都是响当当的男人！这与人权不相悖吧？"

"修养人性什么时候都是最高境界。"慕光不准备论战，两人进了阳军华的办公室。

阳军华穿好上衣，沏了汉中仙毫，又拿出一包红糖糍粑招待慕光。"茶是我从家带来的，点心是成文前两天来留下的。"

"成文回团了？"慕光惊讶。

"人家比你早几天回来，既没遇到闹事儿，也没遇到大雪封城！不能不说你点儿背，当然也不能怨社会！哈哈哈……"

两人坐在阳军华那张简陋的办公桌前，抽着慕光的林海灵芝牌香烟，喝着阳军华的茶，吃着成文的红糖糍粑。两人聊了一阵子当前的国际国内形势。

"你也别悲观，我看乱不了，乱云飞渡仍从容！"阳军华说。

慕光看到阳军华的书架上有一摞信，他注意到发信地址都是青城。

"你去年在青城集训的时候见到魏玲了吗？"慕光问。

"常见，她在军区医院各科室轮转实习。"

"人家的组织关系快调回去了吧？在这儿也就是镀镀金，人都不出现，不像咱哥们儿，实打实扎根锻炼，我是看不到回内地的希望了，你不一样，跟魏玲关系进步了没有？"

"我俩的关系跟咱俩的一样。"阳军华哈哈笑着，又说，"本来过两天又要去军区集训，参加全国五四青年节知识竞赛，这不刚接到通知，集训暂缓，估计是形势所迫。其实我倒更希望搞全军比武，那才应该是部队的主业，也是咱哥们儿的强项呀！"

"知识竞赛你也不弱呀！"慕光说。

"那是，咱哥们儿哪样都不能落后！"阳军华拍拍胸脯，"这次回家跟温红成婚了？"

"成什么婚，早吹了！人家去美国了。"

"吹了就对了，我早就觉得你们不合适，恕老兄直言，你这家伙骨子里太虚无，不，是太浪漫，不实际，小资产阶级情调太浓。"

慕光看着对面黑黝黝的阳军华，这家伙情商颇高，看问题总是一针见血。

"你不谈魏玲，是不是还惦记着成文呢？"

"我觉得没戏，我不是她想要的类型。"

"发挥你的军事战略战术思维行动力呀，你可不是一挫就尿的主儿！"

"感情这东西，不能强拧，得先有互生好感的基础，那样才能生发恋爱，才能热烈，才能沸腾，才可能天长地久，像音乐和舞蹈一样，乐舞合瑟了，才会成为不朽的经典。"

"你这个比喻有意思，不是两个舞者，而是两个根本就无法接触的事物，看样子你只能找到与你思想合瑟的柏拉图了。"慕光打趣。

阳军华说起蒋薇薇状态一直不好，慕光低着头不说话。

"你怎么样呢？不会是迷上边镇的姑娘了吧？那些混血姑娘多漂亮呀！"

丽丽娅的影子又开始在慕光的眼前晃动。

"看你这魂不守舍的样子，我敢肯定……"阳军华斜睨着慕光。

"你敢肯定我喜欢上了那里的一个女人。"慕光深深地吸了一口烟，头转向窗外。

"那你就准备在当地结婚吧，生几个漂亮的混血孩子！军官在那里谈恋爱应该是有规定的，你是不是开了先河？不行就脱了军装留在那里，行医乡间，为当地人去病排忧，过一辈子田园乡野生活，也不错。"阳军华继续玩笑。

"我说的是真的。事情没你想象的那么简单。"

"真的恋上了？你不是玩闹？"阳军华严肃起来。

"我从来没有这样认真过。"

"你小子，完啦，哥们儿只能送你一句话：世间安得两全法，不负如来不负卿。好自为之吧！"

晚上与阳军华喝了不少酒，从他那里出来，慕光又去远远地眺望那个酒店。冷风中，仰着脖子，站了许久。

天地一色白茫茫。天空连一只飞鸟也见不到，地上只有一辆绿皮小火车在飘浮。

慕光坐在大雪解困后第一趟下林区的小火车上，凭窗而望，与丽丽娅一同上北伦的情景历历在目。

现在他独自坐在车上，来的地方皑皑白雪，去的地方茫茫白雾，火车仿佛在朝着未知世界的尽头行进，却始终无法抵达。

太阳出来了，赤橙黄绿青蓝紫的光谱在雪原上卷起一串串光圈，随着车子的移动而滚动。

丽丽娅像一个精灵，一路随着他，随着火车，在雪原里，在林尖上，在光晕中长袖舞动……

伴随着车上播放的一曲日本北海道民谣，他的心底忽然唱出了一首自己的歌：

我见过你哭

晶莹的泪珠

从绿眼睛里滑落

像一朵梦中的紫罗兰

滴下清透的露珠

我见过你笑

祖母绿的光芒

怎能比得上

你凝眸中灵动的华彩

积雪即将消融的北方天空

我向你呼唤

缓缓而来的暮色啊

笼罩着远方的旅程

带着儿时唱过的歌

走过青芒覆盖的小径

走过萦绕往日的梦境

目光在雪原上写下再见

林海伴我同行

旅途中等着我的人啊

是我沉闷心灵中的纯真

我要去阴郁的天空里寻找

一颗璀璨的星

……

火车进入林区，离边境越来越近了。

雪被铲起来，堆在铁道线两旁，火车像是在敞着天窗的雪洞里穿行。如果再来一场雪，铁路就又被埋没了。

慕光抬头看见一棵棵顶着雪的参天大树从车顶上向后撤去，一种回家的感觉从心底升腾起来。

北国冬天的下午，三点不到，天色已经昏暗下来。

火车终止在林区小站时，车上几乎没有乘客了。

慕光敞着军大衣，提着行囊，站在小站门口的雪地上，身上还残留着车厢里的热气。冷风不断地往他的脖子里灌，很快，嘴里呼出的哈气就在脸上结了冰碴儿，脸被寒风刮得生疼。

街头没有一个人，严寒把人们都冻回了家。慕光看见街对面小客栈的屋檐下，垂着一排长长短短的冰溜子，他又望望前方仍被大雪封盖着的看不清的路，为怎么回日思夜想的镇子一筹莫展。

从车站旁边邮政所院子里走出来一个穿着老羊皮大氅、脚上套着毡靴、皮帽子的护耳绑在嘴上的老乡，老乡牵着马，马拉着雪爬犁。

慕光仔细一看，原来是镇上秋天做了新郎官的安德烈，安德烈也认出了慕光。

"上帝，见到了熟人，运气真是太好了！"安德烈与慕光紧紧地拥抱在一起。

安德烈很高兴。北伦的亲戚托这趟火车的列车员给他怀孕的媳妇带来了保胎药，他专程过来接车，没想到遇上要一同回去的慕光。

他看慕光穿得太少，便劝他留宿一夜，明天白天天气回暖再走。

"要在雪地里跑三四个小时呢，别冻坏了！"安德烈担心。

慕光把行李往爬犁上一扔就爬了上去："大哥，啥也别说了，我跟你走定了。"

"怕迟到？超假啦？"安德烈很了解部队的规定。

314

安德烈让慕光把棉帽子护耳放下，从怀里掏出一个小扁壶，递给慕光喝了两口高度白酒，把爬犁上的一卷棉被打开，让慕光披上，又从自己身上解下一个贴身的秘制药包。

"把它绑在腰上，衬衣外面，这东西老发热了，如果直接挨着皮肤，能给你皮肤烫坏喽！"安德烈说。

慕光哈着热辣辣的酒气推辞。

"快戴上，别整没用的，我这当地人可比你南方人抗冻！"安德烈不由分说。

一切准备停当，安德烈吆喝了一声，马拉着这只小爬犁便冲进了阴沉沉的雪原。

爬犁越往前跑，县道一侧披着白雪的桦树林便越暗淡，另一侧空旷的雪原变成了淡蓝色，像寂静的大海。

远处暗黢黢的白桦林隐入这片海中，再远处，低缓起伏的山丘上，黑蓝色的天空中浮出几颗亮晶晶的星星。

爬犁走在高处时，从一闪而过的山坳处，可以看见山下埋在雪中透出点点灯火的村庄。

不能总在爬犁上坐着，上坡下坡时，两人不时下来，跟在爬犁后面跑，有时跑出了县道，一脚踩下去，雪便没了膝盖。

有一次雪橇跑得太快，下坡时翻了过去，慕光被甩进林子边的雪窝里，没了影儿。雪橇又跑了一段，安德烈才把马勒住。

"冬天你的拖拉机也开不成了！"慕光说。

"火都打不着，隔段时间得用火烤烤，要不开春就报废了！"

山那边就是那座令慕光魂牵梦萦的镇子。他已经感觉不到刮在脸上凉飕飕的寒风，腿也不像途中那么僵冷，浑身涌动起一股股热流。

在镇子和连队的岔道口，慕光谢绝了安德烈要把他送到连队的好意。他下了爬犁，从背囊里取出两盒从北京带来的果脯塞给安德烈，与他告了别。

目送着安德烈的爬犁消失在山丘的另一面，慕光朝着与连队相反

315

的方向走去。

天上挂着一轮明月，月光与雪光交相辉映，让边地的夜晚变得迷蒙而无界。

慕光站在曾与丽丽娅一同站过的坡梁上，眺望月光下被白雪覆盖着的界河。两岸的镇子几乎被埋在雪中，对岸的镇子灯火闪烁，而脚下的镇子因为还没有通电而一团漆黑。

矗立在远处山崖上的那个哨所，还有河对岸轮廓模糊的尖顶教堂，这一切多么熟悉而亲切啊。

"我回来了！"他在心里默默地喊了一声。

慕光就势往雪地上一坐，滑下长长的斜坡，滑进镇边的一条雪道。雪道的另一侧，堆着一人多高的雪墙，埋住了各家各户的篱笆墙。

慕光顺着雪道来到丽丽娅家。

院子里黑乎乎的，没有亮光。慕光推开虚掩的篱笆门，走了进去。

台阶上的木水桶里，一个铁舀子被冻在结了薄冰的水面上。屋门上着锁。院子里的雪地上留着新鲜的脚印，看样子主人没有走远，也许是去瓦夏那里吃晚饭了。

慕光退回篱笆门旁边小厢房的前廊，放下行囊，坐在廊椅上，点燃一支烟。

院子角落垒着一堆盖着厚厚白雪的圆木垛，越过圆木垛向坡下望去，那条窄窄的雪道反射着月光，静悄悄的。

慕光曾多少次从高倍望远镜里看到，丽丽娅就是从这条小道回家的。

当雪地上落了四个烟头的时候，慕光忽然紧张起来：丽丽娅的丈夫会不会回来了？自己怎么一直没有想到这个问题？

一个戴着红色毛线帽子、身上裹着红色羽绒服的身影出现在月光下的雪道里，影影绰绰移了上来。

慕光夹着烟的手哆嗦了一下。多么熟悉的身影，还是孤独的一个人。他的心咚咚地急跳起来，像是要从胸膛里蹦出来。他扔掉剩下的半截烟，躲进厢房与院门旁的暗影里。

丽丽娅推开栅栏门，走进院子。

一双臂膀从后面牢牢地抱住了她。她一回头，一张嘴吻住了她的嘴。丽丽娅还没来得及喊叫，就被熟悉的气息融化了。

他的吻迫切、狂乱，像野兽一般猛烈，她被带进了深吻的漩涡，觉得自己就要被他身上的热流吞没。她转过身，热烈地回吻着，双手搂着他的脖子，身体瘫软在他的怀里，她的眼泪顺着他的脸颊，热热地滚落下来。

他抱起她，走到门前，几乎是呻吟着，在她耳边喘息道："快，快，快开门回家！"

他，穿过半个中国，就是为了来爱她。

一个惨白着脸没有五官的黑衣人，挥舞着大刀，领着一群人在身后追赶着。

他赤裸着身体，在荒野中狂奔乱跑，像个孤魂野鬼……跑啊，跑啊，那群人终于被甩掉了，可是他惊恐地发现，跑在他身边的丽丽娅也不见了……

慕光的一只手臂在床上大幅度地划来划去，嘴里含糊不清地呼喊着丽丽娅的名字。

他猛地坐了起来，心仍在狂悸。床上确实没有丽丽娅。

眼前一片安详，窗帘上大朵大朵的丁香花图案被窗外的阳光勾勒出来，把房间辉映得紫雾莹莹。

一缕阳光从没有拉严的窗帘缝隙照进来，照在白净的床单上。光尾落在门口一个旧木箱侧面的一幅古旧的漆画上，画上一名外国神父手托一个婴儿，正在洗礼，众人双手合十，虔诚祈福，外围教堂的彩色玻璃窗隐约从漆皮剥落的地方显出一斑……

这是什么地方？

慕光清醒了。他看见旧木箱四角包着发黑的雕花银饰，大概是丽丽娅的祖先从俄罗斯带来的。昨夜丽丽娅起来点在柜面上的一排蜡烛

317

已经燃尽，变成托盘里的一汪蜡油。

慕光看到四壁圆木砌墙，自己陷在床上松软的被子里，全身赤裸。昨晚他们狂野地扔在各处的衣服已经整齐地搭在床尾的椅子上。

从走廊外面的厨房里传来锅碗瓢盆的碰击声，还有丽丽娅隐隐约约欢快的歌声。

"她似乎一点儿也没有感觉到事态的严重性！"慕光记起昨晚狂风暴雨之后，晕晕乎乎之时，丽丽娅说了他最纠结的事情：

年前瓦夏带人去哈市找到她的丈夫，拽他回家离婚。她丈夫当时答应了，但第二天就躲了起来，并放出狠话：离婚，没那么便宜！丽丽娅如果敢让他戴绿帽子，那就白刀子进去，红刀子出来……

门被轻轻地推开，丽丽娅端着盛满食物的木漆大盘从门缝小心翼翼地挤进来。她穿着慕光的淡蓝色棉衬衣，衣摆刚刚盖过臀部，下面露着两条光洁的长腿。

"亲爱的，吃午饭了，你看我给你准备了什么？"

丽丽娅冲他明媚地笑着，把盘子放在床头柜上，叼起一片熏肠，递到慕光嘴边，顺势跌进他的怀里。

曾经让慕光无比亢奋的那双又白又直的长腿，现在已经无法改变他的疲软状态。

慕光麻木地用嘴接过那片熏肠，无心咀嚼，双臂搂紧她，头埋在她的肩上，像个孩子一样对她讲述了刚才的噩梦和他的担忧。

丽丽娅笑了："那是他的口头禅，他都说过多少遍了，不必当真！"

"问题是真决斗我不怕，怕的是他不来决斗，而是拖着不与你离婚！"

"瓦夏还会去找他的！迟早要离！"丽丽娅说。

慕光神情缓和了。他吃掉了嘴里的熏肠。盘子里的两片黑面包、酸黄瓜、奶渣糕，涂着粉红色和浅蓝色的两个彩蛋让他胃口大开。最后那碗半凉的红菜汤，也就着丽丽娅撕开的一块一块白馒头进了肚。

慕光伸手揽过丽丽娅，吻她雪白的脖颈、锁骨，感到自己又活了过来，蠢蠢欲动。

丽丽娅轻轻地推开他，抓过他的一只手，把它放在自己的小腹上。

"长胖了吗?"慕光笑问。

"什么呀!"丽丽娅两眼放光地看着他，娇嗔地说，"北伦真是块宝地，已经三个月了，我们的孩子。"

慕光浑身肌肉猛地紧绷起来。他放开丽丽娅，双手捂着眼睛，身体慢慢倒了下去。

屋子里死一般沉寂。窗外冬日午后短暂的阳光已经沉了下去。

"我以为你会像我一样高兴!以后镇子里谁也不敢说我是不下蛋的母鸡了!我要把咱们的爱情结晶生下来!"

丽丽娅坐在他身边，对着昏暗的窗户黯然地说。

许久，传来慕光压抑的声音:"怎么生呢?你想得太简单了!一旦事情曝光，你的离婚又遥遥无期，而我肯定要被部队处理，不知还会被发配到什么地方去，你一个人怎么办呢?我们今后该怎么办呢?即使我们最终走到一起，我们的家安在哪里呢?"

"哪里不能安家呢?世界这么大，哪里都可以安家!只要我们在一起，有爱就有家!"丽丽娅赌气地说。

慕光感到刚吃下的东西停止了运动，像铁块一样沉在胃里。

外面还剩一点天光，房间里黑沉沉的。

"你不想要这个孩子? ……你也别怕，我依你，我到县上去偷偷找人做掉!"黑暗中传来丽丽娅的哽咽声，"我都快二十七岁了，我真的太想要这个孩子了!这是咱们的爱情结晶啊!"

"胡说!要做也轮不上他们去做!"慕光忽然发怒，一只拳头捶打着自己的脑袋。

"难道你要自……"丽丽娅转向他，眼睛发出恐惧的幽光。

"我不许你动我们孩子一根毫毛!"慕光暗狠狠地说了一句，说完他又泄了气，手臂无力地垂下来，自言自语道，"三个月了，太危险了!再想想办法吧!"

箱子上的画已经看不清楚，只有一团白色，是婴儿娇嫩的裸体。

丽丽娅看着慕光，猛地伏下身，疯狂地亲吻他，慕光感到她的全身都在颤抖。

"亲爱的，我们私奔吧！"丽丽娅气喘吁吁地说，"我们逃到没有人认识我们的地方去吧！只要有你，我吃什么苦都不怕！没有你我活不下去了！"

慕光紧紧地抱着丽丽娅，黑暗中，两人像漂浮在大海上的一只孤舟，随时都会被一个浪头打翻。

窗外有了月光。一线月光落在慕光和丽丽娅贴在一起的惨白的脸上。

"亲爱的，你在想什么？"丽丽娅一直抱着他的脖子，害怕一松开，他就会消失。

"我想他们早晚会给我处分，让我脱军装，把我遣送回老家或者什么地方，我会失去这些年得到的一切，如果那样，你怎么办？孩子怎么办？"

"你不会失去我，我永远跟你在一起。"丽丽娅说。

慕光沉默着。

丽丽娅转身伏在枕头上，抽泣起来："你会离开我吗？你要留下我和孩子在这镇子里吗？想起来就好害怕。"她的肩膀在一阵阵地哆嗦。

慕光脑子里想着别的事，一只手却不由自主地用力，把她揽进了怀里。

丽丽娅停止了抽泣，双手捧起慕光的脸，十分镇静地说道：

"亲爱的，我们到对岸去吧，去叶卡捷琳堡或者乌法，那里还有我姥姥的亲戚，老一辈当初都是跟着末代沙皇过去的。我有他们的地址，我们去投奔他们吧。我们去那里把孩子生下来，你有医术，我会语言，我们有勤劳的双手，一定会创造出我们的幸福生活！"

慕光惊讶地瞪大了眼睛，现在他才知道这个有着俄罗斯基因的姑娘是多么单纯、直接而大胆。他暗暗地攥着拳头，心里交织着绵绵无尽的愁苦和走投无路的绝望。许久他才说："不行！不能那么做！"

夜里，慕光迷迷糊糊听到院子里有窸窸窣窣的脚步声，他摇一摇手臂里的丽丽娅，发现她也睁着眼睛。

"院子里好像有人。"慕光警觉地竖起耳朵，身体做战斗准备。

"别出声！"丽丽娅摁住要起身的慕光，"应该是瓦夏他们。我去看看。"

丽丽娅披着衣服去了前厅，慕光跟随到门口，躲在土壁炉旁边。

丽丽娅下去打开了入户门，一股冷风蹿进屋来。有人从厢房穿过院子走过来，站在门外。

"姐，还没睡？"瓦夏的声音。

"这次有啥？"丽丽娅问。

"一箱带狐狸皮领子的大衣、一箱望远镜，我上次要的大摩托车也给从冰上踹过来了。我把它先藏在河边的雪窝里了，北伦要货的人给的价不低。"

"你这次没多给河那边一点？"

"多给了两箱酒。东西放你厢房了，你明天看吧。我们先走了。"

慕光艰难地分辨出一个从头到脚披着白单子的人影，那是瓦夏，他在木栅栏门口的雪地上停下，另一个晃动着的白影从小厢房出来与他会合，两人悄没声地在院门口消失了。

丽丽娅告诉慕光，瓦夏他们一直在与对岸做着地下易货生意，他们有一条秘密通道。

慕光心里打鼓，感觉自己被卷入一场阴谋。

苏方的会谈会晤团队发生了变化。马格列瓦斯修斯走了，新来一位刚走出校门不久的年轻翻译官亚历山大·日尔金。

日尔金瘦高个儿，长着一张娃娃脸，很腼腆，大概汉语说得不够好，一张口就脸红，又大概因为与成文年龄相仿，对她像闺密一样亲近。

每到会谈会晤间隙，他就拉着成文帮他练习发音，或者咬着铅笔头儿瞪着一双蓝眼睛在一旁乖乖地看成文帮他修改翻译稿。成文有时恍惚觉得他就是哪个要偷偷抄她作业的男同学，很自然地就喊起了他的小名萨沙。

有一次会晤结束，二人跑到院子里打羽毛球，太阳虽好，但是风大，没打几下便收了拍。二人坐在会晤室门前的木廊子上晒太阳，吃着萨沙妈妈从喀山寄来的萨其马，眺望无边无垠正在返青的草原。

边境铁丝网对面的中方会谈会晤室正充满期待地注视着即将竣工的雄伟的新国门。那个写着"全世界无产者联合起来"红字的绿漆剥落的旧国门，像个低矮单薄的过街天桥，它仿佛知道自己即将退出历史舞台而显得十分落寞。

成文忽然想起了马格列瓦斯修斯，以前每次会晤离开时，小马都会悄悄地往她兜里装一把糖。他的汉语不错，曾深受苏方代表马卡洛夫的信任，怎么忽然就转业了？

一说起小马，萨沙谨慎起来，欲言又止。但最终他还是悄悄告诉了成文真相：小马不是转业，而是被责令退伍了！因为他在给亲朋好友的信里写的那些支持家乡独立的反动言论被组织发现，如果不是马卡洛夫代表保他，早就锒铛入狱了。

两人替小马惋惜。成文的脑子里闪过对这个邻国不祥的预感。

几个月后，在苏方休息室接收到的一个日本电视频道上，所有人都吃惊地看到：苏联的爱沙尼亚、拉脱维亚、立陶宛三个加盟共和国组织起将近二百万人，拉起了横贯三国六百多公里的波罗的海人链！

镜头不断扫过那些手拉手要求独立的人们的面孔，萨沙和沙顿斯基不约而同地大喊一声，他们都发现了人链中的马格列瓦斯修斯，他站在醒目的位置上……

所有人都瞪大了眼睛，面面相觑。

人链事件之后不久，波罗的海三国从苏联独立了出去。

那时在场的人谁也不会想到，在接下来的两年里，伴随着血雨腥风，华沙条约内的东欧国家政权一个个像多米诺骨牌一样倾覆了，存在了七十年的苏维埃社会主义国家联盟这条大船，在风雨飘摇之中……竟然解体了……在这场改写人类社会发展历史的颠覆与反颠覆的风暴中，中国也经受了冲击，但稳住了阵脚。

"鄂罗木河（假称）水又涨了。"戈林笑着说。

"嗯，我们该去看看了！"江上舟少校回应着，二人心照不宣。

鄂罗木河是两国的一段界河，河道浅平，蜿蜒曲折，河水随着季节时涨时落，水大时汪洋一片，水小时涓涓细流，河岸经常被水流冲刷坍塌，河流会改道，中心线很难确认，因此两国此处边界线一直没有划定。

临时确认河道中心线对两国边防团队来说是个严肃的事情，但是工作完毕，野炊聚餐，增进友谊，更是双方同事们的期盼。

一辆苏式三排座敞篷吉普车在草原深处起伏行进。

四月末的草原，宽阔而宁静，大部分地方残雪已经消融。经过一冬天雪水的浸润，露出原野的黑土地冒着润滋的油光。

萨沙开车，成文坐副座，第二排是戈林和江上舟少校，第三排是沙顿斯基和云中龙上尉。

一车人情绪高涨，阳光下，像度假一样说着笑着唱着向目的地进发。

到达预定地点后，双方拍照、测量，很快完成了工作。

沙顿斯基接过车子，驾轻就熟地向苏联境内的一片高高低低的白桦林驶去，除了成文和萨沙两位新同志对所去方向发蒙，老同志们都心领神会。

透过密密的树与树之间的空隙，隐隐看到波光粼粼的水面。

林子里满地都是雪化后露出来的黄绿色的陈叶，厚厚一层，泛着林间特有的潮腐的湿气。白桦树干变得愈发青白，上面布满了"眼睛"，微微张开着，像是睡了一冬天，刚刚苏醒。阳光从树顶照下来，林中弥散着一道一道光雾。树叶正在暗暗吐绿，清新的、春天的气息沁人心脾。

车子停在林子边上。众人兴高采烈地从后备厢往外搬东西，在洒满暖融融阳光的空地上安营扎寨。按照双方以往的默契，苏方带了烧烤炉、木炭，以及腌制好的牛羊肉，中方则带来了成箱的白酒和啤酒。

"哇，太美了！简直就是世外桃源！"成文张着双臂，踢着林间松软湿滑的树叶蹦跶到了湖边。

森林和草坡环抱着一泓寂静的湖水，蔚蓝色的湖面，仿佛天空融了一块进去。不远处向阳的缓坡上开了一片红色的花儿。一条短短的有些发朽的木栈道孤独地伸进湖里。

走过一片被阳光晒得发热的细细的白沙，成文在水边蹲了下来。

白沙在清澈得没有一丝杂质的湖水下继续向前漫伸了一段，忽然就消失了，那里的湖水变成了深蓝色。

成文伸手去触摸这泓神秘的像蓝宝石一样的湖水，湖水一圈一圈荡漾开去，像一张绽开微笑的莫测的脸。成文心里竟生出了敬畏。

湖水清凉，她的手在水面下显得更加白皙细长。

不一会儿，几条身上有一道道蓝色花纹的小鱼来到她的手边，咬咬她的手指，甩甩尾巴，又飞快地游走了，她看见它们潜入前面很深的黄绿色的水草下面，仿佛见到生人害羞的样子。

成文掬起一捧湖水喝了一口，涩涩的有一丝甜味，又掬起一捧湖水洗洗眼睛，远处的森林看得更清晰了。她望着远方，自言自语道："这里应该是个童话世界，还应该有一个美丽的传说……"

"这里的风景很美，不是吗？"戈林手里拎着一个木桶来到她的身边。

成文不好意思地噤了声，站起身，掏出手绢，轻轻地拍干脸上的水滴。戈林目不转睛地看着她。

"好吗？"成文抬头看了他一眼，不知为什么蹦出这样一个俄文词，很简单，很唐突，又很暧昧，把自己想要表达的意思也搞糊涂了。

但是戈林马上会意点头，若有所思地说："很好，很干净，很美！"

成文垂下了眼帘。戈林脱去了军装外套，穿着干净的军绿色衬衣，很合体，勾勒出健美的身材。

"你送我的茶很好喝，我要慢慢学会喝中国绿茶！"戈林又说。

"博拉沃——"远处传来一声喊叫。他们抬头望去，萨沙正站在那片开满红花的坡上，摇着手中一束花，呼唤着。

他们看着他钻进林子，在林间跑动，又钻出林子，沿着湖边的白沙滩跑过来，手里红色的花儿一闪一闪。

"杜鹃花，杜鹃花！"萨沙气喘吁吁地跑到他们跟前，把那把红盈盈的杜鹃花递给成文，"送给你！春天的第一批杜鹃花！"

阳光明媚，湖水澄净，森林草原安详，大自然多么清纯而美丽！

笑意荡漾在脸上，花儿表述着真情，爱和友谊留存在心底，人与人之间、国与国之间如是和平美好，该有多么理想！

林子边上，木炭冒出了烟，烤肉的香味儿混合着野葱的辛辣味儿飘了过来。

沙顿斯基叉着双腿站在烤炉边上，手里拿着铁扦子，悠然自得地翻烤着架子上的肉串。

苏联人的烤肉很豪放，每根长剑般的铁扦子上串着七八个拳头大小的肉块，这让只见过小竹扦烤羊肉串的成文很惊讶。

萨沙因为要开车，只喝了两杯啤酒，便自告奋勇接替沙顿斯基去烤肉。

众人围坐在军用绿毯上，吃着烤好的肉串，喝着酒，就着中方战备铁皮罐头里的水果、蔬菜，江上舟少校还贡献了一包苏联同行们极爱吃的玫姐炒的花生米。

沙顿斯基颇在行地讲解着烤肉技术，母语说完又说汉语："折（这）个翻转要控好火的时候（火候），不能抬（太）早，耶（也）不能抬（太）晚……"

"这个肉烤得就补（不）行，翻转的糟（早）啦……"沙顿斯基对萨沙烤的肉不满意。

"熟了就行，我看挺好！"旁边的云中龙上尉说。

"不不不，你的腰（要）求要剔（提）高……"

"他父亲是敖德萨大厨师，有特殊的腌制和烤肉方法。"戈林对成文说。

同样的腌制羊肉，沙顿斯基与萨沙烤出来的味道、口感果然不同。

成文对肉不感兴趣，勉强尝了一块就跑到林子里捡树叶玩去了。

几杯草原白下肚，老同志们的话就多了起来。

云中龙和沙顿斯基两人脸红脖子粗，打着卷舌，说的不知是汉语还是俄语，不知是抬杠还是谈友情，别人都听不懂他俩忽高忽低的言语。可当事人却大笑，拍肩，摇头，点头，吃肉，一仰脖子一杯酒，像喝水一样。

戈林与江上舟一人一个肩膀靠在同一棵树上，攥着手里的杯子，聊得矜持。

成文从林子里悄悄来到萨沙身后，被脚下的渔竿绊了一下："你一会儿钓鱼吗？"

"我不钓，小沙同志爱钓鱼。"萨沙说。

"那你教我开车怎么样？"成文小声请求。

"走！"萨沙毫不犹豫，清理了一下烤炉，两人便溜到林子外面的吉普车旁。

萨沙打着火载着成文，到了前面一块开阔的草甸子上。他示范讲解了换挡要领，油离配合，一挥手："只要会踩刹车，大草原上任你驰骋，想怎么开就怎么开吧！"

车子被成文操纵得像个醉汉，跌跌撞撞，熄了火又点着，爬起来深一脚浅一脚地往前蹿。晃晃悠悠几圈下来，车子竟也能像个正常人一样平稳地行走了。

成文握着方向盘，自觉找到了驾驶的美感，胆子也膨胀起来。扭头看看副座上的萨沙，老兄正对着风儿唱歌，冲着成文竖起大拇指："很好，你是个好学生！"然后兴奋而有力地平举一只手，喊道："全速前进——"

成文直着双眼，听着口令，紧紧抓着方向盘，踩着大油门向前冲去。

前面出现了一个斜坡，教练大声道："开上去，练习坡起！"

成文脚下一用力，车子蹿了上去，哪里有什么坡起，直接上了坡顶。

上去后才发现，另一面是个陡坡，下面是森林。

车子突然失控般向下滑去。成文慌了，脚下乱踩，找刹车踏中油门。

"刹车，刹车！"萨沙一把抢过方向盘，一只脚伸过来踩死了刹车。

车子痉挛着，中风般蹦跳着下了坡，冲过乱草，就在撞树之前，被一根倒地的枯木卡住，熄了火……

成文趴在方向盘上，睁开眼，眼前的树木都是虚幻的黄绿色，好半天视力才恢复了正常。周围很静，只有心脏在跳动，"怦怦"巨响。不，好像不是从自己惊魂未定的心脏里传来的，而是从副驾座上发出的。萨沙劫后余生般瘫坐在座椅上，脸色煞白，双目发呆。

两人乐极生悲，都吓得不轻。对望了一会儿，眨巴眨巴眼睛："谢天谢地，没撞到树上！差点儿出了国际事故！"

两人跳下车，围着车子察看。

长长的枯树干恰好横在前后轱辘之间的车肚子下，幸亏车子底盘高，没被擦着。

车子向前撞树，只能向后倒，萨沙轰着大油门倒了几次，树干太高，轮子空转，无果。

两人正一筹莫展，戈林从坡上跑了下来。

"你身上有哪里不舒服？"戈林急切地问成文。

成文活动活动身体，觉得毫发未损。戈林犀利的目光转向萨沙，萨沙赶紧低下头，连说没事儿没事儿。

戈林查看了一下情况，从后备厢取出一把野战锹，三劈两砍就在一个车轮后边的枯树上开出一个凹槽。戈林站起身时，萨沙赶紧抢过锹，去劈铲另一个凹槽，顺便把车后的坡度铲平。

戈林把车倒出来，三进两退掉转车头，调整油门，车子坦克一般"轰隆隆"爬上了陡坡……

三人回到营地的时候，云中龙正身子靠在树干上，仰着脸，张着嘴，打着呼噜。沙顿斯基头枕在云中龙伸开的一条腿上，四仰八叉地躺在毯子上，一只手里攥着空酒杯，也打着呼噜，阳光照在他们红红的脸上。

江上舟躺在湖边沙滩上晒太阳，渔竿固定在沙地里，线抛入湖中，鱼大约上了钩，线被抻得直直的，弯曲的渔竿颤颤悠悠。

成文倒了一杯酒递给戈林，自己又倒了一杯，举在他面前，戈林不解。

"我敬您一杯酒，请求您，回去不要批评萨沙吧，今天的事情都是因我而起，请批评我吧！"成文说着，把一杯白酒倒进嘴里，咕咚咽了下去，烈性酒辣得她直咧嘴，舌头没着没落，眼泪也流了出来。

戈林没有喝，吃惊地看着她。

"我还从来没喝过白酒呢，那我再自罚一杯，两杯，三杯，直到您接受我的请求！"

成文又抓起了酒瓶子。戈林抓住她的手腕，把杯里的白酒喝了下去。

"常有的事，都过去了，为什么要批评呢？！"他说。

成文看着他，笑了。

戈林伸出拇指，为她拭去了眼角的泪滴。

那天回国后，江上舟少校私下委婉地批评了成文：外事活动要有分寸感、边界感、安全感，时刻不能忘记自己的身份，要尽快成熟起来，不能太孩子气！

成文认真思考了许久，虚心接受。

野炊之后，戈林很久没有露面。

苏方新出面一位副代表，他告诉石瑞祥副代表，戈林少校已经卸任边防副代表职务，调往另一个军区上任。旁边的沙顿斯基手掌向上一托，做了个上升的动作。

这个消息让成文惆怅了许久……

沙顿斯基晋升为少校，开始带着萨沙和另一个刚从莫斯科某军事学院毕业的学员来会晤。看着眼前青涩的面孔，听着他们说出怪模怪样的汉语，成文想起了一年前的自己。

　　没过多久，一次会谈后，沙顿斯基悄悄告诉成文，他也要脱军装转业走了，他的叔叔在乌克兰基辅成立了一家自己的公司，要他回去帮忙。

　　"你们国家也允许成立私人公司了？"成文惊讶。

　　"改革新思维带来的成果，新生事物，我认为我做生意会比当兵更出色。"沙顿斯基自信地说。

　　成文毫不怀疑他的说法，沙顿斯基有犹太人血统，欧洲有一句俗语：犹太人为做生意而生。

　　"祝你成功！"成文与沙顿斯基击掌。

　　"你将来会去北京吗？我可以去找你。"

　　成文耸耸肩，有点伤感："我也不知道自己将来会在哪里。"

　　"没有关系，你在中国或者世界上任何一个地方，我都可以找到你！"沙顿斯基调皮地眨眨眼。

　　"将来我也真想看看做了大老板的沙顿斯基先生会是什么样子！"

　　"不会让你失望的，一定更帅更酷！"沙顿斯基挺直胸膛。

　　"到那时会不会一张嘴就是钱？"

　　"不会，可能一出手就是钱！"

　　两人笑侃着。成文心里却涌起莫名的忧伤。她那时还不知道，这些曾经在一个部队服役的苏联老朋友们，很快就会随着苏联的解体变成不同国家的公民，十五个加盟共和国分裂成了十五个独立的国家，有些国家相互开仗，这些昔日战友各为其主，反目成仇，瞬间变为敌人，令人痛心……

　　沙顿斯基忽然想起一件重要的事情，他打开公文皮夹，从里面取出一本书：

　　"戈林少校，现在已经是中校了，让我转交给你。"

　　成文接过那本印刷精美的硬皮书，是《普希金诗集》，扉页上题写了一首诗，那是她熟悉的戈林的手迹：

愿你的未来纯净明朗，

像你此时可爱的目光。

在世间多舛的万象中，

愿你的生命顺遂欢畅……

　　蒋薇薇返团上班后几乎变了个人，办事成熟了，却变得沉默寡言、冷若冰霜，身体消瘦了许多，穿在身上的军装晃晃荡荡。

　　她每天按时上下班，回到宿舍，多数时候都是成文提话头儿，她回答得很简短。两人经常背对背俯身在各自的写字台上，成文在锤炼专业，蒋薇薇不知在写些什么。

　　阿尔斯楞很黏蒋薇薇，总是不离她左右，在团部大楼门口按点接送她上下班。有一次，成文去卫生队找蒋薇薇，看见她正搂着阿尔斯楞的脖子发呆。有几次蒋薇薇走后，成文从三楼宿舍的窗户望下去，看见空荡荡的后院里只有薇薇和阿尔斯楞，一人一狗，孤独而沉默地走在雪地上，成文心里充满了哀伤。

　　五月，北方气候渐渐回暖，草原开始沐春返绿，小河里的水冲破薄冰欢快地流淌着，遇到石头便溅起一串串浪花。旷野上来来往往的风却像更年期的女人，时而柔情蜜意，时而砭人肌骨，把天气搞得反复无常。

　　团部院子里堆在树坑里的雪，经过一冬天风霜侵蚀，表面结了一层坚硬的冰壳，向阳的地方开始融化。

　　团部大楼前的几棵丁香树率先在北国早春的枝头绽开了花串，远远望去轻若紫雾，披纱的仙子一般。

　　这天早晨，卫生队那辆身上涂着红十字的绿色救护车转过楼角，逆着晨光驶来，阿尔斯楞狂吠着，在后面追逐。

　　成文打开二楼办公室的窗户。车子正减速从她窗前的丁香树下驶过。

一只手臂从车窗画着弧线伸了出来，洁白的小手在绿军装袖口处柔若无骨地冲成文摆动着。

透过紫莹莹的花雾，成文看见纤细盈盈的手腕上晃动着那串熟悉的用子弹黄铜底火帽做的五叶梅花手链。那是嘎尔迪在人生初见时送给蒋薇薇的礼物，曾经引起成文和魏玲的多少羡慕和祝福啊！可现在却物是人非，曾经在嘎尔迪面前像花儿一样开放的那个蒋薇薇再也找不着了。

成文探出身子，向车子挥手，目送着车尾在团部大院门口消失，心里默念着："一路平安，早点回来！"

这是成文和蒋薇薇一向约好的告别方式，但今天成文的心里总感到有些异样和不安。

近期，卫生队组建了几个医疗小组，陆续下到不同的连队和牧点去开展春季防疫工作，蒋薇薇今天带着一个小组出发了。

成文关上窗户的时候，丁香浓郁的香气和着清爽的晨风也被带进了办公室。

"啊，春天来了，万物复苏，伤痛会痊愈，一切都会生机勃勃起来的！"成文的心情愉悦起来，为薇薇，也为自己。

分区忽然发来紧急通知，要求团里抽调两名翻译官速到北伦执行任务。白团长派云中龙和成文二人连夜乘火车赶往指定地点。

二人分别被编入两个临时成立的工作小组。

与以往边民们放牧打鱼越境的性质不同，近期边境上发生了两起严重的我方人员偷渡越境事件。我方已多渠道多次向对方交涉要人。

正值苏共总书记戈尔巴乔夫访华在即，这是经历三十年长期隔阂后，苏联最高领导人对中国的首次访问，两国即将结束过去，开辟未来，实现关系正常化，意义之深远重大不言而喻。

大概是为了不影响自家领导人访华，营造两国友好气氛，防止小事情演变成国家间恶性政治事件，苏方此次表现不同以往，没有王顾左右而言他，而是很快承认人在他们手上，并同意近日交还中方。

云中龙所在小组将去某山头接收两个从北京跑来偷渡过去的学生，据说是闹事的小头目。

成文所在小组将去某界河点接收一名我某边防连队的军官……慕光。

什么？成文惊呆了，简直无法相信自己的耳朵！

经常下各边防团指导会谈会晤工作的粟参谋带领成文和保卫科的一名干事早上乘吉普车出发，越草原，过三河，翻山岭，穿林区，艰难地走过春季一路翻浆的泥泞道，赶到界河边上的连队时已是晚上。先期到来的该团副团长、随行参谋以及连长和指导员提着马灯把他们迎进了连部。

三方人员会合后，连队启用了平时舍不得用的自备发电机，会议室有了光亮。

粟参谋主持会议，简要传达上级指示精神：对外，要向苏方转达我方高层谢意，对苏方此次合作高度赞赏，希望两国关系进一步向好发展。对内，一要对此次行动高度重视，做好充分准备，确保人员交接安全顺利；二要对接回的偷渡人员严格审查，查明情况，严肃处理；三要在各边防部队广泛排查可疑点，开展思想政治教育；四要加强边境防控，增加人力物力，坚决杜绝类似事件再次发生。另外，在真相未搞清之前，要注意保密，防止消息扩散。

接下来，各方人员分解细化工作，确保万无一失。成文负责起草交接工作几次会晤需要的谈话参考材料。准备工作一直到午夜才告一段落。

连里为工作组准备了热汤面，陪餐的连队干部们个个神情沉重，连里出了这样的事，谁的脸上也无光。昏暗的饭桌上，大家东一句西一句拼凑了慕光偷渡前的蛛丝马迹。

连里从分区得到消息说慕光已经回连队，镇子里也有人亲眼见到他回了连队，但是连队一直没见到人。一排长开玩笑说：会不会这小子去了丽丽娅家？得到消息说，丽丽娅最近没在家。

哨所提供了一条消息：某天黄昏，哨兵从望远镜里曾看见一个很像慕光的人从镇子里的丽丽娅家出来，在雪巷里低着头走了一段路后又返了回去。后来公安人员与两位当时正在房顶上扫雪的丽丽娅的邻居谈话也证实了这一点。由于组织走私，瓦夏已经被公安控制……

慕光失踪的消息迅速逐级上报，连里判断有两种可能，一是受内地形势影响，思想意志薄弱叛逃了；二是与丽丽娅私奔了。

会晤给对岸打出了寻人启事，老毛子起先否认，后来一百八十度大转弯，估计是觉得一个医生也没多大情报油水，现在看来更多地考虑了政治因素，这帮克格勃老奸巨猾得很！

成文低着头，一根一根嚼着面条，味同嚼蜡。

边境上的夜漆黑一团，界河上的风鬼哭狼嚎。

成文躺在床上睡不着。她房间的隔壁就是慕光曾住过的医务室，他的那把吉他还挂在墙上。也许慕光现在也躺在对岸某个角落的黑屋子里无法合眼，后悔莫及，备受煎熬吧……

自从北伦分配各奔东西后，成文还没有见过慕光。她曾设想过多种他们见面的情景，万万没有想到会是这样一种！

慕光呀慕光，你怎么就失去理智了呢？是什么让你做出了这样错误的不计后果的决定？你把自己的一生都毁掉了！

"领回来一定要严肃处理！"

"才二十三岁，尽量给条生路吧！"

成文听见从她门外走过的粟参谋和副团长的对话。

从苏方吉普车上被押解下来的那个人，身上裹着一件脏兮兮的破羊皮大袄，双手被反剪着，头发蓬乱，胡子参差，眼圈发青。

成文不敢相信这是慕光，整个人已经完全脱了相。

我方一队官兵威严地站在岸边。慕光只望过来一眼，立即像被强光刺痛一般，垂下了浮肿的眼帘。

对方荷枪实弹的士兵把捆在他手腕上的绳套解下来，把人交与我方，我方两名士兵又将他的双手在前面捆了起来。

成文无法直视这一切，把脸转向了身后阴郁沉沉的界河。

当她转回头来时，慕光被押解着，正从她的前面走过，他低着头，面部肌肉在抖动。

成文永远也忘不了他躲躲闪闪向她转来的那一瞥。那是她见过的内容最复杂的眼神。

惊恐、羞愧、懊悔、绝望……似乎还有一点破罐子破摔的满不在乎……

慕光被关进了我方巡逻艇的底舱。

巡逻艇驶到界河中央，成文感到心里憋闷，从舱内走了出来。

天空中乌云浮动着，向西南方向集结。冷风从河里吹来，刺痛着裸露在外面的肌肤。

酝酿了一天的雪花终于飘了下来，落在刚刚过了流冰期的宽阔的河面上，迷迷茫茫，已经看不清两岸的轮廓。

巡逻艇碾碎新结起来的薄冰，缓缓向我国方向驶近，方位准确，丝毫不出偏差。艇首的五星红旗迎风招展，在灰突突的河面上格外醒目。

成文想起了青城那个午后，慕光跟在阳军华身后，与她握手相识时的腼腆；同下边防的火车上，他与蒋薇薇在一起时，陌上人如玉的神采；聚餐时朗诵纳兰性德词时的得意；与阳军华背靠背阻击舞厅小混混时的冷峻……

那是多么美好的时光！

可现在，他却被关在了她的脚下，他们之间隔着一层甲板。

成文哀其不幸，怒其不争，唉，到底是什么把他变成了现在这种人不人鬼不鬼的样子?！

由于天气骤变，工作组不得不耽搁在连里，等待天气好转。慕光被临时关进连队的小禁闭室里。

"昨天邀对方来我岸商谈交接事宜时，天气还好好的，可今天呢，又回到了老样子！这开春的天气真像小孩子的脸，笑着哭着，说翻就翻！"副团长望着灰蒙蒙的天空说。

"看样子还要来场倒春寒，可别再来场白毛风，那草场牲畜可就惨了！别再把咱们困在这里！"粟参谋忧心忡忡。

粟参谋一语成谶，北伦草原上真的来了一场大面积的白毛风。

被困在连队的日子里，慕光开始绝食。

"交接任务是完成了，开不开口，带回团部初审再说，不行还有军区法院呢！先让他开口吃饭，保证身体别在我们手里出事！"副团长有些无奈，盼着天晴赶快通路。

副团长、连长、一排长都去找慕光谈话，摆事实，讲道理，处置权重很大的副团长甚至都暗示了"给出路"的考虑。但是慕光就是一言不发，不吃不喝。

"小成，你们一个车皮来的，你去做做工作吧！不行，咱们就得来硬的！"副团长说。

成文走进禁闭室，看见慕光蜷缩在木板床的角落，身上盖着被子和羊皮袄。看见成文，他的眼里闪了一丝亮光，但瞬间就熄灭了，用皮袄蒙住了脸。

成文坐在床边的凳子上，强忍着眼泪，气氛沉默着。

忽然，慕光坐起身，开始窸窸窣窣摸捏皮袄的夹缝。

他抠出一个小纸卷儿，看了一眼门上的小窗户，确认无人监视，便递给成文。

"你将来有机会去那边的话，帮我去看看他们母子吧！"他含混不清地说道。

成文回到宿舍打开一看，那是一行俄文，对岸的一个地址。

慕光开始吃饭了，大家都松了一口气。

几名战士收拾慕光的东西，打了两个箱子，准备寄回到他的父母家。成文把墙上的那把吉他取了下来，放进箱子里。

大雪停了，太阳又出来了。阳光把两岸照得明媚清透，让人对春天又充满了希望。

沿途各旗乡正抓紧时间清雪通路。

这天上午，工作组正在连部开会，忽听有人冲出走廊，疯了一样哭叫着向院外的白桦林冲去。走廊里一阵嘈杂的脚步声，呼喊声。

连长最先冲了出去，开会的其他人员紧随其后。

连长冲到禁闭室，看见门外的两名战士还在站岗，忙问："人还在不在？"得到肯定回答后，又问："出了什么事儿？"

原来哨所派一名战士今天来连队取工作组带下来的信件，战士先打开了自己的信，一看信就哭着跑了出去……

成文看见那个战士跑进外面的林子里，双腿陷在齐腰的雪里，他一边蹬踹着向前爬，一边哭着，终于抱住了一棵白桦树，瘫在树下的雪中。

成文跟着后面追赶的人们，在雪里艰难地跋涉，蹚过深雪，到达战士身边。

一排长掰开中士紧紧攥着的拳头，从里面掉出来一个纸团儿。

他打开一看，眼圈就红了，揉了一把眼睛，低声说道："小虎的父亲去世了！"

信是三个月前从鄂北大山深处一个偏僻的村子里发出的，那时小虎的父亲刚刚去世，家人写加急信让他这个长子回家给父亲下葬……

连长来了，他坐在雪地上，把这个无助的十八岁的孩子抱在了怀里……

"又是这样的事，这该死的通讯！该死的大雪！在林子里搭个灵棚，我们全体一起为我们的父亲送行！"副团长哽咽着下达了指示。

一条进林子的雪道被铲了出来，因为没有照片，小虎父亲的名字用白纸黑字写好裱进相框里，挂在一棵粗壮的桦树树干上。

连里文书写的挽联挂在两旁，在风中摆动：驾鹤仙山，千山我独行遥遥相送；沉星北斗，八斗君德高众守忠魂。

一张包了白布的桌子放在树下，上面摆放着炊事班做好的馒头包子饺子和四菜一汤。副团长粟参谋连长站在队伍的最前面。

连长向老人家汇报了小虎在连队的优秀表现，感谢纯朴的父亲为国家为军队养育了一位优秀的士兵，请老人家在天之灵原谅一名士兵忠孝没能两全……

"老人家放心吧，我们是小虎的兄弟战友，我们都是您的儿子！"

全体官兵向老父亲致敬庄严的军礼！

连长把别在上衣口袋上的白纸小花取下来，上前一步，把花敬放在桌子上，干部战士们排着队绕着那棵桦树行进，小白花堆满了桌子。

林子里一片寂静，大风刮来，把桌子上的小白花一朵朵托举起来，在空中飞舞。

哀思随风飞出林子，飞过雪原，从边关向着故乡的方向飞去……

十几年不遇的倒春寒像一场土匪打劫，草原上的人畜草木损失严重。

恶劣的天气终于离去，太阳冒了头，气温稳步回升，真正的春天姗姗来了。

工作组把慕光押解到他所在的边防团听候处理，回到北伦已经是十天以后。

成文在招待所与完成任务先期回来的云中龙上尉会合，准备一同返回边城。但是云翻译第一句话就说："你先别回团了，领导离开前指示，让你留下来陪伴照顾蒋薇薇。"

"薇薇怎么了？"成文心里咯噔一下，预感出了什么事儿。

"刚做完截肢手术。"云翻译声音低了下来，泪花在眼里打转，"他们在草原上遭遇了白毛风，翻了车，张坤牺牲了，徐帅断了两根肋骨，抢救了过来，三级冻伤……"

成文被特许走进病房的时候，蒋妈妈正坐在病床旁，握着蒋薇薇从被子下面伸出来的一只红肿的手，默默地流泪。

蒋薇薇的脸扭向另一边，一动不动地望着窗外，脸上有一片发紫的冻伤。

成文走到蒋妈妈身边，也默默地握住了那只手。

蒋妈妈看见成文，又哭泣起来。

"不要哭啦，有什么好哭的……"蒋薇薇微弱的声音让妈妈的哭泣变成了无声的啜泣。薇薇的眼睛仍然望着窗外。

连续几天，薇薇只要醒来就是这种状态，不说一句话，不流一滴泪。

蒋薇薇的眼前总是模模糊糊地晃动着风雪，不论闭着还是睁开眼睛，那些片段总是一意孤行、无法阻拦地跑到她的眼前重现，如梦似真，恍恍惚惚。

晴好的天气，怎么天际线上出现了大片大片的乌云？乌云越积越厚，天空变成了一块铅板，向茫茫草原压了下来，向他们的车压了过来……很快，天完全黑了……

飞滚翻卷的雪尘汹涌而来，包围了他们的车。不论朝哪个方向看，都是密密层层飞旋着的雪片，分不清是从天而降，还是拔地而起，车前那条通向天际的车辙路瞬间就被雪埋起来，不见了踪迹……

"我记得前面不远处有个嘎查（村），我们先把车开到那里去避避风吧。"徐帅在说话。她还记得，嘎尔迪走后，徐帅经过培训接替了他的岗位。

雨刷根本来不及清理落在车玻璃上的雪花。车，颠簸着，像瞎子一样在暴风雪中摸索，前面总有一堵浮动的白墙，车灯的光一点儿也透不过去……

"不能再乱走了，很危险，先在附近找个背风的地方停下来，等待救援！"这是她自己在说话。当时她很清醒：即使白毛风过去，这么深的雪，他们的车也走不了。她想起父亲他们当年执行任务遇到白毛风后被救援的情况，那时她还小，看到大人们紧张的神情，心里充满了恐惧，就在她哭着以为再也见不到爸爸的时候，爸爸回来了……

到半夜了吗？风在车外鬼哭狼嚎，车子怎么忽然熄了火？车里车外漆黑一团，只有仪表盘还亮着莹光。徐帅似乎在说，油箱里还有油，不能熄火，否则他们会冻死。

她的眼睛又有了强烈的刺痛感。

暴风雪从打开的车门冲进来，像无数把冰凉的小锥子扎向她的眼睛。

徐帅抓着手摇柄，正要下车，白毛风伸着舌头就把他卷到下面厚厚的雪窝子里。

在翻滚的雪尘里，一个黑点像不会游泳的溺水者，在白色的大海里扑腾，狂风肆虐。

像蚊子叫一样忽尖锐忽细弱的声音又在她的耳边响起，那是她和张坤在大声呼喊徐帅。徐帅迷了方向，正朝着离车越来越远的地方爬去……

她摸到了车门斗里的手电筒，打开。她听见自己说：张坤，去拆开背包绳！张坤把背包绳一头系在方向盘上，一头拴在自己腰间，跳进暴风雪，向徐帅爬去。

她在车门处高高地举着手电筒，在张坤的呼唤下，徐帅终于回头看见雪花中一束微弱的光，他爬了回来，两个雪人的头碰到了一起，顶着风雪爬回车上……

可是现在，她再也喊不应张坤了，她的唱歌专注跑调的弟弟……

不知什么时候，车身开始猛烈地抖动，像被几只野兽摇晃着。

"轰隆""轰隆"，车子倒了下去，似乎在滚动，她的身体飞了起来……车外，雪尘在流动，越来越慢，仿佛是混浊的河水。怎么一点声音也没有了？

坚硬的东西撞在她的头上，肚子上，腿上……她感到了疼痛。身体被一堆水草缠住了，耳朵里灌满了水，"咕咚""咕咚"在冒泡，她感到自己慢慢地落入一个黑洞，然后就什么也不知道了……

她的视力很模糊，似乎是妈妈推着自行车从伊敏桥上走过来，前梁上坐着幼小的自己。突然，自己滑下车子掉进了河里。水白白的、凉凉的，自己在下沉，心情十分愉悦地下沉……

妈妈的哭声忽远忽近地传来。

一个人潜游过来托住了自己，噢，是亲爱的嘎尔迪……

妈妈，别哭啦，从小到大我一遇到点什么情况你就会哭泣，唉！这不，你看，我好好的，有我心爱的人在身边，你放心吧！

蒋薇薇睁开了眼睛，看到上面有许多张模糊的脸。

白毛风折腾了一夜。连队和附近嘎查里的牧民几乎全部出动，进行地面搜救。团里请求驻扎在附近的空军出动直升机增援。

早晨，雪停了。直升机从空中发现，救护车像一匹瘫倒的马，侧躺在茫茫雪原上的一道雪坡边上，被雪半埋着，车身上露出的红十字标识格外醒目。

车子并不在去连队的方向，他们一定是迷了路……

蒋薇薇全身冻伤面积超过百分之三十，被挤压的左脚冻伤深度达到四度，经过全力抢救，局部神经肌肉坏死，血管损伤闭塞，已无回天之力。

医生哽咽着通知她的父母和团领导：脚踝以下部分不得不实施截肢手术。

蒋妈妈看着昏迷的女儿，失声痛哭起来，嘴里喃喃道："孩子再也不能跳舞了……"旁边几个医护人员也红了眼圈……

几天后的一个中午，病房门被猛地推开，一个风尘仆仆的男人背着行囊站在门口，蓄了胡子的脸上写满了沧桑。

蒋薇薇似乎心有感应，她转过头来，看着他，眼里放出久违的光芒，她的嘴唇动了动，笑了，一只手却下意识地举起来，去遮挡脸上冻伤的瘀紫。

嘎尔迪走过去，轻轻地拿开她的手，把自己的脸贴在她的脸上。

蒋薇薇拼命忍着眼泪，两颗硕大的泪珠亮晶晶地挂在眼角。

过了一会儿，泪珠顺着面颊慢慢地滚落下来，一滴接着一滴，涌出来，绵绵不断，在脸上肆意地流淌。

她挣扎着想坐起身，嘎尔迪扶着她的背，把她支撑起来。蒋薇薇伸出双臂抱住了他的脖子。

"脚，脚没有了！"蒋薇薇哽咽着，伏在嘎尔迪的肩头，伤心地哭了起来……这么多天，她终于哭出了声音。

"不怕，人还在，这就比什么都好！"嘎尔迪把蒋薇薇紧紧地抱在怀里。

蒋妈妈和成文也哭了。成文扶着蒋妈妈来到走廊，她们坐在长椅上。

"阿姨，他们的感情多好呀，世上还有什么比真情更珍贵的吗?!"成文抽泣。

蒋妈妈抹着眼泪，又哭出了声："薇薇为这事一直不理我呀……"

住院部小花园里的山荆树开花了，一片淡淡的粉色在绿色的游廊前摇曳着。

成文从病房窗户望下去，看见嘎尔迪抱着蒋薇薇，像抱着孩子一样坐在木廊上，春日的阳光洒在他们身上。两人的脸贴在一起，喃喃低语。蒋薇薇的脚上缠着厚厚的白色绷带，旁边的鹅卵石小径上空着一台轮椅。

蒋薇薇和徐帅的伤势在不断好转，他们将被转院到青城军区医院继续治疗。

嘎尔迪把在家乡开办的牛奶厂安顿好，陪伴着蒋薇薇和蒋妈妈去了青城。

团里为张坤举行了隆重的追悼会，张坤纯朴木讷的老父亲从黔西南革命老区赶到边城，抱着儿子的骨灰盒，表情茫然，走东走西，不知方向，直到坐上返程的火车，才避开送行的人群，背过身去抹掉眼角的泪滴。

成文坐在宿舍里，拿着五个人到达北伦前在车站的那张合影，五张青春的面庞望着远方，开心地笑着。

不到一年，魏玲走了，慕光走了，蒋薇薇走了，阳军华也去了青城，这里只剩下了她自己……

尽管到达边关的邮件像时光一样，走得很慢，成文还是接到了景峰辉的几封来信。

他为没有实现在京城与她再次相见的诺言而懊恼。

他告诉她，他没有说服父亲，倔老头不同意他转业下海经商，他的情绪一直低落。

更令他气愤的是，政治风波后，西方国家抱团儿制裁中国，外资纷纷撤离，准备开发中国市场的公司停止了行动，他正为之奔波的那家德国汽车公司也见风使舵，当了缩头乌龟。

年后他没有理由再返回京城，不得不留在草原军区的岗位上。

"我非常想念你，没有你的信息，我沮丧到了极点，我曾对着远处的大青山，对着傍晚即将逝去的云霞，对着清晨的蒙蒙细雨，对着开放的月季花，与你说话，就好像你在我身边……"

"我变了，变得连自己都认不清自己了，真想带你去看看以前的我，这样你就会知道，你的出现是怎样地改变了我……"

"我现在发疯一样想见到一个人，这是我二十八年来从不曾有过的一种情绪和感受……"

在最近的一封信里，他写道："我终于下决心把我们的事情跟父亲谈了。他回答说，你已经长大，应该知道如何处理好感情的事情了！你看，他没有反对，我心里畅快极了……"

"如果你愿意，我发誓，不论发生什么，我都想与你在一起，跳你答应过的那支舞曲，实现我写在那张烟盒纸上的诺言……"

他几乎在每封信的结尾都写道：我在努力寻找机会，去边城看你！

成文看完这些信，默默地收了起来，锁进抽屉里。

经过这么长时间的挣扎和思考，她已经做好了转身离去的准备，对他们的关系心若止水。

她不知道该对他说些什么。

直到有一天，她从一位下边防采风的军报记者那里读到了台湾诗人席慕蓉的一首诗，才找到了自己一直想对他说的话。她给他回了信。

不是所有的梦都来得及实现

不是所有的话都来得及告诉你

惆怅和迷茫

总要深深地种植在离别后的心中

尽管他们说

世间种种

最后终必成空

我并不是立意要错过

可是我

一直都在这样做

错过那花满枝丫的昨日

又要错过今朝

今朝

仍要重复那相同的别离

余生将成陌路

一去千里

在暮霭中

向你深深地俯首

道声珍重

尽管他们说

世间种种

最后终必

终必成空

……

草原上最好的季节总是过得飞快，景峰辉还没找到来边城的机会，成熟的秋天便华丽丽地走来，尽管带着些许萧瑟和惆怅。

这天会晤回来，又过了单位食堂的饭点。

车子开进小城后，直接停在鹿鸣春饭馆门前。这个干净的小饭馆坐落在安静的二道街边，是众多色彩鲜艳造型别致的木刻楞建筑中的一个。

这里是会晤站同志们的第二食堂，之所以选择它，不仅因为老板热情、饭菜可口，更主要的，这是家回民饭馆，能够照顾云中龙上尉的少数民族习惯。

今天在这里吃饭，还有一层意思，会晤站的同志们要为成文庆贺一下：成文被上海一所著名大学录取为研究生，分区终于批准她去就读！

团里的同事们都为成文高兴，白云霄团长更是大力支持，尽管不舍，尽管会面临人手不足的困难，但是为了成文的今后和边防团的荣誉，他亲自去分区说服持不同意见的领导，坚持"海阔凭鱼跃，天高任鸟飞"的观点，坚持边疆是锻炼人而不是拴住人的观点，坚持不搞本位主义让人才流动起来的观点。他的"三坚持"让上面放了人。

鹿鸣春旁边有一条窄窄的土道，连接着一道街和二道街。土道两旁是一座接一座宽敞的木刻楞院落。边城开放后，这些老旧的房子里住的本地人越来越少，多数都租给了外来的公司或生意人。

趁着点菜上菜的空隙，成文出了饭馆，转过院角，准备穿过这条小土道，到前面一道街上的商场里去。平时她不怎么出营区，常利用这种间隙去买些日用品。

可是今天走在这条土道上，总觉得有些异样。

茂密的高秆月季花从篱笆墙缝隙中钻出来，红色黄色，艳丽妖娆，迷惑着视野。

但是街口那座院子的墙头，却盛开着一树紫丁香，格外醒目，在夏日的丁香树普遍辞别了花季的时候，似乎只有这一树花迟迟不肯谢幕。

成文驻足花下，想起了蒋薇薇最后离开团部时办公室窗前那片春天的紫丁香……想起了去年夏天在青城青冢的神道旁，景峰辉站在那个丁香花掩映的月亮门下……想起了刚到青城时的那个梦，那个在她

344

的记忆中几乎无法抹去的梦，梦里漫山遍野的紫丁香，还有一个始终也看不清楚面孔的军人，在花树下花丛中闪闪烁烁，向她跑来，山那边传来了迎亲的唢呐声……

传说多数丁香花都有四个花瓣，但是总有某株丁香树上盛开着五瓣花朵，能找到五瓣花紫丁香树的人，一定是一个非常幸运的人。

成文突发奇想，走上前去，嗅吸着丁香的清新，想试试看自己是不是那个幸运的人。

"我一直远远地看着你，而你却没有看见我！"

一个声音从丁香树后面传来。一张笑脸旋即从丁香树边上的木栅栏墙头探了出来。

成文一惊。当她眨眨眼再看过去时，丁香树下的笑脸消失了。

铁小军推开院门走了出来，他的笑容依然那么俊朗："我追随着你的脚步来啦！"

成文眨眨眼睛，不敢相信，一脸好奇地盯着铁小军问道："怎么这么巧，我们会这样不期而遇？"

"看似偶然，实则必然，偶然里藏着必然。"铁小军站在她面前，一边笑着，一边回头看了一眼成文他们停在鹿鸣春院子旁边的会晤吉普车。

"我刚来几天，还没来得及去你那里报到，你就突然出现在了我的面前，真是好兆头！"铁小军愈发高兴。

"你来这里出差？"成文问。

"我来这里创业，有一个团队，这是我们公司。"铁小军指指这座丁香花小院，凑近她，压低声音说，"我现在是一名商人。"

"这里不比你们大京都，很艰苦的！"成文像昨天才见到铁小军那样亲切，对他的话心领神会。

"我是怕艰苦的人吗？哈哈哈，跟你一样，越是艰险越向前，军人嘛！"

"我差得还远。"成文自愧不如，又侧脸看向丁香花。

"我也喜欢丁香，它们的生命力极其顽强，耐严寒，抗干旱，祛病虫，即使生长在最贫瘠的土地上，只要有阳光，就能清香淡雅地绽放！租房时我一眼就相中了这个院子。"

"你这一说，把丁香升华了。"

"没有，它们本来就是这个样子。"

"你的脚步来了，我的脚步却要走了。"成文看着这座安静的小院，喃喃地说。

"我听说了，你要离开这里。我相信，山不转水转，水不转人转，如若有缘，一定会转到一起……"

湛蓝的天空下，边城宁静而安详，仿佛世界停顿下来。

他们望向远处。秋风在微微泛黄的桦树林间徜徉，叶子背面被风翻转过来，在午后的阳光下抖动着，像心湖上的粼粼波光。

一趟国际列车从桦树林边上高高的路基上穿过，传来隆隆的响声，惊扰了停滞的时光。

白云像一条流沙河，向远方漫去，云尾留下一片模糊的幻影……

（全书完）

图书在版编目（CIP）数据

边界 / 路茜著. -- 北京：作家出版社，2021.1
ISBN 978-7-5212-1209-9

Ⅰ.①边⋯ Ⅱ.①路⋯ Ⅲ.①长篇小说-中国-当代
Ⅳ.①I247.5

中国版本图书馆CIP数据核字（2020）第252131号

边　界

作　　者：路　茜
责任编辑：翟婧婧
装帧设计：孙惟静
出版发行：作家出版社有限公司
社　　址：北京农展馆南里10号　　　邮　　编：100125
电话传真：86-10-65067186（发行中心及邮购部）
　　　　　86-10-65004079（总编室）
E-mail:zuojia@zuojia.net.cn
http://www.zuojiachubanshe.com
印　　刷：唐山嘉德印刷有限公司
成品尺寸：152×230
字　　数：290千
印　　张：22
版　　次：2021年1月第1版
印　　次：2021年1月第1次印刷
ISBN　978-7-5212-1209-9
定　　价：52.00元